LA
OTRA
MUJER

LA OTRA MUJER

Daniel Silva

HarperCollins Español

Publicado por HarperCollins Español, Estados Unidos de América
Título en inglés: *The Other Woman*

Publicada originalmente por HarperCollins Publishers

Editor en jefe: Edward Benitez
Traductora: Victoria Horillo

Diseñador de cubierta: HarperCollins Holand

ISBN: 978-0-06293-200-6

Impreso en Estados Unidos de América

19 20 21 22 23 LSC 10 9 8 7 6 5 4 3 2 1

Una vez más, para mi mujer, Jamie, y para mis hijos,

Nicholas y Lily

Encontró un nuevo aliciente en la vida cuando, finalmente, el Centro le propuso que participara en el entrenamiento de una nueva generación de agentes de la escuela de espías del KGB, tarea que aceptó con enorme entusiasmo. Demostró ser un profesor excelente, que impartía sus enseñanzas con paciencia, entrega y deleite. Le encantaba su trabajo.

—YURI MODIN, *Mis camaradas de Cambridge*

¿Y qué sabe nadie de los traidores, o de por qué Judas hizo lo que hizo?

—JEAN RHYS, *Ancho mar de los Sargazos*

PRÓLOGO

MOSCÚ, 1974

El coche era una limusina Zil larga y negra, con cortinas plisadas en las ventanillas traseras. Circulaba a gran velocidad hacia el centro de Moscú, procedente del aeropuerto de Sheremetyevo, por el carril reservado a los miembros del politburó y el Comité Central. Había anochecido cuando llegaron a su destino, una plaza dedicada a un escritor ruso en el barrio de los Estanques del Patriarca, en el casco antiguo. Caminaron por callejuelas sin alumbrado, la niña y los dos hombres de traje gris, hasta llegar a una capilla rodeada de plátanos. El edificio de pisos estaba al otro lado de un callejón. Cruzaron una puerta de madera y se introdujeron en un ascensor que los depositó en un penumbroso vestíbulo. Más allá había un tramo de escaleras. La niña, por pura costumbre, contó los peldaños. Eran quince. En el rellano había otra puerta, esta de cuero acolchado. Un hombre bien vestido los aguardaba allí, con una copa en la mano. Había algo en su cara desfigurada que le resultaba familiar. Sonriendo, pronunció una sola palabra, en ruso. Habrían de pasar muchos años antes de que la niña entendiera lo que significaba esa palabra.

PRIMERA PARTE

EL TREN NOCTURNO HACIA VIENA

1

BUDAPEST, HUNGRÍA

Nada de aquello —ni la búsqueda frenética del traidor, ni las alianzas forzadas, ni las muertes innecesarias— habría ocurrido de no ser por el pobre Heathcliff. Era su figura trágica, su promesa malograda. Al final, acabaría siendo otra pluma en el sombrero de Gabriel. Dicho lo cual, Gabriel habría preferido que Heathcliff siguiera figurando en su haber. No todos los días se tropezaba uno con un agente como él. En ocasiones, solo sucedía una vez en el transcurso de toda una carrera. Dos, a lo sumo. Así era el espionaje, se lamentaba Gabriel. Y la vida.

Heathcliff no era su verdadero nombre, sino un alias

escogido al azar —o eso afirmaban sus superiores— por un ordenador. El programa informático elegía un nombre en clave que no guardara relación alguna con la verdadera identidad del agente, su nacionalidad o su línea de trabajo. En ese aspecto dio de lleno en el clavo. El individuo al que bautizó como Heathcliff no era ni un expósito ni un romántico incurable. Tampoco era de carácter hosco, vengativo o violento. A decir verdad, no tenía nada en común con el Heathcliff de Brontë, como no fuera la tez morena que había heredado de su madre, nacida en la exrepública soviética de Georgia. La misma república —señalaba ella con orgullo— de la que era oriundo el camarada Stalin, cuyo retrato colgaba aún en el cuarto de estar de su piso de Moscú.

Heathcliff hablaba y leía inglés con soltura, sin embargo, y era aficionado a la novela victoriana. De hecho, había coqueteado con la idea de estudiar Literatura Inglesa antes de recobrar la sensatez y matricularse en el Instituto de Lenguas Extranjeras de Moscú, la segunda universidad más prestigiosa de la Unión Soviética. Su tutor en la facultad trabajaba como ojeador de talentos para el SVR, el Servicio de Inteligencia Exterior, en cuya academia fue invitado Heathcliff a ingresar tras su graduación. Su madre, borracha de alegría, puso flores y fruta fresca al pie del retrato del camarada Stalin.

—Él vela por ti —le dijo—. Algún día serás un hombre de armas tomar. Un hombre temible.

A ojos de su madre, no había mayor elogio.

La mayoría de los cadetes aspiraba a servir en una *rezidentura*, una delegación del SVR en el extranjero, donde se encargarían de reclutar y supervisar a espías enemigos.

Para realizar dicha tarea era necesario tener un talante determinado. El agente en cuestión debía ser intrépido, seguro de sí mismo, hablador, rápido de pies y un seductor nato. Heathcliff, lamentablemente, no poseía ninguna de esas cualidades, ni tampoco los atributos físicos que exigían las tareas menos gratas del SVR. Tenía, en cambio, facilidad para los idiomas —hablaba fluidamente alemán y holandés, además de inglés— y una memoria que, incluso aplicando los estrictos parámetros del SVR, podía considerarse excepcional. Le dieron a elegir, cosa poco frecuente en el jerarquizado mundo del SVR: podía trabajar en el Centro como traductor, o dedicarse al servicio activo en calidad de correo. Escogió esto último, sellando así su destino.

No era un trabajo glamuroso, pero sí de vital importancia. Pertrechado con sus cuatro idiomas y un maletín lleno de pasaportes falsos, recorría el mundo al servicio de la madre patria como un recadero clandestino, o un cartero furtivo. Vaciaba buzones, metía dinero en cajas de seguridad y en cierta ocasión incluso se codeó fugazmente con un agente profesional del Centro. No era raro que pasara trescientas noches al año fuera de Rusia, lo que le impedía casarse o tener una relación seria. El SVR le procuraba compañía femenina cuando estaba en Moscú —bellas jovencitas que en circunstancias normales ni siquiera se dignarían a mirarlo—, pero cuando viajaba era proclive a caer en accesos de profundo ensimismamiento.

Fue durante uno de esos episodios, en el bar de un hotel de Hamburgo, cuando conoció a su Catherine. Bebía vino blanco, sentada a la mesa del rincón. Era una mujer atractiva de unos treinta y cinco años, cabello castaño claro y miembros bronceados. Heathcliff tenía órdenes de evitar a las mujeres cuando viajaba. Eran, invariablemente, agentes del espionaje enemigo o prostitutas a su servicio. Catherine, sin embargo, no encajaba en ninguno de esos papeles. Y cuando lo miró por encima de su teléfono móvil y sonrió, Heathcliff sintió una sacudida eléctrica que lo atravesó desde el corazón hasta la entrepierna.

—¿Le apetece acompañarme? —preguntó ella—. Odio beber sola.

No se llamaba Catherine, sino Astrid. Al menos eso fue lo que le susurró al oído mientras le acariciaba la cara interior del muslo con una uña. Era holandesa, por lo que Heathcliff, que se hacía pasar por empresario ruso, pudo hablar con ella en su idioma nativo. Tras tomar varias copas juntos, se autoinvitó a subir a la habitación de Heathcliff, donde él se sentía seguro. Se despertó a la mañana siguiente con una intensa resaca, cosa rara en él, y sin recuerdo alguno de haber practicado el acto amoroso. Para entonces, Astrid ya se había duchado y envuelto en un albornoz. A la luz del día, su notable belleza saltaba a la vista.

—¿Estás libre esta noche? —preguntó.

—No debería.

—¿Por qué no?

Él no supo qué responder.

—Pero tienes que invitarme a salir como es debido —añadió ella—. Una buena cena. Y luego una discoteca, quizá.

—¿Y después?

Se abrió el albornoz, dejando al descubierto unos pechos

bellamente formados. Heathcliff, sin embargo, no recordaba haberlos acariciado, por más que se esforzaba.

Intercambiaron números de teléfono —otro acto prohibido— y se despidieron. Ese día, Heathcliff tenía dos recados que hacer en Hamburgo que exigían varias horas de «limpieza en seco» o «tintorería» para cerciorarse de que nadie lo seguía. Acababa de completar su segunda tarea —el vaciado rutinario de un buzón ciego—, cuando recibió un mensaje de texto con el nombre de un lujoso restaurante situado cerca del puerto. Cuando llegó a la hora convenida, Astrid ya estaba allí, radiante, sentada a su mesa detrás de una botella abierta de un Montrachet espantosamente caro. Heathcliff arrugó el ceño: tendría que pagar el vino de su bolsillo. El Centro vigilaba minuciosamente sus gastos y le daba un toque de atención si excedían la cuota que tenía asignada.

Astrid pareció percibir su malestar.

—No te preocupes, invito yo.

—Pensaba que era *yo* quien tenía que invitarte a salir como es debido.

—¿De verdad dije eso?

Fue en ese instante cuando Heathcliff comprendió que había cometido un terrible error. Su instinto le decía que diera media vuelta y echara a correr, pero sabía que no serviría de nada: le habían hecho la cama. De modo que se quedó en el restaurante y cenó con la mujer que lo había traicionado. Su conversación fue tensa y forzada —propia de una mala serie dramática de televisión— y, cuando les llevaron la cuenta, fue Astrid quien pagó. En efectivo, por supuesto.

Afuera los esperaba un coche. Heathcliff no opuso resistencia cuando Astrid lo instó con voz queda a subir al asiento trasero. Tampoco protestó cuando el coche arrancó en dirección contraria a la de su hotel. El conductor era a todas luces un profesional: no dijo ni una sola palabra mientras ejecutaba varias maniobras de manual ideadas para despistar a posibles perseguidores. Astrid pasó el rato mandando y recibiendo mensajes. No dirigió la palabra a Heathcliff.

—¿Llegamos a…?

—¿A hacer el amor? —preguntó ella.

—Sí.

Ella se quedó mirando por la ventanilla.

—Bien —dijo Heathcliff—. Mejor así.

Cuando por fin se detuvieron, fue en una casita junto al mar. Dentro había un hombre esperando. Se dirigió a Heathcliff en alemán con acento británico. Dijo que se llamaba Marcus y que trabajaba para un servicio de espionaje occidental. No especificó para cuál. A continuación, le mostró varios documentos de contenido extremadamente sensible que Astrid había copiado de su maletín la noche anterior, mientras él se hallaba incapacitado por las drogas que le había administrado. Heathcliff iba a seguir suministrándoles documentos como aquellos, afirmó Marcus, además de otros muchos. De lo contrario, él y sus colegas emplearían el material que tenían en su poder para convencer al Centro de que Heathcliff era un agente enemigo.

Pese a su alias, Heathcliff no era un hombre amargado, ni vengativo. Regresó a Moscú medio millón de dólares más rico y aguardó su siguiente misión. El SVR envió a una bella jovencita a su piso de la Colina de los Gorriones. Casi se desmayó de miedo cuando la chica se presentó como Ekaterina. Él le preparó una tortilla y la despidió sin llegar a tocarla.

La esperanza de vida de un hombre en la posición de Heathcliff no era muy larga. La traición se castigaba con la muerte. Y no con una muerte rápida, sino con una muerte inenarrable. Como todos los que trabajaban para el SVR, Heathcliff había oído contar historias. Historias de hombres adultos que suplicaban que un balazo pusiera fin a su sufrimiento. Al final, el balazo llegaba: en la nuca, al estilo ruso. El SVR lo denominaba *vysshaya mera*: la pena máxima. Heathcliff resolvió no caer nunca en sus manos. Obtuvo de Marcus una ampolla de veneno. Solo hacía falta un mordisco. Diez segundos y se acabó.

Marcus le proporcionó asimismo un dispositivo de comunicación que le permitía transmitir informes vía satélite mediante microrráfagas cifradas. Heathcliff lo usaba raras veces. Prefería informar a Marcus en persona durante sus viajes al extranjero. Siempre que era posible, le permitía fotografiar el contenido de su maletín, pero sobre todo hablaban. Heathcliff era un don nadie, pero trabajaba para hombres importantes y se encargaba de trasladar sus secretos. Conocía, además, la ubicación de buzones ciegos de los servicios de espionaje rusos en diversos lugares del mundo, y la llevaba siempre consigo gracias a su prodigiosa memoria. Procuraba no contar demasiado, ni darse demasiada prisa en contarlo, por su propio bien y por el de su cuenta bancaria, que iba engrosándose a pasos agigantados. Dosificaba sus secretos con cuentagotas a fin de incrementar su valor. Al cabo de un año, el medio millón se convirtió en un millón. Luego en dos. Y más tarde en tres.

No tenía escrúpulos de conciencia —era un hombre sin ideología ni convicciones políticas—, pero el miedo lo acosaba día y noche. Miedo a que el Centro estuviera al tanto de su traición y vigilara cada uno de sus pasos. Miedo a haber divulgado más secretos de la cuenta, o a que algún espía ruso en Occidente lo delatase. Le suplicó muchas veces a Marcus que lo acogiera en su seno. Pero Marcus se negaba siempre, a veces con una palabra o un gesto tranquilizador; otras, con un restallido de látigo. Heathcliff debía seguir espiando hasta que su vida se hallara verdaderamente en peligro. Solo entonces se le permitiría desertar. Él dudaba, como es lógico, de que Marcus estuviera en situación de juzgar en qué momento caería el hacha, pero no tenía más remedio que seguir adelante. Marcus lo había chantajeado para que hiciera su voluntad. Y pensaba extraerle hasta el último secreto antes de liberarlo de su yugo.

No todos los secretos son de la misma índole, sin embargo. Algunos son prosaicos, rutinarios, y pueden transmitirse sin que el mensajero corra apenas peligro. Otros, en cambio, son demasiado peligrosos para desvelarlos. Pasado un tiempo, Heathcliff encontró uno de esos secretos en un buzón ciego de la lejana Montreal. El buzón era en realidad un piso vacío utilizado por un agente ruso que operaba clandestinamente en Estados Unidos, infiltrado en una organización. Escondido en el armario de debajo del fregadero, había un lápiz de memoria. Heathcliff había recibido órdenes de recogerlo y llevarlo al Centro, esquivando así a la poderosa NSA, la Agencia de Seguridad Nacional estadounidense. Antes de salir del piso, conectó la memoria USB a su portátil y descubrió que su contenido no estaba protegido por contraseña ni clave alguna. Leyó los documentos a su antojo. Procedían de diversos servicios de inteligencia estadounidenses y estaban clasificados como de altísimo secreto.

Heathcliff no se atrevió a copiarlos. Guardó en su impecable memoria cada dato y cada detalle, y regresó al Centro, donde entregó el dispositivo a su supervisor, acompañándolo de un informe severo respecto a los fallos que había detectado en el protocolo de seguridad. El supervisor, apellidado Volkov, le aseguró que tomaría cartas en el asunto y acto seguido, a modo de recompensa, le ofreció un viaje oficial a la amistosa Budapest.

—Considérelo unas vacaciones con todos los gastos pagados, cortesía del Centro —le dijo—. No se lo tome a mal, Konstantin, pero tiene usted cara de que le vendrían bien unas vacaciones.

Esa misma noche, Heathcliff se sirvió del dispositivo de comunicación que le había proporcionado Marcus para informarle de que había descubierto un secreto de tal magnitud que no tenía más remedio que desertar. Para su sorpresa, Marcus no puso objeciones. Le ordenó deshacerse del dispositivo de tal modo que nadie pudiera encontrarlo. Heathcliff lo destrozó hasta dejarlo hecho pedazos y tiró los restos a una alcantarilla abierta. Ni siquiera los sabuesos del Directorio de Seguridad del SVR —se dijo— mirarían allí.

Una semana después, tras visitar a su madre en el cuchitril en el que vivía, con su ceñudo retrato del camarada Stalin siempre vigilante, Heathcliff salió de Rusia por última vez. Llegó a Budapest bien entrada la tarde, mientras nevaba suavemente sobre la ciudad, y tomó un taxi con destino al hotel Intercontinental. Su habitación daba al Danubio. Cerró la puerta con llave. Luego se sentó al escritorio y esperó a que sonara su móvil. Junto al teléfono, puso la píldora suicida de Marcus. Solo haría falta un mordisco. Diez segundos y todo habría acabado.

2

VIENA

Doscientos cuarenta kilómetros al noroeste, pasados varios meandros del Danubio, una exposición de obras de Peter Paul Rubens —pintor, académico, diplomático y espía— tocaba melancólicamente a su fin. Las hordas de turistas habían ido y venido, y a última hora de la tarde solo algunos visitantes habituales del viejo museo deambulaban, indecisos, por sus salas pintadas de rosa. Uno de ellos era un hombre de edad madura. Observaba los enormes lienzos, con sus corpulentos desnudos retorciéndose entre fastuosos decorados históricos, por debajo de la visera de una gorra plana bien calada sobre la frente.

Detrás de él, un hombre más joven consultaba con aire impaciente su reloj de pulsera.

—¿Cuánto tiempo más vamos a estar aquí, jefe?—preguntó en voz baja, en hebreo.

El mayor de los dos, en cambio, respondió en alemán y en un tono lo bastante alto como para que lo oyera el soñoliento conserje de la esquina.

—Quiero ver uno más antes de que nos marchemos, gracias.

Entró en la sala siguiente y se detuvo ante la *Virgen con el Niño*, óleo sobre lienzo, ciento treinta y siete por ciento once centímetros. Conocía aquel cuadro como la palma de su mano: lo había restaurado en una casita junto al mar, al oeste de Cornualles. Inclinándose un poco, examinó su superficie a la luz oblicua de la sala. Su trabajo había aguantado bien el paso del tiempo. Ojalá pudiera decir lo mismo de su persona, pensó mientras se frotaba las lumbares doloridas. Las dos vértebras que se había fracturado hacía poco eran, quizá, sus percances menos graves. Durante su larga y distinguida carrera como agente del espionaje israelí, Gabriel Allon había recibido dos disparos en el pecho, había sido atacado por un perro alsaciano y rodado por varios tramos de escaleras en los sótanos del Lubyanka, en Moscú. Ni siquiera Ari Shamron, su legendario mentor, podía competir con él en cuestión de lesiones.

El joven que lo seguía por las salas del museo se llamaba Oren. Era el jefe de su escolta, un molesto inconveniente fruto de su reciente ascenso. Llevaban treinta y seis horas viajando, primero en avión, de Tel Aviv a París, y luego en coche, de París a Viena.

Cruzaron las salas desiertas hasta la escalinata del museo. Había comenzado a nevar, y grandes y plumosos copos caían en línea recta en medio de una noche sin viento. Un visitante ocasional podría haber encontrado pintoresca aquella escena: los tranvías deslizándose por las calles espolvoreadas de azúcar glas, entre iglesias y palacios desiertos. Gabriel, en cambio, no. Viena siempre lo deprimía. Sobre todo, cuando nevaba.

El coche esperaba en la calle, con el chófer sentado al volante. Gabriel se subió el cuello de su vieja chaqueta Barbour e informó a Oren de que pensaba regresar al piso franco dando un paseo.

—Solo —añadió.

—No puedo dejar que ande por Viena sin protección, jefe.

—¿Por qué no?

—Porque ahora es el jefe. Y si pasa algo…

—Dirá que estaba cumpliendo órdenes.

—Igual que los austriacos —repuso Oren y, en medio de la oscuridad, le tendió una pistola Jericho de nueve milímetros—. Al menos llévese esto.

Gabriel se guardó la pistola en la cinturilla de los pantalones.

—Estaré en el piso franco dentro de media hora. Informaré a King Saul Boulevard de mi llegada.

King Saul Boulevard era la dirección del servicio secreto de inteligencia israelí, cuyo nombre oficial, largo y premeditadamente engañoso, tenía muy poco que ver con su verdadero cometido. Hasta el jefe lo llamaba sencillamente «la Oficina».

—Media hora —repitió Oren.

—Ni un minuto más —le aseguró Gabriel.

—¿Y si llega tarde?

—Si llego tarde, será porque he sido asesinado o secuestrado por el ISIS, los rusos, Hezbolá, los iraníes o cualquier otro grupo u organización que tenga alguna afrenta contra mí. En cuyo caso, yo no daría un duro por mi vida.

—¿Y qué hay de nosotros?

—A ustedes no les pasará nada, Oren.

—No me refería a eso.

—No quiero que te acerques al piso franco —ordenó Gabriel—. Sigue circulando hasta tener noticias mías. Y recuerda: no intentes seguirme. Es una orden directa.

El escolta lo miró en silencio con expresión preocupada.

—¿Qué pasa ahora, Oren?

—¿Está seguro de que no quiere que alguien lo acompañe, jefe?

Gabriel dio media vuelta sin decir palabra y desapareció en la noche.

Cruzó el Burgring y echó a andar por los senderos del Volksgarten. Era de estatura inferior a la media —metro setenta y dos, como mucho— y tenía el físico enteco de un ciclista. La cara era larga, con el mentón estrecho y unos pómulos anchos y una nariz fina que parecían labrados en madera. Los ojos eran de un tono de verde casi antinatural y el cabello oscuro y corto blanqueaba en las sienes. Era la suya una fisonomía que podía tener muy diversos orígenes nacionales, y el don que Gabriel poseía para las lenguas le permitía sacar provecho de esa cualidad de su rostro. Hablaba con fluidez cinco idiomas, incluido el italiano, que había aprendido antes de viajar a Venecia a mediados de la década de 1970 para estudiar restauración artística. Posteriormente había trabajado como restaurador —un restaurador especialmente dotado para ese oficio, si bien algo parco en palabras— bajo el nombre de Mario Delvecchio, al tiempo que ejercía como agente de inteligencia y asesino a sueldo de la Oficina. Algunos de sus mejores trabajos los había hecho en Viena. Algunos de los peores, también.

Bordeó el Burgtheater, el escenario más prestigioso del mundo de lengua alemana, y siguió la Bankgasse hasta el Café Central, una de las cafeterías más afamadas de Viena. Allí, al mirar a través de las lunas esmeriladas, le pareció ver entre las brumas de su memoria a Erich Radek, colega de Adolf Eichmann y torturador de su madre, sentado a solas a una mesa bebiendo un *einspänner*. Radek el asesino era tan borroso e indistinto como una figura en un cuadro necesitado de restauración.

—¿Está seguro de que no nos hemos visto nunca antes? Su cara me resulta muy familiar.

—Lo dudo, la verdad.

—Puede que volvamos a vernos.

—Puede.

Aquella imagen se disolvió. Gabriel dio media vuelta y se encaminó al antiguo Barrio Judío. Antes de la Segunda Guerra Mundial, aquel barrio había albergado a una de las comunidades hebreas más nutridas y dinámicas del mundo. Ahora, de ella quedaba poco más que un recuerdo. Vio salir a unos pocos ancianos temblorosos del discreto portal de la Stadttempel, la sinagoga mayor de Viena, y acto seguido se dirigió a una plaza cercana bordeada de restaurantes. En uno de ellos, un restaurante italiano, había comido por última vez con Leah, su primera esposa, y Daniel, el hijo de ambos.

En una calle adyacente habían aparcado su coche. Gabriel aflojó el paso involuntariamente, paralizado por los recuerdos. Recordaba que había tenido que forcejear con las correas de la silla de seguridad de su hijo, y el leve sabor a vino de los labios de su esposa al darle un último beso. Y recordaba el ruido vacilante del motor —como un disco girando a velocidad errónea—, porque la bomba estaba extrayendo electricidad de la batería. Demasiado tarde, le gritó a Leah que no girara la llave una segunda vez. Luego, un fogonazo blanco le arrebató para siempre a su mujer y a su hijo.

Su corazón tañía como una campana de hierro. «Ahora no», se dijo cuando las lágrimas le nublaron la vista. Tenía cosas que hacer. Levantó la cabeza hacia el cielo.

«¿Verdad que es precioso? Nieva sobre Viena mientras en Tel Aviv llueven misiles…».

Consultó la hora en su reloj de pulsera: tenía diez minutos para llegar al piso franco. Mientras caminaba apresuradamente por las calles desiertas, se apoderó de él un presentimiento abrumador. Era solo el tiempo, se dijo. Viena siempre lo deprimía. Sobre todo, cuando nevaba.

3

VIENA

El piso franco estaba situado al otro lado del Donaukanal, en un elegante y vetusto edificio Biedermeier del segundo distrito. Allí las calles estaban más concurridas: aquel barrio no era un museo, sino un auténtico vecindario. Había un pequeño supermercado Spar, una farmacia, un par de restaurantes asiáticos y hasta un templo budista. Coches y motocicletas iban y venían por la calzada, y por las aceras transitaban peatones. En un lugar como aquel, nadie repararía en el jefe del servicio de inteligencia israelí. Ni en un desertor ruso, se dijo Gabriel.

Recorrió un pasadizo, cruzó un patio y entró en un portal. Las escaleras estaban a oscuras, y en el rellano del tercer piso había una puerta entornada. Se introdujo por ella, cerró y entró sin hacer ruido en el cuarto de estar, donde Eli Lavon estaba sentado detrás de varios ordenadores portátiles abiertos. Lavon levantó la mirada y, al ver la nieve depositada en los hombros y la gorra de Gabriel, arrugó el entrecejo.

—Por favor, no me digas que has venido andando.

—Se ha averiado el coche. No he tenido elección.

—No es eso lo que dice tu escolta. Más vale que avises a King Saul Boulevard de que estás aquí. Si no, es muy posible que esta operación acabe siendo una misión de búsqueda y rescate.

Gabriel se inclinó sobre uno de los ordenadores, tecleó un breve mensaje y lo envió a Tel Aviv por vía segura.

—Crisis evitada —dijo Lavon.

Llevaba una chaqueta de punto debajo de la arrugada americana de *tweed*, y una corbata ascot anudada al cuello. Tenía el cabello fino y descuidado y sus facciones anodinas, fáciles de olvidar, constituían, de hecho, una de sus mayores cualidades como agente de espionaje. Eli Lavon parecía un hombre insignificante. Era, sin embargo, un depredador nato capaz de seguir a un espía perfectamente cualificado o a un terrorista veterano por cualquier calle del mundo sin que nadie reparase en su presencia. Dirigía la división de la Oficina conocida como Neviot, entre cuyo personal se contaban artistas de la vigilancia, carteristas, ladrones y especialistas en colocar cámaras ocultas y dispositivos de escucha detrás de puertas cerradas. Sus colaboradores habían estado muy atareados esa noche en Budapest.

Señaló uno de los ordenadores. Mostraba a un hombre

sentado ante el escritorio de una lujosa habitación de hotel. A los pies de la cama había una bolsa sin abrir. A su lado, un teléfono móvil y una ampolla de cristal.

—¿Es una fotografía? —preguntó Gabriel.

—Un vídeo.

Gabriel dio unos golpecitos en la pantalla del ordenador.

—No puede oírte, ¿sabes?

—¿Seguro que está vivo?

—Está muerto de miedo. Lleva cinco minutos sin mover ni un solo músculo.

—¿Qué le da tanto miedo?

—Es ruso —contestó Lavon como si eso lo explicase todo.

Gabriel estudió a Heathcliff como si fuera una figura de un cuadro. Se llamaba en realidad Konstantin Kirov y era uno de los informantes más valiosos de la Oficina. Solo una pequeña parte de la información que les suministraba Kirov afectaba de manera directa a la seguridad del estado de Israel, pero el resto —un enorme excedente— había rendido dividendos tanto en Londres como en Langley. En efecto, los directores del MI6 y la CIA esperaban con ansia cada remesa de secretos que salía del maletín del agente ruso. El festín, sin embargo, no les había salido gratis. Ambos servicios habían ayudado a sufragar los gastos de la operación, y los británicos, tras un intenso regateo, habían accedido a conceder asilo a Kirov en el Reino Unido.

La primera cara que vería el ruso tras desertar sería, no obstante, la de Gabriel Allon. El historial del israelí con el servicio de espionaje ruso y los hombres del Kremlin era largo y estaba teñido de sangre, de ahí que quisiera dirigir en persona el interrogatorio inicial de Kirov. Quería saber, en concreto, qué había descubierto y por qué de pronto tenía que desertar. Luego, dejaría al ruso en manos del jefe de la delegación del MI6 en Viena. Se lo cedería a los británicos de mil amores: los agentes desertores, al quedar inutilizados, constituían invariablemente un quebradero de cabeza. Sobre todo si eran rusos.

Kirov se movió por fin.

—Menos mal —dijo Gabriel.

La imagen de la pantalla se descompuso en un mosaico digital durante unos instantes. Luego, volvió a la normalidad.

—Lleva así toda la noche —explicó Lavon—. El equipo debe de haber colocado el transmisor en un sitio donde hay interferencias.

—¿Cuándo entraron en la habitación?

—Una hora antes de que llegara Heathcliff, más o menos. Cuando hackeamos el sistema de seguridad del hotel, nos colamos en el archivo de reservas y miramos su número de habitación. Entrar no fue problema.

Los genios del departamento de Tecnología de la Oficina habían creado una tarjeta-llave mágica capaz de franquearles cualquier puerta de hotel con sistema de apertura electrónico. Con la primera pasada, la tarjeta capturaba el código. Con la segunda, abría la cerradura.

—¿Cuándo empezaron las interferencias?

—En cuanto entró en la habitación.

—¿Lo siguió alguien desde el aeropuerto?

Lavon negó con la cabeza.

—¿Algún nombre sospechoso en el registro del hotel?

—La mayoría de los huéspedes están asistiendo al congreso de la Asociación de Ingenieros Civiles de Europa del Este —explicó Lavon—. Un auténtico festival de nerdos. Un montón de tipos con protectores de bolsillo.

—Tú antes eras de esos, Eli.

—Todavía lo soy. —La imagen volvió a descomponerse—. Maldita sea —masculló Lavon.

—¿El equipo ha comprobado la conexión?

—Dos veces.

—¿Y?

—No hay nadie más en la línea. Y, aunque hubiera alguien, la señal está tan codificada que un par de superordenadores tardarían un mes en reensamblar las piezas. —La imagen se estabilizó—. Eso está mejor.

—Déjame ver el vestíbulo.

Lavon tocó el teclado de otro portátil y apareció un plano del vestíbulo. Era un maremágnum de trajes desaliñados, tarjetas de identificación y calvicies incipientes. Gabriel escudriñó las caras buscando alguna que pareciera fuera de lugar. Encontró cuatro: dos hombres y dos mujeres. Sirviéndose de las cámaras del hotel, Lavon obtuvo fotografías de cada uno de ellos y las envió a Tel Aviv. En la pantalla del ordenador contiguo, Konstantin Kirov estaba mirando su móvil.

—¿Cuánto tiempo piensas hacerlo esperar? —preguntó Lavon.

—El suficiente para que King Saul Boulevard pase esas caras por su base de datos.

—Si no se va pronto, perderá el tren.

—Mejor perder un tren que morir asesinado en el vestíbulo del Intercontinental por un equipo de asesinos del Centro.

La imagen volvió a pixelarse. Irritado, Gabriel tocó el monitor.

—No te molestes —dijo Lavon—. Ya lo he intentado.

Transcurrieron diez minutos antes de que el Servicio de Operaciones de King Saul Boulevard informara de que las caras de aquellos cuatro individuos no figuraban en su galería virtual de agentes de espionaje enemigos, mercenarios privados y terroristas o sospechosos de terrorismo. Solo entonces redactó Gabriel un breve mensaje de texto en una BlackBerry encriptada y pulsó enviar. Un instante después vio como Konstantin Kirov echaba mano de su teléfono móvil. Tras leer su mensaje, el ruso se levantó bruscamente, se puso su abrigo y se enrolló una bufanda al cuello. Se guardó el teléfono en el bolsillo y cogió la ampolla de veneno, manteniéndola en la mano. La maleta la dejó donde estaba.

Eli Lavon pulsó varias teclas del portátil cuando Kirov abrió la puerta de la habitación y salió al pasillo. Las cámaras de seguridad del hotel siguieron sus pasos durante el corto trayecto hasta los ascensores. No había otros huéspedes ni empleados del hotel a la vista, y el ascensor al que subió estaba vacío. El vestíbulo, en cambio, era un hervidero. Nadie pareció reparar en Kirov cuando salió del hotel, ni siquiera los dos gorilas del servicio de seguridad húngaro que, vestidos con chaqueta de cuero, montaban guardia en la calle.

Faltaban escasos minutos para las nueve. Kirov disponía

de tiempo suficiente para tomar el tren nocturno a Viena, pero debía darse prisa. Se dirigió al sur por la calle Apáczai Csere János, seguido por dos agentes de Eli Lavon, y enfiló luego por Kossuth Lajos, una de las avenidas principales del centro de Budapest.

—Mis chicos dicen que está limpio —dijo Lavon—. Ni rusos, ni húngaros.

Gabriel envió un segundo mensaje a Konstantin Kirov ordenándole tomar el tren como estaba previsto. Embarcó cuatro minutos antes de la hora de salida, acompañado por sus vigilantes. De momento, Gabriel y Lavon no podían hacer nada más. Cuando se miraron el uno al otro en silencio, estaban pensando lo mismo. La espera. Siempre la espera.

4

WESTBAHNHOF, VIENA

Gabriel y Eli Lavon no esperaron solos, sin embargo: esa noche, los acompañó en su vigilia el Servicio Secreto de Inteligencia de Su Majestad, el cuerpo de espionaje más antiguo y excelso del mundo civilizado. Seis agentes de su célebre delegación en Viena —el número exacto se convertiría poco después en materia de controversia— mantuvieron una tensa espera en una sala acorazada de la embajada británica, mientras en Vauxhall Cross —el cuartel general del MI6 en Londres, a orillas del río— otros doce no quitaban el ojo a ordenadores y teléfonos de luz parpadeante.

Otro agente del MI6, un hombre llamado Christopher

Keller, aguardaba frente a la Westbahnhof, la estación de tren de Viena, sentado al volante de un discreto Volkswagen Passat. Tenía los ojos azules claros, el cabello descolorido por el sol, los pómulos cuadrados y el mentón carnoso, hendido en el centro. Su boca parecía permanentemente inmovilizada en una sonrisa irónica.

Teniendo poco que hacer esa noche, aparte de vigilar la aparición de posibles agentes rusos, Keller había estado cavilando acerca de los azarosos derroteros que le habían conducido hasta allí: el año malgastado en Cambridge, su misión como agente infiltrado en Irlanda del Norte y el desgraciado incidente de fuego cruzado que, durante la primera guerra del Golfo, lo llevó a autoexiliarse en la isla de Córcega, donde aprendió a hablar un francés perfecto —si bien con acento corso— y se empleó al servicio de cierto conocido jefe mafioso, realizando tareas que podían describirse a grandes rasgos como las de un asesino a sueldo. Todo eso, sin embargo, había quedado atrás. Gracias a Gabriel Allon, Christopher Keller era ahora un respetable agente del Servicio Secreto de Inteligencia de Su Majestad. Se había rehabilitado.

Keller miró al israelí sentado a su lado, en el asiento del copiloto. Alto y desgarbado, tenía la piel lívida y los ojos del color del hielo glacial. Su semblante denotaba un profundo aburrimiento. El tamborileo nervioso de sus dedos sobre la consola central, sin embargo, delataba su verdadero estado de ánimo.

Keller encendió un cigarrillo —el cuarto en veinte minutos— y expelió una nube de humo contra el parabrisas.

—¿Es necesario que fumes? —protestó el israelí.

—Dejaré de fumar cuando tú dejes ese dichoso tamborileo. —Keller hablaba con acento pijo de West London: un vestigio de su infancia privilegiada—. Me estás dando dolor de cabeza.

Los dedos del israelí se detuvieron. Se llamaba Mikhail Abramov y, al igual que Keller, era veterano de una unidad militar de élite. En su caso, del Sayeret Matkal, las fuerzas especiales del ejército israelí. Keller y él habían trabajado juntos otras veces, la última recientemente, en Marruecos, donde habían seguido la pista a Saladino, el jefe de la división de operaciones exteriores del ISIS, hasta un remoto complejo en las montañas del Atlas Medio. Ninguno de los dos, sin embargo, efectuó el disparo que puso fin al reinado del terror de Saladino. Ese honor le había correspondido a Gabriel.

—Además, ¿por qué estás tan nervioso? —preguntó Keller—. Estamos en medio de la insulsa y aburrida Viena.

—Sí —contestó Mikhail distraídamente—. Aquí nunca pasa nada.

Había vivido en Moscú de niño y hablaba inglés con un leve acento ruso. Sus aptitudes lingüísticas y su aspecto eslavo le habían permitido hacerse pasar por ruso en varias operaciones importantes de la Oficina.

—¿Has trabajado aquí otras veces? —preguntó Keller.

—Una o dos. —Mikhail revisó su arma, una pistola Jericho, calibre 45—. ¿Te acuerdas de esos cuatro terroristas suicidas de Hezbolá que pensaban atentar en la Stadttempel?

—Creía que de eso se había encargado EKO Cobra.

—EKO Cobra era la unidad táctica de la policía austriaca—. De hecho, estoy seguro de haberlo leído en los periódicos.

Mikhail lo miró inexpresivamente.

—¿Fuiste tú?

—Tuve ayuda, claro.

—¿Alguien que yo conozca?

Mikhail no dijo nada.

—Entiendo.

Faltaba poco para la medianoche. Frente a la moderna fachada de cristal de la estación, la calle estaba desierta. Solo un par de taxis aguardaban a algún viajero rezagado. Uno de ellos sería el encargado de recoger a un desertor ruso y trasladarlo al hotel Best Western, en el Stubenring. Desde allí, el desertor recorrería andando el último trecho hasta el piso franco. La decisión de dejarlo entrar o no dependería de Mikhail, que lo seguiría a pie. La ubicación del piso franco era quizá el secreto mejor guardado de la operación. Si nadie seguía a Kirov, Mikhail lo revisaría en el portal del edificio y lo llevaría arriba a ver a Gabriel. Keller debía quedarse abajo, en el Passat, defendiendo el perímetro, aunque no sabía con qué. Alistair Hughes, el jefe de la delegación del MI6 en Viena, le había prohibido expresamente que fuera armado. La reputación de hombre violento de Keller —una reputación bien fundada— lo precedía; Hughes, por su parte, tenía fama de cauto. Llevaba una vida muy agradable en Viena: una red productiva, comidas prolongadas y buenas relaciones con el servicio secreto local. No quería tener problemas y verse obligado a volver a ocupar un despacho en Vauxhall Cross. La BlackBerry de Mikhail se iluminó anunciando la llegada de un nuevo mensaje. El resplandor de la pantalla iluminó su cara pálida.

—El tren ha llegado a la estación. Kirov está saliendo.

—Heathcliff —le reprendió Keller—. Se llama Heathcliff hasta que lo metamos dentro del piso franco.

—Ahí está.

Mikhail volvió a guardarse la BlackBerry en el bolsillo de la chaqueta mientras Kirov salía de la estación precedido por uno de los agentes de Eli Lavon y seguido por otro.

—Parece nervioso —comentó Keller.

—Lo está. —Mikhail empezó a tamborilear de nuevo sobre la consola central del coche—. Es ruso.

Los vigilantes israelíes se alejaron de la estación a pie; Konstantin Kirov, en un taxi. Keller lo siguió a distancia prudencial, cruzando la ciudad hacia el este por calles desiertas. No vio señal alguna de seguimiento. Mikhail estuvo de acuerdo.

A las doce y cuarto, el taxi se detuvo frente al Best Western. Kirov se bajó del taxi, pero no entró al hotel. Cruzó el Donaukanal por el Schwedenbrücke, seguido por Mikhail a pie. El puente los depositó a ambos en Taborstrasse, que a su vez los condujo a la bonita plaza de Karmeliterplatz, donde Mikhail acortó unos pasos la distancia que lo separaba de su objetivo.

Cruzaron juntos hasta una calle contigua y la siguieron, pasando junto a una hilera de tiendas y cafés cerrados, camino del edificio de viviendas de estilo Biedermeier situado al final de la manzana. En la ventana de la tercera planta brillaba una luz tenue, la justa para que Mikhail distinguiera la silueta de Gabriel en pie, con una mano en la barbilla y la cabeza ligeramente ladeada. Mikhail le mandó un último mensaje. Kirov estaba limpio.

Oyó entonces el ruido de una motocicleta que se acercaba. Pensó de inmediato que aquella no era una noche propicia para pilotar un vehículo de dos ruedas. Su opinión se vio confirmada unos segundos después, cuando vio aparecer la moto, derrapando, por la esquina del edificio.

El conductor vestía de cuero negro y llevaba un casco del mismo color, con la visera bajada. Detuvo la moto a escasos metros de Kirov, apoyó un pie en el suelo y sacó de la pechera de la chaqueta una pistola provista de largo silenciador cilíndrico. Mikhail no alcanzó a distinguir el modelo del arma. Una Glock. O una H&K, quizá. Fuera cual fuese, apuntaba directamente a la cara de Kirov.

Mikhail soltó el teléfono y echó mano de su Jericho, pero antes de que pudiera sacarla, el arma del motociclista disparó dos lenguas de fuego. Ambos disparos dieron en el blanco. Mikhail oyó el repulsivo chasquido de los proyectiles al atravesar el cráneo de Kirov y vio brotar un borbotón de sangre y tejido cerebral en el instante en que el correo ruso se desplomaba sobre la acera.

El hombre de la motocicleta movió el brazo ligeramente, abriendo el ángulo unos grados, y apuntó al israelí. Dos disparos, ambos fallidos, obligaron a Mikhail a arrojarse al suelo y otros dos lo impulsaron a buscar refugio detrás de un coche aparcado. Empuñó la Jericho con la mano derecha y, en el momento en que sacaba el arma, el hombre de la motocicleta levantó el pie y revolucionó el motor.

Estaba apenas a treinta metros de Mikhail, delante del piso bajo del edificio. Mikhail sujetó la pistola con ambas manos y apoyó los brazos estirados sobre el maletero del coche. Pero no disparó. Las normas de la Oficina concedían amplio margen a sus agentes a la hora de emplear armas letales para defender sus vidas. No les permitían, en cambio, abrir fuego con una pistola del calibre 45 contra un objetivo en fuga, en medio de un barrio residencial de una ciudad europea donde una bala perdida podía con toda facilidad segar una vida inocente.

La motocicleta aceleró y el rugido de su motor resonó en el desfiladero formado por los bloques de viviendas. Mikhail observó su avance mirando por encima del cañón de la Jericho, hasta que la perdió de vista. Se precipitó entonces hacia el lugar donde había caído Kirov. El ruso estaba muerto. De su cara no quedaba apenas nada.

Mikhail miró hacia la silueta de la ventana del tercer piso. Entonces oyó a su espalda el ruido de un motor que se acercaba a gran velocidad. Temió que fuera el resto del equipo de asesinos, dispuesto a rematar la faena, pero era Keller en el Passat. Agarró su teléfono móvil y subió de un salto al coche.

—Ya te lo decía yo —comentó cuando el coche arrancó bruscamente—. Aquí nunca pasa nada.

Gabriel permaneció junto a la ventana mucho más tiempo del debido, observando cómo se alejaba la luz trasera de la motocicleta, seguida por el Passat con las luces apagadas. Cuando los dos vehículos desaparecieron, contempló al hombre tendido en la acera. La nieve lo había cubierto de blanco. Estaba muerto, no había duda. Lo estaba ya antes de llegar a Viena, se dijo Gabriel. Antes incluso de abandonar Moscú.

Eli Lavon se situó junto a Gabriel. Pasaron unos minutos y Kirov siguió tendido en la acera, solo y desamparado. Por fin apareció un coche y se detuvo. El conductor salió. Era una joven. Se llevó la mano a la boca y apartó la mirada.

Lavon bajó la persiana.

—Hora de irse —dijo.

—No podemos…

—¿Has tocado algo?

Gabriel hizo un esfuerzo por recordar.

—Los ordenadores.

—¿Nada más?

—El picaporte

—Lo limpiaremos al salir.

De pronto, una luz azulada llenó la habitación. Gabriel conocía muy bien aquel resplandor: eran las luces de un coche patrulla de la Bundespolizei. Llamó a Oren, el jefe de su escolta.

—Ven por el lado de Hollandstrasse. Muy discretamente.

Cortó la llamada y ayudó a Lavon a meter los ordenadores y los teléfonos en sus bolsas. Al salir por la puerta, restregaron enérgicamente el picaporte, primero Gabriel y luego Lavon, por si acaso. Mientras cruzaban el patio oyeron el sonido lejano de las sirenas. Hollandstrasse, en cambio, estaba en silencio: solo se oía el suave murmullo de un motor al ralentí. Gabriel y Lavon montaron detrás. Un momento después cruzaron el Donaukanal, abandonando el segundo distrito para internarse en el primero.

—Estaba limpio. ¿Verdad, Eli?

—Como una patena.

—Entonces, ¿cómo sabía el asesino dónde tenía que ir?

—Tal vez deberíamos preguntárselo a él. —Gabriel sacó su teléfono y llamó a Mikhail.

5

FLORIDSDORF, VIENA

El Passat estaba equipado con la última tecnología Volkswagen de tracción a las cuatro ruedas, pero aun así era pedirle demasiado que girara bruscamente a la derecha a cien kilómetros por hora y sobre nieve recién caída. Las ruedas traseras patinaron y, por un instante, Mikhail temió que perdieran el control. Luego, sin embargo, las ruedas volvieron a adherirse al asfalto y el coche, tras una última sacudida, se enderezó.

Mikhail aflojó la mano con la que se agarraba al reposabrazos.

—¿Tienes mucha experiencia conduciendo con nieve?

—Muchísima —contestó Keller con calma—. ¿Y tú?

—Me crie en Moscú.

—Pero te fuiste cuando eras un niño.

—Tenía dieciséis años, en realidad.

—¿Tu familia tenía coche?

—¿En Moscú? Claro que no. Tomábamos el metro, como todo el mundo.

—Entonces nunca *condujiste* en Rusia en invierno.

Mikhail no lo negó. Estaban otra vez en Taborstrasse. Pasaron a toda velocidad junto a una zona industrial, unos cien metros por detrás de la motocicleta. Mikhail, que conocía bastante bien la geografía de la ciudad, calculó correctamente que se dirigían hacia el este. Hacia la frontera. Dedujo que el motorista tendría que cruzarla, y pronto. La luz de freno de la moto se encendió.

—Va a girar —dijo Mikhail.

—Ya lo veo.

La moto giró a la izquierda y desapareció de su vista un instante. Keller se acercó a la esquina sin aminorar la marcha. Un feo paisaje vienés desfiló oblicuamente por el parabrisas durante unos segundos, hasta que Keller consiguió hacerse de nuevo con el control del coche. La motocicleta les llevaba ya doscientos metros de ventaja, como mínimo.

—Conduce bien —comentó Keller.

—Pues deberías ver cómo maneja un arma.

—Lo he visto.

—Gracias por la ayuda.

—¿Y qué querías que hiciera? ¿Distraerlo?

Ante ellos se alzaba la Torre del Milenio, un edificio de viviendas y oficinas de cincuenta y un pisos de altura ubicado en la orilla oeste del Danubio. Keller iba a unos ciento cincuenta kilómetros por hora cuando cruzaron el río, y aun así la moto se les escapaba. Mikhail se preguntó cuánto tiempo tardaría la Bundespolizei en echarles el ojo. Más o menos el mismo —calculó— que tardaría en sacar el pasaporte del bolsillo de un agente ruso muerto.

La moto dobló una esquina y desapareció. Cuando Keller consiguió tomar la curva, su luz trasera era solo un punto rojo en medio de la oscuridad.

—Vamos a perderlo.

Keller pisó a fondo el acelerador. Justo en ese instante, vibró el móvil de Mikhail. El israelí apartó los ojos de la luz de la motocicleta el tiempo justo para leer el mensaje.

—¿Qué es? —preguntó Keller.

—Gabriel quiere saber qué está pasando. —Mikhail escribió una escueta respuesta y levantó la mirada—. Mierda —dijo en voz baja.

Ya no se veía la luz.

La culpa fue, en última instancia, de Alois Graf, un jubilado austriaco, discreto seguidor de un partido de ultraderecha, aunque eso último nada tuvo que ver con lo ocurrido. Viudo desde hacía poco tiempo, últimamente Graf tenía problemas para dormir. De hecho, no recordaba la última vez que había conseguido encadenar más de dos o tres horas de sueño desde la muerte de su querida Trudi. Y lo mismo podía decirse de Shultzie, su teckel de nueve años. En realidad, el animalucho no era suyo, sino de Trudi. Shultzie nunca le había tenido mucha simpatía a Graf, y viceversa. Y ahora eran compañeros de celda, insomnes y deprimidos, camaradas en el dolor.

El perro estaba bien entrenado en el control de esfínteres y era medianamente considerado con el prójimo. Desde hacía un tiempo, sin embargo, necesitaba hacer sus necesidades a las horas más intempestivas. Graf, que también era considerado a su manera, nunca protestaba cuando Shultzie se acercaba a él de madrugada con una expresión angustiosa en sus ojitos rencorosos.

Esa noche, la necesidad de salir lo asaltó a las doce y veinticinco, según el reloj de la mesita de noche. El lugar preferido de Shultzie era el tramo de césped contiguo al restaurante estadounidense de comida rápida de Brünnerstrasse, cosa que satisfacía a Graf, al que aquel local le parecía una ofensa para la vista. Claro que Graf nunca les había tenido mucho aprecio a los estadounidenses. Era lo bastante viejo para acordarse de la posguerra, cuando Viena era una ciudad dividida en la que abundaban los espías y la miseria. Le caían mejor los británicos que los estadounidenses. Ellos, al menos, tenían cierta picardía.

Para llegar a la añorada parcelita de Shultzie, había que cruzar Brünnerstrasse. Graf, que había sido maestro de escuela, miró a la derecha e izquierda antes de bajarse del bordillo. Fue entonces cuando vio el foco solitario de una motocicleta que se acercaba, procedente del centro de la ciudad. Se detuvo, indeciso. La moto estaba todavía lejos. No se oía ningún ruido. Seguro que le daba tiempo de sobra a cruzar la calle. Aun así, dio un tironcito a la correa de Shultzie para que no se parase en mitad de la calzada, como solía hacer. Cuando estaba en medio de la calle, Graf echó otra ojeada a la motocicleta. En tres o cuatro segundos había avanzado un buen trecho. Circulaba a gran velocidad, como evidenciaba el ruido estridente del motor, que ahora se oía con toda claridad. Shultzie también lo oyó. Se quedó quieto como una estatua y, por más que Graf tiró de la correa, no consiguió moverlo.

—*Komm, Shultzie! Mach schnell!*

Nada. El animal parecía clavado al asfalto.

La moto estaba a unos cien metros de distancia, la longitud aproximada del terreno deportivo de su antigua escuela. Graf se agachó y agarró al perro, pero era ya demasiado tarde: la moto se le echó encima. Viró bruscamente, pasándole tan cerca que pareció rozarle la tela del abrigo. Un instante después Graf oyó el terrible estruendo metálico de la colisión y vio una figura negra volar por el aire. Llegó tan lejos que se habría dicho que tenía alas. Sin embargo, el siguiente sonido que se oyó —el ruido de un cuerpo al chocar contra el pavimento— desmintió esa impresión.

El motorista avanzó varios metros más dando espantosas volteretas, hasta que por fin se detuvo. Graf pensó fugazmente en acercarse a él, aunque solo fuera para constatar lo evidente, pero otro vehículo, un coche, se acercaba a gran velocidad en la misma dirección. Con Shultzie en brazos, Graf se apartó rápidamente de la calzada para dejar pasar al coche. El conductor aminoró la marcha para inspeccionar el estado en que había quedado la motocicleta y luego se detuvo junto a la figura vestida de negro tendida, inmóvil, sobre el asfalto. Se bajó un pasajero. Era alto y delgado, y su cara pálida parecía refulgir en la oscuridad. Miró un momento al motociclista —con más rabia que pena, observó Graf— y le quitó el casco destrozado. Acto seguido, hizo algo inaudito, algo que Graf no le contaría nunca a nadie: fotografió la cara del muerto con su teléfono móvil.

El destello de la cámara sobresaltó a Shultzie, que comenzó a ladrar frenéticamente. El hombre lanzó a Graf una mirada heladora antes de volver a subir al coche. Un momento después el vehículo se perdió de vista.

De inmediato empezó a oírse el ruido de las sirenas. Alois Graf debería haberse quedado donde estaba para contarle a la Bundespolizei lo que había presenciado, pero volvió a casa a toda prisa, con Shultzie retorciéndose en sus brazos. Se acordaba bien de cómo era Viena después de la guerra. A veces —se dijo— era preferible no ver nada.

6

VIENA–TEL AVIV

Dos cadáveres en plena calle, separados por unos seis kilómetros de distancia. Uno de ellos, con dos disparos efectuados a bocajarro. El otro, muerto en un accidente de motocicleta mientras se hallaba en posesión de una pistola de gran calibre, una HK45 Tactical con silenciador. No había testigos presenciales de ninguno de los dos hechos, ni grabaciones de cámaras de seguridad. Pero eso carecía de importancia: la historia de lo sucedido estaba escrita parcialmente en la nieve, en forma de pisadas y marcas de neumáticos, casquillos de bala y salpicaduras de sangre. Los austriacos trabajaron deprisa: el pronóstico del tiempo auguraba fuertes lluvias seguidas por dos días de temperaturas excepcionalmente altas para la estación. El cambio climático conspiraba contra ellos.

El hombre muerto por arma de fuego llevaba encima un teléfono móvil, una cartera y un pasaporte ruso que lo identificaba como Oleg Gurkovsky. Según la documentación hallada en la cartera, Gurkovsky residía en Moscú y trabajaba en una empresa de telecomunicaciones. Reconstruir sus últimas horas de vida fue tarea sencilla: el vuelo en Aeroflot de Moscú a Budapest; la habitación del Intercontinental donde, curiosamente, dejó su equipaje; y el tren nocturno a Viena. Las cámaras de seguridad de la Westbahnhof lo grabaron subiendo a un taxi, y el taxista, al ser interrogado por la policía, recordó haberlo dejado frente al hotel Best Western, en el Stubenring. Desde allí cruzó el Donaukanal por el Schwedenbrücke, seguido a pie por un hombre. La policía recuperó varias grabaciones de cámaras de tráfico y seguridad en las que se veía parcialmente la cara del perseguidor. Este había dejado, además, un rastro de pisadas, especialmente en Karmeliterplatz, donde la nieve estaba casi intacta. Calzaba zapatos del número cuarenta y ocho sin marcas distintivas en las suelas. Los agentes de la policía científica hallaron varias pisadas idénticas junto al cadáver.

Encontraron asimismo seis casquillos del calibre 45 y huellas de neumáticos Metzeler Lasertec, cuyo análisis demostró de manera concluyente que pertenecían a la motocicleta BMW siniestrada en Brünnerstrasse. Las pruebas balísticas demostraron, a su vez, que los casquillos de bala procedían de la HK45 Tactical que portaba el motorista en el momento de impactar contra un coche aparcado. No llevaba nada más encima: ni pasaporte, ni permiso de conducir, ni dinero en efectivo, ni tarjetas bancarias. Parecía tener unos treinta y cinco años, pero la policía no podía estar segura de su edad, puesto que su cara mostraba signos evidentes de haber sido sometida a operaciones de cirugía plástica. Concluyeron que se trataba de un asesino a sueldo.

Pero ¿por qué, siendo a todas luces un profesional, había perdido el control de la moto en Brünnerstrasse? ¿Y quién era el individuo que había seguido al ruso desde el hotel Best Western a la calle del segundo distrito donde la víctima había recibido dos impactos de bala a bocajarro? Por otro lado, ¿qué había ido a hacer el ruso a Viena desde Budapest? ¿Lo habían atraído hasta allí con engaños? ¿Lo habían ordenado ir? Y si era así, ¿quién se lo había ordenado? Pese a todas las incógnitas sin resolver, el caso tenía visos de ser un asesinato selectivo llevado a cabo por un servicio de inteligencia sumamente eficaz.

Durante las primeras horas de la investigación, la Bundespolizei se guardó sus conclusiones. Los medios, en cambio, se lanzaron a especular a su antojo. A media mañana estaban convencidos de que Oleg Gurkovsky era un disidente, pese a que nadie en la oposición rusa parecía conocerlo ni siquiera de nombre. En Rusia, no obstante, había personas —entre ellas, un abogado del que se rumoreaba que era amigo personal del Zar— que aseguraban conocerlo bien, aunque no por el nombre de Oleg Gurkovsky. Según afirmaban dichas fuentes, el fallecido se llamaba Konstantin Kirov y era un agente secreto del SVR, el servicio de inteligencia ruso.

Fue en este punto, más o menos a las doce del mediodía en Viena, cuando comenzó un goteo constante de anécdotas, tuits, gorjeos, eructos, artículos en blogs y otras formas de discurso contemporáneo en páginas web de medios de comunicación y redes sociales. En un principio pareció un fenómeno espontáneo. Al poco tiempo quedó claro que no lo era en absoluto. Casi todo el material procedía de Rusia, o de alguna exrepública soviética amiga o estado satélite. Ninguna de las presuntas fuentes tenía nombre; al menos, nombre verificable. Las noticias eran siempre fragmentarias, pequeñas piezas de un rompecabezas mayor. Pero, una vez reunidas, la conclusión estaba tan clara como el agua: Konstantin Kirov, agente del SVR ruso, había sido asesinado a sangre fría por el servicio de espionaje israelí siguiendo órdenes directas de su jefe, el conocido rusófobo Gabriel Allon.

Así lo declaró el Kremlin a las tres de esa misma tarde, y a las cuatro la agencia de noticias rusa Sputnik publicó una fotografía en la que, según afirmaba, se veía a Allon saliendo de un edificio de viviendas cercano al lugar de los hechos, acompañado por un personaje con trazas de gnomo y rasgos indistinguibles. Fue imposible verificar la procedencia de la fotografía. La agencia aseguraba haberla obtenido de la Bundespolizei austriaca, cosa que la Bundespolizei negaba. Con todo, el daño ya estaba hecho. Los expertos televisivos de Londres y Nueva York —entre ellos, algunos que habían tenido el privilegio de conocerlo en persona— reconocieron que el individuo de la fotografía se parecía mucho a Allon. El ministro de interior austriaco era de la misma opinión.

El gobierno de Israel, ateniéndose a su política de no comentar públicamente los asuntos relacionados con el espionaje, no hizo declaraciones. A primera hora de la tarde, sin embargo, en medio de una presión creciente, el primer ministro en persona negó —cosa casi inaudita— que los israelíes hubieran tenido algo que ver en la muerte de Kirov. Su declaración fue acogida con escepticismo. Merecidamente, quizá. Es más, se dio gran importancia al hecho de que fuera el primer ministro quien hiciera la declaración y no el propio Allon, cuyo silencio —en palabras de un exespía estadounidense— hablaba por sí solo.

Lo cierto era que Gabriel no se hallaba en situación de hacer declaraciones en esos momentos: estaba encerrado en una sala de seguridad de la embajada israelí en Berlín, supervisando los movimientos clandestinos de su equipo de colaboradores. A las ocho de la noche, se hallaban todos de regreso en Tel Aviv, y Christopher Keller estaba de nuevo en Londres, sano y salvo. Gabriel salió de la embajada furtivamente y embarcó en un vuelo de El Al con destino a Tel Aviv. Ni siquiera los tripulantes del vuelo conocían su verdadera identidad. Por segunda noche consecutiva, no pudo dormir. El recuerdo de Konstantin Kirov muerto sobre la nieve le impedía conciliar el sueño.

Todavía era de noche cuando el avión aterrizó en Ben Gurion. Dos escoltas aguardaban al pie de la pasarela. Acompañaron a Gabriel hasta una puerta sin distintivos situada a la izquierda del control de pasaportes de la terminal. Detrás había una habitación reservada al personal de la Oficina que regresaba de misiones en el extranjero, de ahí el tufo constante a tabaco, café quemado y tensión acumulada. Las paredes de la sala eran de falsa caliza de Jerusalén, y los sillones modulares estaban tapizados de vinilo negro.

En uno de ellos, bañado por una luz inclemente, se hallaba sentado Uzi Navot. Daba la impresión de haber dormido vestido, con aquel mismo traje gris y arrugado que llevaba puesto, y sus ojos, detrás de las modernas gafas montadas al aire, estaban enrojecidos por el cansancio.

Al levantarse, Navot echó una ojeada al voluminoso reloj de plata que su esposa, Bella, le había regalado por su último cumpleaños. Era ella quien se encargaba de elegir o comprar todas las prendas y accesorios que cubrían el enorme y poderoso cuerpo del israelí, incluidos los flamantes zapatos Oxford que calzaba, y que en opinión de Gabriel eran demasiado largos de puntera para un hombre de la edad y el oficio de Navot.

—¿Qué haces aquí, Uzi? Son las tres de la mañana.

—Necesitaba un descanso.

—¿De qué?

Navot sonrió melancólicamente y condujo a Gabriel por un pasillo iluminado por la desabrida luz de los fluorescentes. El pasillo llevaba a una puerta de seguridad, y esta a una zona de acceso restringido situada junto a la rotonda principal de acceso a la terminal. Varios coches oficiales ronroneaban a la luz amarillenta de las farolas. Navot se dirigió a la puerta trasera derecha del todoterreno de Gabriel, pero se detuvo bruscamente y, rodeando el coche, subió por el lado del conductor. Había sido el predecesor de Gabriel en el cargo y, en una ruptura sin precedentes de la tradición de la Oficina, había aceptado convertirse en su lugarteniente en lugar de aceptar un lucrativo empleo como asesor de una empresa de seguridad californiana, como deseaba su esposa. Sin duda, se estaba arrepintiendo de su decisión.

—Por si acaso tenías alguna duda —comentó Gabriel cuando el coche se puso en marcha—, yo no le maté.

—Descuida, te creo.

—Pues parece que eres el único. —Gabriel tomó el ejemplar de *Haaretz* que descansaba en el asiento, entre ellos, y miró el titular con aire sombrío—. Cuando hasta el periódico de tu barrio te considera culpable, la cosa es preocupante.

—Hemos enviado un mensaje extraoficial a la prensa dejando claro que no hemos tenido nada que ver en la muerte de Kirov.

—Evidentemente —repuso Gabriel mientras hojeaba el resto de los periódicos—, no les han creído.

Todos los diarios importantes, al margen de su orientación política, describían lo sucedido en Viena como una operación chapucera del espionaje israelí y exigían una investigación oficial. *Haarezt*, que se inclinaba a la izquierda, llegaba al extremo de preguntarse si Gabriel Allon —un agente cuyo talento era innegable cuando se hallaba en activo— estaba a la altura del puesto que ocupaba. Cómo cambiaban las cosas, pensó Gabriel. Un par de meses antes, lo ensalzaban por ser el hombre que había eliminado a Saladino, el cerebro terrorista del ISIS, e impedido un atentado con bomba sucia frente a Downing Street, en Londres. Y ahora, esto.

—Hay que reconocer —dijo Navot escudriñando la fotografía de Gabriel que ocupaba la portada de *Haaretz*— que se parece bastante a ti. Y ese enclenque que te acompaña me recuerda mucho a alguien que conozco.

—Debía de haber un equipo del SVR en el edificio de

enfrente. A juzgar por el encuadre, yo diría que estaban en la tercera planta.

—Los analistas dicen que probablemente en la cuarta.

—¿Ah, sí?

—Es muy probable —prosiguió Navot—, los rusos tenían otro puesto de observación en la parte delantera del edificio. Un coche, o puede que otro piso.

—O sea que sabían adónde se dirigía Kirov.

Navot asintió lentamente: —Supongo que deberías considerarte afortunado de que no hayan aprovechado la oportunidad para matarte a ti también.

—Es una pena que no lo hayan hecho. Así la prensa me habría tratado mejor.

Se estaban acercando al final de la rampa de salida del aeropuerto. A la derecha estaban Jerusalén y la esposa y los hijos de Gabriel. A la izquierda, Tel Aviv y King Saul Boulevard. Gabriel ordenó al conductor que lo llevara a la sede de la Oficina.

—¿Estás seguro? —preguntó Navot—. Tienes cara de necesitar dormir un par de horas.

—¿Y qué escribirían de mí entonces?

Navot giró las pequeñas ruedas de la combinación de un maletín de acero inoxidable. Sacó una fotografía y se la entregó a Gabriel. Era la fotografía que Mikhail había tomado del asesino de Konstantin Kirov. Los ojos no estaban del todo muertos: aún quedaba en ellos un vago rastro de luz. El resto de la cara era una calamidad, aunque no por el accidente: había sido sometida a tantos estiramientos, recortes y suturas que apenas parecía humana.

—Se parece a una ricachona que conocí una vez en una

subasta —comentó Gabriel—. ¿La has pasado por la base de datos?

—Varias veces.

—¿Y?

—Nada.

Gabriel le devolvió la fotografía: —Cabe preguntarse por qué un agente con sus capacidades y su experiencia no eliminó a la única persona que suponía una amenaza para su vida.

—¿Mikhail?

Gabriel asintió lentamente con la cabeza.

—Le disparó cuatro veces.

—Y falló las cuatro. Hasta tú podrías haberle dado a esa distancia, Uzi.

—¿Crees que le ordenaron fallar?

—Absolutamente.

—¿Por qué?

—Quizá pensaron que un israelí muerto restaría credibilidad a su tapadera. O puede que tengan otros motivos —añadió Gabriel—. Son rusos. Suelen tenerlos.

—Pero ¿por qué eliminar a Kirov en Viena? ¿Por qué no se apoderaron de él en Moscú y le pegaron un tiro en la nuca?

Gabriel dio una palmada sobre el montón de periódicos: —Puede que quisieran aprovechar la ocasión para herirme mortalmente.

—Hay una solución muy sencilla —repuso Navot—. Desvelar que Konstantin Kirov trabajaba para nosotros.

—En este momento, sonaría a tapadera. Y daría a entender a nuestros colaboradores potenciales que somos incapaces de proteger a quienes trabajan para nosotros. Es un precio demasiado alto que pagar.

—¿Qué vamos a hacer, entonces?

—Voy a empezar por averiguar quién ha dado a los rusos la dirección de nuestro piso franco en Viena.

—Por si tenías alguna duda —dijo Navot—, no he sido yo.

—Descuida, Uzi. Te creo.

7

KING SAUL BOULEVARD, TEL AVIV

Había sido deseo de Uzi Navot, durante su último año de mandato, trasladar la sede de la Oficina desde King Saul Boulevard a un complejo nuevo y más ostentoso en Ramat HaSharon, al norte de Tel Aviv. Se decía que Bella había sido la impulsora de dicha reubicación. Nunca le había gustado el antiguo edificio, ni siquiera cuando trabajaba allí como analista especializada en asuntos sirios: le parecía indigno de un servicio de inteligencia de alcance global. Ella quería un Langley o un Vauxhall Cross a la israelí, un monumento contemporáneo a las proezas del servicio secreto de Israel. Tras dar personalmente el visto bueno al proyecto arquitectónico, presionó al primer ministro y a la Knesset para conseguir la financiación necesaria y hasta eligió la ubicación: un descampado situado a lo largo de un corredor de empresas tecnológicas, cerca del nudo de carreteras de Glilot, junto a un centro comercial y unos multicines llamados Cinema City. Gabriel, sin embargo, en uno de sus primeros actos oficiales, deshizo sus planes de un solo y elegante plumazo. En cuestiones de arte y de espionaje, era un tradicionalista que prefería lo antiguo a lo moderno. Y bajo ningún concepto trasladaría la Oficina a un lugar que, en Israel, se conocía popularmente como Glilot Junction.

—¿Cómo demonios nos llamaríamos entonces? —le había preguntado a Eli Lavon—. Seríamos el hazmerreír del mundo entero.

El viejo edificio no carecía de encantos y, lo que era quizá más importante, tenía una larga historia a sus espaldas. Era, eso sí, oscuro y anodino, pero al igual que Eli Lavon, tenía la ventaja del anonimato. No había escudos sobre su entrada, ni letrero alguno que proclamara el uso que se daba a sus estancias. De hecho, no había absolutamente nada que permitiese adivinar que era la sede de uno de los servicios de inteligencia más temidos y respetados del mundo.

El despacho de Gabriel se hallaba en el piso superior, con vistas al mar. Había cuadros colgados en las paredes —varios de ellos pintados por el propio Gabriel, sin firmar, y algunos otros obra de su madre—, y en un rincón se alzaba un viejo caballete italiano en el que los analistas apoyaban fotografías y diagramas cuando iban a presentar sus informes. Navot se había llevado su enorme escritorio de cristal a su nuevo despacho al otro lado de la antesala, pero había dejado sus modernos monitores de televisión, con su *collage* de noticiarios internacionales. Al entrar Gabriel, varias pantallas emitían imágenes de Viena, y en el panel reservado al BBC World Service aparecía su cara. Subió el volumen y supo que el primer ministro británico, Jonathan Lancaster —el cual le debía su carrera política— estaba «profundamente preocupado» por las acusaciones vertidas contra Israel respecto a la muerte de Konstantin Kirov.

Bajó el volumen y entró en su cuarto de baño privado para darse una ducha, afeitarse y ponerse ropa limpia. Al regresar al despacho, Yaakov Rossman, el jefe de Operaciones Especiales, lo estaba esperando. Yaakov tenía el cabello como la lana, de color gris acero, y un rostro duro y lleno de cráteres. Sostenía en la mano un sobre de tamaño carta y miraba hoscamente la BBC.

—¿Qué te parece lo de Lancaster?

—Tiene sus motivos.

—¿Cuáles, por ejemplo?

—Proteger a su servicio de inteligencia.

—Hipócritas de mierda —murmuró Yaakov—. No deberíamos haberles dado acceso al material de Kirov —añadió dejando el sobre encima de la mesa de Gabriel.

—¿Qué es eso?

—Mi dimisión.

—¿Y por qué la has escrito?

—Porque hemos perdido a Kirov.

—¿Y es culpa tuya?

—No creo.

Gabriel tomó el sobre y lo metió en la trituradora de papel:

—¿Hay alguien más pensando en presentar su dimisión?

—Rimona.

Rimona Stern era la jefa de Compilación y, como tal, se encargaba de coordinar las labores de agentes de la Oficina en todo el mundo. Gabriel levantó el auricular del teléfono interno y marcó su extensión.

—Ven a mi despacho. Y trae a Yossi.

Colgó y, un momento después, Rimona irrumpió en el despacho. Tenía el cabello del color de la arenisca, las caderas anchas y muy mal genio. Pero eso le venía de familia: Ari Shamron era su tío. Gabriel la conocía desde niña.

—Yaakov me ha dicho que tenías algo para mí —dijo él.

—¿A qué te refieres?

—A tu carta de dimisión. Dámela.

—Todavía no la he escrito.

—Pues entonces no te molestes: no voy a aceptarla.

Gabriel miró a Yossi Gavish, que estaba apoyado en el marco de la puerta. Alto, de cabello ralo y aires de erudito, se conducía con pedante indiferencia. Había nacido en el barrio londinense de Golders Green y se había licenciado en Oxford con honores antes de emigrar a Israel. Todavía hablaba hebreo con pronunciado acento británico y recibía envíos regulares de una tienda de té de Piccadilly.

—¿Y tú, Yossi? ¿También estás pensando en dimitir?

—¿Yo? ¿Por qué iba a dimitir? Solo soy un analista.

Gabriel sonrió brevemente, a su pesar. Yossi no era un analista corriente. Era el jefe del Departamento de Análisis, conocido en el léxico de la Oficina como «Investigación». A menudo ignoraba la identidad de agentes situados en puestos elevados, a los que solo conocía por su nombre en clave y su pseudónimo, pero se contaba entre el estrecho círculo de oficiales a los que se había concedido acceso ilimitado al expediente de Kirov.

—Ya basta de hablar de dimisiones. ¿Entendido? —preguntó Gabriel—. Además, si alguien va a quedarse sin trabajo, soy yo.

—¿Tú? —preguntó Yossi.

—¿No has leído los periódicos? ¿No has visto la televisión? —Gabriel dirigió la mirada a los monitores—. Están pidiendo mi cabeza.

—Esto también pasará.

—Puede ser —reconoció Gabriel—, pero me gustaría que aumentaras mis posibilidades de sobrevivir.

—¿Cómo?

—Averiguando quién firmó la sentencia de muerte de Kirov.

—Yo no —bromeó Yaakov.

—Me alegro de haberlo aclarado. —Gabriel miró a Rimona—. ¿Y tú? ¿Delataste a Kirov a los rusos?

Rimona frunció el ceño.

—O puede que hayas sido tú, Yossi. Siempre me has parecido de poco fiar.

—A mí no me mires. Solo soy un analista.

—Entonces vuelve a tu despacho y ponte a analizar. Y tráeme ese nombre.

—No es algo que pueda hacerse deprisa y corriendo. Va a llevar su tiempo.

—Por supuesto. —Gabriel se sentó ante su mesa—. Tienes setenta y dos horas.

El resto del día transcurrió con la lentitud de una tortura: parecía que no acabaría nunca. Había siempre algún interrogante para el que Gabriel no tenía solución. Se consolaba a sí mismo intentando consolar a los demás. Lo hacía en pequeñas reuniones, porque, a diferencia del cuartel general de la CIA o el MI6, en King Saul Boulevard no había salón de actos. Había sido decisión de Shamron que así fuera. Shamron creía que los espías no debían congregarse nunca en su lugar de trabajo, ni para festejar ni para lamentarse. Tampoco las arengas motivacionales al estilo estadounidense eran de su agrado. Las amenazas que afrontaba Israel —afirmaba— eran incentivo más que suficiente.

A última hora de la tarde, mientras una luz bermeja inundaba su despacho, Gabriel recibió orden de comparecer ante el primer ministro. Despachó varios asuntos rutinarios, se informó acerca de un par de operaciones en marcha y, a las ocho y media pasadas, subió, agotado, a su coche oficial para trasladarse a la calle Kaplan de Jerusalén. Como todo aquel que visitaba el despacho del primer ministro, tuvo que entregar su teléfono móvil antes de entrar. La caja de seguridad en la que depositó el aparato era conocida como «la colmena», y la zona de seguridad que había más allá como «la pecera». El primer ministro lo saludó cordialmente, aunque con evidente frialdad. Una investigación relativa a sus finanzas personales amenazaba con dar al traste con su gobierno, el más largo desde la época de David Ben-Gurion. Lo último que necesitaba era un escándalo que involucrara a su servicio de espionaje.

Normalmente, Gabriel y el primer ministro ocupaban los cómodos sillones del despacho para conversar en privado, pero esa noche el primer ministro prefirió quedarse sentado ante su escritorio, bajo el retrato de Theodor Herzl, el fundador del movimiento sionista decimonónico que llevó a la creación de un gobierno judío en parte de la Palestina histórica. Bajo la mirada severa de Herzl, Gabriel expuso los hechos tal y como los conocía. El primer ministro escuchó impasible, tan inmóvil como el retrato que colgaba tras él.

—¿Sabe usted en qué he invertido el día? —preguntó cuando Gabriel hubo acabado.

—Puedo imaginármelo.

—Dieciocho gobernantes extranjeros han tenido a bien telefonearme personalmente. ¡Dieciocho! El máximo en un solo día desde nuestra última guerra en Gaza. Y todos ellos me han formulado la misma pregunta: ¿Cómo he podido tener la osadía de permitir que mi célebre jefe de inteligencia liquidara a un agente ruso en el corazón de Viena?

—Usted no ha hecho tal cosa. Ni yo tampoco.

—He intentado explicárselo y ni uno solo me ha creído.

—Quizá yo tampoco le habría creído —reconoció Gabriel.

—Hasta mi amigo de la Casa Blanca se ha mostrado escéptico. ¡Qué cara más dura! —murmuró el primer ministro—. Tiene más problemas que yo. Y ya es decir.

—Imagino que Jonathan Lancaster no le habrá llamado.

El primer ministro negó con la cabeza: —Pero el canciller austriaco me ha tenido al teléfono casi una hora. Me ha dicho que tenía pruebas irrefutables de que el asesinato del ruso era cosa nuestra. Y me ha preguntado si queríamos recuperar el cuerpo de nuestro sicario.

—¿Ha dicho algo más sobre esas pruebas?

—No. Pero no me ha parecido que fuera un farol. Ha dejado muy claro que habrá sanciones diplomáticas.

—¿Cuán serias?

—Expulsiones. Puede que una ruptura total de las relaciones diplomáticas. ¿Quién sabe? Puede que emitan una o dos órdenes de detención. —El primer ministro miró a Gabriel unos segundos—. No quiero perder una embajada en Europa occidental por culpa de este asunto. Ni al jefe de mi servicio de inteligencia.

—En eso estamos completamente de acuerdo —convino Gabriel.

El primer ministro lanzó una mirada a la televisión, que emitía un informativo con el volumen apagado: —Ha logrado desalojarme de los titulares. Toda una hazaña.

—No era esa mi intención, se lo aseguro.

—Hay voces muy serias que exigen una investigación independiente.

—No hay nada que investigar. Nosotros no matamos a Konstantin Kirov.

—Esa no es la impresión que da. Puede que haya que crear una comisión de investigación, aunque solo sea por guardar las apariencias.

—Podemos arreglárnoslas solos.

—¿Sí? ¿Pueden? —preguntó el primer ministro en tono escéptico.

—Averiguaremos qué salió mal —le aseguró Gabriel—. Y si es culpa nuestra, tomaremos las medidas necesarias.

—Empieza usted a hablar como un político.

—¿Se supone que eso es un cumplido?

El primer ministro sonrió con frialdad: —En absoluto.

8

CALLE NARKISS, JERUSALÉN

Chiara rara vez veía la televisión por las noches. Criada en el recogimiento de la judería de Venecia y educada en la Universidad de Padua, se consideraba a sí misma una mujer antigua que desdeñaba tanto las distracciones modernas como los teléfonos inteligentes, las redes sociales y la televisión por fibra óptica que te servía en bandeja mil canales de alta definición con productos casi siempre indigeribles. Normalmente, cuando llegaba a casa, Gabriel la encontraba absorta en algún voluminoso tratado histórico —estaba empezando a preparar su tesis doctoral sobre historia del Imperio romano cuando la reclutó la Oficina— o en alguna de las sesudas novelas que recibía por correo de una librería de la Via Condotti de Roma. Últimamente, también había empezado a leer novelas de espías: le brindaban una conexión, aunque fuera tenue e inverosímil, con la vida a la que había renunciado gustosamente para convertirse en madre.

Esa noche, sin embargo, al llegar a su vigilado piso del barrio de Nachlaot, en Jerusalén, Gabriel encontró a su esposa viendo un canal de noticias estadounidense. El periodista estaba comentando con visible escepticismo el desmentido de las autoridades israelíes respecto a su implicación en los hechos acaecidos en Viena. El jefe del servicio de inteligencia de Israel —decía— acababa de abandonar la calle Kaplan. Según uno de los consejeros de seguridad del gobierno, que deseaba permanecer en el anonimato, la reunión había ido tan bien como cabía esperar.

—¿Hay algo de cierto en todo eso? —preguntó Chiara.

—Me he reunido con el primer ministro. Creo que eso es todo.

—¿Y no ha ido bien?

—No me ha ofrecido comida china. Me lo he tomado como una mala señal.

Chiara apuntó el control remoto hacia el televisor y pulsó el botón de apagado. Vestía vaqueros ceñidos que realzaban sus piernas largas y esbeltas, y un suéter de color crema sobre el que su melena oscura, de mechas castañas y caoba, caía alborotadamente. Sus ojos de color caramelo, moteados de oro, observaban a Gabriel con compasión apenas velada. Gabriel podía imaginarse el aspecto que ofrecía a sus ojos. El estrés del servicio activo nunca le había sentado bien. A los veinticinco años, tras Ira de Dios, su primera operación, le salieron canas en el pelo. A partir de entonces, había caído en picado.

—¿Dónde están los niños? —preguntó.

—Fuera, con amigos. Han dicho que no los esperemos levantados. —Alzó una ceja provocativamente—. Tenemos la casa para nosotros. Quizá quieras llevarme a rastras a la cama y propasarte conmigo.

Gabriel se sintió tentado de aceptar. Llevaba mucho tiempo sin hacer el amor con su joven y bella esposa. No había tiempo. Chiara tenía dos hijos a los que criar y él un país que proteger. Se veían unos minutos por las mañanas y, con suerte, una hora por las noches, cuando Gabriel regresaba de trabajar. Tenía a su disposición un piso franco de la Oficina en Tel Aviv para las noches en que las circunstancias le impedían hacer el largo trayecto de vuelta a Jerusalén. Odiaba aquel piso. Le recordaba cómo era su vida antes de conocer a Chiara. La Oficina los había unido. Y ahora conspiraba para separarlos.

—¿Crees posible —preguntó— que los niños hayan vuelto a casa sin que te hayas enterado?

—Todo es posible. ¿Por qué no vas a ver?

Se acercó sigilosamente a la puerta del cuarto de los niños y entró. Antes de marcharse a Viena, había cambiado las cunas por un par de camitas, lo que significaba que podían moverse por el piso a su antojo por las noches. De momento, sin embargo, dormían a pierna suelta bajo el mural de nubes tizianescas que Gabriel había pintado tras un sangriento conflicto con el servicio secreto ruso.

Se inclinó para besar la frente de Raphael. La cara del niño, iluminada por el rayo de luz que entraba por la puerta entornada, se parecía asombrosamente a la suya. Hasta había heredado de él la maldición de sus ojos verdes. Irene, en cambio, se parecía más a su tocaya, la madre de Gabriel. Chiara era el ingrediente olvidado en la receta genética de los niños. Pero eso cambiaría con el tiempo, se dijo Gabriel. Una belleza como la de Chiara no podía reprimirse eternamente.

—¿Eres tú, Abba?

Era Irene. A Raphael no lo despertaba ni el estallido de una bomba. Irene, en cambio, tenía el sueño ligero, igual que su padre. Tenía madera de espía, pensó Gabriel.

—Sí, cariño —susurró—. Soy yo.

—Quédate un ratito.

Gabriel se sentó en el borde de la cama.

—Tócame la espalda —ordenó la niña, y él apoyó la mano suavemente sobre la cálida tela de su pijama—. ¿Has tenido un buen viaje?

—No —contestó él sinceramente.

—Te he visto en la tele.

—¿Sí?

—Estás muy serio.

—¿Dónde has aprendido esa palabra?

—¿Cuál?

—Serio.

—De mamá.

Así se hablaba en el hogar de los Allon: los niños llamaban a Gabriel *Abba*, «padre» en hebreo, pero a Chiara la llamaba simplemente «Mamá». Estaban aprendiendo hebreo e italiano al mismo tiempo, además de alemán. Como resultado, hablaban un idioma que solo sus padres podían comprender.

—¿Dónde has ido, Abba?

—A ningún sitio interesante.

—Siempre dices lo mismo.

—¿Sí?

—Sí.

Los niños solo tenían una vaga idea de a qué se dedicaba su padre. Sabían que su fotografía salía a veces en televisión, que la gente lo reconocía por la calle y que siempre estaba rodeado de hombres armados. Igual que ellos.

—¿Has cuidado bien de tu madre mientras yo estaba fuera?

—Lo he intentado, pero Mamá estaba triste.

—¿Sí? ¿Por qué?

—Por una cosa que vio en la televisión.

—Sé buena chica y vuelve a dormirte.

—¿Puedo dormir contigo y con Mamá?

—Rotundamente no —contestó en tono severo, pero Irene se echó a reír.

Aquel era el único lugar donde nadie cumplía sus órdenes. Acarició la espalda de su hija un minuto más, hasta que la respiración de la niña se volvió profunda y regular. Luego se levantó con mucho cuidado y se acercó a la puerta.

—Abba...

—¿Qué, mi amor?

—¿Me das un beso?

Le dio tantos besos que perdió la cuenta, y siguió besándola hasta que ella le suplicó alborozada que se marchase.

Al entrar en la cocina, Gabriel encontró una cazuela con agua hirviendo puesta al fuego y a Chiara rallando un trozo de queso parmesano con tanta habilidad y aparentemente con tan poco esfuerzo como lo hacía casi todo, incluyendo cuidar de los niños. Después de rallar la cantidad precisa, cambió el trozo de parmesano por otro de pecorino que también ralló. Gabriel echó un vistazo a los otros ingredientes desplegados sobre la encimera. Mantequilla, aceite de oliva y un molinillo de pimienta: todo lo necesario para hacer *cacio e pepe.* Aquel sencillo plato de pasta típico de Roma era uno de sus favoritos, sobre todo cuando era Chiara quien lo preparaba.

—¿Sabes —dijo mientras la observaba trajinar— que hay un hombre muy simpático en el mercado de Mahane Yehuda que haría eso por ti?

—O quizá debería comprarlo en un bote, en el supermercado. —Sacudió la cabeza con expresión de reproche—. Hay que rallar el queso con la consistencia adecuada. Si no, el resultado puede ser desastroso.

Gabriel miró con el ceño fruncido el pequeño televisor situado en un extremo de la encimera: —Igual que lo de Viena.

Chiara sacó un espagueti de la cazuela y, tras probarlo, pasó el resto por el escurridor. Acto seguido revolvió los espaguetis con mantequilla derretida, aceite de oliva, queso rallado y una pizca del agua de la cocción y los sazonó con la pimienta justa para que picaran un poco. Comieron juntos en la mesita redonda de la cocina, con el monitor para bebé de los niños en medio y la televisión silenciada. Gabriel declinó el vino tinto de la Toscana que le ofreció

Chiara: solo el cielo sabía lo que le depararía esa noche. Ella se sirvió una copita y escuchó atentamente su relato de lo sucedido en Viena.

—¿Y qué va a pasar ahora? —preguntó.

—Vamos a llevar a cabo una investigación rápida pero implacable para descubrir dónde se produjo la filtración.

—¿Quién conocía la dirección del piso franco?

—Eli, Mikhail, los agentes del Neviot, el funcionario de Intendencia que se encargó de alquilarlo y seis guardias de seguridad, incluidos mis guardaespaldas. Y Uzi, claro.

—No has mencionado a los británicos.

—¿No?

—Seguro que tienes un sospechoso.

—No quisiera influir en la investigación en ningún sentido.

—Pasas demasiado tiempo con el primer ministro.

—Son gajes de mi nuevo trabajo.

Chiara desvió la mirada hacia el televisor: —Perdona lo que voy a decir, pero Uzi debe de estar disfrutando de lo lindo en el fondo. Kirov fue reclutado cuando él era el jefe. Y ahora está muerto.

—Uzi me ha apoyado en todo momento.

—No le queda otro remedio. Pero intenta imaginar cómo se ve este asunto desde su punto de vista. Dirigió la Oficina eficazmente durante seis años. Con poca brillantez —añadió—, pero competentemente. Y, como recompensa, lo echaron para ponerte a ti en su lugar.

Se hizo un silencio. Solo se oía la respiración rítmica de los niños a través del monitor.

—Has estado adorable con Irene —comentó Chiara por

fin—. Estaba tan contenta porque ibas a venir que no quería irse a la cama. La verdad es que Raphael se toma mucho mejor tus ausencias. Es un niño con mucho temple, igual que deberías de serlo tú. Pero Irene te echa muchísimo de menos cuando estás fuera. —Hizo una pausa y luego añadió—: Casi tanto como yo.

—Si este asunto se convierte en un escándalo en toda regla, puede que me veas mucho más por aquí.

—Nada nos haría más felices. Pero el primer ministro no se atreverá a destituir al gran Gabriel Allon. Eres el personaje más popular del país.

—El segundo —puntualizó Gabriel—. Esa actriz es mucho más popular que yo.

—No te creas esas encuestas, nunca tienen razón. —Chiara sonrió—. ¿Sabes, Gabriel? Que te destituyan no es algo tan malo. Hay cosas mucho peores.

—¿Cuáles, por ejemplo?

—Que un sicario ruso te vuele la tapa de los sesos. —Se llevó la copa de vino a los labios—. ¿Seguro que no quieres un poco? Está buenísimo.

9

KING SAUL BOULEVARD, TEL AVIV

Pese a los temores del primer ministro, Gabriel dejó la investigación en manos de Yossi Gavish y Rimona Stern, dos oficiales de su máxima confianza, además de amigos íntimos. Por motivos personales. La última investigación independiente que había sufrido la Oficina, tras una serie de operaciones fallidas a finales de los años noventa, desencadenó la salida de Ari Shamron de su inquieto retiro. Una de las primeras medidas oficiales de Shamron fue viajar al oeste de Cornualles, donde Gabriel se había encerrado en una remota casita de campo con la única compañía de sus pinturas y su dolor. Shamron, como de costumbre, no llegó con las manos vacías: llevaba como regalo una operación. Aquel fue el primer paso del largo periplo que condujo a Gabriel desde su exilio autoimpuesto al despacho de dirección de King Saul Boulevard. De lo que se deducía, al menos desde su punto de vista, que no convenía dejar entrar en el mundillo del espionaje a personas ajenas a él.

La primera tarea de Yossi y Rimona consistió en despejar cualquier duda respecto a su posible implicación personal en la filtración. Lo hicieron sometiéndose a un par de pruebas de polígrafo totalmente innecesarias, que aprobaron con nota. Acto seguido, solicitaron la ayuda de otro analista. De mala gana, Gabriel les prestó a Dina Sarid, una experta en terrorismo con un montón de casos activos sobre su abarrotada mesa, entre los cuales había tres relacionados con el ISIS que entraban dentro de la categoría de bombas de relojería con el temporizador en marcha. Dina no sabía casi nada del caso Kirov ni de la deserción del ruso. Aun así, Gabriel la hizo pasar por el polígrafo. Como era de esperar, superó la prueba, al igual que Eli Lavon, Mikhail Abramov, Yaakov Rossman, el equipo del Neviot, los miembros del dispositivo de seguridad y el funcionario de Intendencia.

La primera fase de la investigación, concluida a las doce del mediodía del día siguiente, arrojó los resultados previstos. Los tres analistas no descubrieron indicios de que la filtración procediera de algún miembro del personal de la Oficina. Tampoco encontraron fallo alguno en la ejecución del plan. Todos los agentes implicados habían participado en misiones mucho más complejas que una exfiltración común y corriente. Era, como escribió Yossi en su memorándum, *un juego de niños, conforme a nuestros estándares*. Aun así, reconocía que había «incógnitas». La principal de ellas, la posibilidad de que la filtración procediera del propio Konstantin Kirov.

—¿Por qué lo dices? —preguntó Gabriel.

—Le mandaste en total cuatro mensajes de texto esa noche. ¿Correcto?

—Los tienes todos, Yossi. Ya sabes que es correcto.

—En el primero le ordenabas salir del Intercontinental y dirigirse a pie a la estación de tren. En el segundo, le decías que tomara el último tren con destino a Viena. A su llegada, le ordenaste tomar un taxi para ir al Best Western. Y un minuto antes de que llegara allí, le mandaste la dirección del piso franco.

—En efecto, así es.

—Estaba todavía en el taxi, lo que significa que Mikhail y Keller no podían verlo con claridad.

—¿Y?

—Que pudo reenviar ese mensaje.

—¿A quién?

—Al Centro.

—¿Crees que se suicidó?

—Puede que creyera que las cosas iban a salir de otro modo.

—¿Cómo?

—El objetivo podía ser otro, por ejemplo.

—¿Quién?

Yossi se encogió de hombros: —Tú.

Así dio comienzo la segunda fase de la investigación: una revisión exhaustiva del reclutamiento de Konstantin Kirov, sus tratos con la Oficina y su enorme caudal de información secreta. Con la perspectiva que les daba el tiempo, los tres analistas sopesaron cada uno de los informes de Kirov. No hallaron indicios de duplicidad. Kirov —concluyeron— era una *rara avis*: pese a las circunstancias de su reclutamiento forzoso, fue leal hasta el final.

Sin embargo, la Oficina no se había guardado para sí la valiosísima información que le suministraba Kirov. Había repartido el botín con estadounidenses y británicos. Cada uno de esos repartos había quedado consignado en el voluminoso dosier de Kirov: el tipo de material, la fecha y la importantísima lista de distribución. Nadie en Washington o en Londres, sin embargo, conocía la verdadera identidad del agente apodado Heathcliff, y solo algunos mandos estaban informados de su intención de desertar. La dirección del piso franco de Viena se había notificado con antelación a un solo agente del MI6 que había insistido en ello, alegando que era imprescindible para asegurar el traslado sin contratiempos del desertor al aeropuerto internacional de Viena, donde un avión Falcon aguardaría para llevarlo a Londres.

—Nosotros habríamos hecho lo mismo —comentó Uzi Navot—. Además, el hecho de que tuviera acceso a ese dato no demuestra que lo delatara a los rusos.

—Tienes razón —convino Gabriel—. Pero por algún sitio hay que empezar.

Navot se llevó a los labios una delicada taza de porcelana. La taza contenía agua caliente con una rodaja de limón. A su lado había un plato con palitos de apio esmeradamente dispuestos para aumentar su atractivo. Evidentemente, a Bella le desagradaba el peso actual de Navot, que subía y bajaba como una bolsa sudamericana. El pobre Uzi llevaba casi una década a dieta. La comida era su única debilidad; sobre todo, la cocina grasienta e hipercalórica de Europa del Este y Central.

—Tú decides —añadió—, pero, si yo estuviera en tu lugar, querría tener algo más que un montón de suposiciones antes de acusar a un funcionario de un servicio de inteligencia aliado. La verdad es que conozco a ese hombre. Y no me parece de los que traicionan a su país.

—Seguro que Angleton dijo eso mismo sobre Kim Philby.

Navot asintió juiciosamente con la cabeza.

—Entonces, ¿cómo piensas plantear la cuestión?

—Voy a ir a Londres a hablar con nuestros socios.

—¿Te importa que haga una predicción?

—No, adelante.

—Tus socios rechazarán de plano tus conclusiones y acto seguido nos culparán de lo ocurrido en Viena. Así es como funcionan las cosas en este oficio cuando algo se va al traste. Todo el mundo corre a meterse en su madriguera.

—Entonces, ¿crees que debería hacer la vista gorda? ¿Estás diciendo eso?

—Lo que digo —repuso Navot— es que si tomas esa vía basándote en una conjetura poco sólida corres el riesgo de dañar gravemente una relación valiosa.

—Nosotros no tenemos relaciones con los británicos. Están suspendidas hasta nueva orden.

—Y yo que temía que fueras a precipitarte —comentó Navot con sorna y, bajando la voz, añadió—: No le busques tres pies al gato, Gabriel.

—Eso es lo que siempre me decía mi madre. Sigo sin entender lo que significa.

—Significa que deberías meter ese informe en la trituradora de papel.

—Ni pensarlo.

—En ese caso —dijo Navot con un suspiro—, deberías mandar a alguien a Viena para ver si averigua algo más. Alguien que hable el idioma como un nativo. Y que tenga uno o dos contactos dentro de los servicios de seguridad austriacos. ¿Quién sabe? Si juega bien sus cartas, puede que consiga convencerlos de que nosotros no matamos a nuestro desertor.

—¿Conoces a alguien que cumpla esos requisitos?

—Tal vez.

Gabriel sonrió: —Cómete un rico *Wiener schnitzel* mientras estés en Viena, Uzi. Sé lo mucho que te gusta cómo lo hacen allí.

—Y el *Rindsgulasch.* —Navot se pasó distraídamente la mano por la abultada barriga—. Justo lo que me hace falta. Aunque después Bella me mate de hambre.

—¿Seguro que no te importa ir?

—Alguien tiene que hacerlo. —Navot miró melancólicamente el plato de palitos de apio—. Ya que estamos, ¿por qué no yo?

10

BOSQUES DE VIENA, AUSTRIA

Uzi Navot pasó una velada tranquila con Bella en su cómoda casa del barrio residencial de Petah Tikva, en Tel Aviv, y por la mañana, tras levantarse a una hora ingrata —las tres de la madrugada—, tomó el vuelo de El Al de las cinco y diez con destino a Varsovia conocido cariñosamente en la jerga de la Oficina como «El expreso polaco». Su bolsa de viaje contenía dos mudas de ropa y tres cambios de identidad. Su compañera de asiento en el avión, una mujer de treinta y tres años procedente de una localidad de la Galilea Superior, no lo reconoció. Navot se sintió al mismo tiempo aliviado y —al escudriñar sus sentimientos con sinceridad— herido en lo más vivo. Pese a haber dirigido intachablemente la Oficina durante seis años, ya nadie se acordaba de él. Hacía tiempo que se había resignado a ser recordado únicamente como una especie de director en funciones: el que había mantenido la silla caliente a la espera de que la ocupara el elegido. Era, en resumidas cuentas, una nota a pie de página.

Pero, en el fondo, también era un espía excelente. No un superhéroe como Gabriel, claro está, pero sí un espía de pura cepa: un reclutador y supervisor de agentes, un coleccionista de secretos ajenos. Antes de su ascenso a los despachos de King Saul Boulevard, Europa occidental había sido su principal campo de operaciones. Armado con una colección de idiomas, un carisma socarrón y una pequeña fortuna procedente de los fondos reservados, había reclutado una extensa red de agentes dentro de organizaciones terroristas, embajadas, ministerios y servicios de seguridad extranjeros. Uno de esos agentes era Werner Schwarz. Navot lo telefoneó esa noche desde su habitación en un hotel de Praga. Werner parecía haber bebido una o dos copas de más. Le gustaba demasiado empinar el codo: era infeliz en su matrimonio y utilizaba el alcohol como anestésico.

—Estaba esperando tu llamada —dijo al contestar el teléfono.

—Odio ser tan predecible.

—Son gajes de tu oficio —dijo Werner Schwarz—. Supongo que piensas venir a Viena.

—Mañana, de hecho —respondió Navot.

—Sería preferible pasado mañana.

—Tengo una agenda muy apretada, Werner.

—No podemos vernos en Viena. Mis jefes están que arden.

—Lo mismo digo.

—Ya me lo imagino. ¿Qué te parece esa bodeguita en los Bosques de Viena? Te acuerdas, ¿verdad?

—Con mucho cariño.

—¿Y con quién voy a cenar?

—Con un tal *monsieur* Laffont —dijo Navot. Vincent Laffont era uno de sus antiguos alias: un escritor de viajes de origen bretón que siempre andaba de acá para allá.

—Estoy deseando volver a verlo. Vincent fue siempre uno de mis favoritos —repuso Werner Schwarz, y colgó.

Navot, como tenía por costumbre, llegó al restaurante con media hora de antelación, portando una decorativa caja de Demel, la célebre pastelería vienesa. Se había comido casi todos los bombones durante el trayecto en coche y los había sustituido por cinco mil euros en efectivo. El dueño del restaurante, un pequeño hombre con forma de *matrioska*, se acordaba de él. Navot, en su papel de *monsieur* Laffont, lo agasajó con anécdotas acerca de sus últimos viajes antes de acomodarse en un tranquilo rincón del comedor de techo artesonado. Pidió una botella de Grüner Veltliner, confiando en que no sería la última. Solo había otras tres mesas ocupadas, y sus comensales parecían a punto de marcharse. Pronto el local estaría desierto. A él le gustaba que hubiera un poco de ruido ambiental cuando se dedicaba a sus labores de espionaje, pero Werner prefería traicionar a su país sin que nadie lo observase.

Llegó cuando estaban dando las tres, vestido con su uniforme de trabajo: traje oscuro y abrigo. Había cambiado desde la última vez que se habían visto, y no precisamente a mejor. Estaba un poco más gordo y tenía más canas y más capilares rotos en las mejillas. Le brillaron los ojos cuando Navot sirvió dos copas de vino. Luego, la amargura volvió a apoderarse de su expresión. Werner Schwarz lucía aquella amargura como una corbata chillona. Navot se había percatado de ello durante uno de sus viajes de reconocimiento a Viena y, con un poco de dinero y de charla, atrapó a Werner en sus redes. Desde su puesto en la BVT, la eficaz agencia de seguridad nacional austriaca, Schwarz lo había mantenido bien informado sobre asuntos de interés para el estado de Israel. Navot se había visto obligado a ceder el control de su informante durante su mandato como director de la Oficina y durante varios años no habían mantenido contacto, más allá de alguna que otra tarjeta de Navidad clandestina y de los ingresos regulares que la Oficina efectuaba en la cuenta bancaria que Werner tenía en Zúrich.

—Un detallito para Lotte —dijo Navot al darle la caja.

—No deberías haberte molestado.

—Era lo menos que podía hacer. Sé que eres un hombre ocupado.

—¿Yo? Tengo acceso, pero verdadera responsabilidad, ninguna. Voy a reuniones y espero pacientemente a que llegue el momento de jubilarme.

—¿Cuánto tiempo falta para eso?

—Dos años, quizá.

—No nos olvidaremos de ti, Werner. Te has portado muy bien con nosotros.

El austriaco hizo un ademán desdeñoso con la mano:

—No soy una chica a la que te ligaste en un bar. En cuanto me jubile, te costará acordarte de mi nombre.

Navot no se molestó en negarlo.

—¿Y usted qué cuenta, *monsieur* Laffont? Veo que sigue en la brecha.

—Me quedan unos cuantos asaltos todavía.

—Tus jefes te han tratado de pena. Te merecías algo mejor.

—Tuve un buen mandato.

—Y te hicieron a un lado para poner a Allon en tu lugar. ¿De verdad creía que iba a irse de rositas después de matar a un agente del SVR en el centro de Viena, en plena calle? —añadió con un susurro cómplice.

—Nosotros no hemos tenido nada que ver con eso.

—Uzi, por favor...

—Tienes que creerme, Werner. No hemos sido nosotros.

—Tenemos pruebas.

—¿Cuáles?

—Uno de los miembros de tu equipo. Ese tan alto —insistió Schwarz—, el que parece un cadáver. Ayudó a Allon con ese problemita en la Stadttempel hace un par de años, y Allon hizo la estupidez de mandarlo otra vez a Viena para que liquidara al ruso. Tú no habrías cometido ese error, Uzi. Siempre fuiste muy cauto.

Navot ignoró el halago: —Había agentes nuestros allí esa noche —reconoció—, pero no por el motivo que crees. El ruso trabajaba para nosotros. Iba a desertar cuando lo mataron.

Werner Schwarz sonrió: —¿Cuánto tiempo han tardado Allon y tú en inventar esa historia?

—En realidad no han visto el asesinato, ¿verdad, Werner?

—No había cámaras en ese lado de la calle, por eso lo elegiste. Las pruebas balísticas demuestran sin lugar a dudas que fue el motorista quien apretó el gatillo. —Schwarz hizo una pausa y luego añadió—: Mi más sentido pésame, por cierto.

—No es necesario. No era de los nuestros.

—Está todavía en el depósito, tendido en una mesa. ¿De verdad piensas dejarlo allí?

—No es de nuestra incumbencia. Hagan con él lo que quieran.

—Descuida, que así será.

El dueño del restaurante se acercó a tomarles el pedido mientras el último grupo de comensales se dirigía ruidosamente a la puerta. Más allá de las ventanas del comedor empezaba a oscurecer en los Bosques de Viena. Era la hora tranquila, la preferida de Werner Schwarz. Navot volvió a llenarle la copa. Luego, sin previo aviso ni explicación, pronunció un nombre.

Schwarz levantó una ceja: —¿Qué pasa con él?

—¿Lo conoces?

—Solo por su reputación.

—¿Y?

—Es un buen agente que vela por los intereses de su país aquí, en Viena, y de acuerdo a nuestros deseos.

—Lo que significa que hasta ahora ha sido inofensivo para el gobierno austriaco.

—Y para nuestra ciudadanía. Por lo tanto, dejamos que se ocupe de sus asuntos sin interferir en ellos. Casi nunca —añadió Schwarz.

—¿Lo mantienen vigilado?

—Cuando nuestros recursos lo permiten. Somos una agencia muy pequeña.

—¿Y?

—Es muy bueno en lo suyo. Pero sé por experiencia que suelen serlo. El engaño parece ser una cosa connatural en ellos.

—¿No ha cometido ningún crimen, ningún delito menor? ¿No tiene ningún vicio?

—Algún que otro lío de faldas —repuso Schwarz.

—¿Alguien en concreto?

—Se lio con la mujer de un funcionario del consulado estadounidense hace un par de años. Se armó un buen escándalo.

—¿Cómo lo solventaron?

—El funcionario del consulado estadounidense fue trasladado a Copenhague y su esposa regresó a Virginia.

—¿Algo más?

—Desde hace un tiempo viaja mucho a Berna, y es curioso, porque Berna no forma parte de su circunscripción.

—¿Crees que tiene otra novia allí?

—O puede que otra cosa. Como sabes, nuestra autoridad termina en la frontera suiza. —Llegó el primer plato: una tarrina de higaditos de pollo para Navot, y para Schwarz pechuga de pato ahumada—. ¿Puedo preguntarte por qué te interesa tanto ese tipo?

—Es una cuestión de intendencia. Nada más.

—¿Relacionada con el ruso?

—¿Por qué lo preguntas?

—Por la coyuntura, nada más.

—Quería matar dos pájaros de un tiro —explicó Navot despreocupadamente.

—Eso no es tan sencillo. —Werner Schwarz se enjugó los labios con la servilleta almidonada—. Lo que nos devuelve al hombre en el depósito de cadáveres. ¿Cuánto tiempo piensan seguir fingiendo que no tiene nada que ver con ustedes?

—¿De verdad crees que Gabriel Allon permitiría que enterraran a un judío en una tumba anónima en Viena? —preguntó Navot sin inmutarse.

—Reconozco que no es su estilo. Sobre todo, después de lo que le ocurrió en esta ciudad. Pero el hombre del depósito no es judío. Por lo menos étnicamente.

—¿Cómo lo sabes?

—Como la Bundespolizei no pudo identificarlo, pidió un análisis de ADN.

—¿Y?

—No hay ni rastro de genes askenazíes. Y tampoco tiene los marcadores genéticos de un judío sefardí. No tiene sangre árabe, ni norteafricana, ni española. Ni una gota.

—Entonces, ¿qué es?

—Ruso. Al cien por cien.

—Quién lo hubiera imaginado —repuso Navot.

II

ANDALUCÍA, ESPAÑA

La casa estaba encaramada al borde de un gran risco, en los montes de Andalucía. La precariedad de su situación la fascinaba: parecía estar a punto de desprenderse de la roca y caer al vacío. Había noches en que, despierta en la cama, se imaginaba precipitándose al abismo con sus libros, sus bártulos y sus gatos arremolinados a su alrededor en un desordenado torbellino de recuerdos. Se preguntaba cuánto tiempo yacería muerta en el fondo del valle, sepultada entre los escombros de su solitaria existencia, antes de que descubrieran su cadáver. ¿Le darían las autoridades un entierro digno? ¿Avisarían a su hija? Había dejado varias pistas cuidadosamente ocultas acerca de la identidad de la niña entre sus efectos personales y en las memorias que había empezado a redactar. De momento solo había escrito once páginas, a lápiz, todas ellas marcadas con el cerco marrón de su taza de café. Ya había decidido el título, sin embargo, y eso le parecía un logro notable teniendo en cuenta lo difíciles que solían ser los títulos. Las había llamado *La otra mujer*.

Con aquellas once páginas escasas —la suma total de sus esfuerzos— era, en cambio, menos indulgente. A fin de cuentas, sus días no eran más que un vasto cuadrante vacío. Además, era periodista, o se había hecho pasar por tal durante su juventud. Tal vez fuera el tema lo que la había hecho encallar, lo que le impedía seguir adelante. Escribir sobre vidas ajenas —la del dictador, la del insurgente, la del campesino que vendía aceitunas y especias en el zoco— había sido para ella un proceso relativamente sencillo. Los hechos hablaban por sí solos, las palabras de él (sí, de *él*, porque en aquella época las mujeres no pintaban nada) se combinaban con los datos disponibles y daban como resultado unas pocas líneas que, con un poco de suerte, poseían la perspicacia y el estilo suficientes para que algún lejano editor de Londres, París o Nueva York le pagara por ellas un pequeño estipendio. Pero escribir sobre una misma… Eso, en fin, era otro cantar. Era como tratar de recordar con detalle un accidente de coche ocurrido en una carretera a oscuras. Había tenido un accidente una vez, estando con él, en las montañas de los alrededores de Beirut. Estaba borracho, como de costumbre, y se puso violento, cosa rara en él. Ella suponía que tenía derecho a estar enfadado: por fin se había atrevido a contarle lo del bebé. Ahora se preguntaba si no habría intentado matarla. Al fin y al cabo, había matado a muchas personas. A centenares, incluso. Ahora lo sabía. Pero entonces no.

Trabajaba, o hacía como que trabajaba, por las mañanas, en el rincón a la sombra de debajo de la escalera. Últimamente dormía menos y se levantaba más temprano. Suponía que era otra consecuencia poco grata de hacerse mayor. Esa mañana le estaba rindiendo más que de costumbre: había escrito una página entera de prosa pulida, sin apenas tachar ni corregir. Aun así, no había terminado el primer capítulo. ¿O era un prólogo? Siempre le habían molestado los prólogos: los consideraba artificios baratos utilizados por escritores de poca monta. En su caso, sin embargo, el prólogo estaba justificado, puesto que había empezado su historia no por el principio sino por el medio: una sofocante tarde de agosto de 1974, cuando un tal camarada Lavrov —un pseudónimo— le trajo una carta de Moscú. La carta no llevaba el nombre del remitente ni estaba fechada, pero ella supo que era de *él*, del periodista inglés al que había conocido en Beirut. Su estilo lo delataba.

Eran las once y media de la mañana cuando dejó por fin el lápiz. Supo la hora exacta porque el sonido casi imperceptible de la alarma de su Seiko le recordó que tenía que tomarse otra pastilla. Achaques del corazón. Se tragó el amargo comprimido con los restos fríos del café y guardó el manuscrito —una palabra muy pretenciosa, sí, pero no se le ocurría otra— en la vetusta caja fuerte victoriana que había debajo de su escritorio. Invirtió cuarenta minutos en el siguiente punto de su apretada agenda diaria, su baño ritual, seguidos por otra media hora de arreglo cuidadoso, después de lo cual salió de casa y echó a andar bajo el feroz resplandor del mediodía hacia el centro del pueblo.

El pueblo era tan blanco como un hueso reseco, célebre por su blancura, y se sostenía en equilibrio en la cúspide de un peñón semejante a un colmillo. Dando ciento catorce pasos de longitud media por la avenida llegó al hotel nuevo, y dando otros doscientos veintiocho cruzó una franja de olivos y encinas hasta el borde del *centre ville*, como lo llamaba ella para sus adentros, a pesar de tantos años de espléndido exilio. El de contar los pasos era un juego al que había jugado con su hija mucho tiempo atrás, en París. ¿Cuántos pasos había que dar para cruzar el patio hasta la calle? ¿Cuántos para atravesar el Pont de la Concorde? ¿Cuántos para que una niña de diez años desapareciera de la vista de su madre? La respuesta era: veintinueve.

Un grafitero había mancillado la primera casa, cuadrada y blanca como un terrón de azúcar, con una obscenidad en español. La pintada le pareció bastante buena: una pincelada de color, como un almohadón, para romper la monotonía del blanco. Siguió subiendo por el pueblo, sinuosamente, hasta la calle San Juan. Los tenderos la miraban con desdén al pasar. Tenían muchos motes para ella, ninguno halagüeño. La llamaban «la loca», o «la roja», por sus convicciones políticas, que no había hecho intento de ocultar pese a los consejos del camarada Lavrov. De hecho, había pocas tiendas en el pueblo en las que no hubiera tenido algún altercado, siempre por cuestiones de dinero. Veía a los tenderos como buitres capitalistas, y ellos la consideraban, con razón, una comunista y una alborotadora, y para colmo extranjera.

El bar en el que le gustaba comer a mediodía estaba en una plaza, cerca de la cima del pueblo. Había una isleta hexagonal con una majestuosa farola en el centro y, en el flanco derecho, una iglesia, ocre en vez de blanca: otro alivio para la monotonía. El bar carecía de interés en sí mismo —mesas y sillas de plástico, y manteles de hule con un curioso estampado escocés—, pero tres hermosos naranjos cuajados de fruto daban sombra a la terraza. El camarero era un marroquí joven y simpático, de algún villorrio olvidado de las montañas del Rif. Podía ser, que ella supiera, un fanático del ISIS que planeaba degollarla a la primera de cambio, pero era una de las pocas personas del pueblo que la trataba con amabilidad. Hablaban entre sí en árabe: ella en el rígido árabe clásico que había aprendido en Beirut; él, en dialecto magrebí. Era generoso con el jamón y el jerez, pese a que desaprobaba ambas cosas.

—¿Ha visto lo que ha pasado hoy en Palestina? —El chico puso una tortilla de papas ante ella—. Los sionistas han cerrado la Explanada de las Mezquitas.

—Es indignante. Si esos idiotas no la abren pronto, será su ruina.

—*Inshallah.*

—Sí —convino ella mientras bebía un sorbo de pálida manzanilla—. *Inshallah*, en efecto.

Mientras se tomaba el café, garabateó unas cuantas líneas en su cuaderno Moleskine: recuerdos e impresiones de aquella lejana tarde de agosto, en París. Aplicadamente, se esforzó por separar lo que sabía entonces de lo que sabía ahora, tratando de ubicarse a sí misma, y de ubicar al lector, en aquel contexto, sin el sesgo del tiempo transcurrido desde entonces. Cuando llegó la hora de pagar la cuenta, dejó el doble de lo que se le pedía y salió a la plaza. Sin saber por qué, sintió el impulso de entrar en la iglesia. Subió los cuatro escalones y empujó la puerta de madera tachonada. El aire fresco salió a su encuentro como un soplo de aliento. Dejándose llevar por un impulso, tendió la mano hacia la pila y hundió los dedos en el agua bendita, pero se refrenó antes de santiguarse. Sin duda —pensó—, temblaría la tierra y se rasgaría el velo del templo si lo hacía.

La nave estaba en penumbra y desierta. Indecisa, avanzó por el pasillo central y aspiró el aroma familiar del incienso, el humo de las velas y la cera de abeja. Siempre le había encantado el olor de las iglesias. Lo demás, en cambio, la traía sin cuidado. Como de costumbre, Dios, en su patíbulo romano, no le habló ni la movió al éxtasis, pero una imagen de la Virgen con el Niño que se alzaba sobre una repisa de cirios le arrancó lágrimas inesperadas.

Metió unas monedas por la rendija del cepillo y salió trastabillando a la luz del día. Había empezado a hacer frío sin previo aviso, como ocurría en los montes de Andalucía en invierno. Se dirigió apresuradamente a la parte baja del pueblo, contando sus pasos mientras se preguntaba por qué a su edad le costaba más caminar cuesta abajo que cuesta arriba. El pequeño supermercado El Castillo había despertado de su siesta. Escogió de las ordenadas estanterías varias cosas para la cena y, cargada con una bolsa de plástico, volvió a cruzar la franja de olivos y encinas, dejó atrás el hotel nuevo y llegó finalmente a la prisión de su casa.

El frío la siguió dentro como un animal perdido. Encendió la chimenea y se sirvió un *whisky* para quitarse el frío de los huesos. Su sabor a humo y madera quemada le hizo pensar en él involuntariamente. Sus besos siempre sabían a *whisky*.

Se llevó el vaso a su rincón bajo la escalera. Sobre el escritorio, los libros se alineaban en una sola estantería. Sus ojos se movieron de izquierda a derecha, siguiendo los lomos agrietados y descoloridos. Knightley, Seale, Boyle, Wright, Brown, Modin, Macintyre, Beeston... Y una edición de bolsillo de sus memorias, repletas de mentiras. A ella no se la mencionaba en ninguno de aquellos volúmenes. Era su secreto mejor guardado.

Abrió la caja fuerte y sacó un álbum encuadernado en piel, tan viejo que solo olía a polvo. Dentro, cuidadosamente pegados a sus páginas, estaban los escasos recortes, cartas y fotografías que el camarada Lavrov le había permitido sacar de su piso de París, y algunos más que había conseguido llevarse a escondidas. Solo conservaba ocho instantáneas amarillentas de su hija, la última de ellas tomada furtivamente en Jesus Lane, Cambridge. De *él*, en cambio, había muchas más. Los largos y alcoholizados almuerzos en el St. Georges y el Normandie, los pícnics en la montaña, las tardes de borrachera en la casita de la playa de Khalde. Después estaban las fotos que ella había hecho en la intimidad de su apartamento, cuando él bajaba la guardia. Nunca se veían en el espacioso piso que él tenía en la *rue* Kantari, solo en el de ella. Eleanor, sorprendentemente, nunca se enteró. Ello se debía —imaginaba— a que el engaño era algo innato en ambos. Y en su progenie.

Devolvió el álbum a la caja fuerte y encendió el anticuado televisor del cuarto de estar. Acababa de empezar el telediario de La 1. Tras varios minutos dedicados a las noticias habituales —una huelga, disturbios futbolísticos, agitación en Cataluña—, hablaron del asesinato de un agente ruso en Viena y del dirigente de los servicios secretos israelíes al que se atribuía su muerte. Odiaba al israelí, aunque solo fuera por existir, pero en ese momento sintió por él un asomo de lástima. El pobre idiota, pensó. No tenía ni idea de a qué se enfrentaba.

12

BELGRAVIA, LONDRES

El protocolo oficial ordenaba que Gabriel informase a «C», el director general del Servicio Secreto de Inteligencia británico, de su intención de visitar Londres. Un comité de bienvenida iría a recibirlo al aeropuerto de Heathrow y, tras sortear el control de pasaportes, lo trasladaría a Vauxhall Cross en un convoy oficial digno de un primer ministro, un presidente o un dignatario de algún imperio remoto. Todos aquellos que ocuparan algún puesto de relevancia en la administración y los servicios secretos británicos se enterarían de su visita. Y eso, en resumen, sería un desastre.

Lo que explicaba por qué Gabriel voló a París con pasaporte falso y llegó discretamente a Londres en el Eurostar de mediodía. Para alojarse escogió el Grand Hotel Berkshire, en la calle West Cromwell. Pagó dos noches por adelantado en efectivo —era uno de esos sitios— y subió a su habitación usando la escalera porque el ascensor estaba averiado. También era de esos sitios.

Colgó el letrero de *no molesten* en el pomo de la puerta y cerró con llave antes de levantar el teléfono fijo de la habitación. Olía a la loción de afeitar del último ocupante. Empezó a marcar, pero se detuvo. El GCHQ, el servicio secreto de telecomunicaciones británico, monitorizaría la llamada, al igual que la NSA estadounidense, y ambas agencias conocían el sonido de su voz en diversos idiomas. Colgó el aparato y abrió la aplicación de texto a voz de su móvil. Tras teclear el mensaje y seleccionar el idioma en el que quería que se leyera, levantó por segunda vez el teléfono y marcó el número.

Contestó una voz de hombre fría y distante, como exasperada por lo inoportuno de la llamada. Gabriel acercó el altavoz del móvil al micrófono del fijo y pulsó el icono de play. La voz robótica del *software* acentuó mal todas las palabras, pero consiguió trasladar sus deseos. Quería hablar en privado con C, lejos de Vauxhall Cross y sin que se enterase nadie más dentro del MI6. Podía localizarlo en el Grand Hotel Berkshire, habitación 304. No disponía de mucho tiempo para esperar.

Cuando acabó de sonar la grabación, Gabriel colgó y estuvo observando el intenso tráfico que circulaba por la carretera. Pasaron veinte minutos antes de que el teléfono fijo sonara por fin. La voz que se dirigió a él era humana.

—Eaton Square, número cincuenta y seis, siete en punto. Atuendo de trabajo, pero informal.

Se oyó un clic y la llamada se interrumpió.

Gabriel esperaba que lo enviaran a un tétrico piso franco del MI6 en Stockwell, o Stepney, o Maida Vale, de ahí que le sorprendiera aquella dirección en el elegante barrio de Belgravia. Correspondía a un amplio edificio georgiano que daba al lado suroeste de la plaza. La fachada era de estuco blanco como la nieve en la planta baja y de ladrillo tostado en los cuatro pisos superiores, al igual que en las casas colindantes. Una luz brillaba alegremente entre los pilares del pórtico, y el timbre, cuando Gabriel lo pulsó, produjo un sonoro repique de campanas. Mientras aguardaba respuesta, observó las otras casas de la plaza. La mayoría estaba a oscuras, lo que indicaba que uno de los barrios más codiciados de Londres se había convertido en dominio de acaudalados propietarios absentistas procedentes de Arabia Saudí, China y, cómo no, de Rusia.

Por fin oyó pasos: el tableteo de unos tacones altos sobre un suelo de mármol. Luego se abrió la puerta y apareció ante él una mujer alta, de unos sesenta y cinco años, vestida con elegantes pantalones negros y una chaqueta cuyo estampado le recordó a Gabriel el aspecto que presentaba su paleta tras un largo día de trabajo. La desconocida se había resistido a los cantos de sirena de la cirugía plástica y los implantes de colágeno y conservaba, por tanto, una belleza elegante y distinguida. Su mano derecha se apoyaba en el picaporte. En la izquierda sostenía una copa de vino blanco. Gabriel sonrió. La velada prometía ser interesante.

Ella le devolvió la sonrisa: —Dios mío, realmente eres tú.

—Eso me temo.

—Entra, deprisa, antes de que alguien te haga una foto o intente hacerte volar por los aires. Soy Helen, por cierto. Helen Seymour —añadió al cerrar la puerta con firmeza—. Seguro que Graham te ha hablado de mí.

—Habla de ti constantemente.

Ella hizo una mueca: —Graham me advirtió de que tenías un sentido del humor muy irónico.

—Procuraré mantenerlo a raya.

—No, por favor. Nuestros demás amigos son horriblemente aburridos. —Lo condujo por el pasillo de baldosas blanquinegras hasta una enorme cocina que olía maravillosamente a pollo, arroz y azafrán—. Estoy haciendo paella. Graham ha dicho que no te importaría.

—¿Por qué iba a importarme?

—Por el chorizo y los mariscos —explicó ella—. Me ha dicho que no eres *kosher*.

—No, aunque por lo general evito comer carne prohibida.

—Puedes dejarla en el plato. Es lo que hacen los árabes cuando les hago paella.

—¿Vienen muy a menudo? —preguntó Gabriel.

Helen Seymour puso cara de fastidio.

—¿Alguno en particular?

—Ese jordano acaba de estar aquí. El que viste trajes de Savile Row y habla como nosotros.

—Fareed Barakat.

—Se lo tiene muy creído. Pero se nota que te tiene mucho aprecio —añadió.

—Estamos en el mismo bando, Fareed y yo.

—¿Y qué bando es ese?

—El de la estabilidad.

—Eso no existe, amigo mío. Ya no.

Gabriel le dio la botella de Sancerre a temperatura ambiente que había comprado en Sainsbury's, en la calle Berkeley. Helen Seymour la metió directamente en el congelador.

—El otro día vi tu foto en el *Times* —comentó mientras cerraba la puerta—. ¿O fue en el *Telegraph*?

—En ambos, me temo.

—No estabas muy favorecido. Puede que esto te ayude. —Le sirvió una copa grande de albariño—. Graham te está esperando arriba. Dice que tienen algo que debatir antes de la cena. Imagino que tendrá que ver con lo de Viena. Aunque eso es terreno vedado para mí.

—Considérate afortunada.

Gabriel subió la ancha escalera hasta el primer piso. Salía luz por la puerta abierta del magnífico despacho forrado de libros en el que Graham Seymour, el sucesor de Cummings, Menzies, White y Oldfield, lo esperaba en espléndido aislamiento. Vestía traje gris de raya diplomática y corbata de color acero, a juego con su espesa cabellera. Mecía en la mano derecha un vaso de cristal tallado que contenía un licor traslúcido, los ojos fijos en la pantalla de la televisión, donde el primer ministro británico estaba respondiendo a la pregunta de un periodista acerca del *brexit*. Gabriel se alegró del cambio de tema.

—Por favor, dile a Lancaster lo mucho que ha significado para mí su apoyo inquebrantable durante estos últimos días. Que sepa que puede llamarme siempre que necesite un favor.

—No culpes a Lancaster —repuso Seymour—. No fue idea suya.

—¿De quién fue, entonces?

—Mía.

—¿Y por qué no has mantenido la boca cerrada? ¿Por qué me has echado a los leones?

—Porque tu equipo y tú hicieron una auténtica chapuza con esa operación, y no quería que salpicara a mi servicio, ni a mi primer ministro. —Seymour miró con aire de reproche el vino de Gabriel y se acercó al carrito de las bebidas para rellenar su vaso—. ¿Te apetece algo más fuerte?

—Una acetona con hielo, por favor.

—¿La prefieres con aceituna o con una rodajita de limón? —Con una sonrisa cautelosa, Seymour declaró el cese temporal de las hostilidades—. Deberías haberme avisado de que venías. Has tenido suerte de encontrarme aquí. Mañana por la mañana me voy a Washington.

—Faltan por lo menos tres meses para que florezcan los cerezos.

—Gracias a Dios.

—¿Cuál es el orden del día?

—Una reunión rutinaria en Langley para revisar las operaciones conjuntas en marcha y establecer futuras prioridades.

—Mi invitación debe de haberse perdido en el correo.

—Hay algunas cosas que hacemos sin que te enteres. A fin de cuentas, somos familia.

—Familia lejana —replicó Gabriel.

—Cada día más lejana, en efecto.

—La alianza ha pasado por momentos de tensión otras veces.

—Por momentos de tensión, sí, pero esto es distinto. Nos enfrentamos a una posibilidad muy plausible de derrumbamiento del orden internacional. Del orden, dicho sea de paso, que dio origen a tu país.

—Nosotros podemos valernos solos.

—¿De veras? —preguntó Seymour seriamente—. ¿Por cuánto tiempo? ¿Y contra cuántos enemigos a la vez?

—Hablemos de algo agradable. —Gabriel hizo una pausa y luego añadió—: De Viena, por ejemplo.

—Era una operación sencilla —dijo Seymour al cabo de un momento—. Traer al agente, hablar con él en privado, meterlo en un avión y proporcionarle una nueva vida. Nosotros lo hacemos constantemente.

—Y nosotros también —respondió Gabriel—. Pero esta operación se complicó porque alguien delató a mi agente mucho antes de que saliera de Moscú.

—A *nuestro* agente —puntualizó Seymour—. Fuimos nosotros quienes accedimos a darle asilo.

—Razón por la cual ahora está muerto —replicó Gabriel.

Seymour apretaba el vaso con tanta fuerza que las puntas de los dedos se le habían puesto blancas.

—Cuidado, Graham. Vas a romperlo.

El británico dejó el vaso en el carrito de las bebidas:
—Supongamos —dijo con calma— que las pruebas disponibles indican que Kirov fue delatado.

—Sí, supongámoslo.

—En todo caso, y al margen de las circunstancias, su traslado era responsabilidad de ustedes. Deberían haber detectado los equipos de vigilancia del SVR en Viena y haber abortado la operación.

—No podíamos detectarlos, Graham, porque no había ninguno. No eran necesarios. Sabían adónde iba Kirov y que yo estaría esperándolo allí. Por eso pudieron fotografiarme saliendo del edificio. Y por eso han utilizado sus robots, sus *trolls*, sus foros y sus agencias de noticias para dar la impresión de que fuimos nosotros quienes matamos a Kirov.

—¿Dónde se produjo la filtración?

—En nuestro servicio, no. Lo que significa —añadió Gabriel— que tuvo que ser en el de ustedes.

—¿Quieres decir que tengo un espía ruso en nómina? —preguntó Seymour.

Gabriel se acercó a la ventana y miró las casas en sombras del otro lado de la plaza: —¿Hay alguna posibilidad de que pongas un disco de Harry James en el gramófono y subas el volumen al máximo?

—Tengo una idea mejor —dijo Seymour levantándose—. Ven conmigo.

13

EATON SQUARE, LONDRES

La puerta, aunque corriente en apariencia, estaba encajada en un marco invisible de acero reforzado. Graham Seymour la abrió introduciendo un código de ocho dígitos en el teclado de la pared. Al otro lado, había una cámara pequeña y agobiante, elevada unos centímetros por encima del suelo, con dos sillas, un teléfono y una pantalla para videoconferencias de máxima seguridad.

—Una sala insonorizada en tu propia casa —comentó Gabriel—. ¿Qué será lo próximo que se les ocurra?

Seymour se acomodó en una de las sillas e indicó a Gabriel que ocupara la otra. Sus rodillas se tocaban, como las de dos pasajeros en un compartimento de tren. La luz del techo jugaba con las apuestas facciones de Seymour confundiéndolas. De pronto parecía un perfecto desconocido.

—Es todo muy oportuno, ¿no crees? Y muy predecible.

—¿El qué? —preguntó Gabriel.

—Que estén buscando un chivo expiatorio para justificar su fracaso.

—Yo no usaría tan ligeramente la expresión «chivo expiatorio». A mis compatriotas y a mí nos pone muy nerviosos.

Seymour se las arregló de algún modo para mantener su flema británica: —No te atrevas a jugar esa carta conmigo. Nos conocemos desde hace demasiado tiempo para eso.

—En efecto, así es. Por eso he pensado que podía interesarte saber que el jefe de tu delegación en Viena es un espía ruso.

—¿Alistair Hughes? Es un buen agente.

—No me cabe duda de que sus supervisores en el Centro son de la misma opinión. —El sistema de ventilación de la cámara rugía como un congelador abierto—. ¿Estás dispuesto a escucharme al menos?

—No.

—En ese caso, no me queda más remedio que dejar nuestra relación en suspenso.

Seymour se limitó a sonreír: —No se te da muy bien jugar al póquer, ¿verdad?

—Nunca he tenido tiempo para juegos de azar.

—Vuelves a tirar de esa carta.

—Nuestra relación es como un matrimonio, Graham. Se basa en la confianza.

—En mi opinión, la mayoría de los matrimonios se basan bien en el dinero, bien en el miedo a la soledad. Y si te divorcias de mí, no tendrás un solo amigo en el mundo.

—No podemos seguir colaborando ni compartiendo información si tu agente en Viena está a sueldo de los rusos. Y estoy convencido de que los estadounidenses opinarán lo mismo.

—No te atreverás.

—Ponme a prueba. De hecho, creo que voy a contarle todo esto a mi buen amigo Morris Payne antes de tu pequeña reunión de mañana. —Payne era el director de la CIA—. Eso animará las cosas considerablemente.

Seymour no respondió.

Gabriel miró la cámara situada sobre la pantalla de vídeo: —Esa cosa no está encendida, ¿verdad?

Seymour negó con la cabeza.

—¿Y nadie sabe que estamos aquí?

—Nadie, excepto Helen. Ella lo adora, por cierto.

—¿A quién?

—A Alistair Hughes. Lo encuentra muy atractivo.

—Lo mismo opinaba la esposa de cierto diplomático estadounidense que antes trabajaba en Viena.

Seymour entornó los párpados: —¿Cómo sabes eso?

—Me lo ha dicho un pajarito. El mismo que me ha dicho que fue Alistair Hughes quien exigió saber la dirección del piso franco donde iba a reunirme con Kirov.

—Era Control Londres quien quería la dirección, no Alistair.

—¿Por qué?

—Porque era responsabilidad nuestra sacar a Kirov de Viena y subirlo sano y salvo a un avión. No es como pedir un coche de Uber. No se puede apretar un botón en el último momento. Teníamos que planear el itinerario principal y otro de emergencia por si intervenían los rusos. Y para hacerlo necesitábamos la dirección.

—¿Cuánta gente la sabía?

—¿En Londres? —Seymour miró el techo—. Ocho o nueve personas. Y otras seis o siete en Viena.

—¿Y por qué no todos los Niños Cantores de Viena? —Seymour guardó silencio, por lo que Gabriel añadió—: ¿Qué sabían los estadounidenses?

—Nuestra delegada en Washington los informó de que Heathcliff iba a marcharse y de que habíamos accedido a concederle el estatus de desertor. No les dio detalles de la operación.

—¿Y de la ubicación?

—Únicamente la ciudad.

—¿Sabían que yo estaría presente?

—Es posible. —Seymour adoptó una expresión cavilosa—. Lo siento, pero estoy un poco confuso. ¿Estás acusando a los estadounidenses, o a nosotros, de filtrar información a los rusos?

—Estoy acusando al guapo de Alistair Hughes.

—¿Y qué hay de los otros catorce agentes del MI6 que conocían la dirección de tu piso franco? ¿Cómo sabes que no fue uno de ellos?

—Lo sé porque estamos sentados en esta habitación —respondió Gabriel—. Me has traído aquí porque temes que tenga razón.

14

EATON SQUARE, LONDRES

Graham Seymour permaneció unos instantes ensimismado y con la mirada perdida, como si contemplara el paisaje campestre que desfilaba por la ventanilla de su vagón de tren imaginario. Por fin pronunció un nombre en voz baja, un nombre ruso que Gabriel tuvo que esforzarse por oír entre el rugido del sistema de ventilación.

—Gribkov —repitió Seymour—. Vladimir Vladimirovich Gribkov. Lo llamábamos Vivi, para abreviar. Se hacía pasar por agregado de prensa de la legación rusa en Nueva York. Bastante mal, por cierto. En realidad, era un agente del SVR que reclutaba espías en las Naciones Unidas. El

Centro tiene una *rezidentura* enorme en Nueva York. Nuestra delegación es mucho más pequeña, y la de ustedes más aún. Solo tienen un hombre, en realidad. Conocemos su identidad, igual que los estadounidenses.

Pero eso —añadió Seymour— no venía al caso. Lo que importaba era que Vladimir Vladimirovich Gribkov había abordado a un hombre del MI6 en Nueva York durante un tedioso cóctel diplomático en un hotel pijo de Manhattan y le había dado a entender que deseaba hablar con ellos de un asunto de índole extremadamente sensible. El agente del MI6, cuyo nombre Seymour no mencionó, informó debidamente a su contacto en Control Londres.

—Porque, como sabe cualquier agente del MI6, la manera más segura de hundir tu carrera como espía es mantener una charla de tú a tú sin autorización con alguien del SVR.

Control Londres autorizó formalmente el encuentro y tres semanas después del primer contacto —tiempo suficiente, añadió Seymour, para que Gribkov pudiera recular—, los dos agentes acordaron verse en un lugar remoto al este de Nueva York, en Long Island.

—En realidad, fue en una islita de la costa, un sitio llamado Shelter Island. No hay puente, solo un ferri. La isla es en su mayor parte una reserva natural con kilómetros y kilómetros de senderos en los que cabe la posibilidad de no cruzarse con nadie. En definitiva, el lugar perfecto para que un agente del Servicio Secreto de Inteligencia de Su Majestad se reuniera con un ruso que estaba pensando en traicionar a su país.

Gribkov apenas perdió tiempo en preliminares y expresiones de cortesía. Dijo estar desilusionado con el SVR y con la Rusia gobernada por el Zar y dijo querer desertar a Inglaterra junto con su esposa y sus dos hijos, que vivían con él en Nueva York, en el complejo de la embajada rusa en el Bronx. Afirmó estar en situación de proporcionar al MI6 un enorme caudal de información, entre ella un dato concreto que lo convertiría en el desertor más valioso de la historia. Quería, por lo tanto, una sustanciosa recompensa a cambio.

—¿Cuánto? —preguntó Gabriel.

—Diez millones de libras en efectivo y una casa en la campiña inglesa.

—Eh, era uno de esos —dijo Gabriel desdeñosamente.

—Sí —repuso Seymour.

—¿Y ese dato concreto que le hacía merecedor de semejante fortuna?

—El nombre de un topo ruso que trabajaba en lo más alto de la jerarquía del espionaje angloamericano.

—¿Especificó de qué agencia o de qué nacionalidad era?

Seymour negó con un gesto.

—¿Cómo reaccionaron?

—Con cautela rayana en el escepticismo, como tenemos por costumbre de partida. Dimos por sentado que mentía, o que era un *agent provocateur* enviado por el Centro para despistarnos e inducirnos a llevar a cabo una caza de brujas autodestructiva en busca del traidor.

—Entonces, ¿le dijeron que no estaban interesados?

—Al contrario, en realidad. Le dijimos que nos interesaba muchísimo, pero que necesitábamos un par de semanas para hacer los preparativos imprescindibles. Entretanto, comprobamos sus referencias. Gribkov no era ningún aficionado. Era un agente veterano del SVR que había trabajado en varias *rezidenturas* de Occidente, la última en Viena, donde había mantenido numerosos contactos con el jefe de nuestra delegación.

—Alistair Hughes, el guapo.

Seymour no dijo nada.

—¿Qué tipo de contactos?

—Los de costumbre —repuso Seymour—. Lo que importa es que Alistair informó de todos ellos, como debía. Están todos consignados en su expediente, que cotejamos con el de Gribkov.

—Así que trajeron a Hughes a Vauxhall Cross para que les hablara de Gribkov y de lo que intentaba venderles.

—Exacto.

—¿Y?

—Alistair se mostró aún más escéptico que Control Londres.

—¿De veras? Qué sorpresa.

Seymour frunció el ceño: —Para entonces había pasado un mes y medio desde la oferta inicial de Gribkob —continuó—, y el hombre empezaba a ponerse nervioso. Hizo dos llamadas muy imprudentes a mi hombre en Nueva York. Y a continuación hizo una verdadera temeridad.

—¿Qué?

—Acudió a los estadounidenses. Como cabía esperar, en Langley se pusieron furiosos por cómo habíamos manejado el caso. Nos presionaron para que acogiéramos a Gribkov lo antes posible. Hasta se ofrecieron a pagar parte de los diez millones. Como nos resistimos, el asunto derivó en un enfrentamiento en toda regla.

—¿Quién ganó?

—El Centro —contestó Seymour—. Mientras reñíamos con nuestros primos estadounidenses, los rusos llamaron a Gribkov a consulta urgentemente sin que nosotros nos enteráramos. Su mujer y sus hijos regresaron a Rusia unos días después, y al mes siguiente la Misión Permanente de la Federación Rusa en las Naciones Unidas anunció el nombramiento de un nuevo agregado de prensa. Sobra decir que no ha vuelto a saberse de Vladimir Vladimirovich Gribkov desde entonces.

—¿Por qué nadie me informó de todo esto?

—Porque no te concernía.

—Me concierne desde el momento en que dejaron que Alistair Hughes se acercara a mi operación en Viena —replicó Gabriel con firmeza.

—Ni siquiera se nos ocurrió mantenerlo al margen.

—¿Por qué?

—Porque nuestra investigación interna lo exoneró de cualquier responsabilidad en la desaparición de Gribkov.

—Me alegra saberlo. Pero ¿cómo se enteraron los rusos de que Gribkov intentaba desertar?

—Llegamos a la conclusión de que tuvo que delatarse él mismo con su comportamiento. Los estadounidenses estuvieron de acuerdo.

—Poniendo así fin a una pelea potencialmente desestabilizadora. Y ahora resulta que se encuentran con otro desertor ruso muerto. Y solo existe un denominador común:

el jefe de su delegación en Viena, un hombre que tuvo una aventura amorosa con la esposa de un funcionario del consulado estadounidense.

—Su marido no era un funcionario del consulado, era de la CIA. Y si la infidelidad fuera señal infalible de traición, mi servicio no existiría. Ni el tuyo tampoco.

—Hughes pasa mucho tiempo en Suiza últimamente.

—¿Eso también te lo ha dicho tu pajarito o es que han estado vigilándolo?

—Yo jamás vigilaría a uno de tus agentes sin notificártelo, Graham. Los amigos no hacen esas cosas. Ni se mantienen mutuamente en la ignorancia cuando hay vidas en juego.

Seymour no respondió. De pronto parecía agotado, harto de aquella lucha. A Gabriel no le habría gustado encontrarse en su pellejo. Un jefe de espías nunca salía ganando en una situación como aquella. La cuestión era hasta qué punto iba a perder.

—A riesgo de meterme donde no me llaman —dijo Gabriel—, creo que solo tienes dos opciones.

—¿Sí?

—Lo más lógico sería abrir una investigación interna para averiguar si Alistair Hughes está vendiendo secretos a los rusos. En ese caso te verías obligado a informar a los estadounidenses, lo que enfriaría definitivamente esa relación. Y además tendrías que involucrar a tus rivales del MI5, y no creo que te interese.

—¿Y la segunda opción? —preguntó Seymour.

—Dejar que nosotros vigilemos a Hughes.

—Será una broma.

—A veces bromeo, pero en este caso no.

—Sería algo sin precedentes.

—No del todo —contestó Gabriel—. Y además tiene sus ventajas.

—¿Cuáles?

—Hughes conoce sus técnicas de vigilancia y, lo que quizá sea más importante, conoce a su personal. Si intentan vigilarlo, es muy probable que los descubra. Pero si lo hacemos nosotros...

—Tendrán permiso para hurgar en los asuntos privados de uno de mis agentes.

Con un encogimiento de hombros, Gabriel dejó claro que ya podía hacerlo, con o sin autorización de Seymour:

—A nosotros no podrá ocultárnoslo, Graham. No, si lo mantenemos vigilado veinticuatro horas al día. Si está en contacto con los rusos, lo sabremos.

—¿Y luego qué?

—Te entregaremos las pruebas y podrás hacer con ellas lo que te parezca conveniente.

—O lo que te parezca conveniente a ti.

Gabriel no mordió el anzuelo. La disputa estaba a punto de zanjarse. Seymour miró irritado la rejilla del techo. Entraba un frío siberiano.

—No puedo permitir que vigiles a mi delegado en Viena sin que alguien de nuestro lado esté presente —dijo por fin—. Quiero a uno de mis agentes en el equipo de vigilancia.

—Así fue como nos metimos en este lío, Graham. —Al ver que Seymour se quedaba callado, Gabriel añadió—:

Dadas las circunstancias actuales, solo hay un agente del MI6 al que estaría dispuesto a aceptar.

—¿Has olvidado que Alistair y él se conocen?

—No —contestó Gabriel—. No he olvidado de repente ese pequeño detalle. Pero no te preocupes: no permitiremos que se acerquen.

—Ni una palabra de esto a los estadounidenses —exigió Seymour.

Gabriel levantó la mano derecha como si se dispusiera a jurar solemnemente.

—Y no tendrán acceso a los archivos del MI6, ni al funcionamiento interno de la delegación de Viena —insistió Seymour—. Se limitarán a la vigilancia física, exclusivamente.

—Pero en su apartamento tendremos el campo libre —replicó Gabriel—. Ojos y oídos.

Seymour fingió meditarlo: —De acuerdo —dijo finalmente—. Pero un poco de discreción con sus cámaras y micrófonos. Uno tiene derecho a una parcelita de intimidad.

—A no ser que esté espiando para los rusos. En ese caso, tiene derecho a *vyshaya mera*.

—¿Eso es hebreo?

—Ruso, en realidad.

—¿Qué significa?

Gabriel marcó el código de ocho dígitos del panel interno y las cerraduras se abrieron con un chasquido.

Seymour arrugó el entrecejo: —Mandaré que cambien eso a primera hora de la mañana.

—Sí, hazlo —repuso Gabriel.

Seymour estuvo distraído durante la cena y le correspondió a Helen, la perfecta anfitriona, dirigir la conversación. Lo hizo con discreción admirable. Pese a que Gabriel era un viejo conocido de la prensa británica, Helen no mencionó en ningún momento sus pasadas hazañas en suelo británico —un tema desagradable—, y solo más tarde, cuando se preparaba para marcharse, cayó Gabriel en la cuenta de que no habían hablado de nada en absoluto.

Confiaba en regresar andando a su hotel, pero una limusina Jaguar lo estaba esperando junto a la acera. Sentado en el asiento trasero, Christopher Keller leía algo en su BlackBerry del MI6.

—Yo que tú subiría —dijo—. Un buen amigo del Zar vive al otro lado de la plaza.

Gabriel se metió en el coche y cerró la puerta. La limusina arrancó con una sacudida y un momento después enfiló velozmente por King's Road para cruzar Chelsea.

—¿Qué tal ha ido la cena? —preguntó Keller cansinamente.

—Casi tan mal como lo de Viena.

—Tengo entendido que vamos a volver.

—Yo no.

—Lástima. —Keller miró por la ventanilla—. Sé cuánto te gusta ese lugar.

15

EMBAJADA BRITÁNICA, WASHINGTON

El director general del Servicio Secreto de Inteligencia de Su Majestad no disponía de avión privado —únicamente el primer ministro gozaba de ese privilegio—, de ahí que Graham Seymour cruzara el Atlántico a la mañana siguiente en un Falcon alquilado. Fue recibido en la pista de aterrizaje del Aeropuerto Internacional de Dulles por un pequeño comité de bienvenida de la CIA y conducido a gran velocidad a través del extenso cinturón suburbano del norte de Virginia hasta el complejo de la embajada británica en Massachusetts Avenue. A su llegada subió de inmediato, como era de rigor, a saludar al embajador, un hombre al que conocía prácticamente de toda la vida.

Sus padres habían servido juntos en Beirut a principios de la década de 1960; el padre del embajador, trabajando para el Foreign Office; el de Seymour, para el MI6.

—¿Cenamos juntos esta noche? —preguntó el embajador mientras lo acompañaba a la puerta.

—Me temo que tengo que volver a Londres.

—Es una pena.

—Sí.

La siguiente parada de Seymour fue la delegación del MI6, ubicada detrás de una puerta de seguridad comparable a la de la caja fuerte de un banco: un reino secreto, separado del resto de la embajada y ajeno a ella. Era, con mucho, la mayor delegación del MI6 y sin duda la más importante. Conforme a los acuerdos en vigor, sus agentes no intentaban recabar información en suelo estadounidense. Servían como meros enlaces con la extensa red de los servicios de inteligencia estadounidenses, en los que se los consideraba clientes privilegiados. El MI6 había ayudado a levantar el tinglado del espionaje estadounidense durante la Segunda Guerra Mundial y ahora, décadas después, todavía estaba cosechando su recompensa. Esa estrecha relación familiar permitía al Reino Unido, una antigua potencia imperial venida a menos y dotada de un ejército escaso, desempeñar un papel desproporcionado en el escenario mundial y mantener así la ilusión de que era una potencia global muy a tener en cuenta.

Rebecca Manning, la jefa de la delegación en Washington, estaba esperando a Seymour al otro lado de la barrera de seguridad. Había sido muy bella en tiempos pasados —demasiado bella para dedicarse al espionaje, en opinión de un reclutador olvidado hacía tiempo— y ahora, en la cúspide de su carrera profesional, seguía siendo formidablemente atractiva.

Un mechón suelto de cabello negro cayó sobre un ojo de color azul cobalto. Rebecca se lo apartó con una mano y tendió la otra a Seymour.

—Bienvenido a Washington —dijo como si la ciudad y todo lo que representaba fueran de su propiedad—. Confío en que el vuelo no se le haya hecho muy duro.

—Me ha dado ocasión de leer sus informes.

—Hay uno o dos puntos más que me gustaría repasar antes de salir hacia Langley. Podemos tomar un café en la sala de reuniones.

Soltó la mano de Seymour y lo precedió por el pasillo central de la delegación. Su elegante traje de chaqueta olía ligeramente a tabaco. Sin duda había salido un momento al jardín a fumarse un L&B antes de que llegara Seymour. Rebecca Manning era una fumadora impenitente y no se disculpaba por ello. Era un hábito que había adquirido en Cambridge y que se había agravado durante el tiempo que había pasado destinada en Bagdad. También había trabajado en Bruselas, París, El Cairo, Riad y Ammán, donde fue jefa de delegación. Había sido Seymour quien, al inicio de su mandato, la había nombrado H/Washington, como se denominaba a su puesto en la jerga del servicio secreto británico. Al hacerlo, la había señalado como su sucesora. Washington sería su último destino en el extranjero: no había ningún otro sitio al que pudiese ir. Ninguno, salvo los despachos de Vauxhall Cross, donde sería formalmente presentada a los barones de Whitehall. Su nombramiento marcaría un hito histórico, aunque fuera con mucho retraso. El MI5 ya había tenido dos directoras —incluida la actual, Amanda Wallace—, pero el Seis nunca había confiado las riendas del poder a una mujer, y Seymour estaría orgulloso de dejar ese legado.

Lazos familiares aparte, la delegación de Washington observaba las mismas medidas de seguridad que cualquier otra delegación del mundo, sobre todo en lo relativo a conversaciones delicadas entre sus mandos. La sala de reuniones era inmune a cualquier intento de escucha electrónica. En el lado de la mesa que ocupó Seymour había un portafolios de piel. Dentro encontró el orden del día de su reunión con el director de la CIA, Morris Payne, y un resumen de las políticas actuales, los objetivos futuros y las operaciones en marcha. Aquel era uno de los documentos más valiosos del mundo del espionaje global. El Centro mataría para hacerse con él.

—¿Leche? —preguntó Rebecca Manning.

—No, solo.

—Eso es nuevo.

—Órdenes del médico.

—Nada grave, espero.

—Tengo el colesterol un poco alto. Y la tensión también. Son ventajas de este oficio.

—Yo dejé de preocuparme por mi salud hace mucho tiempo. Si pude sobrevivir a Bagdad, puedo sobrevivir a cualquier cosa. —Le pasó su café a Seymour. Luego preparó otro para ella y frunció el ceño—. Café sin un cigarrillo. ¿Qué sentido tiene?

—Deberías dejarlo, ¿sabes? Si yo pude, puede cualquiera.

—Lo mismo me dice Morris.

—No sabía que se tuteaban.

—No es tan terrible, Graham.

—Está cargado de ideología, y eso me pone nervioso. Un espía no debería creer en nada. —Hizo una pausa y luego añadió—: Como tú, Rebecca.

—Morris Payne no es un espía, es el director de la Agencia Central de Inteligencia, que es muy distinto. —Abrió su portafolios—. ¿Empezamos?

Seymour nunca había dudado del acierto de destinar a Rebecca Manning a Washington, un acierto que se vio confirmado durante los cuarenta y cinco minutos que duró la reunión. Rebecca repasó la agenda rápidamente y con paso firme: Corea del Norte, China, Irak, Irán, Afganistán, Siria, los esfuerzos globales contra el ISIS y Al Qaeda. Su dominio de los asuntos pendientes era perfecto, como lo fue su exposición de las operaciones secretas estadounidenses en marcha. Como jefa de delegación del MI6 en Washington, sabía mucho más del funcionamiento de los servicios de inteligencia estadounidenses que muchos miembros del Senado. Su forma de razonar era sutil y sofisticada, sin caer nunca en la hipérbole o en la precipitación. Para Rebecca, el mundo no era un lugar peligroso que se precipitaba inevitablemente hacia el caos; era un problema a resolver por hombres y mujeres competentes y bien formados.

El último punto de la agenda era Rusia, un terreno de por sí escabroso. El nuevo presidente de Estados Unidos no ocultaba su admiración por su autoritario homólogo ruso y había expresado su deseo de mejorar las relaciones con Moscú. En esos momentos había una investigación en marcha para dilucidar si el Kremlin lo había ayudado bajo cuerda a imponerse a su rival demócrata en las reñidas elecciones presidenciales. Seymour y el MI6 habían llegado a la conclusión de que así era, en efecto, igual que el predecesor de Morris Payne en la Agencia Central de Inteligencia.

—Por motivos obvios —comentó Rebecca—, Morris no tiene ningún deseo de tratar asuntos de política nacional. Solo hay un tema que le interese.

—¿Heathcliff?

Rebecca asintió en silencio.

—En ese caso —dijo Seymour—, debería invitar a Gabriel Allon a Washington para mantener una charla con él.

—Que fue culpa de Allon. ¿Esa es tu postura? —Se hizo un breve silencio—. ¿Puedo hablar con franqueza?

—Para eso estamos aquí.

—Los estadounidenses no van a tragárselo. Llevan muchos años trabajando mano a mano con Allon, igual que tú. Y saben que es perfectamente capaz de encargarse de la deserción de un agente ruso.

—Por lo visto les tienes bien tomado el pulso.

—Forma parte de mi trabajo, Graham.

—¿Qué debo esperar de ellos?

—Grave preocupación —respondió Rebecca. No dijo nada más: no era necesario. Si la CIA compartía la convicción de Gabriel de que los rusos se habían infiltrado en el MI6, aquello podía ser desastroso.

—¿Morris va a hacer explícita la acusación? —preguntó Seymour.

—Lo siento, pero no lo sé. Dicho esto, también es cierto que no tiene pelos en la lengua. Ya he detectado un cambio en la temperatura de mis tratos con él. El ambiente se está volviendo un poquito gélido. Largos silencios y miradas inexpresivas. Tenemos que abordar de frente sus sospechas. De lo contrario, empezarán a quedarse con las joyas de la corona.

—¿Y si les digo que comparto su preocupación?

—¿La compartes? —preguntó Rebecca Manning.

Seymour bebió un sorbo de café.

—Te advierto que el asesinato de Heathcliff ha inducido a los estadounidenses a revisar lo que ocurrió en el caso Gribkov. Muy exhaustivamente —añadió Rebecca.

—Serían idiotas si no lo hicieran. —Al cabo de un momento, Seymour agregó—: Y nosotros también.

—¿Has abierto una investigación oficial?

—Rebecca, tú sabes que no puedo…

—Y yo no puedo llevar a cabo mi labor en Washington si no conozco la respuesta a esa pregunta. Quedaré en una situación insostenible, y la poca confianza que aún me tengan los estadounidenses se evaporará.

Tenía razón.

—De momento, no se ha abierto una investigación oficial —contestó Seymour con calma.

Su respuesta era una obra maestra de pasiva opacidad burocrática, y Rebecca se dio cuenta.

—¿Y extraoficial? —preguntó.

Seymour dejó pasar unos segundos antes de responder:
—Baste decir que se están haciendo ciertas averiguaciones.

—¿Averiguaciones?

Él asintió con un cabeceo.

—¿Han identificado a un sospechoso?

—Rebecca, por favor —repuso Seymour en tono de reproche.

—No soy una funcionaria de poca monta, Graham. Soy la jefa de tu delegación en Washington. Y tengo derecho a saber si Vauxhall Cross cree que tengo un traidor trabajando entre mis filas.

Seymour titubeó. Luego negó lentamente con la cabeza. Rebecca pareció aliviada.

—¿Qué vamos a decirles a los estadounidenses?—preguntó.

—Nada. Es demasiado peligroso.

—¿Y cuando Morris Payne exprese sus sospechas de que hay un espía ruso entre nosotros?

—Le recordaré a Aldrich Ames y Robert Hanssen. Y a continuación le diré que se equivoca.

—No va a conformarse con eso.

—No le quedará otro remedio.

—A no ser que tu investigación extraoficial descubra un topo ruso.

—¿Qué investigación? —preguntó Seymour—. ¿Qué topo?

16

BARRIO DE BELVEDERE, VIENA

La embajada británica en Viena se hallaba en el número doce de Jauresgasse, no muy lejos de los jardines del Belvedere, en el deslumbrante tercer distrito de la ciudad. Los jordanos estaban enfrente, los chinos en el portal de al lado y los iraníes un poco más abajo. Igual que los rusos. De ahí que Alistair Hughes, el jefe de delegación del MI6 en Viena, tuviera ocasión de pasar varias veces al día ante la imponente *rezidentura* del SVR, ya fuera a pie o en su coche oficial.

Vivía en Barichgasse, una calle tranquila, en un piso lo bastante grande para acomodar a su mujer y sus dos hijos, que venían a visitarlo desde Londres una vez al mes, como mínimo. La Intendencia se las arregló para alquilar a corto plazo un apartamento amueblado en el edificio de enfrente. Eli Lavon se instaló en él la misma mañana en que Graham Seymour visitó Washington. Christopher Keller llegó al día siguiente. Había trabajado con Lavon en varias operaciones, la última de ellas recientemente, en Marruecos, y aun así le costó reconocer al hombre que le abrió la puerta y lo hizo pasar a toda prisa.

—¿Cuál es exactamente el cariz de nuestra relación?

—¿Acaso no es evidente? —respondió Lavon.

Keller entrevió por primera vez a Alistair Hughes a las ocho y media de esa noche, cuando se apeó de la parte de atrás de un coche con matrícula diplomática. Y volvió a verlo dos minutos más tarde, en la pantalla de un ordenador portátil, cuando entró en su piso. Un equipo del Neviot había entrado en el apartamento esa tarde y ocultado cámaras y micrófonos en todas las habitaciones. También había pinchado la línea fija y la conexión wifi, lo que permitiría a Lavon y a Keller vigilar la actividad de Hughes en el ciberespacio, incluyendo la actividad del teclado. El reglamento del MI6 impedía a Hughes ocuparse de asuntos oficiales en un ordenador ajeno a la delegación, o en cualquier teléfono que no fuera su BlackBerry seguro. Era libre, sin embargo, de utilizar redes poco seguras y dispositivos privados para sus asuntos personales. Como la mayoría de los agentes del MI6, tenía un segundo teléfono. En su caso, un iPhone.

Pasó esa primera velada como pasaría las nueve siguientes: como un hombre de mediana edad que vivía solo. Su hora de llegada variaba ligeramente cada noche, lo que Lavon, que se encargaba de consignar sus idas y venidas, atribuyó a su experiencia en el oficio y a motivos de seguridad personal. Cenaba comida congelada calentada al microondas, normalmente delante del televisor, viendo los informativos de la BBC. No tomaba vino en la cena —de hecho, no lo vieron ingerir ninguna bebida alcohólica— y solía telefonear a su mujer y sus hijos en torno a las diez. Vivían en la zona de Shepherd's Bush, en West London. Su esposa, Melinda, trabajaba en la sede central del Barclays Bank en Canary Wharf. Los niños, de catorce y dieciséis años, iban al St. Paul's, uno de los colegios más caros de Londres. El dinero no parecía ser problema.

El insomnio, en cambio, sí lo era. El primer recurso de Hughes para combatirlo era una gruesa biografía de Clement Attlee, el primer ministro laborista de la posguerra. Cuando eso le fallaba, recurría a un frasco de pastillas que tenía siempre sobre la mesita de noche. Había dos frascos más en el botiquín del cuarto de baño. Hughes tomaba varias pastillas con el café del desayuno. Era cuidadoso en su aseo personal y su apariencia, pero no en exceso. Nunca olvidaba mandar un mensaje de buenos días a los niños y a Melinda, y ninguno de los mensajes y correos que mandaba o recibía mientras estaba en el piso era de índole abiertamente amorosa o sexual. Eli Lavon reenviaba todos los números de teléfono entrantes y salientes y las direcciones de correo electrónico a King Saul Boulevard, que a su vez los remitía a la Unidad 8200, el eficacísimo servicio de telecomunicaciones y ciberespionaje israelí, que se encargaba de investigar los nombres, números de teléfono y direcciones de correo electrónico de sus contactos. Ninguno de ellos era sospechoso.

Un coche recogía a Hughes cada mañana a eso de las nueve —a veces unos minutos antes, otras un poco después—, y lo trasladaba a la embajada, momento en el cual desaparecía de su vista durante unas horas. Las estrictas medidas de seguridad que rodeaban Jauresgasse impedían a los vigilantes de Lavon mantenerse en los alrededores de la embajada. Tampoco había parques, plazas o espacios públicos cercanos por los que pudieran deambular. Pero eso carecía de importancia: el localizador del iPhone que Hughes guardaba en su maletín les avisaba cuando salía del recinto de la embajada.

En su calidad de delegado del MI6 en un país pequeño y relativamente amistoso, Alistair Hughes era una especie de espía-diplomático, por lo que mantenía una apretada agenda de reuniones y citas fuera de la embajada. Visitaba con frecuencia la sede de la BVT y los diversos ministerios austriacos, y todos los días comía en algún lujoso restaurante vienés con espías y diplomáticos, así como con algún que otro periodista. Entre ellos, una bella corresponsal de la televisión alemana que intentó sonsacarle información acerca del papel que había jugado Israel en el asesinato de Konstantin Kirov. Eli Lavon lo sabía porque comió en la mesa de al lado con una de sus agentes. Lavon también estuvo presente en una recepción diplomática en el Museo Kunsthistorisches cuando Hughes habló un momento con un individuo de la embajada rusa. Fotografió furtivamente el encuentro y envió la imagen a King Saul Boulevard. Ni la Oficina ni el Ministerio de Asuntos Exteriores israelí, sin embargo, pudieron ponerle nombre. Graham Seymour, en cambio, no tuvo problema en identificarlo.

—Vital Borodin —le dijo a Gabriel a través de la línea segura que comunicaba sus despachos—. Es un subsecretario adjunto sin relación alguna con el SVR.

—¿Cómo lo sabes?

—Porque Alistair nos informó de que había hablado con él en cuanto regresó a la delegación.

Esa misma noche, la décima de la operación de vigilancia, Hughes solo había leído dos páginas de la biografía de Attlee cuando echó mano de las pastillas de su mesita de noche. Por la mañana, tras enviar varios mensajes a su esposa y sus hijos, sacó sendos comprimidos de los frascos del botiquín y los engulló con el café. El coche de la embajada llegó a las nueve y doce minutos, y a las nueve y media Keller entró en el piso de Hughes con ayuda de uno de los hombres de Lavon. Se fue derecho a la mesita de noche. El frasco de pastillas no tenía etiqueta ni distintivos de ninguna clase. Tampoco los del botiquín. Keller agarró una muestra de cada uno, puso los comprimidos sobre la encimera del cuarto de baño y los fotografió por ambos lados. Al llegar a su puesto de observación al otro lado de la calle, introdujo los códigos numéricos en una base de datos *online* de identificación de medicamentos.

—Ya sabemos por qué es el único agente del MI6 que no bebe —comentó Eli Lavon—. Los efectos secundarios lo matarían.

Lavon informó a King Saul Boulevard y Gabriel trasladó la noticia a Graham Seymour por teléfono esa misma tarde. El jefe de delegación del MI6 en Viena era un maníaco depresivo que luchaba con la ansiedad y tenía problemas para dormir. Había un lado positivo, sin embargo: de momento, no había indicios de que fuera, además, un espía ruso.

Estuvieron vigilándolo tres días más, con sus noches. O, como diría Eli Lavon más tarde —y Keller le daría la razón—, velando por él. Hasta ese punto los impresionaron aquellos tres frascos de pastillas sin etiqueta: uno de Ambien, otro de Xanax y otro de Lithobid, un potente estabilizador del ánimo. Ni siquiera Lavon, un *voyeur* profesional que llevaba toda la vida observando la vida privada de otras personas —sus flaquezas y vanidades, sus indiscreciones e infidelidades— pudo seguir viendo a Hughes únicamente como un objetivo y un posible espía ruso. Era responsabilidad suya cuidar de él y protegerlo. Se había convertido en su paciente.

No era el primer espía que sufría una enfermedad mental, ni sería el último. Algunos llegaban al oficio con sus trastornos ya adosados; otros enfermaban en el desempeño de su profesión. Hughes, sin embargo, ocultaba su dolencia mejor que la mayoría. En efecto, a Keller y a Lavon les costaba reconciliar la figura atiborrada de Ambien que se levantaba tambaleándose de la cama cada mañana con el pulcro espía profesional que, apenas unos minutos después, salía del portal del edificio convertido en la personificación misma de la sofisticación y la eficiencia británicas. Con todo, los vigilantes de Lavon estrecharon el cerco mientras seguían a Hughes en sus salidas diarias. Y cuando estuvo a punto de ponerse delante de un tranvía en Kärntner Ring

—iba distraído mirando su BlackBerry—, fue Eli Lavon en persona quien lo agarró del brazo y le advirtió discretamente en alemán que mirara por dónde iba.

—¿Estás seguro de que no te vio? —preguntó Gabriel por la línea segura.

—Me volví antes de que levantara la vista del teléfono. No llegó a verme la cara.

—Has roto la cuarta pared entre sujeto y observador —comentó Gabriel en tono admonitorio—. No deberías haberlo hecho.

—¿Y qué querías que hiciera? ¿Quedarme mirando mientras lo atropellaba un tranvía?

Al día siguiente era miércoles, un miércoles gris y deprimente pero lo bastante tibio para que las nubes bajas arrojaran lluvia en vez de nieve. El ánimo de Hughes estaba a tono con el tiempo. Tardó en levantarse de la cama y, al tomarse las pastillas del armario de las medicinas —el Xanax y el Lithobid— pareció tragarlas a la fuerza. Al salir a la calle se detuvo un momento antes de subir a la parte de atrás de su coche oficial y levantó los ojos hacia las ventanas del piso de observación, pero por lo demás el día transcurrió de la misma manera que los doce anteriores. Pasó la mañana dentro de la embajada, comió con un funcionario del Organismo Internacional de Energía Atómica y tomó café en el Sperl con un periodista del *Telegraph*. No dejó marcas de tiza, ni dio largos paseos por un parque vienés o una arboleda remota, ni pareció ejecutar acto alguno de comunicación impersonal. No hizo nada, en definitiva, que indicara que estaba en contacto con un servicio de espionaje enemigo.

Salió de la embajada más tarde de lo acostumbrado y regresó a su piso a las nueve y cuarto. Apenas le dio tiempo a calentarse un pollo con curri en el microondas y a hacer una llamada a Shepherd's Bush antes de meterse en la cama. Esa noche, sin embargo, no tomó su libro, sino que encendió su ordenador portátil para reservar un vuelo y una habitación de hotel para dos noches. El vuelo era el SkyWork 605 que salía de Viena a las dos de la tarde del viernes y llegaba a Berna a las tres y media. El hotel era el Schweizerhof, uno de los mejores de Berna. No le habló a su mujer de sus planes de viaje. Tampoco —reconoció Graham Seymour al hablar por teléfono con Gabriel— se lo comunicó a la delegación de Viena ni a Vauxhall Cross.

—¿Por qué? —preguntó Gabriel.

—No está obligado a informarnos si el viaje es de carácter privado.

—Tal vez debería estarlo.

—¿Tú sabes dónde están tus jefes de delegación cada minuto del día?

—No —contestó Gabriel—. Pero los míos no espían para los rusos.

Esa noche, Alistair Hughes durmió a pierna suelta con ayuda de diez miligramos de Ambien. En King Saul Boulevard, en cambio, las luces estuvieron encendidas hasta muy tarde. Por la mañana, Mikhail Abramov viajó a Zúrich; Yossi Gavish y Rimona Stern, a Ginebra. Finalmente confluyeron los tres en Berna, donde se reunieron con Christopher Keller y varios agentes del Neviot del equipo de vigilancia de Viena.

Solo faltaba Gabriel. El viernes se levantó muy temprano y, en silencio, para no despertar a Chiara, se vistió para representar el papel de un empresario alemán llamado Johannes Klemp. Raphael siguió durmiendo cuando le dio un beso de despedida en la habitación contigua, pero Irene se despertó sobresaltada y clavó en él una mirada de reproche.

—Estás distinto.

—A veces tengo que disfrazarme de otra persona.

—¿Otra vez te vas?

—Sí —reconoció.

—¿Cuánto tiempo estarás fuera?

—No mucho —mintió él.

—¿Adónde vas esta vez?

El protocolo de seguridad le impedía contestar a esa pregunta. Dio un último beso a su hija y bajó las escaleras, donde su comitiva oficial perturbaba la quietud de la calle Narkiss. «¿Adónde vas esta vez?». A Suiza, pensó. ¿Por qué tenía que ser Suiza?

17

LOS PALISADES, WASHINGTON

Mientras Gabriel sobrevolaba el Mediterráneo oriental, Eva Fernandes pasaba la bayeta a la pequeña barra del Brussels Midi, un conocido *bistrot* situado en el bulevar MacArthur, al noroeste de Washington. Acababan de marcharse los últimos clientes de la noche y el estrecho comedor estaba desierto, salvo por Ramón, que pasaba rítmicamente la aspiradora, y Claudia, que estaba montando las mesas para el día siguiente. Ambos habían llegado hacía poco de Honduras —Claudia, con los papeles en regla; Ramón, sin ellos—, y apenas hablaban inglés. Lo mismo podía decirse de la mayor parte del personal de cocina. Por suerte, Henri, el propietario y jefe de cocina, de origen belga, tenía suficientes nociones de español para hacerse entender, igual que su esposa y socia, la eficiente e implacable Yvette.

Yvette se encargaba de la gestión diaria del restaurante y guardaba celosamente el libro de reservas, pero era Eva Fernandes —rubia, esbelta y muy bella— quien atendía al público. Su adinerada clientela estaba formada por miembros de la élite de Washington: abogados, activistas, periodistas, diplomáticos e intelectuales pertenecientes a los principales mentideros políticos y laboratorios de ideas de la ciudad. Eran globalistas, ecologistas y defensores de los derechos sexuales, de la inmigración sin restricciones, de la cobertura médica universal, de un estricto control de armas y de un ingreso básico garantizado para los más desfavorecidos. Y, además, adoraban a Eva. Era ella quien los recibía cuando llegaban al restaurante y quien los descargaba de sus abrigos y preocupaciones. Y cuando no había mesa disponible porque Yvette había aceptado demasiadas reservas, era ella quien calmaba los ánimos con una sonrisa deslumbrante, una copa de vino cortesía de la casa y unas palabras amables pronunciadas en un acento imposible de ubicar. «¿De dónde eres?», solían preguntarle, y ella contestaba que de Brasil, lo que era verdad hasta cierto punto. Si se mostraban sorprendidos porque tuviera un aspecto tan europeo, añadía —faltando por completo a la verdad— que sus abuelos eran alemanes.

Llevaba siete años en Estados Unidos. Había vivido primero en Miami, y desde allí había ido subiendo hacia el norte, a salto de mata, entre una serie de empleos y relaciones de pareja sin ningún futuro, hasta que finalmente llegó al que era su destino desde el principio: Washington. Encontró el trabajo en el Brussels Midi casi por casualidad, tras conocer a Yvette en el Starbucks de enfrente. Estaba demasiado cualificada para el trabajo —se había licenciado en biología molecular en una universidad prestigiosa— y el sueldo era irrisorio, pero ganaba algún dinero extra dando tres clases a la semana en un centro de yoga de Georgetown y recibía ayuda económica de una amiga que enseñaba historia en el Hunter College de Manhattan. Juntando esas tres fuentes de ingresos, daba la impresión de ser autosuficiente. Vivía sola en un exiguo apartamento de la calle Reservoir, tenía un Kia Optima y viajaba con frecuencia, sobre todo a Canadá.

Eran las once y cuarto cuando se marcharon Ramón y Claudia. Eva sacó su bolso del guardarropa, conectó el sistema de alarma del restaurante y salió. Su coche estaba aparcado junto a la acera. Vivía a menos de dos kilómetros de allí, pero nunca volvía a casa caminando de noche si estaba sola. Ese invierno había habido una serie de atracos en el bulevar MacArthur, y la semana anterior una chica había sido asaltada a punta de navaja, arrastrada hasta el bosque del parque Battery Kemble y violada. Eva estaba segura de poder defenderse en caso de que intentaran robarle o agredirla sexualmente, pero esas habilidades no casaban bien con el perfil de una camarera e instructora de yoga a tiempo parcial. Además, no quería arriesgarse a meterse en líos con la policía.

Abrió el Kia con el mando a distancia y entró rápidamente. Colocó el bolso cuidadosamente en el asiento del copiloto. Pesaba más de lo normal porque contenía un aparato electrónico de cromo bruñido, del tamaño aproximado de una novela de bolsillo. Había recibido orden de encenderlo esa noche —únicamente durante quince minutos, a partir de las nueve— para que un agente del Centro le entregase unos documentos por vía electrónica. El dispositivo tenía un alcance de unos treinta metros en todas direcciones. Cabía la posibilidad de que el agente hubiera transmitido los documentos desde la acera o desde un coche en marcha, pero Eva lo dudaba. Seguramente el intercambio había tenido lugar dentro del Brussels Midi. Por motivos de seguridad, ignoraba la identidad del agente, pero sospechaba de alguien en concreto. Ella se fijaba en cosas, en minucias que a la mayoría de la gente le pasaban desapercibidas. Su supervivencia dependía de ello.

El bulevar MacArthur estaba desierto y mojado por la lluvia que había caído esa noche. Eva se dirigió hacia el este, con cuidado de no sobrepasar el límite de velocidad, por las cámaras. El pequeño bloque de apartamentos de ladrillo rojo en el que vivía daba al embalse de Georgetown. Aparcó el Kia a unos cien metros del portal y, mientras caminaba por la acera mojada, echó un vistazo a los coches aparcados. Casi todos le sonaban, pero había uno, un todoterreno con matrícula de Virginia, que no había visto nunca antes. Memorizó el número de la matrícula —no en inglés, ni en portugués, el idioma de su presunta identidad, sino en ruso— y entró en el portal.

Encontró su buzón lleno hasta los topes. Tiró los catálogos y el resto de la publicidad al cubo del reciclaje y, llevándose solo un par de facturas, subió a su apartamento. Allí, en la mesa de la cocina, a media luz y con las persianas cerradas, conectó el dispositivo cromado a su ordenador portátil e introdujo la contraseña de veintisiete caracteres en el cuadro de diálogo que apareció en la pantalla.

Conectó al portátil un lápiz de memoria sin usar y, en el momento indicado, tocó el ratón táctil. Los archivos del dispositivo pasaron automáticamente al lápiz de memoria, pero aún debía cerrar este y codificar su contenido. Lo hizo, como siempre, sin prisas, meticulosamente. Para asegurarse de que todo estaba en orden, expulsó el lápiz de memoria, volvió a conectarlo al puerto USB e hizo clic en el icono que apareció. Se le negó la entrada sin la contraseña de veintisiete caracteres. La memoria portátil estaba cerrada a cal y canto.

Desconectó el dispositivo cromado y lo escondió en el lugar de costumbre: debajo de la tarima enmoquetada del armario de su habitación. El lápiz de memoria lo guardó en un compartimento de su bolso. Había completado con éxito la primera fase de su labor: tomar posesión de los documentos transmitidos por el agente. Ahora tenía que hacerlos llegar al Centro sin que la NSA detectara el envío. Para ello debía entregárselos a un correo: el siguiente eslabón en la larga cadena que se extendía entre Washington y Yasenevo. En otras ocasiones, había dejado los lápices de memoria debajo del fregadero de la cocina de un piso vacío de Montreal, pero el Centro, por razones que no se había molestado en explicarle, había cerrado el piso y abierto un nuevo buzón.

Para justificar sus frecuentes viajes a Canadá, el Centro había creado una leyenda o tapadera. Por lo visto, tenía una tía materna que vivía en el Quartier Latin de Montreal: insuficiencia renal, diálisis; en resumen, una calamidad. El lunes y el martes eran los próximos días que tenía libres, pero los informes de los agentes eran siempre de la máxima urgencia. Los viernes y los sábados estaban descartados. Yvette podía montar en cólera si le pedía una de esas dos noches libre con tan poca antelación. Los domingos, en cambio, eran muy tranquilos, sobre todo en invierno. Yvette podría ocuparse de recibir a los clientes y responder al teléfono. Lo único que tenía que hacer Eva era encontrar a alguien que la sustituyese en su clase de las nueve, el domingo por la mañana, en el centro de yoga. Eso no sería problema. Emily, la chica nueva, estaba deseando hacer horas extras. Así era la vida en la precarizada economía estadounidense. Se sentó delante del portátil y envió tres correos breves: uno a Yvette, otro a la dueña del centro de yoga y el último a su inexistente tía materna. Luego compró un billete en clase turista para el vuelo de United Airlines a Montreal el domingo por la mañana y reservó una habitación en el Marriott, en pleno centro de la ciudad. Acumuló valiosos puntos por ambas compras. Su supervisor en el Centro la animaba a apuntarse a programas de puntos y beneficios para viajeros frecuentes: de ese modo, ayudaba a sufragar el alto costo de su manutención en Occidente.

Por fin, a la una y media, apagó el ordenador y se metió en la cama, agotada. El pelo le olía al Brussels Midi: a caracoles, a salmón a la plancha con salsa de azafrán y a carbonada a la flamenca hecha a fuego lento con cerveza negra. Como siempre, revivió con todo detalle los prosaicos acontecimientos de la noche. Era algo involuntario aquella pantalla de cine privada: un efecto secundario no deseado del tedioso empleo que le servía de tapadera. Rememoró cada conversación y volvió a ver las caras de todos los clientes de las veintidós mesas del Midi. Se acordaba en especial de un grupo: Crawford, reserva para cuatro, ocho en punto. Los había sentado en la mesa siete. A las 21:08 estaban esperando a que les llevaran el segundo plato. Tres de ellos charlaban animadamente. El cuarto tenía la vista fija en su móvil.

18

VIENA-BERNA

Eli Lavon no tardó en darse cuenta de que Alistair Hughes ocultaba algo. Estaba, por ejemplo, el detalle de su bolsa de viaje, que no sacó del piso a pesar de que pensaba tomar un avión con destino a Berna a mediodía. Y, por otro lado, el coche que lo trasladó desde la embajada al Café Central a las diez y media de la mañana. Normalmente, durante sus citas fuera de la embajada, el chófer se quedaba esperando fuera. Ese día, en cambio, se marchó en cuanto Hughes cruzó la puerta de la célebre cafetería. Dentro, Hughes se encontró con un hombre que parecía comprar su ropa en una sastrería que servía exclusivamente a diplomáticos de la Unión Europea. Desde su puesto de observación al otro lado del abarrotado local, Eli Lavon no pudo hacerse una idea clara de su nacionalidad, pero le dio la impresión de que era francés.

Hughes salió de la cafetería cuando pasaban unos minutos de las once y se encaminó al Burgring, donde subió a un taxi, el primero que tomaba desde que estaba bajo vigilancia de la Oficina. El taxi lo llevó a casa y esperó junto a la acera mientras Hughes subía a buscar su bolsa de viaje. Lavon lo supo porque estaba vigilando sus movimientos desde el asiento del copiloto de un Opel Astra azul oscuro, pilotado por el último miembro de su equipo que seguía en Viena. Recorrieron los dieciocho kilómetros hasta el aeropuerto en tiempo récord, adelantando al taxi de Hughes por el camino, lo que permitió a Lavon pasar por el *check in* antes de que Hughes llegara a la terminal. El británico hizo el *check in* con su BlackBerry del MI6 pegada a la oreja.

La joven austriaca del mostrador de SkyWork pareció reconocerlo, y viceversa. Hughes pasó a toda prisa por el control de pasaportes y la barrera de seguridad y tomó asiento en un rincón tranquilo de la sala de embarque, donde envió y recibió varios mensajes a través de su iPhone privado. O eso le pareció a Lavon, que estaba agazapado entre los clientes del bar del otro lado de la sala, pellizcando la sudorosa etiqueta de una cerveza Stiegl.

A las doce cuarenta los altavoces anunciaron que iba a comenzar el embarque para el vuelo a Berna. Lavon bebió los suficientes tragos de cerveza para satisfacer la curiosidad de cualquier agente del SVR que pudiera estar observando y luego se acercó tranquilamente a la puerta, seguido un momento después por Alistair Hughes. El avión era un

Saab 2000, un turbohélice de cincuenta plazas. Lavon embarcó primero. Estaba colocando obedientemente su bolsa bajo el asiento de delante del suyo cuando Alistair Hughes cruzó la puerta de la cabina de pasajeros.

La compañera de asiento del británico apareció un momento después: era una mujer de unos cuarenta y cinco años, muy maquillada, atractiva y trajeada, que hablaba por el móvil en alemán suizo. Por simple precaución, Lavon la fotografió a escondidas y los estuvo observando cuando Hughes y ella se pusieron a charlar tranquilamente. Su compañero de asiento, en cambio —un hombre de aspecto balcánico, serbio o búlgaro quizá, que se había bebido tres cervezas en el bar antes de embarcar— no era muy hablador. Cuando el avión penetró en una zona de nubes bajas y empezó a zarandearse, Lavon se preguntó si la cara de aquel individuo, con su barba de cinco días, sería la última que vería en su vida.

Las nubes se aclararon al sobrevolar Salzburgo y los pasajeros pudieron disfrutar del asombroso panorama de los Alpes nevados. Lavon, sin embargo, solo tenía ojos para Alistair Hughes y la atractiva mujer de habla alemana sentada a su lado. Ella bebía vino blanco. Hughes, como de costumbre, tomaba agua mineral. El zumbido de los motores impedía a Lavon escuchar su conversación, pero saltaba a la vista que a la mujer le interesaba muchísimo lo que decía el guapo y sofisticado británico, cosa nada sorprendente: como agente del MI6, Alistair Hughes estaba entrenado en las artes de la seducción. Cabía la posibilidad, no obstante, de que Lavon estuviera presenciando algo más que un encuentro casual entre un hombre y una mujer en un avión. Tal vez Hughes y la mujer ya eran amantes. O quizá ella fuera la supervisora de Hughes en el SVR.

Cuando llevaban tres cuartos de hora de vuelo, Hughes sacó de su maletín un ejemplar del *Economist* y estuvo leyéndolo hasta que el Saab 2000 aterrizó en el pequeño aeropuerto de Berna. Cruzó unas últimas palabras con la mujer mientras el avión se aproximaba a la terminal, pero cuando desembarcó y echó a andar por la pista azotada por el viento iba hablando por su iPhone privado. La mujer caminaba tras él, a escasos pasos, seguida de cerca por Lavon, que también hablaba por teléfono. En su caso, con Gabriel.

—Asiento 4B —dijo Lavon en voz baja—. Mujer, suiza alemana, de unos cuarenta años. Busquen su nombre en la lista de pasajeros y cotejen con las bases de datos, o esta noche no podré dormir.

El edificio de la terminal, bajo y gris, con la torre de control en un extremo, tenía el tamaño típico de un aeropuerto municipal. Algunos de los pasajeros del vuelo de Lavon coincidieron en la zona de reclamo de equipajes, pero la mayoría se dirigió rápidamente hacia la salida. Entre ellos, Alistair Hughes y la mujer. Al salir, ella subió al asiento del copiloto de un Volvo salpicado de barro y besó al hombre sentado tras el volante y a continuación a los dos niños pequeños que ocupaban la parte de atrás.

Una fila de taxis esperaba al otro lado de la calzada. Hughes subió al primero. Lavon, al tercero. Berna quedaba unos kilómetros al noreste. El insigne hotel Schweizerhof daba a la Bahnhofplatz. Cuando su taxi pasó por delante del hotel, Lavon alcanzó a ver a Alistair Hughes intentando eludir a un botones demasiado insistente.

Conforme a sus instrucciones, el taxista lo depositó en el otro extremo de la transitada plaza. Su verdadero destino, no obstante, era el hotel Savoy, situado al otro lado de una elegante esquina, en la Neuengasse, una calle peatonal. Mikhail Abramov estaba tomando café en el vestíbulo del hotel. Gabriel y Christopher Keller se encontraban arriba, en una habitación.

Encima del escritorio había varios ordenadores portátiles. Uno mostraba un plano general del mostrador de recepción del Schweizerhof, obtenido a través de la red interna de las cámaras de seguridad del hotel. Alistair Hughes estaba entregando su pasaporte, como era de rigor en todos los hoteles suizos. Un requisito innecesario en el caso de Hughes —pensó Lavon—, dado que el recepcionista y él parecían conocerse bien.

Con la llave de su habitación en la mano, Hughes se dirigió a los ascensores, abandonando el monitor de un ordenador para pasar al siguiente. Otras dos cámaras del hotel siguieron su trayecto por el pasillo del tercer piso, hasta la puerta de su *suite* con vistas a los campanarios del casco viejo. Las cámaras que había dentro de la habitación estaban ocultas, y su señal encriptada salvaba fácilmente el corto trecho que separaba el Schweizerhof del Savoy. Había cuatro en total —dos en la salita de estar, una en el dormitorio y otra en el cuarto de baño—, además de micrófonos, varios de ellos insertados en los teléfonos fijos de la habitación. Mientras estuviera en Berna, más allá de los límites de su circunscripción, en una ciudad en la que no debía estar, Alistair Hughes no dispondría de inmunidad alguna. De momento, al menos, se hallaba en poder de la Oficina.

Al entrar en la habitación, Hughes dejó su abrigo y su maleta en la cama y su maletín sobre el escritorio. Su iPhone privado estaba intervenido en todos los aspectos: llamadas de voz, buscador de Internet, mensajes de texto y correos electrónicos, cámara y micrófono. Hughes lo usó para mandar saludos a su mujer y sus hijos en Londres, y luego hizo una llamada con su BlackBerry del MI6.

Ateniéndose a lo que Gabriel había acordado con Graham Seymour, la Oficina no había hecho intento de intervenir el dispositivo. Así pues, solo pudieron escuchar las palabras de Hughes. Dijo que su reunión para comer —en realidad, se había saltado la comida— había durado más de lo previsto y que iba a adelantar unas horas el comienzo de su fin de semana. Que no tenía planes aparte de leer un poco, y que estaría disponible por teléfono y correo electrónico si surgía una crisis, lo que era improbable teniendo en cuenta que era el delegado en Viena. Hubo unos segundos de silencio, presumiblemente mientras su subordinado hablaba. Luego dijo:

—Creo que eso puede esperar hasta el lunes. —Y colgó.

Miró la hora. Eran las 15:47. Metió su BlackBerry, su iPhone y su pasaporte en la caja fuerte de la habitación y se guardó la cartera en el bolsillo de la pechera de la americana. Acto seguido, se tomó dos pastillas de analgésico junto con el contenido de un botellín de agua mineral suiza y salió de la habitación.

19

HOTEL SCHWEIZERHOF, BERNA

El majestuoso hotel Schweizerhof era desde hacía tiempo uno de los predilectos de los viajeros y espías británicos, en parte por su té de la tarde, que se sirve a diario en la cafetería. Saltaba a la vista que Alistair Hughes era un cliente asiduo. La camarera lo saludó cordialmente antes de ofrecerle una mesa bajo un retrato de un aristócrata suizo muerto hacía siglos. Hughes escogió el asiento del espía —de cara a la entrada principal del hotel— y se escondió detrás de un ejemplar del *Financial Times*, cortesía de *herr* Müller, el circunspecto conserje.

Seis cámaras de seguridad vigilaban el salón, pero dado que Alistair Hughes había dejado su iPhone en la habitación, los israelíes no disponían de cobertura de audio. Gabriel mandó rápidamente un mensaje a Yossi y Rimona, que se habían registrado en el hotel con identidades falsas, y les ordenó que bajasen. Tardaron menos de un minuto y medio en llegar y, fingiendo una desavenencia conyugal, se sentaron a una mesa situada detrás de la de Hughes. Era imposible que el agente del MI6 los reconociera. Yossi y Rimona no habían intervenido en la fallida deserción de Konstantin Kirov —más allá de identificar a Hughes como el posible responsable de la filtración— y en ningún momento de sus ilustres carreras habían colaborado con él en una operación conjunta con el MI6.

Los siguientes clientes que entraron en la cafetería no procedían del interior del hotel, sino de la calle. Eran un hombre y una mujer de treinta y tantos o cuarenta y pocos años, originarios de Europa central o de Escandinavia, a juzgar por su aspecto. Ambos eran atractivos y vestían lujosamente: él, traje oscuro y camisa azul neón; ella, un elegante traje pantalón. Era evidente que estaban en espléndida forma física; sobre todo, la mujer. La camarera los acompañó a una mesa situada cerca de la barra, pero el hombre puso reparos y señaló una desde la que podía ver claramente tanto la entrada del hotel como la mesa en la que el jefe de delegación del MI6 en Viena leía el *Financial Times.* Pidieron unas copas en lugar de té y no consultaron ni una sola vez sus teléfonos. El hombre se sentó con la mano derecha sobre la rodilla y el brazo izquierdo apoyado sobre la mesa. La mujer pasó unos minutos retocándose el impecable maquillaje.

—¿Quiénes crees que son? —preguntó Gabriel.

—Boris y Natasha —murmuró Eli Lavon.

—¿El Centro?

—Sin duda.

—¿Te importa que pida una segunda opinión?

—Si te empeñas.

Con la cámara siete, Lavon hizo una captura de pantalla de la cara del hombre. Para fotografiar a la mujer se sirvió de la doce. Grabó ambas imágenes en una carpeta y las mandó por vía segura a Tel Aviv.

—Ahora enséñame el exterior del hotel.

Lavon le mostró la imagen de la cámara dos, que, colocada sobre la entrada del hotel, apuntaba a la calle, hacia los arcos de unos soportales. En ese momento, dos botones estaban sacando unas lujosas maletas del maletero de un Mercedes Clase S. Detrás de ellos, el tráfico de la tarde fluía velozmente por la Bahnhofplatz.

—Rebobina —dijo Gabriel—. Quiero ver el momento de su llegada.

Lavon retrasó la grabación unos cinco minutos, hasta el punto en que Boris y Natasha entraban en la cafetería del hotel. Luego retrocedió dos minutos más y pulsó el icono de play. Unos segundos después, Boris y Natasha aparecieron en pantalla.

Lavon detuvo la imagen: —La feliz pareja —comentó sarcásticamente—. Ha llegado al hotel a pie para que no pudiéramos registrar la matrícula del coche.

Cambió rápidamente a la cámara nueve, la que ofrecía un encuadre más amplio de la cafetería. Había llegado un nuevo cliente: un hombre corpulento y bien vestido, con la mandíbula marmórea y sudorosa y el cabello claro tan peinado que parecía adherido al cuero cabelludo. Pidió una mesa en la parte delantera del salón y se acomodó de cara a Alistair Hughes. El agente del MI6 lo miró un momento por encima del *Financial Times*, inexpresivamente, y siguió leyendo.

—¿Y ese quién es? —preguntó Gabriel.

—Igor —contestó Lavon—. Y Boris lo está cubriendo, de frente y por la espalda.

—Vamos a verlo más de cerca.

De nuevo era la cámara doce la que ofrecía el mejor encuadre. El recién llegado tenía rasgos decididamente eslavos. Lavon amplió la imagen y sacó varias fotografías que envió a King Saul Boulevard con la máxima urgencia.

—¿Cómo ha llegado? —preguntó Gabriel.

Lavon pasó a la cámara dos, la de la puerta, y retrasó la grabación hasta el momento en que el hombre al que apodaban Igor salía de un Audi A8. El coche estaba aún frente al hotel, con un hombre sentado detrás del volante y otro en el asiento trasero.

—Parece que a Igor no le gusta caminar —comentó Lavon—. Ni siquiera para mantener su tapadera.

—Quizá debería hacerlo —repuso Keller—. Le vendría bien perder unos kilitos.

En ese instante se encendió la luz de la conexión de seguridad, anunciando la llegada de un mensaje de Tel Aviv.

—¿Y bien? —preguntó Gabriel.

—Me he equivocado —dijo Lavon—. No se llama Igor. Se llama Dmitri.

—Mejor que mejor. ¿Y el apellido?

—Sokolov.

—¿Patronímico?

—Antonovich. Dmitri Antonovich Sokolov.

—¿Y cómo se gana la vida Dmitri?

—Es un don nadie de la misión permanente de la Federación Rusa en Ginebra.

—Qué interesante. ¿A qué se dedica en realidad?

—Es un agente del Centro.

Gabriel miró fijamente la pantalla: —¿Qué hace un agente del Centro sentado en la cafetería del hotel Schweizerhof, a seis metros escasos del jefe de la delegación del MI6 de Viena?

Lavon pasó al plano de la cámara nueve, la que les ofrecía un panorama mayor.

—No lo sé, pero estamos a punto de averiguarlo.

20

HOTEL SCHWEIZERHOF, BERNA

Hay numerosos métodos para que un informante, ya sea a sueldo o coaccionado, se comunique con las personas encargadas de su control. Puede dejar mensajes codificados o una grabación en un buzón muerto o un punto de recogida. Puede entregar documentos furtivamente en encuentros escenificados conocidos como «roces», enviar mensajes a través de Internet utilizando un correo electrónico cifrado, o vía satélite sirviéndose de un minitransmisor, o mediante el correo común utilizando métodos de cifrado de probada eficacia. Hasta puede dejarlos en objetos falsos de aspecto corriente, como piedras, troncos o monedas. Cada método tiene sus inconvenientes y ninguno es infalible. Y cuando algo se tuerce, como ocurrió en Viena la noche de la deserción fallida de Konstantin Kirov, es casi siempre el informante, y no su controlador, quien sale malparado.

Pero cuando informante y controlador son agentes conocidos o declarados de sus respectivos organismos de espionaje, y cuando ambos portan pasaporte diplomático, existe una forma de comunicación mucho menos arriesgada conocida como «contacto fortuito». Puede darse en un cóctel, o en una recepción, o en la ópera, o en un restaurante, o en el vestíbulo de un lujoso hotel de una soñolienta ciudad suiza. El encuentro puede estar precedido por ciertas señales de comunicación impersonal: un periódico, por ejemplo, o el color de una corbata. Y si el controlador así lo decide, puede llevar consigo un par de escoltas. Porque hasta la cafetería de un hotel suizo puede ser un lugar peligroso cuando los secretos de estado cambian de manos.

Durante los cinco minutos siguientes, nadie pareció moverse. Eran como figuras en un cuadro o como actores en un escenario a oscuras —pensó Gabriel—, esperando a que el primer rayo de luz los animase. Solo los vigilantes de Eli Lavon se movían fuera de plano. Dos estaban sentados en un Škoda aparcado en la Bahnhofplatz, y otros dos, un hombre y una mujer, se habían cobijado bajo los soportales. Los del coche seguirían a Dmitri Sokolov. Los de los soportales se encargarían de Boris y Natasha.

De modo que solo quedaba Alistair Hughes, que supuestamente estaba en Viena pasando una tarde tranquila. Solo que no estaba en Viena, sino en Berna, a escasos metros de un agente encubierto del SVR. Cabía la posibilidad de que Sokolov y él ya estuvieran en contacto a través de lo que en la jerga del oficio se conocía como SRAC: un dispositivo de comunicación de corto alcance que actuaba como una especie de red wifi privada. El agente portaba un transmisor; el controlador, un receptor. Lo único que tenía que hacer el agente era cruzar el campo de acción del dispositivo para que su mensaje pasara de forma segura de un aparato al otro. El sistema podía adaptarse de tal modo que el agente no tuviera que hacer ningún gesto incriminatorio; ni siquiera apretar un botón. Pero el agente no podía llevar encima el dispositivo eternamente. En algún momento tenía que sacárselo del bolsillo o del maletín y enchufarlo a un cargador o a un ordenador personal. Y, si lo hacía dentro del campo visual de una cámara o de un observador, se delataba a sí mismo como espía.

Gabriel, sin embargo, dudaba de que Alistair Hughes llevara encima un SRAC. Keller y Eli Lavon no habían visto indicios de ello en Viena, donde el británico había estado bajo vigilancia física y electrónica casi permanente. Además, el propósito de aquel sistema era precisamente evitar los encuentros cara a cara entre el agente y su controlador. No —se dijo Gabriel—, no era eso lo que estaba sucediendo en el vestíbulo del hotel Schweizerhof, sino otra cosa.

Por fin, a las 16:24, Alistair Hughes pidió la cuenta. Un momento después, la pidió también Dmitri Sokolov. Luego, el ruso levantó su considerable mole de la silla en la que estaba sentado y, abrochándose la americana, recorrió la escasa distancia que separaba su mesa de la de Alistair Hughes, que en esos momentos estaba firmando la nota de cargo.

La sombra del agente del SVR cayó sobre él. Hughes levantó la mirada y, arrugando el ceño, escuchó mientras Sokolov, con el aire de un jefe de camareros recitando el menú de la casa, soltaba un breve discurso. Siguió una conversación de escasos segundos. Hughes habló, Sokolov respondió y Hughes volvió a hablar. Después Sokolov sonrió, encogió sus gruesos hombros y se sentó. Hughes dobló parsimoniosamente su periódico y lo dejó sobre la mesa, entre los dos.

—Cabrón —masculló Christopher Keller—. Por lo visto has dado en el clavo. Parece que es un espía de los rusos.

Sí, pensó Gabriel con la vista fija en la pantalla. Eso era exactamente lo que parecía.

—Discúlpeme, pero si no me equivoco es usted el señor Alistair Hughes, de la embajada británica en Viena. Nos conocimos en una recepción allí, el año pasado. Fue en un palacio, no recuerdo en cuál. Hay tantos en Viena… Casi tantos como en San Petersburgo.

Esas fueron las palabras que pronunció Dmitri Antonovich Sokolov ante la mesa de Alistair Hughes, tal y como las recordaban fielmente Yossi Gavish y Rimona Stern. Ninguno de los dos alcanzó a oír, sin embargo, lo que se dijo a continuación: ni el breve diálogo que tuvo lugar mientras Sokolov estaba aún de pie, ni el posterior, puesto que ambos se efectuaron a un volumen más idóneo para la traición.

El segundo diálogo duró dos minutos y doce segundos. Durante ese lapso de tiempo, Sokolov estuvo agarrando la muñeca izquierda de Hughes. Fue principalmente el ruso quien habló, sin dejar de esbozar una sonrisa forzada. Hughes escuchó impasible y no hizo intento de apartar la mano.

Cuando Sokolov se la soltó por fin, metió la mano dentro de la solapa de su americana y sacó un sobre que deslizó bajo el ejemplar del *Financial Times*. Después se levantó bruscamente y, con una escueta inclinación de cabeza, se despidió. A través de la cámara dos lo vieron subir a la parte de atrás del Audi. Gabriel ordenó a los agentes de Lavon que lo siguieran.

Dentro del hotel, Boris y Natasha permanecieron en su mesa. Natasha hablaba animadamente, pero Boris no la escuchaba. Vigilaba a Alistair Hughes, que tenía la vista fija en el periódico. Pasado un rato, el inglés miró ostensiblemente su reloj de pulsera y se levantó a toda prisa, como si se hubiera quedado demasiado tiempo en el salón. Dejó un billete encima de la cuenta y se llevó el periódico —y el sobre— casi distraídamente.

Al salir de la cafetería se despidió de la camarera y se dirigió al ascensor. La puerta se abrió en cuanto pulsó el botón de llamada. A solas en el ascensor, sacó el sobre de Dmitri Sokolov y, levantando la solapa, miró dentro. Su rostro permaneció de nuevo impasible: la máscara inexpresiva del espía profesional.

Volvió a meter el sobre entre las páginas del periódico para recorrer el corto trayecto por el pasillo, pero al entrar en su habitación lo abrió por segunda vez y extrajo su contenido. Lo inspeccionó junto a la ventana que daba al casco viejo, ocultando así involuntariamente el material a las dos cámaras ocultas de los israelíes.

Acto seguido entró en el cuarto de baño y cerró la puerta, pero eso carecía de importancia: allí también había una cámara, que lo observó severamente desde arriba mientras mojaba una toalla de baño y tapaba con ella la rendija de abajo de la puerta. Luego se inclinó sobre el inodoro y comenzó a quemar el contenido del sobre de Dmitri Sokolov. De nuevo, el ángulo de la cámara impidió a Gabriel ver con claridad el material. Gabriel miró a Keller, que observaba la pantalla con expresión hosca.

—Hay un vuelo de British Airways que sale de Ginebra esta noche a las nueve cuarenta —dijo Gabriel—. Llega a Heathrow a las diez y cuarto, hora local. Con un poco de suerte, puedes estar en casa de Graham en Eaton Square a las once. Y quién sabe, puede que Helen tenga algunas sobras para cenar.

—Qué suerte la mía. ¿Y qué quieres que le diga?

—Eso tienes que decidirlo tú. —Gabriel vio cómo Alistair Hughes, el jefe de delegación del MI6 en Viena, quemaba una última prueba: el sobre con sus huellas dactilares y las de Dmitri Antonovich Sokolov—. Ahora es problema de ustedes.

21

HOTEL SCHWEIZERHOF, BERNA

Siempre había sabido que aquello tenía que ocurrir, que algún día lo descubrirían. Un secreto así no podía ocultarse eternamente. A decir verdad, lo sorprendía haber podido engañarlos tanto tiempo. Durante años nadie había sospechado de él, ni siquiera en Bagdad, donde había pasado diez meses deplorables tratando de encontrar las inexistentes armas de destrucción masiva que se usaron como excusa para llevar a su país a una guerra desastrosa. Podría haberse vuelto loco en Bagdad, de no ser por Rebecca. Había tenido muchas aventuras a lo largo de su vida —demasiadas, de hecho—, pero a Rebecca la había querido. Se había impuesto a él en una dura batalla por la jefatura de la delegación en Washington, y ahora iba camino de convertirse en la primera directora general del Seis. Tal vez pudiera utilizar su creciente influencia para echarle una mano. No —se dijo—, ni siquiera Rebecca podía salvarlo ya. No le quedaba otra opción que confesarlo todo y confiar en que Graham echara tierra sobre el asunto.

Retiró la toalla mojada de la rendija de la puerta y la tiró a la bañera, donde cayó como un animal muerto. La neblina producida por su hoguera de mentiras pendía como un reproche en el aire. Salió y cerró rápidamente la puerta para que no se escapara el humo y se disparara la alarma de incendios. ¡Qué irrisión si eso llegaba a ocurrir!, pensó. ¡Qué inmensa chapuza!

Daba por descontado que la habitación estaba intervenida. Igual que su piso. Desde hacía un par de semanas tenía la inquietante sensación de que lo seguían. Miró su reloj: se le estaba haciendo tarde para su cita. A pesar de las circunstancias, sintió una intensa punzada de culpa. Habían accedido a recibirlo a pesar de lo tardío de la hora, y ahora no le quedaba otro remedio que dejarlos en la estacada y huir de Berna lo antes posible.

No había más vuelos a Viena ese día, pero sí un tren nocturno que llegaba a las seis y media. Podía pasar el resto del sábado en su despacho, como un ejemplo de dedicación y entrega al trabajo. Igual que Rebecca, pensó de repente. Rebecca nunca se tomaba un día libre. Por eso pronto sería la jefa. Imagínate, si hubiera querido casarse con él. La habría arrastrado consigo en su caída. Ahora, en cambio, no era más que un simple borrón en un historial por lo demás impecable: una indiscreción lamentable.

Marcó la combinación de la caja fuerte de la habitación —la fecha de nacimiento de Melinda, del revés, dos veces— y metió su BlackBerry y su iPhone en el maletín. No cabía duda de que los teléfonos estaban intervenidos. De hecho, seguramente en esos momentos lo estaban observando, grabando cada una de sus palabras y sus fechorías. Se alegró de haberlos dejado en la habitación. Siempre lo hacía cuando tomaba el té en el Schweizerhof. Lo último que le apetecía durante ese paréntesis de media hora era que lo llamaran de casa o, peor aún, de Vauxhall Cross.

Bajó la tapa del maletín y echó los cierres. El pasillo olía al perfume de Rebecca, en el que se bañaba para disimular el olor de sus dichosos cigarrillos. Pulsó el botón de llamada del ascensor y, cuando este llegó, bajó al vestíbulo con una sensación de alivio. *Herr* Müller, el conserje, vio que llevaba la bolsa colgada del hombro y, con expresión preocupada, le preguntó si había algún problema con su habitación. Sí, lo había, pero no se trababa de la habitación, sino de los dos agentes del SVR que lo observaban desde el salón de la cafetería.

Pasó junto a ellos sin dirigirles una sola mirada y salió a los soportales. Había caído la noche y, con ella, una súbita nevada. La nieve caía pesadamente sobre los coches que cruzaban velozmente Bahnhofplatz. Miró hacia atrás y vio que los dos agentes del SVR avanzaban hacia él. Y, por si eso fuera poco, su teléfono chillaba en el maletín. Supo por el tono de llamada que era el iPhone, lo que significaba que probablemente era Melinda, que lo llamaba para saber qué tal iba todo. Otra mentira que contar...

Tenía que darse prisa si quería llegar al tren. Pasó bajo

uno de los arcos de los soportales y entró en la plaza. Casi había llegado al otro lado cuando oyó el coche. No vio sus faros porque estaban apagados. Tampoco registró el dolor del primer impacto, ni el choque con el suelo al desplomarse, rota la espalda. Lo último que vio fue una cara que lo miraba desde arriba. Era la cara de *herr* Müller, el conserje. ¿O era la de Rebecca? Rebecca, a la que había amado.

«Cuéntamelo todo», le susurró mientras él se moría. «Tus secretos están a salvo conmigo».

SEGUNDA PARTE

GINEBRA ROSA EN EL NORMANDIE

22

BERNA

La noticia apareció poco después de la medianoche en la página web del *Berner Zeitung*, el principal periódico de la capital helvética. Parca en detalles, afirmaba únicamente que un diplomático británico llamado Alistair Hughes había muerto atropellado al intentar cruzar incorrectamente la Bahnhofplatz durante la hora punta vespertina. El coche se había dado a la fuga y los intentos posteriores por localizarlo habían sido infructuosos. El suceso estaba siendo investigado —aseguraba el portavoz de la Kantonspolizei Bern— como un caso de atropello accidental con fuga.

El Foreign Office esperó hasta la mañana siguiente para

emitir una breve nota de prensa informando de que Alistair Hughes desempeñaba sus funciones en la embajada británica en Viena. Los periodistas más avezados —los que sabían interpretar las paparruchas oficiales de Whitehall leyendo entre líneas— detectaron una vaguedad sospechosa en el tono del comunicado que daba a entender que el organismo de inteligencia con sede en el horrendo edificio ribereño conocido como Vauxhall Cross estaba implicado en el asunto. Los que intentaron confirmar sus sospechas contactando con el poco atareado responsable de prensa del MI6 recibieron como respuesta un estruendoso silencio. En lo que al gobierno de Su Majestad respectaba, Alistair Hughes era un diplomático de segunda fila que había muerto mientras se ocupaba de un asunto privado.

En otros lugares del mundo, sin embargo, los periodistas no se hallaban constreñidos por el peso de la tradición y de unas leyes draconianas respecto a las actividades de los servicios secretos. Uno de ellos era la corresponsal en Viena de la cadena de televisión alemana ZDF, que aseguró haber comido con Alistair Hughes diez días antes de su muerte, mientras desempeñaba el cargo de jefe de delegación del MI6. Otros periodistas siguieron su ejemplo, entre ellos una periodista del *Washington Post* que decía haber utilizado a Hughes como fuente para un artículo acerca de las armas de destrucción masiva desaparecidas en Irak. En Londres, el Foreign Office disintió. Alistair Hughes era un simple diplomático —insistió un portavoz—, y eso no lo cambiaría ninguna especulación infundada.

El único lugar donde a nadie parecía importarle a qué se dedicaba Alistair Hughes era el lugar de su muerte. Para la prensa suiza, Hughes era *di cheibe Usländer*, «un condenado extranjero» que aún estaría vivo si hubiera tenido el sentido común de respetar el reglamento de circulación. La Kantonspolizei hizo algunas averiguaciones en la embajada británica que resultaron poco convincentes al someterlas a un escrutinio más exhaustivo, y se encargó de buscar el vehículo —que por suerte tenía matrícula alemana—, pero no se molestó en investigar al fallecido.

Había, sin embargo, un hombre en Berna, como mínimo, que no estaba dispuesto a aceptar la versión oficial de los hechos. Llevó a cabo sus averiguaciones de manera privada y prácticamente invisible incluso para quienes las presenciaron, utilizando como centro de operaciones su habitación en el hotel Savoy, donde había permanecido, para consternación de su primer ministro y de su esposa, tras ordenar a sus subordinados que abandonaran el país precipitadamente. El personal del Savoy lo conocía como *herr* Johannes Klemp, ciudadano alemán originario de Múnich. Su verdadero nombre, sin embargo, era Gabriel Allon.

Aquella debería haber sido, lógicamente, una ocasión para festejar, aunque fuese discretamente. Pero a decir verdad ese nunca había sido su estilo. Aun así, Gabriel se creía con derecho a sentir cierta satisfacción íntima. A fin de cuentas, era él quien había insistido en que había un topo ruso dentro del MI6 y quien había convencido al director general del MI6 de que Alistair Hughes, el jefe de la delegación vienesa, era el principal sospechoso. Había puesto a Hughes bajo vigilancia y lo había seguido hasta Berna, donde el británico se había reunido con Dmitri Sokolov, del SVR, en la cafetería del hotel Schweizerhof. Gabriel había presenciado el encuentro en tiempo real, al igual que varios de sus colaboradores más cercanos. El intercambio había tenido lugar, eso era innegable: Dmitri Sokolov le había dado a Hughes un sobre y Hughes lo había aceptado. Arriba, en su habitación, había quemado los documentos junto con el sobre. Y cuatro minutos y trece segundos después yacía muerto en la Bahnhofplatz.

En parte no lamentaba la muerte del agente británico, que sin duda se había buscado él mismo. Pero ¿por qué había muerto Alistair Hughes? Cabía la posibilidad de que hubiera sido un accidente; de que sencillamente hubiera cruzado sin mirar, poniéndose delante de un coche en marcha. Era posible —se decía Gabriel—, pero no probable. Gabriel no creía en los accidentes: a fin de cuentas, él los propiciaba, igual que los rusos.

Pero si la muerte de Hughes no era un accidente, si había sido un asesinato premeditado, ¿a qué había obedecido? Para responder a ese interrogante, primero tenía que descubrir el verdadero cariz del encuentro que había presenciado y grabado en la cafetería del famoso hotel Schweizerhof de Berna.

Con ese propósito, pasó la mayor parte de los tres días siguientes inclinado sobre un ordenador portátil, viendo los mismos treinta minutos de grabación una y otra vez: Alistair Hughes llegando al hotel tras un vuelo sin contratiempos procedente de Viena; Alistair Hughes en su habitación intervenida, mintiendo a su delegación acerca de su paradero y de sus planes para el fin de semana; Alistair Hughes guardando sus teléfonos en la caja fuerte de la habitación antes de bajar, probablemente para que no sirvieran para espiar su encuentro con Dmitri Sokolov, del SVR. Para bien o para mal, Gabriel no tenía grabación de su muerte en la Bahnhofplatz. Los arcos de los soportales bloqueaban el encuadre de la cámara dos del sistema de seguridad del hotel.

Las camareras de piso del Savoy, convencidas de que Gabriel era novelista, procuraban no hacer ruido por el pasillo. Él les permitía entrar en su habitación cada tarde cuando salía del hotel para dar un paseo por el casco antiguo, siempre con su elegante bolsa colgada del hombro, con el portátil dentro. Si alguien lo hubiera seguido, habría notado que entraba dos veces en la embajada israelí en Alpenstrasse. Y que tres tardes seguidas tomó té con canapés en el salón de la cafetería del principal competidor del Savoy, el hotel Schweizerhof.

El primer día, ocupó la mesa de *herr* Hughes. Al día siguiente, la de *herr* Sokolov. Y, por último, el tercer día, pidió la mesa a la que se habían sentado Boris y Natasha. Escogió el sitio de Boris —la panorámica del pistolero— y tomó buena nota de los encuadres y la colocación de las distintas cámaras de seguridad. Nada de aquello —pensó— había ocurrido por accidente. Todo se había decidido con sumo cuidado.

Al regresar a su habitación en el Savoy, agarró una hoja del papel del hotel y, apoyándose en la superficie de cristal de la mesa baja para no dejar ninguna marca, escribió dos posibles escenarios que explicaban por qué Alistair Hughes había muerto en Berna.

En el primero, la reunión en la cafetería del hotel, aunque rutinaria en un principio, tenía carácter de urgencia. Sokolov advertía a Hughes de que sospechaban de él, de que lo estaban vigilando y de que su detención era inminente. Le ofrecía un salvavidas, materializado en un sobre que contenía instrucciones para su huida a Moscú. Hughes destruía dichas instrucciones tras leerlas y salía a toda prisa del hotel para emprender la primera etapa de su viaje hacia el exilio definitivo. Probablemente le habían dicho que un coche estaría esperándolo en alguna parte en las inmediaciones de la plaza, un coche que debía trasladarlo a un aeropuerto amigo detrás del antiguo Telón de Acero, donde se serviría de un pasaporte ruso para subir a un avión. Con las prisas, y presa del pánico, Hughes había intentado cruzar la calle por lugar prohibido y había sido atropellado, privando así al Centro de su trofeo.

Era —pensaba Gabriel— una posibilidad enteramente plausible, pero tenía un problema: Alistair Hughes trabajaba para el MI6, un servicio conocido por la calidad y el oficio de sus agentes. Además, si Hughes también espiaba para el Centro, debía de llevar muchos años en la cuerda floja. No se habría dejado dominar por el pánico al saber que lo habían descubierto. Se habría esfumado discretamente entre las sombras hasta desaparecer por completo. Por ese motivo, Gabriel descartó de un plumazo el primer argumento.

La segunda explicación era que Dmitri Sokolov había ido al Schweizerhof con la intención de matar al topo antes de que el MI6 pudiera detenerlo e interrogarlo, arrebatando así a los británicos la oportunidad de calcular el alcance de su traición. Si así era, Hughes estaba muerto mucho antes de llegar a Berna, igual que estaba muerto Konstantin Kirov antes de su llegada a Viena. Hughes, no obstante, conocía su destino, lo que explicaba que hubiera salido precipitadamente del hotel, dominado por el pánico. El arma asesina lo estaba esperando en la plaza, y el conductor había aprovechado la oportunidad que se le ofrecía. Caso cerrado. Se acabó el topo. Gabriel prefería el segundo argumento al primero, pero aun así dudaba. Hughes podía haber brindado una ayuda valiosa al SVR durante muchos años, desde el refugio de un piso en Moscú. También podía haber servido como una valiosa herramienta propagandística, al igual que Edward Snowden y que, décadas antes, Burgess, Maclean y Kim Philby, los espías de Cambridge durante la Guerra Fría. No había nada que al Zar le gustara más que jactarse de las hazañas de sus espías. No —se dijo—, los rusos no habrían dejado que aquel trofeo se les escapase de las manos tan fácilmente.

De ahí que esa misma noche, ya de madrugada, mientras el Savoy dormitaba a su alrededor y los gatos rondaban por la calle empedrada bajo su ventana, Gabriel se viera obligado a considerar una tercera posibilidad: que la culpa de la muerte de Alistair Hughes la tuviera él. Por esa razón, levantó de mala gana el teléfono de la mesita de noche y llamo a Christoph Bittel.

23

BERNA

Bittel accedió a encontrarse con él a las nueve de la mañana siguiente en un café cercano a la sede del NDB, el servicio de inteligencia y seguridad interior de Suiza. Gabriel llegó con veinte minutos de antelación; Bittel, diez minutos tarde, lo que era impropio de él. Alto y calvo, tenía los modales severos de un pastor calvinista y la palidez de un hombre que carecía de tiempo para actividades al aire libre. Una vez, Gabriel había pasado varias horas poco gratas sentado frente a él en una sala de interrogatorios. Ahora, eran algo así como aliados. El NDB contaba con menos de trescientos agentes y con un presupuesto anual de solo sesenta millones de dólares: menos de lo que gastaban los servicios de espionaje estadounidenses una tarde cualquiera. La colaboración de la Oficina, por tanto, multiplicaba exponencialmente sus fuerzas.

—Bonito sitio —comentó Gabriel paseando la mirada por el interior del melancólico cafecito, con su suelo de linóleo agrietado, sus temblorosas mesas de formica y sus carteles descoloridos con vistas de los Alpes. Fuera, el barrio era un batiburrillo de bloques de oficinas, pequeñas naves industriales y chatarrerías—. ¿Vienes aquí a menudo o solo en ocasiones especiales?

—Dijiste que querías algún sitio fuera de los circuitos habituales.

—¿Qué circuitos?

Bittel frunció el ceño: —¿Cuánto tiempo llevas en el país?

Gabriel se quedó pensando un momento: —Creo que llegué el jueves.

—¿En avión?

Gabriel asintió con un gesto.

—¿A Zúrich?

—A Ginebra, en realidad.

—Revisamos rutinariamente las listas de pasajeros de todos los vuelos entrantes. —Bittel era el jefe de la brigada antiterrorista del NDB, y mantener fuera del país a extranjeros indeseables formaba parte de su trabajo—. Estoy casi seguro de no haber visto tu nombre en ninguna de ellas.

—No me sorprende. —Gabriel posó la mirada en el ejemplar doblado del *Berner Zeitung* que descansaba sobre la mesa, entre los dos. La noticia de portada se refería a la detención de un inmigrante marroquí llegado hacía poco tiempo al país que estaba planeando un atentado con camión en nombre del Estado Islámico—. *Mazel tov*, Bittel. Por lo visto, has esquivado una bala de chiripa.

—No, qué va. Lo teníamos vigilado veinticuatro horas al día desde hacía tiempo, pero hemos esperado a que alquilara el camión para detenerlo.

—¿Cuál era su objetivo?

—El Limmatquai de Zúrich.

—¿Y la primera pista que los condujo al sospechoso? —preguntó Gabriel—. ¿De dónde la sacaron?

—Su nombre figuraba en uno de los ordenadores incautados en el complejo donde murió Saladino, en Marruecos. Uno de nuestros socios nos lo hizo llegar un par de días después del intento de atentado con bomba sucia en Londres.

—No me digas.

Bittel sonrió: —No sabes cuánto se los agradezco. Habría sido una masacre.

—Me alegro de que hayamos podido ayudar.

Hablaban quedamente en *Hochdeutsch* o alto alemán. Si Bittel hubiera empleado el dialecto que se hablaba en el valle del que era originario, en el cantón de Nidwalden, Gabriel habría necesitado un intérprete.

Se acercó una camarera a tomarles la orden. Cuando volvieron a quedarse solos, Bittel preguntó: —¿Fuiste tú quien mató al terrorista de Londres?

—No digas tonterías, Bittel. Por amor de Dios, soy el jefe del espionaje israelí.

—¿Y a Saladino?

—Saladino está muerto. Eso es lo único que importa.

—Pero la ideología del ISIS perdura y por fin ha conseguido introducirse en Suiza. —Bittel clavó en él una mirada de reproche—. De modo que voy a pasar por alto el hecho de que hayas entrado en el país sin molestarte en informar al NDB, y además con pasaporte falso. Deduzco que no has venido a esquiar. Este año ha sido malísimo para el esquí.

Gabriel dio vuelta al *Berner Zeitung* y señaló la noticia acerca de la muerte de un diplomático británico en la Bahnhofplatz.

El suizo levantó una ceja: —Feo asunto —comentó.

—Dicen que fue un accidente.

—¿Desde cuándo te crees lo que lees en los periódicos? —bajando la voz, Bittel añadió—: Por favor, dime que no lo mataste tú.

—¿Por qué iba yo a matar a un diplomático británico de medio pelo?

—Porque no era un diplomático. Era el jefe de la delegación del MI6 en Viena.

—Y además visitaba con frecuencia tu país.

—Igual que tú —repuso Bittel.

—¿No sabrás, por casualidad, por qué le gustaba tanto Berna?

—Se rumoreaba que tenía una amante.

—¿Ah, sí?

—No estamos seguros.

—¿El NDB no lo comprobó?

—Ese no es nuestro estilo. Esto es Suiza. El respeto a la intimidad es nuestra religión. —La camarera les sirvió los cafés—. Estabas a punto de explicarme —añadió Bittel en voz baja— por qué el jefe del espionaje israelí está investigando la muerte de un agente del MI6. Solo puedo concluir que tiene algo que ver con ese ruso al que mataste en Viena hace un par de semanas.

—A ese tampoco lo maté yo, Bittel.

—Los austriacos no piensan lo mismo. De hecho, nos pidieron que te detuviéramos si por casualidad pisabas Suiza, lo que significa que en estos momentos te encuentras en una situación bastante precaria.

—Me arriesgaré.

—Sí, ¿para qué cambiar a estas alturas? —Bittel añadió azúcar a su café y lo removió lentamente—. ¿Qué estabas diciendo?

—Hacía algún tiempo que teníamos a Hughes en el punto de mira —confesó Gabriel.

—¿La Oficina?

—Y nuestros socios británicos. Lo seguimos hasta aquí desde Viena el viernes por la tarde.

—Gracias por avisarnos de que iban a venir.

—No queríamos ser molestia.

—¿Cuántos agentes trajiste contigo?

Gabriel levantó la mirada hacia el techo y empezó a contar con los dedos.

—Es igual —masculló Bittel—. Eso explica las cámaras y los micrófonos que sacamos de la habitación de hotel de Hughes. Son de primera calidad, por cierto. Mucho mejores que los nuestros. Mis técnicos los están copiando en estos momentos. —Dejó pensativamente la cuchara sobre la mesa—. Imagino que vieron a Hughes reunirse con ese ruso en el vestíbulo.

—Habría sido difícil no verlo.

—Se llama...

—Dmitri Sokolov —lo interrumpió Gabriel—. El hombre del Centro en Ginebra.

—¿Lo conocen?

—Personalmente, no.

—Dmitri no se atiene a las normas, que digamos.

—En esto no hay normas, Bittel. Por lo menos para los rusos.

—En Ginebra sí las hay, pero Dmitri las infringe constantemente.

—¿Y eso?

—Reclutamiento agresivo y mucho juego sucio. Es un experto en *kompromat*. —*Kompromat* era como llamaban los rusos al material sensible utilizado para silenciar a opositores políticos o chantajear a agentes a fin de que cumplieran los dictados del Kremlin—. Ha vuelto a Moscú, por cierto. Se fue hace dos días.

—¿Sabes por qué razón?

—Nunca hemos conseguido descifrar los códigos rusos, pero Onyx detectó más tráfico del habitual entre la *rezidentura* de Ginebra y el Centro el viernes pasado por la noche, después de la muerte de Hughes. —Onyx era el sistema de espionaje de telecomunicaciones de Suiza—. Solo Dios sabe de qué estaban hablando.

—Estarían felicitándose por un trabajo bien hecho.

—¿Crees que fueron los rusos quienes mataron a Hughes?

—Digamos que son los primeros de mi lista de sospechosos.

—¿Tenían a Hughes a sueldo?

—¿Has visto el vídeo de las cámaras de seguridad del hotel?

—¿Y tú?

Gabriel no respondió.

—¿Por qué iban a matar los rusos a uno de sus agentes? —preguntó Bittel.

—Eso me pregunto yo.

—¿Y?

—Si conociera la respuesta, no estaría sentado en este tugurio confesándote mis pecados.

—Para tu información —dijo Bittel al cabo de un momento—, a los británicos no les interesa mucho que hagamos averiguaciones exhaustivas. El embajador y el jefe de la delegación en Berna nos están presionando para que cerremos el caso.

—Permíteme secundar esa moción.

—¿Y ya está? ¿Eso es lo único que quieres de mí?

—Quiero mis cámaras y mis micrófonos. —Gabriel hizo una pausa y luego añadió—: Y quiero que averigües por qué Alistair Hughes pasaba tanto tiempo en tu hermosa ciudad.

Bittel bebió su café de un trago: —¿Dónde te alojas?

Gabriel le dijo la verdad.

—¿Y el resto de tu equipo?

—Se marchó hace tiempo.

—¿Escoltas?

Gabriel negó con la cabeza.

—¿Cómo quieres que te contacte si averiguo algo?

Gabriel deslizó una tarjeta por encima de la mesa: —El número está detrás. Llama por tu línea más segura. Y sé discreto, Bittel. Los rusos también tienen servicio de escuchas.

—Razón por la cual no deberías estar en Berna sin escolta. Te asignaré un par de agentes, solo por si acaso.

—Gracias, Bittel, pero sé valerme solo.

—No me cabe duda de que Alistair Hughes pensaba lo mismo. Hazme un favor, Allon. No te dejes matar en mi terreno.

Gabriel se puso en pie: —Haré lo que pueda.

24

BERNA

Gabriel localizó a los dos escoltas a mediodía, en la calle adoquinada, bajo su ventana. Pasaban tan desapercibidos como un par de coches en llamas. Gabriel los apodó Frick y Frack, pero solo para sus adentros. Eran dos muchachos helvéticos, fuertes como bueyes y con pocas ganas de bromas.

Le siguieron por las galerías del Kunstmuseum, hasta el café de la Kramgasse donde almorzó, y más tarde hasta la embajada israelí de Alpenstrasse, donde se enteró de que la Oficina marchaba perfectamente sin necesidad de que él llevara el timón. Igual que su familia, lo que en el fondo le satisfacía: nunca había querido ser indispensable.

Esa noche, mientras trabajaba en su portátil en la habitación del Savoy, un coche con dos agentes uniformados de la Kantonspolizei Bern sustituyó a Frick y Frack. El coche permaneció allí hasta la mañana siguiente, cuando regresaron Frick y Frack. Gabriel los llevó de acá para allá casi toda la tarde hasta que, solo por comprobar que no había perdido facultades, les dio esquinazo mientras cruzaba el Nydeggbrücke, que comunicaba el casco viejo de Berna con la ciudad nueva.

Libre ya de vigilancia, tomó té en el Schweizerhof, en la misma silla que había ocupado Alistair Hughes durante sus últimos minutos de vida, y se imaginó a Dmitri Sokolov sentado frente a él. Dmitri, que no se atenía a las reglas de Ginebra. Dmitri, especializado en *kompromat*. Se acordó de cómo había agarrado a Hughes de la muñeca: la mano derecha de Dmitri, la muñeca izquierda de Alistair. Cabía la posibilidad de que hubieran intercambiado algo —un lápiz de memoria o un mensaje en clave—, pero lo dudaba. Había visto el vídeo un centenar de veces, como mínimo. La transacción había sido unidireccional, de Dmitri Sokolov a Alistair Hughes, y había tenido por objeto el sobre que el ruso había deslizado bajo el ejemplar del *Financial Times*, cuyo contenido había quemado Hughes en su habitación. Podían ser instrucciones para su exfiltración a Moscú, u otra cosa, quizá. Cuatro minutos y trece segundos después, el británico estaba muerto.

Cuando regresó al Savoy, Frick y Frack estaban lamiéndose las heridas en la calle. Esa noche tomaron una copa juntos en el bar del hotel. Frick se llamaba Kurt y era de Wassen, un pueblecito de cuatrocientos habitantes en el cantón de Uri. Frack se llamaba Matthias, era católico, de Friburgo, y había pertenecido a la Guardia Suiza del Vaticano. Gabriel cayó en la cuenta de que se habían visto ya una vez, cuando estaba restaurando el *Santo Entierro* de Caravaggio en el laboratorio del Museo Vaticano.

—Bittel está haciendo progresos —le informó el joven suizo—. Dice que puede que tenga algo para usted.

—¿Cuándo?

—Mañana por la tarde, quizá antes.

—Preferiría que fuera antes.

—Si quería un milagro, debería haber recurrido a su amigo el Santo Padre.

Gabriel sonrió: —¿Ha dicho Bittel de qué se trata?

—Una mujer —contestó Matthias mientras bebía una jarra de cerveza.

—¿En Berna?

—En Münchenbuchsee. Es…

—Un pueblecito justo al norte de aquí.

—¿Cómo es que lo conoce?

—Paul Klee nació allí.

Gabriel no durmió esa noche, y por la mañana se fue derecho a la embajada israelí, seguido por dos agentes uniformados de la Kantonspolizei Bern. Pasó allí uno de los días más largos de su vida, picoteando de una lata de galletas de mantequilla vienesas ya rancias, de los tiempos en que Uzi Navot era el jefe y todas las delegaciones tenían siempre a mano alguna golosina por si acaso se presentaba sin avisar.

A las seis de la tarde, seguían sin tener noticias. Pensó en llamar a Bittel, pero decidió aguantarse y esperar. Su paciencia se vio recompensada a las ocho y media, cuando el suizo llamó por fin desde una línea segura de la sede del NDB.

—Resulta que los rumores eran ciertos. Es verdad que tenía una amante aquí.

—¿Cómo se llama?

—Klara Brünner.

—¿A qué se dedica?

—Es psiquiatra —contestó Bittel— en la Privatklinik Schloss de Münchenbuchsee.

«Privatklinik Schloss...».

Sí, pensó Gabriel, eso lo explicaba todo.

25

HAMPSHIRE, INGLATERRA

La incineración de los restos mortales de Alistair Hughes tuvo lugar en un crematorio del sur de Londres. Su entierro, en un cementerio antiguo de las sinuosas colinas de creta de Hampshire. Fue una ceremonia privada, empapada por la lluvia.

—Yo soy la resurrección y la vida —recitó el apergaminado vicario mientras un súbito aguacero hacía brotar paraguas como champiñones—. Y quien viva y crea en mí no morirá.

«Un epitafio perfecto para un espía», pensó Graham Seymour.

A pesar del carácter íntimo del sepelio, la concurrencia

fue impresionante. Acudió casi todo Vauxhall Cross, además de gran parte de la delegación de Viena. Los estadounidenses mandaron una representación desde Nine Elms, y Rebecca Manning llegó expresamente de Washington llevando una nota personal del director de la CIA, Morris Payne.

Al concluir el oficio religioso, Seymour se acercó a Melinda Hughes para darle el pésame.

—¿Podríamos hablar en privado? —preguntó ella—. Creo que hay algunas cosas de las que tenemos que hablar.

Echaron a andar entre las lápidas, Seymour sujetando el paraguas y ella agarrada a su brazo. La entereza que había demostrado junto a la tumba, mientras abrazaba a sus hijos, la había abandonado, y ahora lloraba quedamente. Seymour lamentó no saber qué decir para reconfortarla. Lo cierto era que nunca se le habían dado bien esas cosas. Culpaba a su padre, el gran Arthur Seymour, una leyenda dentro del MI6, de su incapacidad para demostrar ni el más leve asomo de verdadera empatía. Solo recordaba una época en la que su padre y él se hubieran demostrado afecto. Había sido durante una larga visita a Beirut, cuando Seymour era un crío. Pero incluso entonces su padre estaba distraído. Con la cabeza puesta en Philby, el mayor traidor de todos.

«Philby...».

Pero ¿por qué —se preguntó Seymour— pensaba en su padre y en Kim Philby en un momento como aquel? Tal vez porque iba paseando por un cementerio, del brazo de la esposa de un espía ruso. «Presunto espía», puntualizó para sus adentros. Todavía no había pruebas concluyentes.

Melinda Hughes se sonó la nariz ruidosamente. —Qué

estadounidense de mi parte —comentó—. Alistair se avergonzaría si pudiera verme ahora mismo.

Las lágrimas habían dejado surcos en su maquillaje. Aun así, era muy guapa. Y además tenía éxito, pensó Seymour, al menos en términos pecuniarios. Ganaba mucho más que su marido, el asalariado del estado. Seymour se preguntó por qué Alistair la había engañado tantas veces. Tal vez la infidelidad fuera un impulso espontáneo en él. O quizá creyera que era una ventaja más de su oficio, como la posibilidad de saltarse las largas colas del control de pasaportes cuando llegaba al aeropuerto de Heathrow.

—¿Cree usted que puede? —preguntó Melinda Hughes de repente.

—¿Cómo dice?

—Vernos. ¿Cree que Alistair está allá arriba —dijo levantando los ojos hacia el cielo de color pizarra—, con Jesucristo y los apóstoles, y los ángeles y los santos? ¿O no es más que un puñado de huesos pulverizados enterrado en el suelo frío de Hampshire?

—¿Qué respuesta prefiere?

—La verdad.

—Me temo que no estoy capacitado para responder a la cuestión de si existe o no la vida eterna. Ni siquiera sabría decirle qué tiene en mente el presidente de Rusia.

—¿Es usted creyente?

—No —reconoció Seymour.

—Yo tampoco —dijo Melinda Hughes—. Pero en este momento me gustaría serlo. ¿Es así como acaba todo? ¿De verdad no hay nada más?

—Tiene a sus hijos. Puede que sigamos viviendo a través

de ellos. —Y de nuevo, involuntariamente, Seymour pensó en su padre... y en Philby, leyendo su correo en el bar del hotel Normandie.

—Soy Kim. ¿Tú quién eres?

—Graham.

—¿Graham qué?

—Seymour. Mi padre es...

—Sé quién es tu padre. Todo el mundo lo sabe. ¿Una ginebra rosa?

—Tengo doce años.

—Descuida, será nuestro secretito.

Un tirón en el brazo lo hizo volver al presente. Melinda Hughes había pisado una ligera hondonada y había estado a punto de caerse. Estaba hablando del Barclays, de su deseo de volver al trabajo ahora que Alistair estaba por fin en casa, enterrado.

—¿Hay algo más en lo que podamos ayudarla?

—La gente del personal ha sido de gran ayuda, y me ha sorprendido su amabilidad. Alistair no podía ni verlos, por cierto.

—Igual que todos nosotros, pero me temo que forman parte del oficio.

—Me han ofrecido una suma importante de dinero.

—Tiene usted derecho a ella.

—No quiero su dinero. Lo que quiero —dijo con repentina vehemencia— es la verdad.

Habían llegado al final del cementerio. Los asistentes se habían dispersado en su mayoría, pero aún quedaban algunos junto a la tumba. Sonreían torpemente y se estrechaban la mano, aprovechando el entierro de un colega para forjar valiosas alianzas. Un estadounidense estaba encendiéndole el cigarrillo a Rebecca Manning, que fingía interesarse por lo que le decía su interlocutor, pero cuya mirada estaba fija en Seymour y en la apenada esposa de Alistair Hughes.

—¿De verdad espera que crea que un agente experimentado del MI6 murió por cruzar la calle? —dijo Melinda Hughes.

—No era una calle cualquiera, era la plaza con más tráfico de Berna.

—¿La Bahnhofplatz? —dijo ella en tono desdeñoso—. No es precisamente Trafalgar Square o Piccadilly. Y, además, ¿qué hacía en Berna? A mí me dijo que pensaba pasar el fin de semana en Viena, leyendo un buen libro. Clement Attlee. ¿Se imagina? El último libro que leyó mi marido fue una biografía de Clement Attlee.

—No tiene nada de raro que un jefe de delegación opere fuera de los límites de su territorio.

—No me cabe duda de que el jefe de la delegación de Berna no estaría de acuerdo con esa opinión. De hecho, ¿por qué no se lo preguntamos? —Melinda Hughes miró hacia el grupito de personas reunido junto a la tumba abierta de su marido—. Está allí mismo.

Seymour no contestó.

—No soy ninguna neófita, Graham. He estado casi treinta años casada con un agente.

—Entonces sin duda es consciente de que hay ciertos asuntos de los que no puedo hablar. Quizá algún día pueda hablar de ellos, pero hoy no.

Ella lo miró con dureza: —Me decepciona usted, Graham. ¡Qué predecible, escondiéndose detrás de su velo de secretos, igual que hacía siempre Alistair! Cada vez que le preguntaba por algo de lo que no quería hablar, me contestaba lo mismo. «Lo siento, mi amor, pero ya conoces las reglas».

—Esas reglas existen, me temo. Sin ellas, no podríamos funcionar.

Pero Melinda Hughes había dejado de escucharlo. Miraba fijamente a Rebecca Manning: —Fueron amantes hace tiempo, en Bagdad. ¿Lo sabía? Por alguna razón, Alistair le tenía mucho cariño. Y ahora va a ser la próxima jefa, y Alistair está muerto.

—Le aseguro que aún no se ha decidido el nombre del próximo director general.

—Para ser un espía, miente usted fatal, ¿lo sabía? A Alistair se le daba mucho mejor. —Melinda Hughes se detuvo de pronto y volvió la cara hacia Seymour bajo el paraguas—. Dígame una cosa, Graham. ¿Qué hacía de verdad mi marido en Berna? ¿Estaba liado con otra mujer? ¿O espiando para los rusos?

Habían llegado al borde del estacionamiento. Los estadounidenses estaban montando ruidosamente en un autocar alquilado, como si volvieran de un pícnic de empresa. Seymour dejó a Melinda Hughes al cuidado de su familia y, bajando el paraguas, se dirigió a su limusina. Rebecca Manning se había situado junto a la puerta trasera. Estaba encendiendo otro L&B.

—¿De qué hablaban? —preguntó en voz baja.

—Tenía algunas dudas sobre la muerte de su marido.

—Igual que los estadounidenses.

—Fue un accidente.

—¿De veras?

—¿Y ese otro asunto del que hablamos en Washington? —insistió Rebecca.

—La investigación ha concluido.

—¿Y?

—No hay nada que reseñar. —Seymour lanzó una mirada a la tumba de Alistair Hughes—. Es un asunto muerto y enterrado. Vuelve a Washington y haz correr la voz. Que vuelva a abrirse el grifo.

Ella tiró el cigarrillo al suelo mojado y echó a andar hacia el coche que la esperaba.

—¿Rebecca? —la llamó Seymour.

Se detuvo, volviéndose hacia él. A la media luz del día, con la lluvia cayendo suavemente, Seymour vio su cara como si la contemplara por primera vez. Se parecía a alguien a quien había conocido hacía mucho tiempo, en otra vida.

—¿Es cierto lo de Alistair y tú? —preguntó.

—¿Qué te ha dicho Melinda?

—Que fueron amantes en Bagdad.

Ella se rio: —¿Alistair y yo? No digas bobadas.

Seymour se acomodó en el asiento trasero de su coche y la vio alejarse por la ventanilla salpicada de lluvia. Era una mentirosa formidable —pensó—, incluso para los altos estándares del MI6.

26

HAMPSHIRE, INGLATERRA

Graham Seymour recibió el mensaje en su BlackBerry cuando estaba llegando a Crawley. Era de Nigel Whitcombe, su asistente personal y factótum para asuntos extraoficiales.

—Cambio de planes —le dijo Seymour a su chófer, y unos minutos después se dirigieron rumbo al sur por la A2 hacia Brighton. Desde allí, se desviaron hacia el oeste siguiendo la costa y atravesaron Shoreham, Worthing, Chichester y Portsmouth, hasta que finalmente llegaron al pueblecito de Gosport.

Al antiguo fuerte, con su foso vacío y sus muros de piedra gris, se llegaba por un estrecho sendero que partía en dos la primera calle del Club de Golf Gosport & Stokes. El coche de Seymour cruzó la barrera de seguridad exterior y a continuación una verja que daba al patio interior, convertido tiempo atrás en estacionamiento para el personal de dirección. Su miembro más veterano era George Halliday, el tesorero. Estaba de pie, tieso como un palo, en su rincón del ala oeste.

—Buenos días, señor. Qué sorpresa tan agradable. Ojalá la Corona nos hubiera avisado con un poquito de antelación de que iba a venir.

—Ahora mismo estamos un poco cariacontecidos, George. Hoy ha sido el entierro.

—Ah, sí, por supuesto. Un asunto espantoso, ese. Lo recuerdo de cuando vino al curso de formación. Un buen muchacho. Y más listo que el hambre, ¿verdad? ¿Cómo está su mujer?

—Como es de esperarse.

—¿Quiere que le abra sus habitaciones, señor?

—Creo que no. No voy a quedarme mucho tiempo.

—Imagino que ha venido a ver a nuestro invitado. La Corona tampoco nos avisó de que venía. El señor Whitcombe nos lo dejó en la puerta sin avisar y se marchó.

—Hablaré con él —prometió Seymour.

—Sí, por favor.

—¿Y nuestro invitado? ¿Dónde está?

—Lo he dejado en la antigua habitación del señor Marlowe.

Seymour subió un tramo de escaleras de piedra, hasta la zona de habitaciones del ala oeste. La habitación del final del pasillo central contenía una cama pequeña, un escritorio y un ropero sencillo. Gabriel estaba de pie junto a la estrecha tronera, contemplando el mar de color granito.

—Te hemos echado de menos en el funeral —comentó Seymour—. Estaba allí la mitad de la CIA. Deberías haber venido.

—No habría estado bien.

—¿Por qué?

Gabriel se volvió y miró a Seymour por primera vez: —Porque Alistair Hughes murió por mi culpa. Y eso es algo que lamentaré toda mi vida —afirmó.

Seymour frunció el ceño, pensativo: —Hace un par de horas, en un cementerio no muy lejos de aquí, Melinda Hughes me preguntó si su marido era un espía ruso.

—¿Y qué le dijiste?

—Nada.

—Mejor así. Porque Alistair Hughes no era un espía. Era un paciente —dijo Gabriel—. De la Privatklinik Schloss.

27

FORT MONCKTON, HAMPSHIRE

El fuerte se llamaba Monckton. Oficialmente, estaba a cargo del Ministerio de Defensa y recibía la vaga denominación de Base de Entrenamiento Militar Número 1. Extraoficialmente, era la escuela elemental del MI6 para aprendices de espías. La instrucción tenía lugar en su mayor parte en las aulas y los laboratorios del ala principal, pero más allá de las antiguas murallas había un campo de tiro, un helipuerto, pistas de tenis y *squash* y un campo de *croquet*. Guardias del Ministerio de Defensa patrullaban las instalaciones, pero ninguno de ellos siguió a Gabriel y a Graham Seymour cuando echaron a andar por la playa: Gabriel en vaqueros y chaqueta de cuero; Seymour, con el traje gris y el abrigo que había llevado al funeral, y unas botas de agua que George Halliday había sacado de los almacenes.

—¿Privatklinik Schloss?

—Una clínica muy exclusiva. Y muy cara —añadió Gabriel—, como sugiere su nombre. Hughes veía allí a una doctora. La doctora Klara Brünner. Lo estaba tratando por trastorno bipolar y depresión severa, lo que explica la medicación que encontramos en su piso. La doctora Brünner se la suministraba bajo cuerda, para que nadie se enterase. Lo atendía el último viernes de cada mes, fuera del horario normal de la clínica. Él usaba un seudónimo cuando iba a la consulta. Se hacía llamar Richard Baker. Lo cual no es nada anormal en sitios del estilo de la Privatklinik Schloss.

—¿Quién te lo ha dicho?

—Christoph Bittel, del NDB.

—¿Se puede confiar en él?

—Considéralo nuestro banquero suizo.

—¿Quién más lo sabe?

—Los rusos, claro. —En el campo de golf, un valeroso grupo de cuatro personas suspendió un momento sus forcejeos en el *green* azotado por el viento para verlos pasar—. También sabían que Alistair no había informado a sus superiores en Londres de que estaba enfermo, por miedo a que eso diera al traste con su carrera. El Centro sin duda pensó en servirse de esa información para obligarlo a trabajar para ellos, como habríamos hecho tú o yo de haber estado en su posición. Pero no fue eso lo que ocurrió.

—¿Qué ocurrió, entonces?

—Se reservaron la información hasta el momento en que

Dmitri Sokolov, un conocido agente del Centro muy aficionado al *kompromat*, le entregó a Hughes un sobre en el vestíbulo del hotel Schweizerhof de Berna. Yo diría que ese sobre contenía fotografías de Hughes entrando y saliendo de la clínica. Por eso lo aceptó, en lugar de tirárselo a la cara a Dmitri. Y por eso se asustó e intentó marcharse de Berna. Dmitri, por cierto, ha vuelto a Moscú. El Centro lo hizo volver un par de días después de la muerte de Alistair.

Habían llegado a la Estación de Salvamento Marítimo de Gosport. Seymour aminoró el paso hasta detenerse: —¿Era todo una estratagema para hacernos creer que Alistair era un espía?

Gabriel asintió en silencio.

—¿Por qué? —preguntó Seymour.

—Vladimir Vladimirovich Gribkov. Te acuerdas de Vivi, ¿verdad, Graham? Quería una casita de campo en los Cotswolds y diez millones de libras depositados en un banco londinense. A cambio, iba a darte el nombre de un topo ruso situado en lo más alto de la jerarquía del espionaje angloamericano.

—Me suena vagamente.

—Los rusos se deshicieron de él antes de que pudiera desertar —prosiguió Gabriel—. Pero desde su punto de vista ya era demasiado tarde. Gribkov había alertado al MI6 de que había un topo. El daño ya estaba hecho. De modo que el Centro tenía dos alternativas: podía quedarse de brazos cruzados con la esperanza de que no ocurriera nada, o podía tomar medidas activas para proteger su inversión. Optaron por esto último. Los rusos no creen en la esperanza —concluyó.

Salieron de la playa y siguieron la carretera de un solo carril que, como una cicatriz, cruzaba una pradera. Gabriel caminaba por la calzada. Seymour, con sus botas de agua, avanzaba trabajosamente por la hierba de la cuneta.

—¿Y Konstantin Kirov? —preguntó—. ¿Qué pintaba en todo esto?

—A eso he tenido que echarle un poco de imaginación.

—Igual que a lo demás. ¿A qué vienen ahora esos reparos?

—Kirov —repuso Gabriel ignorando el escepticismo de Seymour— actuó irreprochablemente.

—¿Y ese secreto tan importante que decía haber descubierto? ¿Por el que según decía tenía que desertar?

—Era un señuelo. Un señuelo muy convincente —añadió Gabriel—, pero no obstante, un señuelo.

—¿Difundido por el Centro?

—Naturalmente. Es posible que también le susurraran algo al oído para ponerlo nervioso, aunque seguramente no fue necesario. Heathcliff ya estaba muy nervioso. Lo único que tenían que hacer era mandarlo a hacer un recado y él solo daría el salto.

—¿Querían que desertara?

—No. Querían que *intentara* desertar. Hay una enorme diferencia.

—¿Y por qué le permitieron salir de Rusia? ¿Por qué no lo colgaron de los talones y le vaciaron de secretos los bolsillos? ¿Por qué no le pegaron un tiro en la nuca y asunto resuelto?

—Porque primero querían que les hiciera un pequeño servicio. Lo único que necesitaban era la dirección del piso franco donde yo estaría esperándolo, pero eso era sencillo.

La lista de distribución era muy larga, y no hay duda de que el nombre del topo estaba incluido en ella. Cuando Heathcliff llegó a Viena, tenían un sicario listo y un equipo de vigilancia armado con un teleobjetivo en el edificio contiguo.

—Continúa, te escucho —dijo Seymour a regañadientes.

—Matar a Heathcliff bajo mi ventana y difundir mi fotografía por internet les reportó un beneficio evidente. Hizo que pareciera que era yo quien había ordenado el asesinato selectivo de un agente del SVR en plena Viena, lo que debilitaba la posición de la Oficina. Pero no lo hicieron por eso principalmente. Lo que querían era que abriera una investigación e identificara a Alistair Hughes como la fuente probable de la filtración. Y yo caí en su trampa.

—Pero ¿por qué lo mataron?

—Porque era demasiado peligroso que siguiera con vida. Habría puesto en peligro toda la operación, cuyo objetivo era despistarnos, desviar nuestra atención del verdadero topo. A fin de cuentas, ¿qué necesidad hay de buscar a un topo si el topo está muerto?

Una furgoneta sin distintivos esperaba al final de la calzada, con dos hombres sentados delante.

—No te preocupes —dijo Seymour—, son míos.

—¿Estás seguro?

Seymour dio media vuelta sin contestar y emprendió el camino de regreso a la estación de salvamento marítimo:

—La noche que viniste a mi casa en Belgravia te pregunté quién te había dicho que Alistair viajaba con frecuencia a Suiza. Y te negaste a decírmelo.

—Fue Werner Schwarz —contestó Gabriel.

—¿Werner Schwarz? ¿El de la BVT austriaca?

Gabriel asintió con la cabeza.

—¿Qué tipo de relación tienen?

—Le pagamos a cambio de información. Así funcionan las cosas en nuestro negocio. —Una bicicleta avanzaba hacia ellos chirriando, conducida por un hombre de cara enrojecida—. No llevas pistolas, ¿verdad?

—También es de los míos. —La bicicleta pasó de largo traqueteando—. ¿Dónde crees que está ese topo del que hablas? ¿En mi servicio?

—No necesariamente.

—¿En Langley?

—Podría ser. O puede que sea alguien de la Casa Blanca. Alguien cercano al presidente.

—O el presidente mismo.

—No nos dejemos llevar por la imaginación, Graham.

—Pero ese es el peligro que corremos, ¿no? El peligro de perseguir nuestra propia cola y de hacernos un nudo. Estás en la jungla de los espejos, un lugar en el que puedes ordenar los presuntos hechos a tu antojo para llegar a la conclusión deseada. Reconozco que, tal y como has expuesto las pruebas, todas ellas circunstanciales, el caso parece claro. Pero si un solo elemento se derrumba, se derrumba todo lo demás.

—Alistair Hughes no era un espía ruso, era un paciente de la Privatklinik Schloss del pueblecito suizo de Münchenbuchsee. Y alguien se lo contó a los rusos.

—¿Quién?

—Si tuviera que aventurar una hipótesis —dijo Gabriel—, yo diría que fue el topo. El *verdadero* topo.

Habían vuelto a la playa. Estaba desierta en ambas direcciones. Seymour echó a andar por la orilla. Las olas suaves lamían sus botas de agua.

—Supongo que ahora me dirás que vas a dejar en suspenso nuestra relación hasta que se descubra al verdadero topo.

—No puedo trabajar contigo si hay una tubería que conecta directamente Langley, Vauxhall Cross y el Centro. Nos estamos replanteando varias operaciones en marcha en Siria y en Irán. Damos por sentado que están comprometidas —agregó Gabriel.

—Eso es lo que ustedes asumen —repuso Seymour puntillosamente—. Pero la postura oficial del Servicio Secreto de Inteligencia es que no hay en nuestro seno, ni lo ha habido nunca, un topo ruso. —Hizo una pausa y a continuación añadió—: ¿Entiendes lo que quiero decir?

—Sí —respondió Gabriel—, creo que sí. Quieres que encuentre a ese topo inexistente dentro de tus filas.

La furgoneta se había trasladado desde el final de la carretera al pequeño aparcamiento de la estación de salvamento marítimo. Seymour no se percató de ello. Estaba contemplando el mar, hacia la isla de Wight.

—Podría darte una lista de nombres —dijo al cabo de un momento—, pero sería larga e inútil, dado que no podemos atar a ninguna de esas personas a una silla y amenazarla con arruinar su carrera.

—Ya tengo una lista —repuso Gabriel.

—¿Sí? —preguntó Seymour sorprendido—. ¿Y cuántos nombres tiene?

—Solo uno.

28

BOSQUES DE VIENA, AUSTRIA

Los anales de la operación subsiguiente —que no tuvo nombre en clave ni entonces ni nunca— consignaron que no fue Gabriel quien asestó el primer golpe en la búsqueda del topo, sino su desafortunado predecesor, Uzi Navot. Fue a las dos y media de esa misma tarde, en el mismo restaurante de techos artesonados, en las lindes de los Bosques de Viena, en el que Navot había comido tres semanas antes. El aparente descuido de su conducta fue premeditado. Navot quería que Werner Schwarz creyera que no ocurría nada fuera de lo normal. Por su seguridad, quería que los rusos pensaran lo mismo.

Antes de su llegada a Viena, no obstante, Navot no había

dejado nada al azar. No venía del este, de ninguno de los países del extinto Pacto de Varsovia, sino de Occidente: de Francia, el norte de Italia y, por último, de la propia Austria. No había viajado solo. Mikhail Abramov lo había acompañado en calidad de escolta. Dentro del restaurante, se sentaron separados, Navot en su mesa de costumbre, la que había reservado bajo el nombre de Laffont, y Mikhail cerca de una ventana, con la americana desabrochada para acceder fácilmente a su pistola, que llevaba en la cadera izquierda. Navot también iba armado con una Barak SP-21. Hacía mucho tiempo que no llevaba pistola, y dudaba de su habilidad para utilizarla en caso de emergencia sin pegarse un tiro o pegárselo a Mikhail.

Gabriel tenía razón: nunca se le había dado bien disparar. Pero la suave presión de la pistolera en los riñones le resultaba reconfortante.

—¿Una botella de Grüner Veltliner? —preguntó el corpulento propietario, y Navot, con el acento y los modales de *monsieur* Laffont, el viajero francés de origen bretón, contestó:

—Espere un minuto, haga el favor. Prefiero esperar a mi amigo.

Pasaron diez minutos sin que Schwarz diera señales de vida. Navot, sin embargo, no se preocupó: recibía noticias constantes de los vigilantes. Werner se había encontrado con un atasco al salir de la ciudad. Nada inducía a pensar que lo seguían agentes de su organismo o del Centro.

Por fin, un coche se detuvo al otro lado de la ventana de Mikhail, y de él salió la solitaria figura de Werner Schwarz. Al entrar en el restaurante, el dueño le estrechó la mano enérgicamente, como si intentara sacar agua de un pozo, y lo condujo a la mesa de Navot. Werner pareció llevarse una desilusión al ver que sobre la mesa no había ninguna botella de vino, sino una cajita de Demel, la pastelería vienesa.

—Ábrela —dijo Navot.

—¿Aquí?

—Sí, ¿por qué no?

Werner Schwarz levantó la tapa y miró dentro. No había dinero, solo una breve nota que Navot había escrito en alemán. A Schwarz le tembló la mano al leerla.

—Quizá deberíamos dar un paseo por el bosque antes de almorzar —dijo el israelí al levantarse—. Eso nos abrirá el apetito.

29

BOSQUES DE VIENA, AUSTRIA

¡No es cierto, Uzi! ¿De dónde has sacado esa idea?

—¡No me llames por mi nombre! Soy *monsieur* Laffont, ¿recuerdas? ¿O es que ya ni siquiera sabes quiénes son tus controladores?

Caminaban por una vereda de nieve pisoteada. A la derecha, los árboles ascendían por una suave loma. A su izquierda, se hundían en la hondonada de un pequeño valle. El sol anaranjado, ya bajo en el horizonte, les daba directamente en la cara. Mikhail caminaba unos treinta metros por detrás de ellos, con el abrigo abrochado del todo, lo que significaba que se había cambiado la pistola de la cadera al bolsillo.

—¿Cuánto, Werner? ¿Cuánto tiempo llevas trabajando para ellos?

—Uzi, de verdad, sé razonable.

Navot se detuvo de pronto y agarró a Schwarz del codo. El austriaco hizo una mueca de dolor. Estaba sudando, a pesar del frío intenso.

—¿Qué vas a hacer, Uzi? ¿Ponerte violento conmigo?

—Eso se lo dejo a él. —Navot dirigió una mirada a Mikhail, que se había detenido en el sendero, con su larga sombra tendida tras él.

—El cadáver —dijo Schwarz en tono desdeñoso—. Una llamada y pasará varios años en una cárcel austriaca por asesinato. Y tú también.

—Adelante, Werner. —Navot le apretó más fuerte el brazo—. Llama.

Werner Schwarz no hizo intento de agarrar su teléfono. Navot, con un giro de su gruesa muñeca, lo empujó sendero abajo, hacia el interior del bosque.

—¿Cuánto tiempo, Werner? —repitió.

—¿Qué importa eso?

—Importa mucho. De hecho, de eso podría depender el que esta noche vuelvas a ver a Lotte o que mi amigo te pegue un tiro en la cabeza.

—Un año. Puede que un año y medio.

—Prueba otra vez, Werner.

—Cuatro años.

—¿Cinco, quizá? ¿O seis?

—Digamos cinco.

—¿Quién tomó la iniciativa?

—Ya sabes cómo son estas cosas. Es como una relación amorosa. Al final, cuesta recordar quién iba detrás de quién.

—Inténtalo, Werner.

—Estuvimos flirteando un tiempo y luego les mandé un ramo de flores.

—¿Margaritas?

—Orquídeas —respondió Schwarz con una sonrisa indefensa—. Lo mejor que pude encontrar.

—Querías causarles buena impresión la primera vez.

—Es fundamental.

—¿Cuánto te pagaron?

—Lo suficiente para comprarle algo bonito a Lotte.

—¿Quién te controla?

—Al principio, un chico de aquí, de la *rezidentura* de Viena.

—Muy arriesgado.

—No tanto. En aquel momento trabajaba en contraespionaje. Tenía permitido algún que otro contacto ocasional.

—¿Y ahora?

—Uno de fuera.

—¿De un país vecino?

—De Alemania.

—¿De la *rezidentura* de Berlín?

—Con tapadera extraoficial. En el sector privado.

—¿Cómo se llama?

—Se hace llamar Sergei Morosov. Trabaja para una consultoría de Fráncfort. Sus clientes son empresas alemanas que quieren hacer negocios en Rusia, y hay muchas, te lo aseguro. Sergei les proporciona contactos en Moscú y se asegura de que el dinero llegue a determinados bolsillos, incluido el suyo. La empresa es una auténtica gallina de los huevos de oro. Y el dinero va directamente a las arcas del Centro.

—¿Es del SVR? ¿Estás seguro de eso?

—Es un agente encubierto del Centro, al cien por cien.

Siguieron adelante, pisando la nieve dura y resbaladiza.

—¿Sergei te dice lo que tienes que hacer? —preguntó Navot—. ¿O actúas por iniciativa propia?

—Un poco de ambas cosas.

—¿Qué método sigues?

—El de la vieja escuela. Si tengo algo, los viernes bajo la persiana de una ventana de arriba. El martes siguiente, recibo una llamada equivocada. Siempre piden hablar con una mujer. El nombre que utilizan se corresponde con el lugar en el que Sergei quiere verme.

—¿Por ejemplo?

—Trudi.

—¿Dónde está Trudi?

—En Linz.

—¿Quién más?

—Sophie y Anna. Las dos en Alemania.

—¿Eso es todo?

—No. También está Sabine. Es un piso en Estrasburgo.

—¿Cómo justificas los viajes?

—Hago mucho trabajo de enlace.

—Ya me lo imagino. —En algún lugar ladró un perro: un ladrido bajo, bronco—. ¿Y yo? —preguntó Navot—. ¿Cuándo les hablaste a los rusos de tu relación conmigo?

—Eso no se lo he contado, Uzi. Te lo juro por la vida de Lotte, nunca se lo he dicho.

—No jures en vano, Werner. Es un insulto a mi inteligencia. Dime solo dónde fue. ¿Trudi? ¿Sophie? ¿Anna?

Werner Schwarz meneó la cabeza: —Ocurrió antes de que Sergei apareciera en escena, cuando todavía estaba bajo control de la *rezidentura* de Viena.

—¿Cuánto te dieron por mí?

—No mucho.

—Esa es mi cruz —comentó Navot—. Imagino que los rusos sacaron provecho de la situación.

—¿Provecho?

—Que te utilizaron para espiarme. Y que se sirvieron de ti para susurrarme al oído información falsa o engañosa. De hecho, creo que puedo dar por sentado que todo lo que me has contado estos últimos cinco años estaba escrito por el Centro.

—Eso no es cierto.

—Entonces, ¿por qué no me dijiste que los rusos te habían hecho proposiciones? ¿Por qué no me diste la oportunidad de susurrarles algo de mierda al oído? —Al ver que Schwarz no contestaba, Navot contestó a su propia pregunta—: Porque Sergei Morosov amenazó con matarte si lo hacías. —Tras una pausa, añadió—: ¿No lo niegas, Werner?

Schwarz sacudió la cabeza: —Los rusos juegan duro.

—No tanto como nosotros. —Navot se detuvo y lo agarró del brazo con fuerza—. Pero dime una cosa. ¿Dónde te dijeron los rusos que pensaban matar a un desertor del SVR en Viena? ¿Fue en Trudi? ¿O en Anna?

—En Sophie —reconoció el austriaco—. La reunión tuvo lugar en Sophie.

—Lástima —comentó Navot—. Siempre me ha gustado el nombre de Sophie.

30

BOSQUES DE VIENA, AUSTRIA

«Sophie» era un piso franco en Berlín Este, cerca de Unter den Linden. El edificio era un viejo armatoste de estilo soviético con varios patios y un sinfín de pasillos de entrada y salida. En él vivía una chica llamada Marguerite. Tenía unos treinta años, era una chica esquelética con piel blanca pálida. El piso era bastante grande. Al parecer, había pertenecido a un coronel de la Stasi antes de la caída del Muro. Había dos entradas: la puerta principal, que daba al descansillo, y la de la cocina, que conducía a un tramo de escaleras de servicio sin apenas uso. Un rasgo típico de la vieja escuela, pensó Uzi Navot mientras oía la descripción de Werner Schwarz. Un agente secreto del Centro nunca ponía el pie en un piso que no tuviera una salida de emergencia. Ni tampoco, a decir verdad, un agente de la Oficina.

—¿Qué puerta usabas? —preguntó Navot.

—La delantera.

—¿Y Sergei? Supongo que a él le gustan más las traseras.

—Sí, siempre.

—¿Y la chica? ¿Se quedaba o se iba?

—Normalmente nos servía algo de comer y de beber y luego se largaba. Pero ese día no.

—¿Qué hizo, entonces?

—No estaba allí.

—¿Y a instancias de quién tuvo lugar la reunión?

—De Sergei.

—¿Fue una reunión rutinaria?

—No, de urgencia.

—¿Cómo quedaron?

—Una llamada telefónica el jueves por la noche, número equivocado. «¿Está Fraulein Sophie?». Alegué que tenía que consultar con nuestros socios alemanes sobre un asunto de seguridad urgente y al día siguiente volé a Berlín. Pasé la mañana en la sede de la Bundesamt für Verfassungsschutz (BfV) y me pasé por el piso franco de camino al aeropuerto. Sergei ya estaba allí.

—¿Qué era tan urgente?

—Konstantin Kirov.

—¿Mencionó a Kirov por su nombre?

—Claro que no.

—¿Qué dijo exactamente?

—Que iba a haber mucha actividad en Viena en los días

siguientes. Israelíes, británicos, rusos... Quería que mi servicio no interfiriera. Y me dio a entender que había un desertor de por medio.

—¿Un desertor del SVR?

—Vaya, Uzi. ¿De dónde si no?

—¿Mencionó también que un sicario ruso iba a volarle la tapa de los sesos al desertor?

—No expresamente, pero sí dijo que Allon iba a asistir a los festejos. Y que iba a alojarse en el piso franco.

—¿Tenía la dirección?

—Segundo distrito, cerca de Karmeliterplatz. Dijo que iba a haber ciertos sinsabores. Quería que siguiéramos las indicaciones de Moscú y culpáramos directamente a los israelíes.

—¿Y no se te ocurrió decírmelo?

—Habría terminado como ese tal Kirov.

—Puede que todavía acabes así. —El sol, suspendido apenas unos grados por encima del horizonte, refulgía entre los árboles. Navot calculó que quedaban unos veinte minutos de luz, como mucho—. ¿Y si Sergei Morosov te hubiera mentido, Werner? ¿Y si hubieran planeado matar a mi jefe?

—El estado austriaco no habría derramado una sola lágrima.

Navot abrió y cerró los puños varias veces y contó lentamente hasta diez, pero no sirvió de nada. El golpe impactó en el grueso abdomen de Werner Schwarz, donde no dejaría marcas. Caló bien hondo. Tan hondo, que Navot se preguntó momentáneamente si su exconfidente volvería a levantarse.

—Pero eso no fue todo lo que te dijo Sergei, ¿verdad? —preguntó mientras el austriaco se retorcía y tosía a sus pies—. Estaba seguro de que yo te llamaría después de la muerte de Kirov.

Werner Schwarz no respondió. No podía.

—¿Sigo yo, Werner, o prefieres retomar el hilo de la historia? Hablemos de cómo te dijo Sergei que me dieras a entender que el jefe de la delegación del MI6 en Viena tenía una novia en Suiza. A ella también la mataron, por cierto —mintió Navot—. Supongo que tú serás el siguiente. Francamente, me sorprende que todavía estés vivo.

Navot se inclinó y levantó de un tirón al corpulento austriaco.

—Así que ¿era cierto? —preguntó Schwarz con un hilo de voz—. ¿Había una chica?

Navot le puso la mano en el centro de la espalda y lo empujó por el camino. El sol quedaba ahora a su espalda. Mikhail los precedió entre la luz difusa del atardecer.

—¿Qué están tramando? —preguntó Schwarz—. ¿A qué juegan?

—No tenemos ni idea —respondió Navot mintiendo de nuevo—. Pero vas a ayudarnos a averiguarlo. De lo contrario, les diremos a tu jefe y a tu ministro que trabajas para el Centro. Y cuando acabemos contigo, todo el mundo creerá que eras tú quien conducía el coche que atropelló a Alistair Hughes en Berna.

—¿Así vas a tratarme, Uzi? ¿Después de todo lo que he hecho por ti?

—Yo que tú andaría con mucho cuidado. Tienes una sola oportunidad de salvar el pellejo. Vuelves a trabajar para mí. Exclusivamente —añadió Navot—. Se acabó lo de jugar a dos y tres bandas.

Sus sombras habían desaparecido. Apenas se veían los árboles y Mikhail era una tenue silueta negra.

—Sé que no va a cambiar nada —dijo Werner Schwarz—, pero quiero que sepas…

—Tienes razón —le interrumpió Navot—, no va a cambiar nada.

—Voy a necesitar un poco de dinero para salir de apuros.

—Cuidado, Werner. La nieve es resbaladiza, y ya está oscuro.

31

ANDALUCÍA, ESPAÑA

Esa misma tarde, en aquel pueblo blanco como una osamenta de Andalucía, la señora conocida burlonamente como «la loca» y «la roja» se sentó a la mesa del rincón de debajo de la escalera para escribir acerca del instante en que vio por primera vez al hombre que cambiaría para siempre el curso de su vida. Su primer borrador, que tiró al fuego asqueada, era un pasaje florido, repleto de violines, corazones palpitantes y pechos henchidos. Adoptó a continuación la prosa despojada del periodista, haciendo hincapié en la hora, la fecha y el lugar: la una y media del mediodía de un frío día de invierno de 1962, en el bar del hotel St. Georges, en la playa de Beirut. Él bebía vodka con jugo V8 y estaba leyendo su correo. Era un hombre guapo, si bien algo cascado, de cincuenta años recién cumplidos, con los ojos azules, la cara profundamente arrugada y un horrible tartamudeo que a ella le parecía irresistible. Tenía entonces veinticuatro años y era, además de una comunista militante, una joven muy bella. Le dijo su nombre y él el suyo, que ella ya conocía. Era posiblemente el corresponsal más famoso —o infame— de Beirut.

—¿Para qué periódico escribe? —preguntó él.

—Para cualquiera que publique mis artículos.

—¿Es buena?

—Creo que sí, pero los editores de París no están tan seguros.

—Quizá yo pueda serle de ayuda. Conozco a mucha gente importante en Oriente Medio.

—Eso he oído.

Él sonrió cálidamente: —Siéntese. Tómese una co-co-copa conmigo.

—Es un poco temprano para beber, ¿no?

—Tonterías. Aquí hacen unos martinis estupendos. Les enseñé yo.

Y así fue —escribió— como empezó todo, con una copa en el bar del St. Georges, y luego otra, y después, contra toda prudencia, una tercera, después de la cual ella apenas se sostenía en pie y mucho menos podía caminar. Él se ofreció galantemente a acompañarla a su piso, donde hicieron el amor por primera vez. Al describir el acto, recurrió de nuevo a la prosa desnuda de la reportera, porque sus recuerdos estaban enturbiados por el alcohol. Recordaba únicamente que él se había mostrado extremadamente cariñoso y bastante diestro. Volvieron a hacer el amor la tarde siguiente, y la siguiente. Fue entonces, mientras un frío viento mediterráneo sacudía las ventanas, cuando ella se atrevió a preguntarle si alguna de las cosas que se contaban sobre su vida en Inglaterra en la década de los cincuenta era cierta.

—¿Parezco el tipo de hombre ca-ca-capaz de hacer eso?

—No, la verdad.

—Fue una caza de brujas de los estadounidenses. Son lo peor del mundo, los estadounidenses, aunque los israelíes no les van muy a la zaga.

Pero sus pensamientos iban más deprisa que su lápiz y empezaba a cansársele la mano. Miró su reloj de plástico y se sorprendió al ver que eran casi las seis: llevaba toda la tarde escribiendo. Se había saltado la comida, estaba hambrienta y no tenía nada comestible en la despensa, porque también se había saltado su visita diaria al supermercado. Pensó que le sentaría bien salir un rato. Un cuarteto de Madrid tocaba música de Vivaldi en una de las iglesias, un programa poco atrevido, pero sería un paréntesis agradable para escapar de la televisión. El pueblo era un destino turístico y un desierto cultural. Había otros lugares de Andalucía donde habría preferido instalarse tras el divorcio —Sevilla, por ejemplo—, pero el camarada Lavrov había escogido el blanquísimo pueblo de las montañas.

—Allí nadie te encontrará —había dicho. Y al decir «nadie» se refería a su hija.

Fuera hacía frío y empezaba a levantarse el viento. Cuando llevaba recorridos ochenta y siete pasos, vio una furgoneta aparcada junto al borde rocoso del paseo, descuidadamente, como si estuviera abandonada. Las calles sinuosas del pueblo olían a comida, y las ventanas de las casitas brillaban con una luz cálida. Entró en el único restaurante de la calle San Juan donde aún la trataban con respeto y la condujeron a una mesita exigua. Pidió una copa de vino y un surtido de tapas y abrió la novela de bolsillo que había llevado como escudo. *¿Y qué sabe nadie de los traidores, o de por qué Judas hizo lo que hizo?* En efecto, ¿qué sabía nadie?, pensó. Él había engañado a todo el mundo, incluso a ella, a la mujer con la que había compartido los actos humanos más íntimos. Le había mentido con el cuerpo y con la boca, y, sin embargo, cuando le pidió lo que más amaba, ella se lo entregó. Y aquel era su castigo: ser una vieja humillada y digna de lástima, sentada sola en un bar, en un país que no era el suyo. Ojalá no se hubieran conocido aquella tarde en el bar del hotel St. Georges de Beirut. Ojalá hubiera rehusado la primera copa que le ofreció él, y la segunda, y luego, contra toda prudencia, la tercera. Ojalá…

Le llevaron el jerez, una Manzanilla pálida, y un momento después el primer plato. Al dejar el libro, se fijó en un hombre que la observaba descaradamente desde un extremo de la barra. Luego reparó en la pareja sentada en la mesa de al lado y comprendió al instante qué hacía aquella furgoneta aparcada en el paseo, a ochenta y siete pasos de su casa. ¡Qué poco habían cambiado sus métodos de trabajo! Comió muy despacio, solo para fastidiarlos, y al salir del restaurante se apresuró a entrar en la iglesia para oír el recital. Fue un concierto poco concurrido y falto de inspiración. La pareja del restaurante se sentó cuatro bancos detrás de ella; el hombre, en el lado opuesto del pasillo. La abordó después de la actuación, mientras caminaba entre los naranjos de la plaza.

—¿Le ha gustado? —preguntó en un español trabajoso.

—Bazofia burguesa.

Él le dedicó la sonrisa que reservaba para los niños pequeños y las ancianas estúpidas: —¿Sigue luchando en la misma guerra? ¿Agitando la misma bandera que antaño? Soy el señor Karpov, por cierto. Me manda nuestro amigo común. Permítame acompañarla a casa.

—Así fue como me metí en este lío.

—¿Cómo dice?

—Da igual.

Echó a andar por la calle en penumbra. El ruso caminaba a su lado. Había intentado vestirse informalmente para visitar el pueblo, pero no lo había conseguido del todo. Sus zapatos brillaban en exceso, su abrigo era demasiado elegante. Pensó en los viejos tiempos, cuando era posible reconocer a un agente secreto ruso por la mala calidad de sus trajes y sus feísimos zapatos. Como los que llevaba el camarada Lavrov —pensó— el día en que le llevó la carta del famoso periodista inglés al que había conocido en Beirut. «No como este», se dijo. Karpov era decididamente un nuevo ruso.

—Habla fatal español —afirmó—. ¿De dónde es?

—De la *rezidentura* de Madrid.

—En ese caso, España no tiene nada que temer del SVR.

—Me advirtieron que tenía usted la lengua muy afilada.

—¿Qué más le advirtieron?

Él no respondió.

—Ha pasado mucho tiempo —agregó ella—. Empezaba a pensar que no volvería a tener noticias del Centro.

—Seguro que ha visto el dinero en su cuenta bancaria.

—El primero de cada mes, con total puntualidad.

—Otros no tienen esa suerte.

—Pocos han dado tanto —replicó ella. Sus pasos resonaban en el silencio sepulcral de la callejuela, al igual que los de los dos agentes de apoyo, que los seguían a unos metros de distancia—. Confiaba en que tuviera algo para mí, aparte de dinero.

—Y así es, en efecto. —Extrajo un sobre de su elegante abrigo y lo sostuvo en alto entre dos dedos.

—Déjeme ver.

—Aquí no. —Volvió a guardarse el sobre en el bolsillo—. Nuestros amigos comunes quieren hacerle una oferta muy generosa.

—No me diga.

—Unas vacaciones en Rusia. Con todos los gastos pagados.

—¿Rusia en pleno invierno? ¿Cómo voy a resistirme?

—San Petersburgo está precioso en esta época del año.

—Yo todavía lo llamo Leningrado.

—Mis abuelos también —repuso él—. Le hemos reservado un apartamento con vistas al Neva y el Palacio de Invierno. Puedo asegurarle que estará muy cómoda.

—Prefiero Moscú a Leningrado. Leningrado es una ciudad importada. Moscú es la verdadera Rusia.

—Entonces le buscaremos algo cerca del Kremlin.

—Lo siento, pero no me interesa. Esa ya no es mi Rusia. Es la suya.

—Es la misma Rusia.

—¡Se ha convertido en todo aquello contra lo que luchábamos! —le espetó—. En todo lo que despreciábamos. Dios mío, él debe estar retorciéndose en su tumba.

—¿Quién?

Al parecer, Karpov ignoraba por qué razón le ingresaban la sustanciosa suma de diez mil euros en su cuenta bancaria el primero de cada mes, con toda puntualidad.

—¿Por qué ahora? —preguntó—. ¿Para qué quieren que vaya a Moscú después de tantos años?

—Mi información es muy limitada.

—Igual que su español. —Él recibió su insulto en silencio—. Me sorprende que se hayan molestado en preguntar. En otros tiempos, me habrían metido en un tren de mercancías y me habrían llevado a Moscú contra mi voluntad.

—Nuestros métodos han cambiado.

—Eso lo dudo mucho. —Habían llegado a la parte más baja del pueblo. Desde allí podía distinguir su casita al borde del risco. Había dejado las luces encendidas para encontrar el camino de vuelta en la oscuridad—. ¿Cómo está el camarada Lavrov? —preguntó de repente—. ¿Sigue con nosotros?

—No sabría decirle.

—¿Y Modin? —preguntó—. Ha muerto, ¿verdad?

—Lo ignoro.

—Sí, ya me lo imagino. Era un gran hombre, un auténtico profesional. —Miró de arriba abajo, con desdén, al camarada Karpov, el nuevo ruso—. Creo que tiene usted algo que me pertenece.

—En realidad, pertenece al Centro. —Él volvió a sacarse

el sobre del bolsillo y se lo entregó—. Puede leerlo, pero no quedárselo.

Ella avanzó unos pasos por la calle y abrió el sobre a la luz de una farola de hierro. Dentro había una sola hoja de papel escrita a mano en un francés desmañado. Dejó de leer a los pocos renglones: todo le sonaba a falso. Devolvió la carta con gesto frío y echó a andar en la oscuridad, contando sus pasos y pensando en él. De un modo o de otro, por agrado o por fuerza, no le cabía duda de que pronto viajaría a Rusia. Tal vez no fuera tan horrible, después de todo. Leningrado era de verdad precioso, y en Moscú podría visitar su tumba. «Tómese una co-co-copa conmigo». Ojalá le hubiera dicho que no. Ojalá…

32

FRÁNCFORT-TEL AVIV-PARÍS

Globaltek Consulting ocupaba dos plantas de un moderno y acristalado edificio de oficinas en la Mainzer Landstrasse de Fráncfort. Su flamante página web ofrecía toda clase de servicios, la mayoría de los cuales carecía de interés para sus clientes. Las empresas contrataban a Globaltek con un solo propósito: conseguir acceso al Kremlin y, por extensión, al lucrativo mercado ruso. Los principales consultores habían nacido en Rusia, al igual que la mayoría del personal de apoyo y de la administración. Sergei Morosov estaba presuntamente especializado en el sector bancario ruso. Su currículum incluía una educación elitista en Rusia y una carrera dedicada al mundo empresarial. No mencionaba, en cambio, que fuera coronel del SVR.

Su deserción al estado de Israel comenzó a planearse a los pocos minutos del regreso de Uzi Navot a King Saul Boulevard procedente de Viena. No sería una deserción típica, con sus rituales de apareamiento y sus ofertas de acogida y vida nueva, sino de urgencia, y forzosa en grado sumo. Es más, habría que organizarla de modo que el Centro no sospechase que Sergei Morosov estaba en manos de sus rivales. Todos los agentes secretos, con independencia del país o el organismo al que perteneciesen, mantenían contacto regular con sus cuarteles generales y supervisores: era un principio básico del oficio. Si Sergei Morosov faltaba a más de una de esas citas, el Centro concluiría automáticamente que o bien había desertado, o bien lo habían secuestrado o asesinado. Solo en el tercer caso —la muerte de Sergei Morosov— creería el SVR que sus secretos estaban a salvo.

—Así que ¿van a matar a *otro* ruso? —preguntó el primer ministro—. ¿Es eso lo que me está diciendo?

—Solo temporalmente —contestó Gabriel—. Y solo a ojos de sus supervisores del Centro.

Era tarde, pasadas las diez de la noche, y el despacho del primer ministro estaba en penumbra.

—No son tontos —dijo—. Al final se darán cuenta de que está vivo y en sus manos.

—Al final —convino Gabriel.

—¿Cuánto tiempo tardarán?

—Tres o cuatro días, una semana como mucho.

—¿Y luego qué?

—Eso dependerá de cuántos secretos tenga Morosov en la cabeza.

El primer ministro lo miró en silencio un momento. El retrato de Theodor Herzl hizo lo propio desde la pared, detrás de su mesa: —Es improbable que los rusos se tomen esto a la ligera. Tomarán represalias, no hay duda.

—¿Qué más podrían hacer?

—Cosas mucho peores. Dirigidas contra usted.

—Ya han intentado matarme. Varias veces, de hecho.

—Podrían conseguirlo uno de estos días. —El primer ministro agarró el documento de una sola página que le había llevado Gabriel de King Saul Boulevard—. Esto exige recursos muy valiosos. No estoy dispuesto a que se prolongue indefinidamente.

—No se prolongará. De hecho, sospecho que se acabará en cuanto le eche el guante a Sergei Morosov.

—¿Y cuánto tardará en hacerlo?

—Tres o cuatro días —contestó Gabriel encogiéndose de hombros—. Una semana, como mucho.

El primer ministro firmó la autorización y se la pasó por encima de la mesa: —Acuérdese del Decimoprimer Mandamiento de Shamron —dijo—. No se deje atrapar.

El día siguiente era jueves —un jueves cualquiera en casi todo el mundo, con su ración habitual de crímenes, catástrofes y sufrimiento—, pero dentro de King Saul Boulevard nadie volvería a hablar de aquel día sin añadirle el calificativo de «negro». Porque fue aquel Jueves Negro cuando la

Oficina se puso en pie de guerra. El primer ministro le había dejado claro a Gabriel que no disponía de mucho tiempo, y él resolvió no perder ni un minuto. Contando una semana a partir del viernes —decretó—, en cierto piso de Viena se bajaría una persiana. Y el martes siguiente por la noche, en dicho piso sonaría el teléfono y una voz desconocida preguntaría por una de estas cuatro mujeres: Trudi, Anna, Sophie o Sabine. Trudi era Linz; Anna, Múnich; Sophie, Berlín; y Sabine, Estrasburgo, capital de la región francesa de Alsacia. La Oficina no podría determinar el lugar de la cita: era cosa de Sergei decidir dónde se organizaba el sarao. O —como dijo Gabriel fríamente— su fiesta de despedida.

Trudi, Anna, Sophie, Sabine: cuatro pisos francos, cuatro ciudades. Gabriel ordenó a Yaakov Rossman, su jefe de Operaciones Especiales, que planificara el secuestro de Morosov en aquellas cuatro ubicaciones.

—Eso está descartado. Es imposible, Gabriel, en serio. Ya estamos al límite siguiendo a Sergei por Fráncfort y vigilando a Werner Schwarz en Viena. Los vigilantes están hechos polvo. No pueden más. —A continuación, Yaakov procedió a hacer exactamente lo que le pedía Gabriel, aunque por motivos logísticos declaró su preferencia por Sabine—. Es preciosa, es la chica de nuestros sueños. Un país amigo, con vías de escape a montones. Tú consígueme a Sabine y yo te traigo a Sergei Morosov envuelto en papel de regalo y con un lazo.

—Preferiría que me lo trajeras magullado y un poco sanguinolento.

—Eso también puedo hacerlo. Pero que sea Sabine. Y no te olvides del cuerpo —añadió Yaakov mirando hacia atrás antes de salir del despacho de Gabriel—. Necesitamos el cuerpo. Si no, los rusos no se lo tragarán.

Al Jueves Negro le siguió el Viernes Negro, y al Viernes Negro un fin de semana negro. Y cuando amaneció el Lunes Negro, en King Saul Boulevard se había declarado una guerra intestina. Identidad y Financiación se hallaban en franca rebeldía, Viajes e Intendencia maquinaban en secreto un golpe de mano, y Yaakov y Eli Lavon apenas se dirigían la palabra. Y dado que Gabriel era a menudo uno de los contendientes, le tocó a Uzi Navot hacer el papel de árbitro y pacificador.

La causa de su mal humor no era ningún secreto. Era Ivan quien lo sacaba de quicio. Ivan Borisovich Kharkov, traficante de armas internacional, amigo íntimo del presidente ruso y auténtica bestia negra de Gabriel. Ivan le había arrancado a Chiara un hijo de su vientre y, en un gélido bosque de abedules de las afueras de Moscú, le había apuntado a la cabeza con un arma. «Disfruta viendo morir a tu esposa, Allon». Era una imagen imposible de olvidar, y de perdonar. Ivan era el disparo de advertencia que nadie más oía. Era la prueba viviente de que Rusia estaba volviendo a las andadas.

El miércoles de esa semana espantosa, Gabriel salió discretamente de King Saul Boulevard y cruzó Cisjordania en su convoy oficial para visitar Ammán, donde se reunió con el jefe del espionaje jordano y anglófilo reconocido, Fareed Barakat. Tras una hora de charla, Gabriel solicitó educadamente el uso de uno de los muchos aviones privados Gulfstream del rey para una operación relacionada con cierto caballero ruso. Barakat, que detestaba a los rusos casi tanto como Gabriel, accedió de inmediato. El Carnicero de Damasco y sus patrocinadores rusos habían empujado a varios cientos de miles de refugiados sirios a cruzar la frontera de Jordania. Fareed Barakat estaba ansioso por devolverles el favor.

—Pero no ensuciarán la cabina, ¿verdad? Porque me caería un buen rapapolvo. Su Majestad es muy quisquilloso con sus aviones y sus motocicletas.

Gabriel utilizó el avión para trasladarse a Londres, donde informó a Graham Seymour del estado de la operación. Luego viajó a París para hablar en privado con Paul Rousseau, el docto jefe del Grupo Alfa, una unidad de élite de la DGSI especializada en lucha antiterrorista. Sus agentes eran hábiles profesionales del arte del engaño, y Paul Rousseau su líder y guía indiscutible. Gabriel se encontró con él en un piso franco del distrito veinte de la capital. Pasó gran parte de la conversación disipando con la mano el humo de la pipa de Rousseau.

—No he podido encontrar a nadie que encajara exactamente —dijo el francés al pasarle una fotografía—, pero creo que este servirá.

—¿Nacionalidad?

—La policía no pudo determinarlo.

—¿Cuánto tiempo lleva...?

—Cuatro meses —contestó Rousseau—. Está un poco pasado, pero no del todo.

—El fuego se encargará de eso. Y recuerda —añadió Gabriel—, tomaos con calma la investigación. En situaciones como esta, no conviene apresurarse.

Eso fue el viernes a media mañana, el mismo día en que

se bajó una persiana en la ventana de cierto piso de Viena. El martes siguiente por la noche, sonó el teléfono en ese mismo piso y alguien pidió hablar con una mujer que no vivía allí. A la mañana siguiente, los miembros del equipo de Gabriel subieron a diversos aviones para volar a cinco ciudades europeas. Todos ellos, sin embargo, tenían el mismo destino: Sabine, la chica de sus sueños.

33

TENLEYTOWN, WASHINGTON

A la mañana siguiente, Rebecca Manning despertó sobresaltada. Había tenido un sueño desagradable, pero como de costumbre no recordaba qué había soñado. Más allá de la ventana de su habitación, el cielo tenía un color gris turbio. Miró la hora en su iPhone privado. Eran las seis y cuarto, las once y cuarto en Vauxhall Cross. Debido a la diferencia horaria, su jornada de trabajo solía empezar a las seis. En realidad, rara vez se permitía el lujo de dormir hasta esa hora.

Se levantó, se puso una bata para protegerse del frío y bajó a la cocina a fumarse el primer L&B del día mientras esperaba a que estuviera listo el café. La casa que tenía alquilada estaba en la calle Warren, en la zona conocida como Tenleytown, al noroeste de Washington. La había heredado de un funcionario consular que había vivido allí con su mujer y sus dos hijos pequeños. Era bastante pequeña, del tamaño aproximado de una casa de estilo rural inglesa, con porche y una curiosa fachada Tudor. Al final del camino de baldosas se erguía una farola de hierro, y al otro lado de la calle había un parque público. La farola brillaba casi imperceptiblemente en medio de la monótona luz del amanecer. Rebecca la había encendido la noche anterior y había olvidado apagarla antes de irse a la cama.

Se bebió el café en un tazón, con la leche bien caliente y espumosa, mientras echaba un vistazo a los titulares en su iPhone. No había novedades respecto a la muerte de Alistair. Las noticias de Estados Unidos eran las habituales: una inminente crisis de gobierno, otro tiroteo en un colegio, el escándalo generado por una aventura del presidente con una actriz porno. Como a la mayoría de los agentes del MI6 que desempeñaban sus funciones en Washington, la experiencia le había enseñado a respetar la profesionalidad y las inmensas capacidades técnicas de los servicios de espionaje estadounidenses, aunque no siempre estuviera de acuerdo con sus objetivos no declarados. Menos dignas de admiración le parecían, en cambio, la cultura y la política estadounidenses. Aquel era, en su opinión, un país grosero y carente de sofisticación, siempre dando tumbos de crisis en crisis, sin percatarse de que su poder se estaba desvaneciendo. Las instituciones internacionales de seguridad y control financiero que Estados Unidos había construido tan concienzudamente en la posguerra mundial se estaban desmoronando. Pronto se las llevaría la marea, y con ellas desaparecería la Pax Americana. El MI6 ya se estaba preparando para el mundo postestadounidense. Y ella también.

Se llevó el tazón de café arriba, a su cuarto, y se puso un chándal abrigado y unas zapatillas Nike. A pesar de que fumaba un paquete al día, le encantaba correr. No veía contradicción alguna entre aquellas dos actividades. Solo confiaba en que una contrarrestara los efectos de la otra. Abajo, se guardó en el bolsillo de los pantalones el iPhone, la llave de la casa y un billete de diez dólares. Al salir, apagó la farola del final del camino.

El sol empezaba a insinuarse entre las nubes. Hizo unos cuantos estiramientos bajo el porche, desganadamente, mientras observaba la calle tranquila. Según las normas establecidas por el acuerdo de inteligencia angloamericano, el FBI no debía seguirla ni mantener vigilada su casa. Aun así, Rebecca siempre echaba un vistazo para asegurarse de que los estadounidenses cumplían su palabra. No era difícil: en aquella calle había pocos sitios donde esconderse. A veces había cierto trasiego de coches, pero solo los residentes y sus invitados y trabajadores aparcaban allí. Rebecca guardaba en su memoria un catálogo detallado de sus vehículos, incluido el número de matrícula. Siempre se le habían dado bien los juegos de memoria, sobre todo si eran numéricos.

Echó a correr tranquilamente por la calle Warren Street, torció luego hacia la Cuarenta y Dos y la siguió hasta la avenida Nebraska. Como de costumbre, aflojó un poco la marcha al pasar frente al edificio de la esquina, un caserón colonial de tres plantas, de ladrillo marrón, frisos blancos y contraventanas negras, con un anexo bajo y chato en el lado sur.

El anexo no estaba allí en 1949, cuando un respetado agente del MI6, un hombre que había ayudado a montar los servicios secretos estadounidenses durante la Segunda Guerra Mundial, se instaló en la casa con su sufrida esposa y sus hijos pequeños. La casa se convirtió poco después en lugar de encuentro de la élite del espionaje de Washington. Allí, los secretos fluían con tanta facilidad como los martinis y el vino, y desde allí llegaban, algún tiempo después, al Centro. Una calurosa tarde de primavera de 1951, aquel respetado agente del MI6 sacó una pala de mano del cobertizo del jardín de atrás. Luego, de un escondite en el sótano, extrajo la pequeña cámara que le había proporcionado el KGB y un rollo de película de fabricación rusa. Lo ocultó todo en un cilindro de metal y se fue en coche al campo, a Maryland, donde enterró las pruebas de su traición en una tumba poco profunda.

Junto al río, cerca de Swainson Island, al pie de un sicomoro enorme. Seguramente el material seguirá allí si lo buscas...

Rebecca siguió por la avenida Nebraska, pasó frente al Departamento de Seguridad Interior, bordeó Ward Circle y cruzó el campus de la Universidad Americana. La entrada posterior del extenso recinto de la embajada rusa, con su nutrida *rezidentura* del SVR, vigilada constantemente por el FBI, estaba en la calle Tunlaw, en Glover Park. Desde allí dobló hacia el sur, camino a Georgetown. En las calles del West Village aún reinaba la tranquilidad, pero el tráfico de la hora pico comenzaba a afluir hacia la calle M a través del puente Key.

El sol brillaba ya con fuerza. Rebecca entró en Dean & DeLuca, pidió un café con leche y se lo llevó fuera, al callejón adoquinado que comunicaba la calle M y el canal de Chesapeake y Ohio. Se sentó junto a tres chicas vestidas, como ella, con ropa deportiva. Había un centro de yoga al otro lado de la calle M, a treinta y un pasos, o veintiocho metros, de la mesa donde estaba sentaba ahora. La clase a la que iban las tres chicas empezaba a las 7:45. La impartía una brasileña llamada Eva Fernandes, una mujer esbelta, rubia e impresionantemente atractiva que en ese momento caminaba por la acera soleada con una bolsa de deporte colgada del hombro.

Rebecca sacó su iPhone y miró la hora. Eran las 7:23. Pasó los minutos siguientes despachando varios correos y mensajes personales y bebiéndose el café mientras trataba de no escuchar la conversación de las tres jóvenes de la mesa de al lado. Eran verdaderamente insufribles —pensó— aquellas *millennials* consentidas, con sus colchonetas de yoga, sus *leggings* de marca y su desprecio por conceptos tales como el esfuerzo y la competencia. Se arrepintió de no haber llevado consigo un paquete de L&B. Un solo soplo de humo las habría hecho huir despavoridas.

Eran ya las 7:36. Rebecca mandó un último mensaje y se guardó el teléfono en el bolsillo. Sonó unos segundos después, dándole un buen susto. Era Andrew Crawford, un funcionario de la delegación.

—¿Ocurre algo? —preguntó Andrew.

—No, nada. Solo he salido a correr un rato.

—Pues va a tener que ser un rato corto. Nuestro amigo de Virginia quiere hablar contigo.

—¿Sabes de qué?

—La NSA está captando murmullos de AQPA. —«Al Qaeda en la Península Arábiga»—. Por lo visto tienen mucho interés en volver a la cancha. Y parece que tienen a Londres en la mira.

—¿A qué hora quiere verme?

—Hace diez minutos.

Ella maldijo en voz baja.

—¿Dónde estás?

—En Georgetown.

—No te muevas, mando un coche a recogerte.

Rebecca cortó la llamada y vio a las tres *millenials* de la mesa de al lado cruzando la calle. El grifo había vuelto a abrirse, los nubarrones se habían disipado. Pensó en la casa de la avenida Nebraska y en el hombre, el respetado miembro del MI6, enterrando su cámara en la campiña de Maryland. *Seguramente el material seguirá allí si lo buscas*... Quizá algún día lo hiciera.

34

ESTRASBURGO, FRANCIA

Los alemanes habían dejado su huella indeleble en la arquitectura de Estrasburgo, la ciudad de la ribera occidental del Rin conquistada una y otra vez, pero pese a ello Sabine era descaradamente francesa en apariencia. Se alzaba en la esquina de la *rue* de Berne y la *rue* de Soleure, bronceada y vagamente mediterránea, con anchos balcones y persianas blancas de aluminio. Dos negocios ocupaban la planta baja: un local de kebab turco y una desangelada peluquería para hombres cuyo propietario pasaba largas horas al día mirando la calle, absorto. El portal estaba entre los dos locales comerciales, con el portero automático a la derecha. En la plaquita del 5B se leía BERGIER.

El edificio situado justo enfrente exhibía un germanismo sin complejos. Gabriel llegó a él sin escoltas, a las cuatro y cuarto. Encontró el apartamento 3A sumido en una noche perpetua, con las persianas cerradas del todo y las luces atenuadas. Eli Lavon estaba inclinado sobre un ordenador portátil, igual que aquella noche en Viena, solo que ahora Yaakov Rossman estaba de pie a su lado, señalando algo en la pantalla como un sumiller aconsejando a un cliente indeciso. Mikhail y Keller, con los brazos extendidos y pistola en mano, giraban sobre sí mismos tan sigilosamente como bailarines de *ballet,* entrando por la puerta de la cocina.

—¿Puedes decirles, por favor, que paren? —suplicó Yaakov—. Nos están distrayendo. Además, ni que no hubieran despejado nunca una habitación.

Gabriel observó a Mikhail y Keller repetir el ejercicio. Luego miró la pantalla del ordenador y vio una luz azul parpadeante que avanzaba en dirección sur, entre Heidelberg y Karlsruhe, en el lado alemán de la frontera.

—¿Ese es Sergei?

—Dos de mis chicos —contestó Lavon—. Sergei va unos doscientos metros por delante. Salió de Fráncfort hace unos cuarenta minutos. Sin gorilas del SVR, ni de los alemanes. Está limpio.

—También lo estaba Konstantin Kirov —comentó Gabriel sombríamente—. ¿Y Werner?

—Tomó el expreso Viena–París al amanecer y a las diez ya estaba en el Ministerio del Interior. Ha tenido una comida de trabajo con sus colegas franceses, entre ellos un tal Paul Rousseau del Grupo Alfa. Luego se ha quejado de jaqueca y ha dicho que se iba al hotel a descansar, aunque en realidad ha ido a la Gare de l'Est y ha tomado el tren de las tres menos cinco a Estrasburgo. Debería llegar a las cuatro cuarenta. Desde la estación de tren hasta aquí se tarda diez minutos andando, como mucho.

Gabriel señaló la luz azul parpadeante, que estaba atravesando la localidad alemana de Ettlingen: —¿Y Sergei?

—Si viene derecho al piso, llegará a las cuatro y veinte. Pero si primero pasa por la tintorería…

Otro ordenador mostraba una imagen de la fachada del edificio de viviendas conocido por el nombre en clave de Sabine. Gabriel señaló la figura parada en la puerta de la peluquería para hombres: —¿Qué pasa con él?

—Yaakov opina que deberíamos matarlo —contestó Lavon—. Yo confiaba en encontrar una solución más justa.

—La solución —repuso Gabriel— es un cliente.

—Solo ha tenido dos en todo el día —comentó Yaakov.

—Pues le buscaremos un tercero.

—¿Quién?

Gabriel revolvió el alborotado pelo de Lavon.

—Yo estoy un poquitín ocupado en estos momentos.

—¿Y Doron?

—Es uno de mis mejores vigilantes. Además, es muy quisquilloso con su pelo.

Gabriel se inclinó y tocó unas teclas del portátil. Luego vio a Mikhail y a Keller cruzar de nuevo la puerta ejecutando sigilosas piruetas.

—Ni lo sueñes —dijo Eli Lavon.

—¿Yo? Por el amor de Dios, soy el jefe del servicio de inteligencia de Israel.

—Sí —repuso Lavon mientras observaba el avance de la luz azul—. Eso díselo a Saladino.

La luz azul parpadeante entró en Estrasburgo a las cuatro y cuarto, momento en que, siguiendo órdenes de Gabriel, los vigilantes abandonaron su seguimiento. Una cosa era seguir a un agente secreto del SVR a ciento sesenta kilómetros por hora por la Autobahn y otra muy distinta pisarle los talones por las tranquilas calles de una antigua ciudad francoalemana a orillas del Rin. Además, Gabriel sabía adónde se dirigía el ruso: al edificio llamado Sabine, al otro lado de la *rue* de Berne; el edificio con dos negocios en la planta baja —un local de kebab donde dos exsoldados de élite, uno israelí y el otro británico, estaban tomando un almuerzo tardío— y una peluquería para hombres en la que acababa de entrar el tercer cliente del día.

El agente secreto del SVR hizo una primera pasada por delante del edificio a las 16:25 y una segunda a las 16:31. Por fin, a las 16:35, aparcó su BMW justo bajo la ventana del puesto de mando y cruzó la calle. La siguiente vez que lo vieron eran las 16:39 y estaba en el balcón del 5B. Sostenía en la comisura de la boca un cigarrillo sin encender y en la mano derecha lo que parecía ser un librito de cerillas. El cigarrillo era la señal. Cigarrillo encendido significaba que no había moros en la costa. Cigarrillo sin encender, abortar la misión. «Vieja escuela hasta el final», pensó Gabriel. Las reglas de Moscú…

A las 16:40 llegó un tren a la Gare de Strasbourg, y diez

minutos más tarde un agente de la policía secreta austriaca que presuntamente se estaba recuperando de una migraña en un hotel de París pasó caminando sin prisas frente al escaparate del restaurante turco. Echó una ojeada al balcón del quinto piso, donde el cigarrillo del agente del SVR brillaba como la luz de navegación de un barco. Se acercó entonces al portal del edificio y pulsó el botón del 5B. Cinco plantas más arriba, el agente secreto del SVR lanzó despreocupadamente su cigarrillo a la calle y desapareció por la puerta cristalera.

—¡En marcha! —ordenó Yaakov Rossman hablándole al micrófono de su minúscula radio, y en el kebab los dos exsoldados de élite se pusieron en pie al mismo tiempo. Fuera, en la acera, se aproximaron con aparente parsimonia al portal, donde el austriaco los esperaba sujetando la puerta. Luego la puerta se cerró y los tres hombres se perdieron de vista.

Fue en ese momento, por motivos que solo él conocía, cuando Eli Lavon comenzó a grabar las imágenes que emitía la cámara de vigilancia exterior. El archivo final, sin editar, duraba cinco minutos y dieciocho segundos, y al igual que el vídeo de la cámara de seguridad del hotel Schweizerhof, sería de visualización obligatoria dentro de King Saul Boulevard, al menos para aquellos agentes situados lo bastante arriba en el escalafón como para tener acceso a él.

La acción comienza con la llegada de una furgoneta Ford de la que se bajan dos hombres que acto seguido entran tranquilamente en el edificio. Reaparecen cuatro minutos después, cada uno de ellos sujetando el extremo de una bolsa de deporte muy larga y ostensiblemente pesada que contiene a un agente secreto ruso. Introducen la bolsa en la parte trasera de la furgoneta y arrancan justo en el momento en que los dos exsoldados de élite —uno británico y el otro israelí— salen del portal del edificio. Cruzan la calle y suben a un BMW. El motor se enciende, las luces cobran vida y un momento después el coche enfila hacia la *rue* de Soleure y sale velozmente de plano.

No hay grabación de lo que sucedió después: Gabriel no lo permitió. De hecho, insistió en que desconectaran por completo la cámara antes de salir de nuevo a la umbría quietud de la *rue* de Berne. Allí subió al asiento del copiloto de un Citroën que no llegó a pararse del todo. Lo conducía Christian Bouchard, chambelán y firme mano derecha de Paul Rousseau. Bouchard recordaba a uno de esos personajes de las películas francesas cuyas amantes siempre fumaban después de hacer el amor.

—¿Algún problema? —preguntó Bouchard.

—Me está matando la espalda —respondió Gabriel—. Por lo demás, todo bien.

El aeropuerto estaba al suroeste de la ciudad, rodeado de tierras de cultivo. Cuando llegaron Gabriel y Christian Bouchard, la furgoneta Ford estaba aparcada junto a la cola de un avión Gulfstream propiedad del rey de Jordania. Gabriel subió la escalerilla y entró en la cabina. La larga bolsa de viaje estaba apoyada en vertical en el suelo. Al bajar la cremallera, dejó ver una cara roja e hinchada, envuelta casi por completo en cinta americana gris. El ruso tenía los ojos cerrados, y así seguiría teniéndolos mientras durase el vuelo.

O quizá un poco más —pensó Gabriel—, dependiendo de su metabolismo. Por lo general, los rusos metabolizaban los sedantes igual que el vodka.

Gabriel cerró la cremallera y se acomodó en uno de los sillones giratorios para el despegue. Los rusos no eran tontos, pensó. Al final, descubrirían lo que había pasado. Según sus cálculos, disponía de tres o cuatro días para encontrar al topo inserto en la cúspide de los servicios de inteligencia angloamericanos. Una semana, como máximo.

35

GALILEA SUPERIOR, ISRAEL

Hay centros de interrogatorio dispersos por todo Israel. Algunos, en zonas de acceso restringido del desierto del Negev; otros, ocultos en medio de las ciudades. Uno de ellos se encuentra situado junto a una carretera sin nombre que comunica Rosh Pina, uno de los asentamientos judíos más antiguos de Israel, y la aldea montañosa de Amuka. La pista de tierra que conduce a él, polvorienta y pedregosa, solo es apta para Jeeps y todoterrenos. Hay una valla rematada con alambre de concertina y una garita de vigilancia ocupada por jóvenes de aspecto rudo, con chalecos de color caqui, y, detrás de la valla, una pequeña colonia de bungalós y un edificio de chapa para alojar a los prisioneros. Los guardias tienen prohibido revelar su lugar de trabajo, incluso a sus padres y esposas. Es un recinto tan negro como quepa imaginar. Una ausencia total de luz y color. Sergei Morosov no sabía nada de esto. De hecho, lo ignoraba todo, o casi todo. No sabía dónde estaba, qué hora era ni quiénes eran sus captores. Solo sabía que tenía mucho frío, que estaba encapuchado y amarrado a una silla metálica, semidesnudo, y que el volumen de la música era peligrosamente alto. Sonaba «Angel of Death», de Slayer, una banda de *thrash metal*. Hasta los guardias, que eran tipos curtidos, le tenían un poco de lástima.

Por consejo de Yaakov Rossman, que tenía larga experiencia en interrogatorios, Gabriel permitió que la fase de estrés y aislamiento durara treinta y seis horas, más de lo que habría preferido. Ya iban contra reloj, y en los medios franceses empezaban a aparecer reportes acerca de un accidente de tráfico ocurrido cerca de Estrasburgo. Los datos que se conocían eran muy escasos: un BMW, un choque brutal, un solo cuerpo casi carbonizado y aún por identificar, o eso afirmaban las autoridades francesas. El Centro, en cambio, parecía conocer perfectamente la identidad del fallecido, o al menos eso creía, puesto que un par de agentes de la *rezidentura* de Berlín visitaron el piso de Sergei Morosov en Fráncfort la noche posterior a su desaparición. Gabriel lo sabía porque la Oficina tenía el piso vigilado. Sospechaba que la siguiente parada del SVR sería el último contacto conocido de Morosov, un agente del servicio de seguridad austriaco llamado Werner Schwarz. Por ese motivo, la Oficina también tenía vigilado a Schwarz.

Eran las 12:17 del mediodía —la hora se consignó cuidadosamente en el libro de registro del recinto— cuando la música cesó por fin en la sala de aislamiento. Los guardias desataron las manos y los tobillos de Sergei Morosov y lo condujeron a una ducha en la que, encapuchado y con los ojos vendados, se le permitió lavarse. Acto seguido lo vistieron con un chándal azul y blanco y, aún con los ojos vendados, lo llevaron a rastras hasta una caseta de interrogatorio donde volvieron a amarrarlo a una silla. Transcurrieron cinco minutos más antes de que le quitaran la capucha y la venda de los ojos. El ruso parpadeó varias veces mientras sus ojos se acostumbraban a la luz repentina. Luego se encogió, asustado, y empezó a forcejear intentando liberarse de sus ataduras.

—Cuidado, Sergei —dijo Gabriel con calma—. Si no, vas a dislocarte algo. Además, no hay por qué asustarse. Bienvenido a Israel. Y sí, aceptamos tu oferta de desertar. Nos gustaría empezar por interrogarte lo más rápidamente posible. Cuanto antes comencemos, antes podrás empezar tu nueva vida. Te hemos buscado un rinconcito muy tranquilo y agradable en el Negev, donde tus amigos del Centro no te encontrarán nunca.

Gabriel dijo todo esto en alemán y Sergei Morosov respondió en el mismo idioma cuando dejó de forcejear: —No te saldrás con la tuya, Allon.

—¿Por acoger a un desertor del SVR? Sucede constantemente. Es lo normal en este juego.

—Yo no me he ofrecido a desertar. Me han secuestrado. —El ruso miró las cuatro paredes sin ventanas de la sala de interrogatorios, a los dos guardias apostados a su izquierda y a Mikhail, que estaba reclinado a su derecha. Por último, miró a Gabriel y preguntó—: ¿De verdad estoy en Israel?

—¿Dónde si no?

—Creía que estaba en manos de los británicos.

—No has tenido esa suerte. Dicho lo cual, el MI6 se muere de ganas de hablar contigo. Y no me extraña, la verdad. A fin de cuentas, mataste al jefe de su delegación en Viena.

—¿A Alistair Hughes? Los periódicos decían que fue un accidente.

—Yo te aconsejaría —le advirtió Gabriel— que escojas otro camino.

—¿Cuál?

—El de la cooperación. Dinos lo que queremos saber y te trataremos mejor de lo que mereces.

—¿Y si me niego?

Gabriel miró a Mikhail: —¿Lo reconoces, Sergei?

—No —contestó Morosov, mintiendo ostensiblemente—. Nunca nos hemos conocido.

—No es eso lo que te he preguntado. Te he preguntado —dijo Gabriel— si lo reconoces. Estaba en Viena esa noche. Su sicario le disparó cuatro veces, y se las arregló para no acertar ni una sola. Con Kirov tuvo más puntería. Konstantin recibió dos disparos en plena cara, de punta hueca, así que no pudieron tener el féretro abierto en su velatorio. A menos que empieces a hablar, mi socio y yo te devolveremos ese favor. No con nuestras propias manos, claro está. Te entregaremos como regalo a unos amigos nuestros al otro lado de la frontera siria. Han sufrido mucho a manos del Carnicero de Damasco y sus benefactores rusos, y nada les gustaría más que echarle el guante a un auténtico agente del SVR, vivito y coleando.

Se hizo un pesado silencio en la habitación. Por fin, Sergei Morosov dijo: —Yo no tuve nada que ver con Kirov.

—Claro que sí, Sergei. Un par de días antes del asesinato, avisaste a Werner Schwarz de que iba a suceder algo desagradable en Viena, relativo a un desertor del SVR. Y a continuación le ordenaste seguirle la corriente al Kremlin y señalarnos a nosotros como sospechosos.

—Werner Schwarz es hombre muerto. Y tú también, Allon.

Gabriel siguió adelante como si no le hubiera oído: —También ordenaste a Werner que susurrara al oído de mi subdirector cierto cotilleo concerniente a la vida privada de Alistair Hughes. Algo relativo a sus frecuentes viajes a Suiza. Y lo hiciste —prosiguió Gabriel— porque queríais darnos la impresión de que Alistair estaba a su servicio. El objetivo de dicha operación era proteger al verdadero espía, un topo situado en la cumbre del sistema de espionaje angloamericano.

—¿Un topo? —preguntó Morosov—. Lees demasiadas novelas de espías, Allon. No hay ningún topo. Alistair trabajaba para nosotros. Si lo sabré yo, que era su agente de control. Hacía años que me encargaba de supervisarlo.

Gabriel se limitó a sonreír: —Buena jugada, Sergei. Admiro tu lealtad, pero aquí no sirve de nada. La única moneda que aceptamos es la verdad. Y solo la verdad impedirá que te entreguemos a nuestros amigos de Siria.

—¡Te estoy diciendo la verdad!

—Prueba otra vez.

Morosov se fingió impasible: —Si sabes tanto —dijo al cabo de un momento—, ¿para qué me necesitas?

—Vas a ayudarnos a rellenar las lagunas. A cambio, recibirás una recompensa y se te permitirá vivir el resto de tu vida en nuestro hermoso país.

—¿En un bonito rincón del Negev?

—Lo elegí yo mismo.

—Prefiero arriesgarme a cruzar la frontera de Siria.

—Yo te aconsejaría que eligieras otro camino —repitió Gabriel.

—Lo siento, Allon —contestó el ruso—, no vas a tener esa suerte.

El Black Hawk se dirigió hacia el este sobrevolando los Altos del Golán y entró en el espacio aéreo sirio a la altura de la aldea de Kwdana. Su destino final era Jassim, una pequeña localidad de la gobernación de Daraa, en el sur de Siria, controlada por elementos del Ejército Libre Sirio. Bajo la dirección de Gabriel, la Oficina había forjado estrechos lazos con la oposición siria no yihadista, y varios millares de sirios habían viajado a Israel para recibir tratamiento médico. En algunas zonas de la gobernación de Daraa —aunque no en el resto del mundo árabe— Gabriel Allon era una figura reverenciada. El helicóptero no llegó a tocar suelo sirio, de eso no hay duda.

Los dos guardias que iban a bordo aseguraban que Mikhail sujetó un cabo a las esposas de Sergei Morosov y lo descolgó sobre un populoso campamento de insurgentes. Mikhail, en cambio, no estaba de acuerdo con esta afirmación. Sí, había amenazado con arrojar a Sergei al populacho, pero no lo había hecho. Al ruso le había bastado con echar un vistazo al destino que le aguardaba para suplicar —sí, suplicar— que lo llevaran de vuelta a Israel.

Fuera como fuese, el coronel Sergei Morosov había cambiado completamente de actitud cuando regresó a la sala de interrogatorios. Tras disculparse por su intransigencia anterior, afirmó estar más que dispuesto a brindar su ayuda a la Oficina a cambio de asilo y de una suma de dinero razonable. Reconoció, no obstante, que preferiría no vivir en Israel. No porque fuera antisemita, ojo, sino porque tenía fuertes convicciones políticas acerca de la situación en Oriente Medio y del sufrimiento palestino, y no tenía deseo alguno de vivir entre personas a las que consideraba opresores y colonizadores.

—Danos un par de meses —respondió Gabriel—. Si pasado ese tiempo sigues opinando lo mismo, te cederé a alguno de nuestros amigos.

—No sabía que tuvieran amigos.

—Uno o dos —dijo Gabriel.

Dicho esto, lo llevaron a una cabaña y lo dejaron dormir. Eran casi las diez de la noche cuando por fin se despertó. Le dieron ropa para que se cambiara —ropa de verdad, no otro chándal— y le sirvieron una cena a base de *borscht* caliente y pollo a la Kiev. A medianoche, ya descansado y bien alimentado, lo llevaron de vuelta a la sala de interrogatorio, donde lo esperaba Gabriel con un cuaderno abierto sobre la mesa.

—¿Cuál es tu nombre? —preguntó.

—Sergei Morosov.

—Tu nombre de trabajo no —puntualizó Gabriel—. El verdadero.

—Hace tanto que no sé si me acordaré.

—Inténtalo. Tenemos mucho tiempo.

Lo cual no era del todo cierto: iban contra reloj. Tenían tres o cuatro días para encontrar al topo, pensó Gabriel. Una semana como mucho.

36

GALILEA SUPERIOR, ISRAEL

Su verdadero nombre era Aleksander Yurchenko, pero había renunciado a él hacía muchos años, tras su primer destino en el extranjero, y nadie, ni siquiera su santa madre, lo conocía ya por otro nombre que Sergei. Había trabajado como mecanógrafo en Lubyanka, y más tarde como secretario personal del director del KGB Yuri Andropov, que posteriormente sucedió a Leonid Brézhnev como líder de una agonizante Unión Soviética. Su padre también había servido bajo el antiguo régimen. Brillante economista y teórico del marxismo, había trabajado para el Gosplán, el comité encargado de sentar las bases de la economía planificada de la Unión Soviética o Plan Quinquenal: documentos orwellianos, repletos de quimeras, que con frecuencia marcaban los objetivos de producción en términos de peso y no de unidades producidas. El padre de Sergei, que perdió la fe en el comunismo hacia el final de su carrera, tenía una caricatura occidental enmarcada en su escritorio, en el piso moscovita de la familia. Mostraba a un grupo de melancólicos obreros reunidos alrededor de un solo clavo del tamaño de un misil balístico soviético. *¡Enhorabuena, camaradas!*, exclamaba orgulloso el director de la fábrica. *¡Hemos cumplido nuestra cuota del Plan Quinquenal!*

Sus padres no formaban parte, ni mucho menos, de las altas esferas del Partido —los miembros de la *nomenklatura* que cruzaban velozmente Moscú montados en limusinas Zil, usando carriles reservados—, pero aun así pertenecían a él y como tal disfrutaban de un nivel de vida muy lejos del alcance del ciudadano común. Su piso era más grande que la mayoría, y lo tenían para ellos solos. Sergei iba a un colegio exclusivo para hijos de miembros del Partido y a los dieciocho años ingresó en el Instituto Estatal de Relaciones Internacionales de Moscú, la universidad más prestigiosa de la Unión Soviética, donde estudió ciencias políticas y alemán. Muchos de sus compañeros de clase ingresaron después en el cuerpo diplomático de la Unión Soviética, pero Sergei no. Su madre, secretaria personal de una leyenda del KGB, tenía otros planes para él.

El Instituto Bandera Roja era la academia del KGB. Tenía cuatro centros repartidos por Moscú, pero el campus principal estaba en Chelobityevo, al norte de la autopista de circunvalación de la capital. Sergei llegó allí en 1985. Uno de sus compañeros de clase era hijo de un general del KGB, y no de un general cualquiera, sino del jefe del Primer Alto Directorio, la división de espionaje exterior del KGB, un hombre extremadamente poderoso.

—El hijo era un niño malcriado. Se había criado en el extranjero y estaba muy influido por la cultura occidental. Tenía pantalones vaqueros y discos de los Rolling Stones, y se daba muchos aires. Pero la verdad es que no era ninguna lumbrera. Cuando nos graduamos, lo mandaron al Quinto Directorio, que se encargaba de la seguridad interna. Gracias a su padre, le fue muy bien después de la caída del régimen. Montó un banco y luego diversificó el negocio en distintos campos, incluido el tráfico internacional de armas. Puede que hayas oído hablar de él. Se llama...

—Ivan Kharkov.

Sergei Morosov sonrió: —Tu viejo amigo.

Dado que había llegado al Instituto Bandera Roja tras salir de la universidad, el periodo de entrenamiento de Morosov duró tres años. Al concluir su formación, lo destinaron al Primer Alto Directorio, concretamente a la sección de operaciones alemanas del Centro, la sede del directorio en Yasenevo. Un año después lo enviaron a la *rezidentura* de Berlín Este, donde presenció la caída del Muro de Berlín, consciente de que la Unión Soviética no tardaría en derrumbarse. El fin llegó en diciembre de 1991.

—Yo estaba en Yasenevo cuando bajaron la hoz y el martillo del Kremlin. Nos emborrachamos todos, y así seguimos, borrachos, casi toda la década siguiente.

En la era postsoviética, el KGB fue desmantelado, rebautizado, reorganizado y rebautizado otra vez. Al final, los elementos básicos de su antigua organización quedaron divididos en dos nuevos organismos: el FSB y el SVR. El FSB se encargó de los asuntos de seguridad nacional y contrainteligencia, y se instaló en el antiguo cuartel general del KGB en la plaza de Lubyanka. El SVR se instituyó como el nuevo servicio de inteligencia exterior del estado ruso. Con sede en Yasenevo, era esencialmente el antiguo Primer Alto Directorio del KGB con otro nombre. Estados Unidos se convirtió en su principal obsesión, pese a que de cara a la galería fuera un país aliado y el servicio se refiriera a este internamente como el «objetivo principal» y no como el «enemigo principal». La OTAN y Gran Bretaña eran también objetivos prioritarios.

—¿Y qué hay de Israel? —preguntó Gabriel.

—Solo teníamos por ustedes un interés circunstancial. Por lo menos hasta que te enemistaste con Ivan.

—¿Y tú? ¿Qué tal le fue a Sergei Morosov en el nuevo orden mundial?

Se quedó en Berlín, donde montó una red de agentes rusos rezagados que pasó los años siguientes espiando a la Alemania reunificada. Luego se marchó a Helsinki, donde, bajo una nueva identidad, trabajó como *rezident* adjunto. Ascendió a *rezident* en 2004 en La Haya y más tarde, en 2009, desempeñó ese puesto en Ottawa, un destino importante por su proximidad a Estados Unidos. Lamentablemente, tuvo ciertos problemas —«Una chica y el ministro canadiense de Defensa, agua pasada»—, y los canadienses lo pusieron discretamente de patitas en la calle para evitar un escándalo. Pasó un par de años sin dar palo al agua en el Centro y, tras cambiar de nombre y de cara, regresó a

Alemania como Sergei Morosov, especialista en banca de Globaltek Consulting.

—Los servicios de espionaje alemanes estaban tan despistados que nadie se acordaba de mí, de mis tiempos en Berlín Este.

—¿Globaltek hace de verdad alguna labor de consultoría?

—Pues sí, muchas. Y debo decir que somos bastante buenos. Pero sobre todo funcionamos como una *rezidentura* en el corazón del mundo empresarial alemán, de la que yo soy el *rezident*.

—Ya no —puntualizó Gabriel—. Ahora eres un desertor, pero continúa, por favor.

Globaltek —prosiguió Sergei Morosov— cumplía dos funciones. Su principal tarea consistía en identificar a posibles colaboradores y en robar tecnología alemana que Rusia necesitaba desesperadamente. Con ese fin, llevaba a cabo numerosas operaciones de *kompromat* contra destacados empresarios e industriales alemanes. La mayoría de esas operaciones implicaban comisiones ilegales o sexo.

—Mujeres, niños, animales... —Morosov se encogió de hombros—. Los alemanes son gente sin escrúpulos, Allon.

—¿Y la segunda función?

—Servir de enlace con colaboradores situados en puestos clave.

—Colaboradores que exigen especial atención porque, en caso de ser descubiertos, el Kremlin tendría muchos problemas. —Gabriel hizo una pausa y luego añadió—: Colaboradores como Werner Schwarz.

—Exacto.

Globaltek había sido en todos los sentidos un éxito rotundo —prosiguió Morosov—, razón por la cual le extrañó el mensaje que llegó a su buzón de correo cifrado una tarde de octubre excepcionalmente calurosa.

—¿De qué se trataba?

—Me ordenaban presentarme en el Centro inmediatamente.

—Pero sin duda te llamaban a consultas con frecuencia.

—Claro que sí, pero aquello era distinto.

—¿Qué hiciste?

Sergei Morosov hizo lo que habría hecho cualquier agente del SVR en parecidas circunstancias: puso en orden sus asuntos personales, escribió una carta de despedida a su santa madre y a la mañana siguiente, convencido de que pronto estaría muerto, subió a bordo de un vuelo de Aeroflot con destino a Moscú.

37

GALILEA SUPERIOR, ISRAEL

Has estado en Moscú, ¿verdad?

—Varias veces —admitió Gabriel.

—¿Te gusta?

—No.

—¿Y en Lubyanka? —preguntó Sergei Morosov.

Gabriel reconoció lo que ya era de común conocimiento entre los agentes de espionaje rusos de cierto rango y edad: que unos años antes había sido detenido en Moscú e interrogado brutalmente en los sótanos de Lubyanka.

—Pero en Yasenevo no has estado nunca, ¿verdad? —preguntó Sergei.

—No, nunca.

—Lástima. Te habría gustado.

—Lo dudo.

—Bueno, ahora en Lubyanka dejan entrar casi a cualquiera —continuó Sergei—. Es una especie de atracción turística. Pero Yasenevo es especial. Yasenevo es...

—El Centro.

Sergei Morosov sonrió: —¿Podrías darme una hoja de papel y algo con que escribir?

—¿Para qué?

—Quiero dibujarte un plano del recinto para ayudarte a visualizar lo que viene a continuación.

—Tengo una imaginación estupenda.

—Eso he oído.

Yasenevo —prosiguió— es un mundo en sí mismo, un mundo de poder y privilegios, rodeado por varios kilómetros de alambre de concertina y patrullado a todas horas por guardias provistos de feroces perros de ataque. El gigantesco edificio principal tiene planta de cruz. Más o menos a un kilómetro y medio al oeste, oculta entre una espesa arboleda, hay una colonia de veinte dachas reservadas para mandos. Una de ellas, algo apartada de las demás, tiene un pequeño letrero en el que se lee COMITÉ INTRABÁLTICO DE INVESTIGACIÓN, una denominación absurda hasta para los estándares del SVR. Fue a esa dacha adonde condujeron a Sergei Morosov varios guardias armados. Dentro, rodeado por millares de libros y varios montones de expedientes polvorientos —entre ellos, algunos que llevaban el sello del NKVD, el organismo precursor de KGB—, lo esperaba un individuo.

—Descríbemelo, por favor.

—Podría haber ganado un concurso al mejor doble de Vladimir Lenin.

—¿Edad?

—Lo bastante mayor para acordarse de Stalin y haberle tenido miedo.

—¿Nombre?

—Sasha, digamos.

—¿Sasha qué?

—Sasha sin más. Sasha es un espectro. Un estado mental.

—¿Te habías encontrado alguna otra vez con ese estado mental?

No —contestó Sergei Morosov—, nunca había tenido el honor de que le presentaran al gran Sasha, pero llevaba años oyendo rumores sobre él.

—¿Rumores?

—Habladurías. Ya sabes cómo son los espías, Allon. Les encanta el chisme.

—¿Y qué decían sobre Sasha?

—Que se encargaba de un solo colaborador. Que había dedicado toda su carrera a ese colaborador. Y que había contado para ello con la ayuda de una figura legendaria de nuestro oficio.

—¿Quién era esa figura legendaria?

—Los rumores no llegaban a tanto.

Gabriel se sintió tentado de presionar a Morosov, pero desistió. Sabía por experiencia desde hacía mucho tiempo que al interrogar a una fuente a veces era preferible quedarse callado y esperar la oportunidad más propicia. Así pues, dejó que la identidad de esa figura mítica quedara temporalmente aparcada y preguntó por la fecha de su encuentro con Sasha.

—Ya te lo he dicho, Allon, era octubre.

—¿Octubre pasado?

—No, el anterior.

—¿Te ofreció té?

—No.

—¿Pan negro y vodka?

—Sasha considera el vodka una enfermedad endémica rusa.

—¿Cuánto duró la reunión?

—Las reuniones con Sasha nunca son cortas.

—¿Y el tema a tratar?

—El tema era un traidor llamado Konstantin Kirov —respondió Morosov.

Gabriel pasó una hoja de su cuaderno con gesto indiferente, como si no le sorprendiera descubrir que hacía más de un año que el SVR sabía que Kirov colaboraba con la Oficina.

—¿Qué interés podía tener Kirov para un hombre como Sasha? —preguntó con el bolígrafo suspendido sobre la página en blanco—. Kirov era un don nadie.

—No a su modo de ver. Su traición constituía una gran oportunidad para él.

—¿Con qué fin?

—Con el de proteger a su confidente.

—¿Y por qué razón te mandó llamar con tanta urgencia?

—Sasha quería que trabajara con él.

—Debiste de sentirte muy honrado.

—Enormemente, sí.

—¿Por qué crees que te eligió?

—Sabía que mi madre había trabajado para Andropov. Por lo que a él respectaba, eso me convertía automáticamente en una persona en la que se podía confiar.

—¿Para ocuparse de qué?

—De Alistair Hughes.

El expediente principal del Centro acerca del jefe de la delegación del MI6 en Viena era, como material de lectura, muy poco interesante. Afirmaba que Alistair Hughes era fiel al organismo para el que trabajaba y a su país, que no tenía vicios personales ni sexuales y que había rechazado varias ofertas de reclutamiento, incluida una efectuada cuando aún estudiaba en Oxford, y se daba por sentado —al menos desde la perspectiva del Centro— que estaba destinado a hacer carrera en el espionaje británico.

A este escueto dosier, Sasha añadió otro de su cosecha. Contenía fotografías íntimas de la esposa de Hughes y de sus dos hijos, además de una relación pormenorizada de las preferencias sexuales de Hughes, que eran bastante concretas, y de su salud mental, que no era buena. El británico sufría trastorno bipolar y ansiedad aguda. Su estado se había agravado durante la temporada que pasó destinado en Bagdad, y Hughes confiaba en que su destino en Viena, aunque relativamente aburrido, lo ayudase a recuperar el equilibrio. Lo estaba tratando una destacada especialista de la Privatklinik Schloss, en la cercana Suiza, dato este que Hughes había escamoteado a sus superiores en Vauxhall Cross.

—Y también a su esposa —añadió Sergei Morosov.

—¿De quién procedía la información?

—El informe no lo decía, y Sasha tampoco me lo dijo.

—¿Cuándo se abrió ese informe?

—Sasha nunca fechaba sus informes privados.

Gabriel le pidió que aventurase una fecha.

—Yo diría que a mediados de los años noventa, cuando Hughes llevaba unos diez años trabajando para el MI6. En aquel entonces estaba destinado en Berlín. Yo fui uno de los agentes que le hizo proposiciones.

—Así que ya se conocían.

—Nos tuteábamos, de hecho.

—¿Cuándo empezaste a vigilarlo en Viena?

—Tenía la operación de vigilancia montada para mediados de noviembre. Sasha supervisó cada detalle, hasta las marcas de los coches y la ropa que llevarían los vigilantes en la calle.

—¿Era muy invasiva?

Era absoluta —contestó Sergei Morosov—, con la única salvedad de la delegación propiamente dicha. El SVR llevaba años tratando de intervenir sus comunicaciones, sin éxito.

—Detalles, por favor —dijo Gabriel.

—Teníamos dos pisos en Barichgasse, uno a cada lado de la calle. El interior de su piso estaba intervenido hasta el último rincón, y teníamos controlada su wifi. Un día cualquiera, teníamos entre veinte y treinta expertos en seguimiento a nuestra disposición. Los llevamos en el ferri del Danubio desde Budapest, disfrazados de excursionistas. Cuando Alistair comía con un diplomático o con otro agente de inteligencia, nosotros estábamos en la mesa de al lado. Y cuando se paraba a tomar un café o una copa, nosotros también. Y luego estaban las chicas que llevaba a casa, a su piso.

—¿Alguna de ellas era de ustedes?

—Un par —reconoció Sergei Morosov.

—¿Y cuándo viajaba a Berna?

—Lo mismo, solo que en otra ciudad. Montábamos con él en el avión, nos alojábamos con él en el Schweizerhof y acudíamos con él a sus citas en la clínica de Münchenbuchsee. Era un trayecto de diez minutos en taxi. Alistair nunca tomaba el taxi en el hotel, sino en una parada de taxis, y nunca en la misma dos veces seguidas. Y cuando regresaba a Berna después de la consulta, pedía al taxista que lo dejara en otro sitio, no en la entrada del hotel.

—¿No quería que el personal del hotel se enterase de adónde iba?

—No quería que se enterase nadie.

—¿Y cuando no estaba en la clínica?

—Ahí fue donde se equivocó —respondió Sergei—. Nuestro amigo Alistair era bastante predecible.

—¿Y eso?

—Solo hay un vuelo al día de Viena a Berna, el de las dos de la tarde de SkyWork. A no ser que el vuelo se retrasara, cosa que no solía suceder, Alistair siempre estaba en el hotel a las cuatro, como muy tarde.

—De modo que tenía más de una hora y media libre antes de su cita en la clínica.

—Exacto. Y siempre pasaba ese tiempo de la misma manera.

—Tomando el té en la cafetería del hotel.

—En la misma mesa, a la misma hora, el último viernes de cada mes.

Menos en diciembre, añadió el ruso, cuando pasó las vacaciones con su familia en Inglaterra y las Bahamas. Regresó al trabajo tres días después de Año Nuevo, y una semana más tarde, un miércoles por la noche, tuvo que personarse en la delegación a última hora del día para recibir un telegrama urgente de Vauxhall Cross destinado solo a él. Lo que los llevaba de nuevo al tema del traidor Kirov y de su asesinato una noche de nevada, en Viena.

38

GALILEA SUPERIOR, ISRAEL

En circunstancias normales, lo habrían detenido e interrogado durante días, semanas o incluso meses, quizá, hasta sacarle su último secreto, o hasta que estuviera demasiado agotado o enloquecido por el dolor para responder con coherencia a las preguntas más sencillas. Luego le habrían dado una última paliza, quizá, antes de llevarlo a una sala sin ventanas en el sótano de la prisión de Lefortovo, con paredes de cemento y un desagüe en el suelo para facilitar la limpieza. Allí lo habrían obligado a arrodillarse y le habrían puesto una pistola de gran calibre en la nuca, al estilo ruso. Le habrían pegado un tiro que le habría atravesado la cara, lo que haría imposible que se le dispensara un funeral como es debido. Aunque, de todas formas, no habría tenido funeral. Lo habrían arrojado a una fosa abierta en la tierra viva y lo habrían enterrado a toda prisa. Nadie, ni siquiera su madre, habría sabido dónde estaba su tumba.

Pero aquellas no eran circunstancias normales, prosiguió Sergei Morosov. Era Sasha quien marcaba la pauta, y Sasha había decidido tratar al traidor Kirov con extremo cuidado. Mandó a Kirov a hacer numerosos recados sin vigilancia, sabiendo perfectamente que en el transcurso de algunas de esas misiones se reuniría con sus controladores israelíes: justo lo que él quería. Con ese fin, se aseguró de que el material que pasaba por las manos de Kirov fuera de calidad suficiente para que los israelíes y sus socios angloamericanos no sospecharan nada. Es decir, en la jerga del oficio, oro de relumbrón: con brillo y pátina, pero sin valor estratégico u operativo.

Por último, Sasha envió al traidor Kirov a la misión que lo decidiría a desertar. Era, en apariencia, un encargo rutinario. Kirov debía vaciar un buzón muerto en Montreal y llevar su contenido al Centro. El buzón muerto era en realidad un apartamento del que se servía una ciudadana brasileña instalada de forma permanente en Estados Unidos, esa tierra prometida. Aquella mujer, sin embargo, no era brasileña ni mucho menos. Era una agente secreta rusa que trabajaba infiltrada en Washington.

—¿Haciendo qué?

—Sasha no me dijo a qué se dedicaba.

—¿Y si tuvieras que aventurar una hipótesis?

—Yo diría que servía de enlace a un topo.

—Porque los agentes de la *rezidentura* local están bajo vigilancia constante del FBI y por lo tanto no pueden servir de enlace a un confidente situado en las altas esferas.

—Sería difícil —repuso Morosov—, pero no imposible.

—¿Te dijo Sasha en algún momento el nombre de esa agente secreta que operaba en Washington?

—¿Sasha? No seas tonto.

—¿Y cuál era su tapadera?

—No.

Gabriel preguntó qué dejaron en el piso de Montreal.

—Un lápiz de memoria —contestó el ruso—. Estaba escondido debajo del fregadero. Yo mismo lo puse allí.

—¿Qué contenía?

—Falsificaciones.

—¿De qué?

—De documentos de altísimo secreto.

—¿Estadounidenses?

—Sí.

—¿De la CIA?

—Y de la NSA —contestó Sergei Morosov asintiendo con la cabeza—. Sasha me ordenó que dejara el lápiz de memoria desbloqueado, sin contraseña, para que Kirov viera su contenido.

—¿Cómo sabían que lo miraría?

—Ningún agente del SVR transporta un lápiz de memoria desbloqueado o sin cifrar si tiene que cruzar fronteras internacionales. Siempre lo comprueban.

—¿Y si no hubiera regresado a Moscú? —preguntó Gabriel—. ¿Y si se hubiera lanzado directamente en nuestros brazos?

—Aquella fue la única misión en la que estuvo vigilado. Si hubiera intentado huir, habría vuelto a Moscú en una caja.

Pero no fue necesario —prosiguió Sergei Morosov—, porque Kirov, el traidor, regresó a Moscú por propia voluntad. Momento en el cual se enfrentó a un penoso dilema. Los documentos que había visto eran demasiado peligrosos para entregárselos sin más a sus controladores israelíes. Si el Centro se enteraba de que habían llegado a manos de un servicio extranjero, las sospechas recaerían de inmediato en él. Así pues, no le quedaba otro remedio que desertar.

El resto de la conspiración de Sasha se desarrolló tal y como estaba previsto. Kirov viajó a Budapest y luego a Viena, donde Gabriel Allon, el jefe del servicio de espionaje israelí y enemigo implacable de la Federación Rusa, lo esperaba en un piso franco. También lo esperaba la muerte a manos de sus compatriotas, en uno de los asesinatos selectivos mejor perpetrados por el Centro. Su muerte en la Brünnerstrasse fue la única nota discordante de la noche. Por lo demás, la ejecución del plan fue perfecta. Kirov, el traidor, tuvo la muerte indigna que se había ganado con creces. Y Allon, el enemigo, se embarcó casi de inmediato en una investigación, guiada paso a paso por la mano invisible de Sasha, que acabaría identificando a Alistair Hughes como el topo del Centro dentro del servicio de inteligencia británico.

—¿Cómo sabían que lo teníamos en la mira? —preguntó Gabriel.

—Vimos a Eli Lavon y a tu amigo Christopher Keller

trasladarse a un piso de observación en Barichgasse. Y nuestros vigilantes vieron a los de ustedes siguiendo a Alistair por Viena. Siguiendo órdenes de Sasha, redujimos al mínimo nuestros efectivos para evitar que nos detectaran.

—Pero en Berna no —repuso Gabriel—. Ese dúo chico-chica que mandaron al Schweizerhof llamaba mucho la atención. Igual que Dmitri Sokolov.

—Un protegido de Sasha.

—Imagino que lo escogió a propósito para que no hubiera ninguna duda.

—Desde luego, en el circuito de fiestas de Ginebra no pasa desapercibido.

—¿Qué había en el sobre?

—Dímelo tú.

—Fotografías de Alistair Hughes entrando y saliendo de la Privatklinik Schloss —respondió Gabriel.

—*Kompromat*.

—Supongo que no había ninguna posibilidad de que Alistair saliera vivo de Berna.

—Absolutamente ninguna. Pero hasta a nosotros nos sorprendió que huyera despavorido del hotel.

—¿Quién conducía el coche?

Sergei Morosov titubeó. Luego dijo:

—Yo.

—¿Y si Alistair no te hubiera puesto las cosas tan fáciles para matarlo?

—Teníamos el avión.

—¿El avión?

—El vuelo de regreso a Viena. Mientras vigilábamos a

Alistair, se nos ocurrió una manera de subir una bomba a bordo. El aeropuerto de Berna no es precisamente Heathrow o Ben Gurion.

—¿Habrías matado a un montón de gente inocente para eliminar a un solo hombre?

—Para hacer una tortilla...

—Dudo que el mundo civilizado compartiera esa opinión —replicó Gabriel—. Sobre todo si la oyera de boca de un mando del KGB.

—Ahora nos llamamos SVR, Allon. Y teníamos un trato.

—Lo teníamos, en efecto. Ibas a contármelo todo a cambio de tu vida. Pero, por desgracia, no has cumplido tu compromiso.

Sergei Morosov consiguió sonreír: —¿El nombre del topo? ¿Eso es lo que quieres?

Gabriel le devolvió la sonrisa.

—¿De verdad crees que el gran Sasha iba a decírmelo a mí? —preguntó el ruso en tono desdeñoso—. Solo un puñado de jerarcas del Centro conoce su identidad.

—¿Y la mujer? —preguntó Gabriel—. Esa agente encubierta que se hace pasar por brasileña.

—Puedes estar seguro de que el topo y ella nunca se ven las caras.

Gabriel preguntó la dirección del buzón muerto de Montreal. Sergei Morosov contestó que era una información obsoleta. Sasha lo había cerrado y había abierto uno nuevo.

—¿Dónde?

Sergei se quedó callado.

—¿Quieres que les diga a los técnicos que vuelvan a poner el fragmento de la grabación en el que reconoces que fuiste tú quien mató al jefe de la delegación del MI6 en Viena?

El buzón muerto —confesó Sergei— estaba en el número 6822 de la *rue* Saint-Denis.

—¿Casa o piso?

—Ninguna de las dos cosas. Es un Ford Explorer. Gris oscuro. La agente deja el lápiz de memoria en la guantera, y un correo de Sasha lo lleva al Centro.

—Un método de la vieja escuela —comentó Gabriel.

—Sasha prefiere hacer las cosas a la antigua usanza.

Gabriel sonrió: —Eso es algo que tenemos en común Sasha y yo.

39

GALILEA SUPERIOR, ISRAEL

Quedaba un último punto que aclarar: la cuestión que Gabriel había dejado aparcada muchas horas antes. No era nada serio —se decía—, un asunto de poca monta, una mota de polvo que barrer antes de que permitieran dormir unas horas a Sergei Morosov. Esto era lo que se decía Gabriel. Su coartada íntima.

En realidad, casi no había pensado en otra cosa durante esa larga noche. Ese era el don de un interrogador magistral: la capacidad de reservarse una sola pregunta sin respuesta mientras sondeaba el resto del terreno. Entre tanto, había acumulado una montaña de información valiosa, tan valiosa como la ubicación de un buzón muerto de Montreal utilizado por una agente secreta rusa que operaba en Washington. Una agente secreta cuyo principal cometido era servir de enlace a un agente infiltrado que actuaba en la cúspide de los servicios de inteligencia angloamericanos. El único confidente de Sasha. La obra cumbre de su carrera. Su gran hazaña. En la jerga del oficio, un topo.

Solo por conocer la ubicación del buzón muerto merecía la pena haber secuestrado a Sergei Morosov, en términos de costo y riesgo. Pero ¿quién era la figura legendaria que había ayudado a Sasha a crear al topo? Gabriel volvió a formular la pregunta, como al desgaire, mientras se preparaba para marcharse.

—Ya te lo he dicho, Allon, eso no lo contaban los rumores.

—Y yo te he oído la primera vez, Sergei. Pero ¿quién era? ¿Era una sola persona o dos? ¿Era un equipo de agentes? ¿Era una mujer? —Luego, tras una larga pausa, añadió—: ¿Era ruso?

Y esta vez, quizá porque estaba demasiado agotado para mentir, o porque sabía que sería absurdo, Sergei Morosov dijo la verdad: —No, Allon, no era ruso. Ruso de simpatías, sí. Ruso en cuanto a perspectiva histórica, también. Pero siguió siendo inglés hasta la médula incluso después de desertar. Comía mostaza y mermelada inglesas, bebía *whisky* escocés a mansalva y seguía religiosamente los resultados del críquet en el *Times*.

Dado que Morosov había hablado en alemán, los dos guardias situados detrás de Gabriel no se inmutaron. Tampoco se inmutó Mikhail, que estaba recostado, con aire soñoliento, a la derecha del ruso, como si fuera él quien había pasado la noche sometido a interrogatorio. Gabriel tampoco reaccionó visiblemente, pero siguió recogiendo sus notas con más lentitud que antes.

—¿Eso te lo dijo Sasha? —preguntó en voz baja, como si no quisiera romper el hechizo.

—Sasha, no. —Sergei negó con la cabeza vigorosamente—. Estaba en uno de sus dosieres.

—¿En cuál?

—En uno antiguo.

—¿De los tiempos en que el KGB se llamaba NKVD?

—Parece que sí has estado escuchando.

—Cada palabra.

—Sasha lo dejó sobre su mesa una noche.

—¿Y le echaste un vistazo?

—Iba contra las normas, pero sí, le eché un vistazo cuando subió al edificio principal a hablar un momento con el jefe.

—¿Qué habría pasado si te hubiera visto?

—Habría dado por sentado que era un espía.

—Y te habría hecho fusilar —concluyó Gabriel.

—¿Sasha? Me habría pegado un tiro.

—¿Por qué corriste ese riesgo?

—No pude resistirme. Ese tipo de expedientes son nuestros textos sagrados. Nuestra Torá —añadió por deferencia a Gabriel—. Ni siquiera un tipo como yo tiene permitido ver documentos así, y eso que mi madre trabajó para Andropov.

—¿Y qué viste al abrir el informe?

—Un nombre.

—¿*Su* nombre?

—No —contestó el ruso—. El nombre era Otto. El nombre en clave de un agente del NKVD. El informe hacía referencia a una reunión que tuvo Otto en el Regent's Park de Londres.

—¿Cuándo?

—En junio —contestó Sergei Morosov—. Junio de 1934.

Otto, Regent's Park, junio de 1934... Aquella era posiblemente la reunión más célebre, la más funesta, de la historia del espionaje.

—¿Viste el informe original? —preguntó Gabriel.

—Fue como leer el original de los Diez Mandamientos. Tenía los ojos tan nublados por la emoción que casi no veía la página.

—¿Había otros informes?

Sí, contestó Morosov, había muchos otros, entre ellos varios escritos en un ruso trabajoso por el mítico colaborador de Sasha, aquel individuo que, pese a su rusofilia, siguió siendo inglés hasta la médula. Uno de esos informes trataba acerca de una mujer a la que había conocido en Beirut, donde trabajó unos años como periodista a partir de 1956.

—¿Quién era esa mujer?

—Otra periodista. Pero, sobre todo, era una comunista convencida.

—¿De qué índole era su relación?

—No era profesional, si te refieres a eso.

—¿Era su amante?

—Una de tantas —contestó Sergei—. Aunque esta era distinta.

—¿Por qué?

—Porque tuvo un hijo.

La rapidez con que Gabriel disparaba sus preguntas sacó a Mikhail de su sopor.

—¿Cómo se llamaba ella? —preguntó Gabriel.

—El informe no lo decía.

—¿Nacionalidad?

—No.

—¿Y qué hay de su hijo? ¿Era niño o niña?

—Por favor, Allon, ya he tenido suficiente por una noche. Déjame dormir un poco y empezaremos otra vez por la mañana.

Pero ya era por la mañana, casi mediodía, de hecho, y no había tiempo para dormir. Gabriel siguió presionándolo, y Sergei Morosov, ebrio de cansancio, le describió el contenido del último dosier que se había atrevido a abrir esa noche antes de que el gran Sasha regresase a la dacha.

—Era un informe privado redactado por un inglés a principios de la década de 1970 en el que predecía el derrumbe del comunismo.

—Material herético —comentó Gabriel.

—Ningún ciudadano soviético, ni siquiera mi padre, se habría atrevido a escribir tal cosa.

—¿El inglés podía decir lo que otros no podían?

—Públicamente, no, pero en privado podía decir lo que pensaba.

—¿Por qué escribió ese documento?

—Porque temía que, si se derrumbaba el régimen comunista, la Unión Soviética dejaría de ser un referente para los occidentales que creían que el capitalismo era un sistema injusto.

—Los tontos útiles.

—Ciertamente, esa fue una de las pocas veces en que el camarada Lenin debería haber escogido sus palabras con más cuidado.

El británico —prosiguió Morosov— no se consideraba a sí mismo un tonto útil; ni siquiera un traidor. Se veía, ante todo, como un agente del KGB. Y temía que, si el comunismo fracasaba en el único país en el que se había aplicado, pocos occidentales pertenecientes a las élites de sus países de origen seguirían su ejemplo y se aliarían secretamente con Moscú, dejando al KGB sin otra alternativa que recurrir a agentes pagados o coaccionados. Pero si el KGB quería contar con un verdadero agente de penetración en el corazón del espionaje occidental —un topo que ocupase un puesto influyente y que espiase por motivos ideológicos y no por intereses materiales—, tendría que crearlo ex profeso.

En eso —prosiguió el ruso— consistía la labor de Sasha: en crear al espía perfecto, con ayuda del mayor traidor de todos. Por eso se había aplicado la pena capital a Konstantin Kirov en Viena. Y por eso Alistair Hughes, cuyo único delito era padecer una enfermedad mental, había sido asesinado en la Bahnhofplatz de Berna.

«Porque tuvo un hijo…».

Sí, pensó Gabriel, eso lo explicaría todo.

40

WORMWOOD COTTAGE, DARTMOOR

Wormwood Cottage estaba situada sobre un promontorio, en pleno páramo, y construida en piedra de Devon ennegrecida por el paso del tiempo. Detrás de la casa, al otro lado de un patio desangelado, había un antiguo establo reconvertido en oficinas y habitaciones para el personal. Cuando la casa estaba desocupada, un solo guardés, llamado Parish, cuidaba de ella. Pero cuando había huéspedes —o «compañía», como se decía en el léxico de la casa—, podía haber hasta diez personas trabajando allí, incluidos los escoltas. Esto dependía en gran medida de quién fuese el huésped, y de quién se estuviera escondiendo. Un huésped «amigo» podía moverse a su aire. Pero si el sujeto en cuestión tenía numerosos enemigos, si era una persona perseguida, Wormwood Cottage podía convertirse en el piso franco más hermético del MI6 en toda Inglaterra.

El hombre que se personó en la casa a primera hora de la tarde del día siguiente pertenecía a esta segunda categoría, a pesar de lo cual Parish recibió aviso de su llegada con apenas unos minutos de antelación. El aviso no llegó a través de los canales habituales de Vauxhall Cross, sino de Nigel Whitcombe, el asistente personal y factótum del jefe, un hombre de aspecto juvenil que había hecho sus primeros pinitos en el oficio en el MI5, un pecado este para el que, en opinión del veterano Parish, no había absolución.

—¿Y cuánto tiempo se quedará con nosotros esta vez? —preguntó Parish secamente.

—Eso aún está por determinarse —respondió Whitcombe a través de la línea codificada.

—¿Cuántas personas lo acompañan?

—Estará solo.

—¿Escoltas?

—No.

—¿Y qué hacemos si quiere salir a dar una de sus caminatas a marchas forzadas por el páramo? Ya sabe usted que le encanta caminar. La última vez que estuvo aquí, se fue casi hasta Penzance sin decírselo a nadie.

—Déjele una pistola junto a las botas de agua. Sabe cuidarse solo.

—¿Y tendrá invitados?

—Solo uno.

—¿Nombre?

—Tercera letra del alfabeto.

—¿A qué hora debo esperarlo?

—No está claro.

—¿Y a nuestro invitado?

—Mire por la ventana.

Parish así lo hizo y divisó una furgoneta sin distintivos que avanzaba traqueteando por el abrupto camino. Se detuvo en la explanada de gravilla que antecedía a la casa y una sola persona se bajó de la parte de atrás. En torno a metro sesenta, ojos verdes claros, cabello oscuro y corto, canoso en las sienes. La última vez que Parish lo había visto fue la noche en que el *Telegraph*, ese respetado periódico, dio la noticia de su fallecimiento. De hecho, fue el propio Parish quien le llevó la hoja impresa con la noticia, sacada de la página web del diario. A los invitados no se les permitía el uso de teléfonos u ordenadores. Normas de la casa.

—¡Parish! —exclamó el hombre de ojos verdes con sorprendente jovialidad—. Confiaba en que estuviera usted aquí.

—Aquí, en el páramo, las cosas cambian despacio.

—Y yo le doy gracias al cielo por ello. —Hizo entrega de su móvil sin que Parish se lo pidiera—. Cuídelo bien, ¿quiere? No me gustaría que cayera en manos de quien no debe.

Sin más, el hombre de ojos verdes sonrió inopinadamente y entró en la casa como si volviera al hogar tras una larga ausencia. Cuando Parish volvió a verlo, salía hacia el páramo con las solapas de su chaquetón subidas hasta las orejas y el peso del mundo sobre sus hombros. ¿Qué sería esta vez? Teniendo en cuenta su historial, podía ser casi cualquier cosa. Parish intuyó por su expresión adusta que Wormwood Cottage iba a ser de nuevo el escenario de una empresa de importancia trascendental. Y aunque él no lo supiera, tenía toda la razón.

Siguió una senda bordeada de setos hasta el pueblecito de Postbridge, un cúmulo de casas de labranza situado en el cruce de dos carreteras. Allí dobló al oeste, siguiendo el tibio calor del sol, que pendía ya justo por encima del horizonte despejado. Se preguntó, solo a medias en broma, si estaba siguiendo el curso que Sasha había tramado para él. O quizá el de su mítico cómplice, el inglés que seguía religiosamente los resultados del críquet en el *Times* incluso después de cometer el supremo acto de traición: el que ayudó a Sasha a preparar e insertar a un topo en el centro mismo del espionaje occidental, a un agente movido por su devoción personal hacia él. El inglés había vivido un tiempo en el Beirut de antaño, ese Beirut en el que uno oía hablar francés cuando paseaba por la Corniche. Allí había conocido a una joven, y había también un niño. Si encontraba a la mujer, se dijo Gabriel, probablemente encontraría también al niño.

Pero ¿cómo? La mujer no tenía nombre ni nacionalidad, al menos en los papeles que Sergei Morosov había visto aquella noche en la dacha privada de Sasha, pero sin duda alguien tenía que estar al tanto del asunto. Quizá alguien vinculado a la delegación del MI6 en Beirut, que en aquella época era un puesto crucial de escucha en Oriente Medio. Alguien que hubiera tratado al inglés. Alguien cuya carrera hubiera salido perjudicada por culpa de la traición del inglés. Alguien cuyo hijo era ahora el director general del MI6 y que podía acceder a expedientes antiguos sin levantar polvareda alguna. Era posible —solo *posible*, se advirtió Gabriel— que al fin fuera un paso por delante del gran Sasha.

Al llegar a Two Bridges, dobló hacia el norte. Siguió el sendero un rato, pasó luego por un muro de piedra y siguió campo a través, subiendo por la ladera de un risco. Vio a lo lejos un coche, una limusina que cruzaba a gran velocidad el paisaje desierto. Descendió por el otro lado del promontorio y, a la luz mortecina del crepúsculo, encontró una quebrada que lo condujo hasta la puerta de Wormwood Cottage. El picaporte cedió a su mano. Dentro encontró a la señorita Coventry, la cocinera y ama de llaves, trajinando en la cocina entre diversas cazuelas borboteantes, con un delantal alrededor de la amplia cintura.

Graham Seymour estaba escuchando las noticias en la vieja radio de baquelita del cuarto de estar. Al entrar, Gabriel subió el volumen casi al máximo. Luego le habló a Seymour de la empresa a la que Sasha había dedicado gran parte de su vida. Sasha, le explicó, no había actuado solo. Había contado con la ayuda de un inglés. Había una mujer, y esa mujer había dado a luz a un niño. Un hijo de la traición. El retoño de Kim Philby...

41

WORMWOOD COTTAGE, DARTMOOR

Nació el día de Año Nuevo de 1912 en la provincia del Punyab, en la India británica. Su nombre completo era Harold Adrian Russell Philby, pero su padre —St. John Philby, diplomático irascible, explorador y orientalista convertido al islam— lo llamaba Kim por Kimball O'Hara, el protagonista de la novela de Rudyard Kipling en torno a las rivalidades e intrigas anglo-rusas en el subcontinente indio. El personaje ficticio de Kipling y el joven Kim Philby compartían algo más que su apelativo cariñoso: Philby también podía hacerse pasar por indio.

Regresó a Inglaterra a la edad de doce años para asistir a la prestigiosa Westminster School y en otoño de 1929, en vísperas de la Gran Depresión, marchó al Trinity College de Cambridge. Allí, como muchos jóvenes ingleses de clase privilegiada de su generación, cayó pronto bajo el hechizo del comunismo. Se licenció en Economía con una nota final de notable alto y ganó un premio del Trinity College por valor de catorce libras. Empleó ese dinero en comprar un ejemplar de las obras completas de Karl Marx.

Antes de abandonar Cambridge en 1933 le confió a Maurice Dobb, el economista marxista y líder de la célula comunista de Cambridge, que quería consagrar su vida al partido. Dobb lo mandó a ver a un agente del Comintern en París que se hacía llamar Gibarti, y Gibarti lo puso en contacto con la clandestinidad comunista de Viena, que en el otoño de 1933 era una ciudad sitiada. Philby tomó parte en los sangrientos enfrentamientos callejeros entre los izquierdistas austriacos y el régimen fascista del canciller Engelbert Dollfuss. Se enamoró, además, de Alice «Litzi» Kohlmann, una joven militante comunista, judía y divorciada, que tenía vínculos con el espionaje soviético. Philby se casó con ella en el ayuntamiento de Viena en febrero de 1934 y se la llevó a Londres, la siguiente parada en su viaje hacia la traición.

Fue en Londres, un cálido día de junio, en un banco de Regent's Park, donde Kim Philby conoció a un profesor de Europa del Este, simpático y de cabello rizado, que se hacía llamar Otto. Su verdadero nombre era Arnold Deutsch, y era un cazatalentos y reclutador que trabajaba para el NKVD en el Reino Unido. Con el tiempo, Philby le hablaría de dos amigos suyos de Cambridge con los que compartía intereses políticos: Guy Burgess y Donald Maclean. Posteriormente, Burgess le daría además el nombre de un afamado historiador de arte, Anthony Blunt. John Cairncross, un matemático brillante, sería el quinto. Philby, Burgess, Maclean, Blunt, Cairncross: los Cinco de Cambridge. Para ocultar su ubicación, el Centro los apodaba los Cinco Magníficos.

A instancias de Otto, Philby se hizo pasar públicamente por simpatizante del nazismo y se dedicó al periodismo, primero en Londres y después en España, donde en 1936 estalló la guerra civil que enfrentó a los nacionales de Franco con los republicanos, más proclives a Moscú. Philby cubrió la guerra desde el bando nacional. Enviaba despachos concienzudos a diversos diarios londinenses, entre ellos el *Times*, al tiempo que recababa valiosa información bélica para sus superiores en Moscú. En la Nochevieja de 1937, durante la sangrienta Batalla de Teruel, un obús cayó cerca del coche en el que Philby estaba comiendo bombones y bebiendo coñac. Los otros tres ocupantes del coche murieron en el acto, pero Philby solo recibió una herida de poca importancia en la cabeza. Franco en persona le concedió la Cruz del Mérito Militar con distintivo rojo por su apoyo a la causa nacional. A pesar de la repulsión que le inspiraba el fascismo, Philby conservó la medalla toda su vida.

Su matrimonio con Litzi Kohlmann no sobrevivió a su presunta conversión al ideario conservador. La pareja se separó sin llegar a divorciarse, y Litzi se fue a vivir a París. Philby se incorporó a la plantilla del *Times* y en 1940 fue uno de los pocos periodistas elegidos para acompañar a la infortunada Fuerza Expedicionaria británica a Francia. Al regresar a Londres tras la debacle francesa, compartió compartimento en el tren con Hester Harriet Marsden-Smedley, veterana corresponsal de guerra del *Sunday Express* que tenía numerosos amigos y contactos en los servicios secretos británicos. Hablaron largo y tendido del futuro de Philby. Ante la perspectiva de una inminente invasión alemana de Gran Bretaña, Philby creía que no tendría más remedio que alistarse. «Puede hacer usted mucho más por derrotar a Hitler», le dijo Marsden-Smedley. «Ya se nos ocurrirá algo».

Poco después —transcurridos apenas unos días—, el MI6 se puso en contacto con él. Entrevistaron a Philby dos veces, y el MI5 hizo discretas averiguaciones sobre su pasado. El Servicio de Seguridad le puso a su expediente el marchamo de «Nada en contra» a pesar de que en Cambridge Philby había demostrado abiertamente sus simpatías comunistas y de que llevaba seis años actuando como espía para Moscú. Estaba dentro.

Los comienzos de su nueva carrera fueron poco prometedores. Pasó dos semanas sentado en un cuartito vacío de la sede del MI6 en 54 Broadway sin hacer nada en absoluto, salvo compartir almuerzos empapados en alcohol con su amigo de Cambridge y camarada de espionaje, Guy Burgess. En el verano de 1941, sin embargo, era ya el jefe de la importantísima división ibérica de la Sección V, el departamento de contraespionaje del MI6. Desde la seguridad de su despacho, atacaba hábilmente la extensa red de espionaje alemán en España y Portugal, dos países neutrales. Robaba, además, todos los secretos que caían en sus manos y se los pasaba en abultados maletines a sus supervisores en la embajada soviética de Londres. Los otros miembros de la red de espías de Cambridge —Burgess, Maclean, Blunt y Cairncross—, todos ellos situados en puestos influyentes durante la guerra, hacían lo propio. Pero entre ellos Philby era la estrella que brillaba con más fuerza. La Sección V no tenía su sede en Broadway, sino en un caserón victoriano llamado Glenalmond, en la pequeña localidad de St. Albans. Philby vivía en una casita cercana con Aileen Furse, una exvigilante de seguridad de Marks & Spencer que sufría accesos de depresión severa. Con ella tuvo tres hijos entre 1941 y 1944. A los compañeros de la Sección V que se reunían cada domingo en su casa les habría sorprendido saber que la pareja no estaba en realidad casada. Philby no podía contraer matrimonio con Aileen, puesto que seguía casado con Litzi Kohlmann. Incluso en su vida privada era proclive al engaño.

Al finalizar la guerra, dentro del MI6 todo el mundo tenía claro que Philby estaba destinado a ocupar puestos de relevancia. Pero su hoja de servicios, por lo demás impresionante, presentaba un grave inconveniente: Philby había librado la guerra desde detrás de una mesa, sin aventurarse ni una sola vez en el campo de batalla. El jefe del MI6, Stewart Menzies, trató de suplir esa deficiencia nombrándolo jefe de delegación en Estambul. Antes de partir hacia Turquía, Philby puso en orden sus asuntos domésticos divorciándose discretamente de Litzi y casándose con Aileen. Contrajeron matrimonio el 25 de septiembre de 1946 en una ceremonia civil celebrada en Chelsea a la que asistieron un puñado de amigos íntimos. La novia, mentalmente inestable, estaba embarazada de siete meses, de su cuarto hijo.

En Turquía, Philby instaló a su familia en una villa del Bósforo y comenzó a reclutar una red de espías formada por emigrados anticomunistas, a fin de insertarlos en la Unión

Soviética. Luego delataba a sus propios agentes al Centro sirviéndose de su viejo amigo Guy Burgess como intermediario. Entretanto, su vida conyugal se deterioró. Aileen se convenció de que su marido tenía una aventura extramarital con su secretaria y, trastornada, se inyectó su propia orina y enfermó gravemente. Philby la envió a una clínica privada en Suiza para que recibiera tratamiento.

Su caótica vida familiar no obstaculizó su ascenso meteórico en el MI6, y en el otoño de 1949 Philby fue enviado a Washington como jefe de delegación. Dentro del mundo del espionaje estadounidense, que se agrandaba rápidamente, Philby era una figura respetada y admirada por su intelecto y su mortífero encanto. Su amigo más íntimo era James Jesus Angleton, el legendario jefe de contraespionaje de la CIA, con el que había trabado relación en Londres durante la guerra. Comían juntos con frecuencia en el restaurante Harvey's de la avenida Connecticut, ingiriendo enormes cantidades de alcohol e intercambiando secretos que Philby se apresuraba a trasladar a Moscú. Su espaciosa casa en la avenida Nebraska era un punto de reunión muy popular entre los espías estadounidenses, como Allen Dulles, Frank Wisner y Walter Bedell Smith. Las fiestas de Philby eran legendarias por sus excesos alcohólicos, situación esta que empeoró cuando Guy Burgess, un borracho estrepitoso, fue destinado a la embajada británica en Washington y se instaló en el sótano de la casa de Philby.

La actuación estelar de Philby en Washington, sin embargo, estaba a punto de llegar a su fin. Venona era el nombre en clave de uno de los programas más secretos del espionaje estadounidense durante la Guerra Fría. Sin saberlo Moscú, criptoanalistas estadounidenses habían descifrado un código soviético presuntamente indescifrable y estaban decodificando lentamente miles de telegramas interceptados entre 1940 y 1948. Los telegramas revelaban la presencia de unos doscientos espías soviéticos dentro de la administración estadounidense. Revelaban, además, la existencia de una red de espías situados en cargos influyentes en el Reino Unido. El nombre en clave de uno de ellos era Homero. Otro era Stanley. Philby sabía lo que los analistas estadounidenses ignoraban. Homero era Donald Maclean. Y Stanley era el alias de un espía que ejercía como jefe de delegación del MI6 en Washington: era el propio Philby.

En abril de 1951, el equipo de Venona consiguió establecer sin lugar a dudas que Homero era Donald Maclean. Philby sabía que solo era cuestión de tiempo que descubrieran la verdadera identidad del agente conocido como Stanley. Sintiendo que el lazo de la horca se cerraba sobre su cuello, envió a Guy Burgess a Londres para que diera instrucciones a Maclean de huir a la Unión Soviética. A pesar de que Philby le advirtió de que no lo hiciera, Burgess escapó también, con ayuda de un agente soviético radicado en Londres llamado Yuri Modin. Cuando la noticia de su deserción llegó a Washington, Philby reaccionó con calma aparente, aunque en el fondo le aterrorizaba que su pasado fuera a salir por fin a la luz. Esa misma noche enterró su cámara soviética y sus microfilms en un hoyo poco profundo en la campiña de Maryland. Luego regresó a casa a esperar el inevitable requerimiento de Londres.

Llegó unos días después: una nota manuscrita seguida por un telegrama invitando a Philby a regresar a Londres para hablar de la desaparición de sus dos amigos de Cambridge. El primer interrogatorio al que fue sometido tuvo lugar en Leconfield House, sede central del MI5. Siguieron muchos otros. Philby no admitió en ningún momento que hubiera advertido a Maclean de su detención inminente, ni que él fuera el «Tercer Hombre» del círculo de espías de Cambridge, a pesar de que era evidente que el MI5 lo consideraba culpable. El MI6 no estaba tan convencido. Pero, presionado por los estadounidenses, Menzies, el jefe del MI6, no tuvo más remedio que desprenderse de su astro más brillante. Pese a la generosa indemnización por despido que recibió, la situación económica de Philby se deterioró rápidamente. Aceptó un empleo en una pequeña empresa de importación-exportación y Aileen se puso a trabajar en la cocina de una casa de Eaton Square. Su relación se volvió tan tensa que Philby dormía a menudo en una tienda de campaña en el jardín.

Paulatinamente, sin embargo, la nube de sospecha comenzó a disiparse y, tras un último y cordial interrogatorio en octubre de 1955, el MI6 exoneró a Kim Philby del cargo de ser un espía soviético. El MI5 reaccionó airadamente, al igual que J. Edgar Hoover, el director del FBI, un anticomunista virulento que maquinó la publicación de un reportaje sensacional en el *New York Sunday News* acusando a Philby de ser el Tercer Hombre. Se desató un escándalo. En el Parlamento se lanzaban acusaciones a diestro y siniestro y los periodistas comenzaron a seguir a Philby a todas partes. Fue Harold Macmillan, el secretario de Exteriores, quien le puso fin. El 7 de noviembre de 1955 se puso en pie en el Parlamento y declaró: «No tengo motivos para concluir que el señor Philby haya traicionado en ningún momento los intereses de su país». Al día siguiente, el propio Philby convocó una rueda de prensa en el salón del piso de su madre en Draycott Garden y, con asombroso derroche de simpatía y astucia, afirmó asimismo su inocencia. La tormenta había pasado. Kim Philby quedaba oficialmente limpio de toda sospecha.

Lo que significaba que era libre de retomar su trabajo. Todavía era demasiado pronto para regresar a su puesto, pero Nicholas Elliott, el mejor amigo de Philby dentro del MI6, se las arregló para que lo destinaran a Beirut como corresponsal autónomo para el *Observer* y el *Economist*, lo que le permitiría realizar ciertas labores de espionaje. Libre de la carga que suponían sus cinco hijos y su esposa enferma, a los que dejó de buen grado en el lúgubre barrio de Crowborough, a las afueras de Londres, Kim Philby llegó al París de Oriente Medio el 6 de septiembre de 1956 y se dirigió enseguida al bar del hotel St. Georges. Al día siguiente se reunió con un agente de la delegación del MI6 en Beirut. Su nombre era Arthur Seymour.

42

WORMWOOD COTTAGE, DARTMOOR

¿Lo conociste?

—¿A Kim Philby? —preguntó Graham Seymour—. No creo que nadie llegara a conocerlo de verdad. Pero tuvimos cierto trato. Fue él quien me invitó a mi primera copa. Mi padre casi me mata. Y a él también.

—¿Tu padre desaprobaba el consumo de alcohol?

—Claro que no. Pero detestaba a Kim.

Estaban sentados a la mesita del rincón de la cocina, junto a la ventana emplomada que daba a los páramos. La noche ennegrecía la ventana y la lluvia la fustigaba. Entre ellos descansaban las sobras de la cena servida por la señorita Coventry, una cena inglesa de principio a fin. A instancias de Seymour, la cocinera se había marchado temprano, dejando que los dos jefes de espías recogieran por su cuenta. Estaban solos en la casa. Aunque no del todo, pensó Gabriel. Philby estaba con ellos.

—¿Qué te dio a beber?

—Ginebra rosa —contestó Seymour con un atisbo de sonrisa—, en el bar del Normandie. Lo utilizaba como despacho. Solía llegar en torno a mediodía para leer el correo y tomar una o dos copas, para aliviar la resaca. Fue allí donde los rusos volvieron a ponerse en contacto con él. Un agente del KGB, un tal Petukhov, se le acercó y le dio una tarjeta. Se reunieron al día siguiente, por la tarde, en el piso de Philby y acordaron los términos de su colaboración. Si Philby tenía algo que comunicar a Moscú, salía al balcón de su piso la tarde del miércoles con un periódico en la mano. Petukhov y él solían citarse en un restaurante apartado, el Vrej, en el barrio armenio.

—Si no recuerdo mal, tuvo otra mujer. La tercera —dijo Gabriel—. Una estadounidense, para variar.

—Se llamaba Eleanor Brewer. Philby se la robó a Sam Pope Brewer, el corresponsal del *New York Times*. Bebía casi tanto como Philby. Se casaron poco después de que Aileen apareciera muerta en la casa de Crowborough. Philby se puso loco de contento cuando recibió la noticia. Mi padre nunca se lo perdonó.

—¿Tu padre trabajaba con Philby?

—Mi padre se negó a tener nada que ver con él —respondió Seymour meneando la cabeza—. Conoció a Kim durante la guerra y nunca se dejó seducir por su famosa simpatía. Además, no estaba convencido de su inocencia en cuanto a ser el Tercer Hombre. Más bien al contrario, de hecho. Consideraba a Philby claramente culpable, y se puso furioso cuando se enteró de que habían vuelto a aceptarlo en el servicio y lo habían destinado a Beirut. No era el único. Había varios oficiales en puestos de responsabilidad en Londres que eran de la misma opinión. Y pidieron a mi padre que lo vigilara.

—¿Lo hizo?

—En la medida en que pudo, sí. Se quedó tan sorprendido como los demás cuando Philby se esfumó.

—Eso fue en 1963 —dijo Gabriel.

—En enero —puntualizó Seymour.

—Recuérdame el contexto. De Ticiano y Caravaggio puedo hablar hasta dormido —dijo Gabriel—, pero en cuanto a Kim Philby no soy ningún experto.

Seymour rellenó cuidadosamente su copa con clarete:

—No te hagas el tonto conmigo. Tienes los ojos enrojecidos, de lo que deduzco que estuviste empapándote de la historia de Philby en el vuelo desde Tel Aviv. Sabes tan bien como yo lo que pasó.

—Detuvieron a George Blake por espiar para los soviéticos.

—Y lo condenaron de inmediato a cuarenta y dos años de prisión.

—Luego hubo un desertor ruso que habló a los servicios secretos británicos del llamado Círculo de los Cinco, a los que había conocido cuando eran estudiantes.

—Ese desertor se llamaba Anatoliy Golitsyn —dijo Seymour.

—Y no nos olvidemos de la vieja amiga de Philby en Cambridge —repuso Gabriel—. La que se acordó de repente de que Philby trató de reclutarla como espía para los soviéticos en los años treinta.

—¿Cómo olvidar a Flora Solomon?

—Philby empezaba a perder el control peligrosamente. En el circuito de fiestas de Beirut, no era raro encontrarlo inconsciente en el suelo del piso del anfitrión. Su declive no pasó desapercibido al Centro. El KGB era consciente, además, de que lo acechaba un peligro cada vez mayor. Yuri Modin, el supervisor de los Cinco de Cambridge, viajó a Beirut para advertir a Philby de que sería detenido si regresaba a Gran Bretaña. Finalmente, sin embargo, fue su mejor amigo, Nicholas Elliott, quien lo puso contra las cuerdas.

Seymour retomó el hilo de la historia: —Se reunieron en un piso del barrio cristiano a las cuatro de la tarde, el doce de enero. La habitación estaba llena de micrófonos. Mi padre estaba sentado en la sala de al lado, junto a la grabadora. Philby llegó con la cabeza vendada y los dos ojos morados. Se había caído un par de veces en Nochevieja, estando borracho, y tenía suerte de estar vivo. Elliott cometió la estupidez de abrir las ventanas para que entrara un poco de aire fresco en la habitación, y dejó entrar también el ruido de la calle. Gran parte de la conversación es ininteligible.

—¿Has oído la grabación?

Seymour asintió lentamente con la cabeza: —Hice uso de las prerrogativas de mi cargo para escuchar las cintas poco después de ser nombrado director. Philby lo negó todo. Pero cuando regresó al piso la tarde siguiente, ofreció una confesión parcial a cambio de que le concedieran la inmunidad. Elliott y Philby se reunieron varias veces más, una de ellas para cenar en Chez Temporel, uno de los restaurantes más caros de Beirut. Después, Elliott se marchó de Beirut sin tomar ninguna medida para impedir que Philby escapara. Huyó la noche del veintitrés de enero con ayuda de Petukhov, su contacto del KGB. A los pocos días estaba en Moscú.

—¿Cómo reaccionó tu padre?

—Se indignó, naturalmente. Sobre todo con Nicholas Elliott. Opinaba que Elliott había metido la pata al no encerrar a Philby bajo siete llaves. Más adelante llegó a la conclusión de que no había sido una metedura de pata, sino que Elliott y sus amigos de Londres *querían*, de hecho, que Philby escapara.

—Para evitar así otro escándalo público.

Seymour cambió bruscamente de tema: —¿Sabes algo acerca de la época que pasó Philby en Moscú?

—Los rusos lo instalaron en un piso muy cómodo, en la zona de los Estanques del Patriarca de la capital. Leía números atrasados del *Times* que le llegaban por correo, escuchaba las noticias en la BBC World Service y bebía Johnnie Walker etiqueta roja en grandes cantidades, casi siempre hasta el punto de quedar inconsciente. Eleanor Brewer vivió con él un tiempo, pero su matrimonio se vino abajo cuando ella descubrió que Philby estaba liado con la esposa de Donald Maclean. Más tarde Philby se casó con su cuarta esposa, una rusa llamada Rufina, y fue en general bastante infeliz.

—¿Y su relación con el KGB?

—Durante un tiempo lo mantuvieron a distancia. Pensaban que había escapado de Beirut con excesiva facilidad y estaban convencidos de que podía ser un agente triple. Poco a poco empezaron a encargarle proyectos de poca importancia para mantenerlo ocupado, como ayudar a entrenar a nuevos reclutas en el Instituto Bandera Roja del KGB. —Gabriel hizo una pausa; luego añadió—: Que es donde Sasha entra en escena.

—Sí —dijo Seymour—, Sasha el fantasma.

—¿Habías oído mencionarlo alguna vez?

—No. Y es lógico —repuso Seymour—. Sasha existe únicamente en la imaginación de Sergei Morosov. Te largó un cuento de traiciones y engaños y tú te lo tragaste con anzuelo, sedal y flotador incluidos.

—¿Por qué iba a mentir?

—Para impedir que lo mataras, naturalmente.

—Yo no amenacé con matarlo en ningún momento. Solo con entregarlo a la oposición siria.

—Ese es un distingo sin ningún contenido —respondió Seymour.

—¿Y la mujer? —preguntó Gabriel—. ¿La comunista a la que conoció Philby en Beirut? ¿La mujer que le dio un hijo? ¿También es una invención de Sergei Morosov?

Seymour fingió reflexionar: —¿Y qué les digo al primer ministro y a los estimables miembros del Comité Conjunto de Inteligencia? ¿Que Kim Philby se ha levantado de la tumba para generar un último escándalo? ¿Que convirtió a su hijo ilegítimo en un agente ruso?

—De momento —repuso Gabriel—, no les digas nada.

—Descuida, no pienso hacerlo.

Se hizo el silencio entre ellos. Solo se oía el golpeteo de la lluvia en la ventana.

—Pero ¿y si yo la encontrara? —preguntó Gabriel por fin—. ¿Lo creerías entonces?

—¿A la amante de Philby en Beirut? Estás dando por sentado que solo hubo una. Y Kim Philby era el hombre más mujeriego del mundo. Créeme, lo sé de buena tinta.

—Tu padre también lo sabía —dijo Gabriel quedamente.

—Mi padre lleva casi veinte años muerto. No podemos preguntárselo.

—Quizá sí podamos.

—¿Cómo?

—Los viejos espías nunca mueren, Graham. Tienen vida eterna.

—¿Dónde?

Gabriel sonrió: —En sus archivos.

43

SLOUGH, BERKSHIRE

Para un servicio de espionaje, la gestión de sus archivos documentales es un asunto de vital importancia. El acceso a la información ha de estar restringido a aquellos que de verdad tienen que verla, y es necesario llevar un registro detallado de qué personas acceden a un dosier y en qué momento. En el MI6 se encarga de ello el Registro Central. Los expedientes activos se guardan a mano en Vauxhall Cross, pero el grueso de la memoria institucional del MI6 se encuentra almacenado en una nave industrial de Slough, no muy lejos del aeropuerto de Heathrow. La nave se halla vigilada a todas horas por guardias y cámaras, pero a última hora de un martes pasado por agua solo había un funcionario, de nombre Robinson, atendiendo el registro. Robinson, al igual que Parish, el guardés de Wormwood Cottage, era un veterano de la vieja escuela. Tenía la cara alargada, un fino bigote y el pelo untado con una gomina que apestaba la atmósfera del vestíbulo. Miró con frialdad a Nigel Whitcombe y su solicitud escrita.

—*¿Todos?* —preguntó por fin.

Por toda respuesta, Whitcombe esbozó una sonrisa benévola. Tenía la mente de un delincuente profesional y el semblante de un párroco de provincias. Una combinación peligrosa.

—¿Todos los archivos de un agente a lo largo de siete años? Es una petición sin precedentes.

—Fíjese en el nombre del agente. —Whitcombe se lo indicó con el dedo, por si acaso Robinson, cegato como un murciélago, no lo había visto. *Seymour, Arthur...*

—Sí, ya lo he visto, pero no es posible sin la autorización del Jefe de Registro.

—Prerrogativas del jefe. Por derecho de nacimiento, además.

—Entonces quizá debería ser el jefe en persona quien hiciera la solicitud.

Esta vez la sonrisa de Whitcombe no fue tan benévola: —Es él quien la hace, Robinson. Considéreme su emisario personal.

Entrecerrando los ojos, Robinson miró el nombre escrito en el impreso: —Uno de los grandes, Arthur Seymour. Un profesional como la copa de un pino. Yo lo conocí, ¿sabe? No éramos amigos, claro. Yo no tenía la categoría de Arthur. Pero nos conocíamos.

Whitcombe no se sorprendió. Era probable que aquel viejo fósil hubiera conocido también a Philby. Durante la guerra, el Registro Central estaba en St. Albans, lindando con la Sección V a la que pertenecía Philby. El jefe de registro era entonces un borracho de tomo y lomo llamado William Woodfield. Philby solía atiborrarlo a ginebra rosa en el King Harry para que le diera acceso a los archivos gratis. Por las noches copiaba a mano los dosieres en la mesa de la cocina para hacérselos llegar a su supervisor soviético.

«Philby…».

Whitcombe se sintió enrojecer de rabia al pensar en aquel cabrón traicionero. O quizá fuera por la gomina de Robinson. El olor lo estaba mareando.

Robinson echó un vistazo al reloj de la pared, que marcaba las 10:53: —Va a llevarme un tiempo.

—¿Cuánto?

—Dos días, puede que tres.

—Lo siento, amigo mío, pero los necesito esta noche.

—¡No lo dirá en serio! Están repartidos por todo el almacén. Tengo que ir cotejando las referencias cruzadas o es posible que me salte alguno.

—No lo haga —le advirtió Whitcombe—. El jefe ha pedido expresamente todos los archivos de su padre de ese periodo. Y todos es todos.

—Sería más fácil si me diera el nombre de una operación o un objetivo concreto.

Lo sería, en efecto, pensó Whitcombe. De hecho, lo único que tenía que hacer era añadir *Philby, H. A. R.* al impreso y Robinson localizaría los archivos relevantes en cuestión de minutos. Pero el jefe quería que la búsqueda fuera lo más amplia e inconcreta posible, no fuera a ser que llegara a oídos de quien no debía en Vauxhall Cross.

—Quizá yo pueda ayudarlo —sugirió Whitcombe.

—Ni pensarlo —respondió Robinson con aspereza—. Hay una sala para el personal al final del pasillo. Puede esperar allí.

Sin más, se adentró en las sombras del vasto almacén arrastrando los pies, con el impreso en la mano. Al verlo, Whitcombe se desanimó. Aquel sitio le recordaba a la tienda de IKEA, en Wembley, donde había comprado a toda prisa los muebles de su piso. Recorrió el pasillo hasta la sala de personal y se preparó una taza de *darjeeling*. Estaba horrible. Peor que horrible, se dijo mientras se acomodaba, resignado a pasar allí una noche muy larga. No sabía a nada.

El turno del registro cambiaba a las seis. La funcionaria de primera hora de la mañana era la señora Applewhite, una bruja inmune a los encantos de Whitcombe —si es que tenía alguno— e insensible a sus amenazas veladas. De ahí que Whitcombe se sintiera aliviado cuando, a las cuatro y media de la madrugada, Robinson se asomó a la sala de personal y anunció que había terminado de reunir los documentos.

Los archivos ocupaban ocho cajas, cada una de ellas marcada con la advertencia de costumbre respecto a su manejo adecuado y su carácter confidencial, que impedía sacar los documentos de las instalaciones del registro. Whitcombe quebrantó de inmediato esa norma cargando los documentos en la parte de atrás de un Ford ranchera. Robinson puso el grito en el cielo, como era de esperar, y amenazó con despertar al Jefe del Registro, pero Whitcombe se impuso de nuevo. Aquellos archivos —argumentó— no suponían ningún peligro para la seguridad nacional. Es más, eran para uso privado del jefe. Y no se podía esperar —añadió en tono altanero— que el jefe los leyera en una nave industrial de Slough llena de corrientes de aire. Daba igual que en esos momentos estuviera alojado en una casita de campo en el borde mismo de Dartmoor. Eso no era de la incumbencia de Robinson.

Whitcombe tenía fama, bien merecida, de conducir como un loco. A las cinco y media ya estaba en Andover, y antes de que saliera el sol había cruzado la meseta caliza de Cranborne Chase. Paró a tomar un café y un sándwich de tocineta en la gasolinera Esso de Sparkford, sobrevivió a un chaparrón de proporciones bíblicas en Taunton y a las ocho enfiló a toda velocidad hacia el camino de entrada a Wormwood Cottage. Desde la ventana de su despacho, Parish lo vio descargar las cajas, ayudado nada menos que por el jefe en persona y por el célebre director del servicio secreto de inteligencia israelí, visiblemente molesto por un insidioso dolor de espalda. La gran empresa había comenzado. De eso Parish estaba seguro.

44

WORMWOOD COTTAGE, DARTMOOR

Vistos en su conjunto, los archivos constituían un recorrido completo, aunque secreto, por Oriente Medio entre los años 1956 y 1963, una época en que el poder de Gran Bretaña se estaba desvaneciendo, el de Estados Unidos iba en aumento, los rusos ganaban terreno, el joven estado de Israel sacaba músculo y los árabes coqueteaban con todos los *ismos* frustrados —panarabismo, nacionalismo y socialismo árabes— que, andando el tiempo, conducirían al ascenso del islamismo y el yihadismo y a la embrollada situación actual.

Arthur Seymour, como espía jefe del MI6 en la región, contemplaba el espectáculo desde una butaca de primera fila. Oficialmente estaba vinculado a la delegación de Beirut, pero en la práctica aquella oficina era solo el lugar donde colgaba su sombrero. Tenía jurisdicción sobre toda la región y sus jefes estaban en Londres. Se hallaba casi en perpetuo movimiento: desayunaba en Beirut, cenaba en Damasco y a la mañana siguiente estaba en Bagdad. Era un huésped frecuente del Egipto de Nasser, así como de la Casa de Saud. Incluso era bien recibido en Tel Aviv, a pesar de que la Oficina lo consideraba, con cierta razón, poco amigo de la causa judía. La antipatía de Seymour hacia el estado judío era de índole personal: estaba dentro del hotel King David el 22 de julio de 1946, cuando una bomba colocada por el grupo extremista Irgún mató a noventa y una personas, entre ellas veintiocho súbditos británicos.

Dadas las muchas responsabilidades que su puesto llevaba aparejadas, Kim Philby era para él una especie de entretenimiento. Los informes que enviaban a Londres sobre él eran, como mínimo, irregulares. Se los enviaba directamente a Dick White, el principal enemigo de Philby en el MI5, que fue nombrado director del MI6 en vísperas de la llegada de Philby a Beirut. En sus telegramas, Seymour se refería a Philby por el nombre en clave de Romeo, lo que daba a su correspondencia un aire ligeramente cómico.

Me encontré con Romeo en la Corniche el miércoles pasado, escribía en septiembre de 1956. *Parecía estar en forma y de muy buen humor. Hablamos, no recuerdo de qué porque se las ingenió para no decir absolutamente nada.* Luego pasaban tres semanas antes de que volviera a dar noticias de él. *Fui a un pícnic con Romeo en las montañas, a las afueras de Beirut. Se puso inefablemente ebrio.* Después, al mes siguiente: *Romeo se emborrachó vergonzosamente en una fiesta en casa de Miles Copeland, el estadounidense. No me explico cómo se las arregla para sacar adelante su trabajo como corresponsal. Temo por su salud si sigue a este paso.*

Gabriel y Graham Seymour se habían repartido las ocho cajas equitativamente. Gabriel trabajaba en una mesa plegable, en el cuarto de estar; Seymour, en la cocina. Podían verse el uno al otro a través de la puerta abierta, pero sus ojos rara vez se encontraban. Leían ambos todo lo rápido que podían. Seymour podía haber dudado de la existencia de la mujer, pero estaba decidido a ser el primero en encontrarla.

Fue Gabriel, sin embargo, quien descubrió la primera referencia a la complicada vida amorosa de Philby. *Se ha visto a Romeo en un café llamado The Shaky Floor con la esposa de un corresponsal estadounidense muy conocido. Esa relación, de confirmarse, podría ser dañina para los intereses británicos.* El corresponsal estadounidense no era otro que Sam Pope Brewer, del *New York Times*. Seguían nuevos informes. *He podido constatar mediante una fuente fidedigna que la relación entre Romeo y la estadounidense es, en efecto, de carácter íntimo. El marido de ella desconoce la situación, puesto que está de viaje, en una misión que va a llevarle una larga temporada. Quizá alguien debería intervenir antes de que sea demasiado tarde.* Pero ya era demasiado tarde, como descubrió Seymour poco después. *Sé de buena tinta que Romeo ha informado al corresponsal estadounidense de que tiene intención de casarse con su mujer. Por lo visto el estadounidense se tomó bastante bien la noticia y le contestó: «Me parece la mejor solución posible. ¿Qué opina de la situación en Irak?».*

La política interna de la delegación del MI6 en Beirut cambió drásticamente a comienzos de 1960, cuando Nicholas Elliott, el mejor amigo de Philby, ocupó su jefatura. Philby ascendió de la noche a la mañana en tanto que Arthur Seymour, cuya antipatía por Philby era conocida, cayó súbitamente en desgracia. El asunto, sin embargo, carecía de importancia: Seymour seguía en comunicación directa con Dick White en Londres, y se servía de esa ventaja para desacreditar a Philby a cada paso. *He tenido ocasión de revisar parte de los informes que hace Romeo para el jefe de Beirut. Son tan dudosos como sus artículos periodísticos. Temo que el jefe se esté dejando cegar por su amistad. Son inseparables.*

Elliott, no obstante, abandonó Beirut en octubre de 1962 y regresó a Londres, donde fue nombrado supervisor para el norte de África. El alcoholismo de Philby, que ya era extremo, empeoró. *Anoche tuvieron que sacar a Romeo de una fiesta en brazos*, escribía Arthur Seymour el 14 de octubre. *Verdaderamente bochornoso.* Y tres días después: *Romeo está tan saturado de alcohol que se emborracha al primer* whisky. Luego, el 27 de octubre: *Romeo le tiró no sé qué cosa a su mujer. Fue muy embarazoso para todos los que tuvimos que verlo. Me da la impresión de que ese matrimonio se está deshaciendo ante nuestros ojos. Una fuente fidedigna me ha dicho que su esposa está convencida de que tiene un lío con otra.*

Gabriel notó un hormigueo en la yema de los dedos. *Una fuente fidedigna me ha dicho que su esposa está conven-*

cida de que tiene un lío con otra... Se levantó, entró en la cocina y puso el telegrama delante de Graham Seymour:

—Existe —susurró, y volvió a su puesto en el cuarto de estar. La gran empresa había entrado en su recta final.

A Gabriel le quedaba por revisar una sola caja, y a Seymour una caja y media. Lamentablemente, los archivos no estaban ordenados. Gabriel saltaba de año a año, de sitio en sitio, de crisis en crisis, sin ton ni son. Además, la costumbre que tenía Arthur Seymour de añadir breves posdatas a sus telegramas hacía que hubiera que revisar cada uno de ellos hasta el final. A veces era una lectura fascinante. En un telegrama, Gabriel encontró una mención a la Operación Damocles, una campaña secreta de la Oficina para asesinar a científicos con antecedentes nazis que estaban ayudando a Nasser a desarrollar cohetes en un lugar secreto conocido como Fábrica 333. Había una referencia de pasada a Ari Shamron. *Uno de los agentes israelíes*, anotaba Seymour, *es un personaje sumamente desagradable que luchó para el Palmaj durante la guerra de independencia. Se rumorea que tomó parte en la Operación Eichmann, en Argentina. Casi se oye el chirrido de las cadenas cuando anda.*

Fue, sin embargo, Graham Seymour quien encontró la siguiente mención a la amante de Kim Philby en los archivos largamente olvidados de su padre. Aparecía en un telegrama fechado el 3 de noviembre de 1962. Seymour lo puso, triunfante, ante las narices de Gabriel, como un estudiante que acaba de demostrar lo indemostrable. La información relevante figuraba en la posdata. Gabriel la leyó lentamente, dos veces. Luego volvió a leerla.

Una fuente que considero fidedigna me ha dicho que el idilio dura ya algún tiempo, puede que incluso un año...

Gabriel colocó el telegrama encima del primero y siguió adelante con renovado empeño, pero de nuevo fue Graham Seymour quien desenterró la pista siguiente.

—Es un mensaje de Dick White a mi padre —dijo Seymour a través de la puerta—. Se lo mandó el cuatro de noviembre, justo al día siguiente.

—¿Qué dice?

—Le preocupa que la otra mujer sea en realidad la supervisora de Philby en el KGB. Y ordena a mi padre que averigüe quién es.

—Pues tu padre se lo tomó con calma —comentó Gabriel un momento después.

—¿Qué dices?

—Que no respondió hasta el veintidós de noviembre.

—¿Y qué decía?

—Que una fuente le había informado de que la mujer era una periodista bastante joven.

—Una periodista independiente —añadió Seymour un momento después.

—¿Qué tienes?

—Un telegrama fechado el seis de diciembre.

—¿La fuente era fidedigna?

—Era Richard Beeston —respondió Seymour—, el periodista británico.

—¿Aparece algún nombre?

Se hizo el silencio en la cocina. Se estaban acercando, pero a los dos se les estaban acabando los archivos. Y a Arthur Seymour, aunque él no lo supiera en su momento, se le estaba agotando el tiempo. A finales de la primera semana de diciembre de 1962, todavía no había descubierto la identidad de la amante de Philby. Y poco más de un mes después Philby habría desaparecido.

—Tengo otra —dijo Seymour—. Nuestra chica era francesa.

—¿Quién lo dice?

—Una fuente que había demostrado su fiabilidad en el pasado. La misma fuente asegura que se veían en el piso de la chica, más que en el de Philby.

—¿Qué fecha tiene?

—El día diecinueve.

—¿De diciembre o de enero?

—De diciembre.

A Gabriel le quedaba solo un taco de documentos de un par de centímetros por revisar. Descubrió otra pista de la chica en un telegrama fechado el 28 de diciembre: —Se los vio juntos en el bar del St. Georges. Romeo fingía estar corrigiendo algo que había escrito ella. Era, evidentemente, una estratagema para disimular una cita romántica.

Y otra dos días más tarde: —La oyeron en el Normandie perorando sobre marxismo. No me extraña que Romeo la encontrara atractiva.

Luego, de repente, diciembre dio paso a enero y la chica cayó por completo en el olvido. Nicholas Elliott había regresado a Beirut para interrogar a Philby y conseguir su confesión y su compromiso de cooperar con las autoridades británicas. Y a Arthur Seymour le preocupaba profundamente que Philby intentara escapar. Sus temores se vieron confirmados la noche del veintitrés: *Romeo ha desaparecido sin dejar rastro. Temo que haya escapado.*

Era el último telegrama del montón de Gabriel, pero en la cocina Graham Seymour aún tenía varios por revisar. Gabriel se sentó al otro lado de la mesa y contempló los chorros que formaba la lluvia en los cristales de las ventanas y los dibujos que trazaba el viento en la hierba del páramo. No se oía más sonido que el susurro del papel. Seymour leía con lentitud exasperante, pasando la punta del dedo índice a lo largo de cada página antes de pasar a la siguiente.

—Graham, por favor...

—Calla.

Y entonces, un momento después, Seymour deslizó una hoja de papel sobre la mesa. Gabriel no se atrevió a mirarla. Estaba viendo a Kim Philby caminando por el páramo, con un niño agarrado de la mano.

—¿Qué es? —preguntó por fin.

—Una especie de informe de recapitulación escrito a mediados de febrero, cuando Philby ya estaba en Moscú.

—¿Hay algún nombre?

—Míralo tú mismo.

Gabriel miró el documento que tenía ante sí.

La otra mujer se llama Charlotte Bettencourt. Aunque es cierto que tiene tendencias izquierdistas, no es, indudablemente, una agente de Moscú. No se recomiendan acciones posteriores...

Gabriel levantó la vista bruscamente: —¡Dios mío! ¡La hemos encontrado!

—Y eso no es todo. Lee la posdata. Gabriel bajó los ojos de nuevo.

He recibido informes fidedignos de que mademoiselle *Bettencourt está embarazada de unos meses. ¿Es que Philby no tiene conciencia, ni siquiera una pizca?*

No, pensó Gabriel, no la tenía.

45

DARTMOOR-LONDRES

El único ordenador que había en Wormwood Cottage conectado al mundo exterior era el del despacho de Parish. Gabriel lo utilizó para hacer una búsqueda rápida del nombre de Charlotte Bettencourt. Encontró varias docenas, en su mayoría jóvenes dedicadas a profesiones liberales, nueve de ellas en Francia. Ninguna era periodista ni tenía la edad adecuada. Y cuando, dejándose llevar por un impulso, añadió el nombre de Kim Philby al recuadro blanco, obtuvo catorce mil resultados sin sentido, el equivalente digital a una invitación a buscar en otra parte.

Que es justamente lo que hizo Gabriel, no desde Wormwood Cottage, sino desde una sala de comunicaciones seguras de la embajada israelí en Londres. Llegó allí a última hora de la tarde, tras un vertiginoso viaje en coche desde Devon en el Ford de Nigel Whitcombe, y llamó enseguida a Paul Rousseau, jefe del Grupo Alfa en París. Rousseau, casualmente, estaba aún en su despacho. Francia se hallaba en alerta máxima debido a una serie de informes que apuntaban hacia un atentado inminente del ISIS. Gabriel hizo su petición en tono algo contrito.

—Bettencourt, Charlotte.

—¿Fecha de nacimiento? —preguntó Rousseau con un profundo suspiro.

—En torno a 1940.

—¿Y dices que era periodista?

—Aparentemente.

—¿Aparentemente sí o aparentemente no? —preguntó el francés con impaciencia.

Gabriel le explicó que había trabajado en Beirut como periodista independiente a principios de los sesenta y que según sus informes simpatizaba con las ideas izquierdistas.

—Como todo el mundo a principios de los sesenta.

—¿Cabe la posibilidad de que la DST le abriera un expediente?

—Sí, es posible —reconoció Rousseau—. Abrían expediente a cualquiera que simpatizara con Moscú. Buscaré su nombre en la base de datos.

—Hazlo discretamente —le advirtió Gabriel, y colgó el teléfono.

Durante las tres horas siguientes, a solas en una caja insonorizada, en el sótano de la embajada, sopesó todos los motivos por los que la búsqueda de Rousseau podía resultar infructuosa. Quizá Arthur Seymour estuviera equivocado y la chica no se llamase en realidad Charlotte Bettencourt. Quizá hubiera huido a Moscú y siguiera viviendo allí. Quizá el gran Sasha la hubiera matado, como había matado a Konstantin Kirov y a Alistair Hughes.

Fuera lo que fuese lo que había sido de ella, había sucedido hacía mucho tiempo. Y hacía también mucho tiempo que Gabriel no dormía. En algún momento apoyó la cabeza en la mesa y se quedó dormido. El teléfono lo despertó con un sobresalto. Eran las once y media, Gabriel no sabía si de la noche o de la mañana. La caja insonorizada era un espacio sin amanecer ni puesta de sol. Agarró bruscamente el teléfono y se lo acercó al oído.

—Dejó Beirut en 1965 y regresó a París —dijo Paul Rousseau—. Participó en las manifestaciones del sesenta y ocho, pero no tuvo un papel destacado en ellas. Después, la DST se desentendió de ella.

—¿Sigue viva?

—Aparentemente.

A Gabriel le dio un vuelco el corazón: —¿Aparentemente sí o aparentemente no?

—Sigue recibiendo su pensión. Los cheques se los envían a una dirección en España.

—No tendrás esa dirección por casualidad, ¿verdad?

Pues sí, la tenía. Charlotte Bettencourt, la madre del hijo ilegítimo de Kim Philby, vivía en el paseo de la Fuente, en Zahara, España.

46

ZAHARA, ESPAÑA

Eran poco más de las dos de la tarde siguiente cuando Charlotte Bettencourt llegó a la conclusión de que la estaban vigilando dos hombres: uno alto y desgarbado y el otro varios centímetros más bajo y más corpulento. Kim se habría sentido orgulloso de ella por descubrirlos, pero a decir verdad se esforzaban muy poco por esconderse. Era casi como si quisieran que los viera. Un par de rusos enviados para secuestrarla o matarla no se comportarían así. No les temía, por lo tanto. De hecho, estaba deseando que llegara el momento en que, abandonando todo disimulo, se presentaran y le dijeran sus nombres. Hasta entonces, pensaría en ellos como en Rosencrantz y Guildenstern, dos criaturas terrestres indiferenciadas que actuaban como una sola.

Había reparado en ellos por primera vez esa mañana, temprano, mientras caminaba por el paseo. Volvió a verlos en la calle San Juan, donde estaban sentados bajo una sombrilla, en la terraza de un bar, con la vista fija en sus teléfonos móviles, aparentemente ajenos a su presencia. Y ahora allí estaban otra vez. Charlotte estaba comiendo entre los naranjos del bar Mirador cuando los dos cruzaron la plaza adoquinada en dirección a la iglesia de Santa María de la Mesa. No le dieron la impresión de ser muy beatos, especialmente el alto, el más pálido de los dos. Quizá buscaran absolución. Tenían aspecto de necesitarla.

Subieron los escalones de la iglesia —uno, dos, tres, cuatro— y entraron. Charlotte empuñó su lápiz y trató de retomar su trabajo, pero no sirvió de nada: la aparición de aquellos dos individuos había interrumpido el flujo de las palabras. Había estado escribiendo acerca de una tarde de septiembre de 1962, cuando Kim, en lugar de hacerle el amor, prefirió emborracharse. Estaba desconsolado. Jackie, su querido zorro amaestrado, había muerto hacía poco al caer desde la terraza de su apartamento. Charlotte, sin embargo, estaba convencida de que era otra cosa la que lo angustiaba y le había suplicado que se sincerara con ella. «Tú no po-po-podrías entenderlo», tartamudeó con el vaso casi pegado a la boca y los ojos ocultos bajo el manto de su flequillo erizado. «Todo lo que he hecho, lo he hecho por una cuestión de con-con-conciencia». Debería haber comprendido en ese instante que todo era cierto: que Kim era un espía soviético, el Tercer Hombre, el traidor. No lo habría despreciado por ello. Al contrario, de hecho. Lo habría querido aún más.

Guardó su lápiz y su cuaderno Moleskine en el bolso de mimbre y acabó de beberse su vino. En el bar había un único cliente más: un hombre menudo, con el cabello ralo y un rostro que desafiaba toda descripción. El tiempo era ideal, cálido al sol, fresco a la sombra de los naranjos. Charlotte vestía un suéter polar y unos vaqueros con cintura elástica. Eso era quizá lo peor de envejecer: el saco que se veía obligada a acarrear todo el santo día, como sus recuerdos de Kim. Ya apenas se acordaba del cuerpo ligero y flexible que él devoraba cada tarde antes de volver corriendo a casa, con Eleanor, para su discusión de todas las noches. Él amaba su cuerpo, incluso cuando su vientre comenzó a abultarse. «¿Crees que será ni-ni-niño o niña?», le preguntó mientras acariciaba su piel. Poco importaba. Dos semanas después, Kim desapareció.

El hombre de cabello ralo estaba enfrascado en un periódico. Pobrecito, pensó Charlotte. Estaba solo en el mundo, igual que ella. Le dieron ganas de trabar conversación con él, pero los dos hombres acababan de salir de la iglesia al resplandor de la plaza. Pasaron junto a su mesa en silencio y bajaron por la empinada cuesta de la calle Manchega.

Tras pagar la cuenta, Charlotte hizo lo mismo. No es que intentara seguirlos; sencillamente, era el camino más corto para llegar al pequeño supermercado El Castillo. Dentro, volvió a ver a uno de ellos, al que llamaba Rosencrantz, el más alto de los dos. Miraba un cartón de leche como si buscara la fecha de caducidad. Por vez primera, Charlotte sintió una punzada de temor. Tal vez estuviera equivocada. Quizá fueran de la SVR, después de todo, y estuvieran allí para llevársela. Ahora que lo veía de cerca, Rosencrantz tenía cierto aspecto de ruso.

Metió apresuradamente unas cuantas cosas en su cesta y pagó a una chica pechugona que llevaba la tripa al aire y demasiado maquillaje.

—La loca —murmuró la chica con desdén cuando Charlotte salió a la calle con sus bolsas de plástico. Y allí estaba Guildenstern. Apoyado contra un naranjo, sonriendo.

—*Bonjour, madame* Bettencourt —dijo en tono afable, y dio un paso cauteloso hacia ella—. Siento molestarla, pero me preguntaba si podríamos hablar en privado.

Tenía los ojos muy azules, igual que Kim.

—¿Sobre qué? —preguntó ella.

—El asunto del que deseo hablarle es de índole muy delicada —respondió el desconocido.

Charlotte sonrió con amargura: —La última vez que alguien me dijo eso… —Vio de pronto que el hombre de cabello ralo bajaba hacia ellos por la cuesta. No había sospechado de él. Supuso que era un espía de mayor calibre. Fijó la mirada en el sujeto al que apodaba Guildenstern, el que tenía los ojos tan azules como Kim—. ¿Es del gobierno francés? —preguntó.

—Santo cielo, no.

—¿De dónde, entonces?

—Trabajo para el Foreign Office británico.

—Así que es un espía. —Miró al hombre de cabello ralo—. ¿Y él?

—Un colaborador.

—No tiene pinta de inglés.

—No lo es.

—¿Y Rosencrantz?

—¿Quién?

—Es igual —dijo, y ella misma notó su tono de resignación. Por fin había llegado la hora—. ¿Cómo rayos me han encontrado?

Su pregunta pareció sorprender al inglés: —Es una larga historia, *madame* Bettencourt.

—Seguro que sí. —Las bolsas empezaban a pesarle—. ¿Estoy metida en un lío?

—Creo que no.

—Todo lo que hice, lo hice por una cuestión de conciencia. —Estaba confundida. ¿Era Kim quien hablaba o era ella?—. ¿Y qué hay de mi...? —se interrumpió bruscamente.

—¿De quién, *madame* Bettencourt?

Todavía no, se dijo. Convenía guardarse un as en la manga, por si tenía que comprar su libertad. No se fiaba de aquel hombre, como era lógico. Los británicos eran los mayores embusteros del mundo. Lo sabía de buena tinta.

El alto y pálido estaba ahora a su lado. Con delicadeza, le quitó las bolsas de las manos y las metió en el maletero de un Renault sedán; después se sentó ágilmente tras el volante. El hombre de cabello ralo se sentó delante. Charlotte y el de los ojos azules, detrás. Mientras el coche arrancaba, pensó en los libros del estante del rinconcito donde escribía y en la caja fuerte victoriana de debajo de su mesa. Dentro había un álbum encuadernado en piel, tan viejo que solo olía a polvo. Los largos almuerzos alcohólicos en el St. Georges y el Normandie, los pícnics en las montañas, las tardes de intimidad en su apartamento, cuando él bajaba la guardia. Había también ocho fotografías amarillentas de una niña, la última de ellas hecha en el otoño de 1984, en Jesus Lane, Cambridge.

47

ZAHARA-SEVILLA

El coche pasó ante su casa sin aflojar la marcha. El pequeño patio delantero estaba desierto, pero Charlotte creyó ver que algo se movía detrás de una ventana. Chacales rebuscando entre los huesos, pensó. Por fin había sucedido. Después de balancearse al borde del risco, su vida había caído al fondo del valle. Había sido una cómplice voluntaria, cierto, pero era Kim quien, al fin y al cabo, la había arrastrado. Ella no era la primera; Kim había dejado mucho sufrimiento a su paso. Pensó otra vez en la caja fuerte de debajo de su escritorio. Ellos lo sabían, se dijo. Quizá no todo, pero lo sabían.

—¿Adónde vamos? —preguntó.

—No muy lejos —respondió el inglés de ojos azules.

Justo en ese momento, su Seiko se puso a chillar: —¡Mis pastillas! —exclamó Charlotte—. No puedo irme sin mis pastillas. Vuelvan, por favor.

—No se preocupe, *madame* Bettencourt. —El hombre sacó un frasquito de color ámbar del bolsillo de su chaqueta—. ¿Estas?

—Las otras, por favor.

Él le pasó otro frasquito. Charlotte se echó una pastilla en la palma de la mano y se la tragó sin un sorbo de agua, lo que pareció impresionar al hombre. La casa se había perdido de vista. Charlotte se preguntó si volvería a verla alguna vez. Hacía mucho tiempo que solo se aventuraba a alejarse de ella a pie. De joven había viajado a lo largo y ancho de España en coche; con el dinero del camarada Lavrov, solo le alcanzaba para eso. Pero ahora que era mayor y ya no podía conducir, su mundo se había reducido. Podría haber viajado en autobús, claro, pero la idea no la atraía en lo más mínimo: todos esos proletarios sudorosos, con sus sándwiches pringosos y sus niños chillones... Ella era socialista —comunista, incluso—, pero no estaba tan comprometida con la revolución como para viajar en transporte público.

Las lluvias invernales habían cubierto de verde el campo. Rosencrantz sujetaba el volante con la mano izquierda. Con la derecha marcaba un ritmo nervioso en la consola central. Aquel golpeteo ponía nerviosa a Charlotte.

—¿Siempre hace eso? —preguntó al inglés, pero él se limitó a sonreír.

Se estaban acercando a la salida de la A-375. El indicador

que Charlotte vio por la ventana decía SEVILLA. Rosencrantz tomó el carril de salida sin aminorar la marcha ni molestarse en poner el intermitente. Y lo mismo hicieron el coche de delante —observó Charlotte— y el de detrás.

—¿Cuánto falta? —preguntó.

—Hora y media —contestó el inglés.

—Puede que algo menos, a este ritmo —comentó Charlotte lanzando una mirada de censura a Rosencrantz.

El inglés miró hacia atrás con detenimiento.

—¿Todavía nos siguen? —preguntó ella.

—¿Quién?

Charlotte decidió no volver a preguntar. La pastilla le estaba dando sueño, igual que el leve balanceo del coche al subir y bajar por el terreno ondulante y el cálido sol que le daba en la cara. Apoyó la cabeza en el respaldo y cerró los ojos. En parte, se moría de impaciencia. Hacía mucho tiempo que no visitaba Sevilla.

Al despertar vio la Giralda, el minarete convertido en campanario de la catedral de Sevilla, alzándose sobre el barrio de Santa Cruz, la antigua judería de la ciudad. Se habían detenido en una estrecha callejuela, frente a una cafetería estadounidense. Charlotte arrugó el ceño al ver el ubicuo letrero blanco y verde.

—Las hay en todas partes —comentó el inglés al advertir su reacción.

—En Zahara no. Allí todavía tenemos mentalidad pueblerina.

El inglés sonrió como si estuviera familiarizado con esa

idea: —Me temo que a partir de aquí no podemos seguir en coche. ¿Es capaz de caminar un trecho corto?

—¿Que si soy capaz? —Charlotte estuvo tentada de decirle que caminaba alrededor de dos kilómetros todos los días. De hecho, podría haberle dicho la cantidad exacta de pasos, pero no quería que la tomara por una chiflada—. Sí, estoy perfecta —contestó—. Siempre me ha gustado pasear por Sevilla.

El hombrecito del pelo ralo estaba de pie junto a su puerta, solícito como un botones de hotel. Charlotte aceptó la mano que le ofrecía. Era firme y seca, como si pasara mucho tiempo escarbando en tierra cuarteada.

—¿Y lo que compré en la tienda? —preguntó—. Se echará a perder si lo dejan en el maletero.

El hombrecito la miró sin decir nada. Era un vigilante, se dijo Charlotte. Su labor no consistía en hablar. El inglés levantó una mano hacia la Giralda y dijo: —Por aquí, por favor.

Su amabilidad estaba empezando a crisparle los nervios casi tanto como el tamborileo de su compañero. Ni todas las sonrisas ni toda la simpatía del mundo podían ocultar el hecho de que la habían detenido. Si aquel individuo decía «por favor» una sola vez más, le haría una demostración de su legendario mal genio, que había acobardado al mismísimo Kim.

Recorrieron una serie de callejuelas adentrándose en la judería hasta que al fin llegaron a un pasadizo morisco. Daba a un patio con soportales, ensombrecido y perfumado por el aroma de las naranjas de Sevilla. Un hombre aguardaba allí, solo, contemplando el agua que caía en la fuente.

Levantó la vista con sobresalto, como si le sorprendiera su llegada, y la miró con evidente curiosidad. Charlotte hizo lo mismo: lo había reconocido de inmediato. Sus ojos lo delataban. Era el israelí al que culpaban del asesinato de ese espía ruso en Viena.

—Imaginaba que sería usted —dijo pasado un momento.

Él sonrió francamente.

—¿He dicho algo gracioso?

—Eso fue, casi con toda exactitud, lo que dijo Kim Philby cuando Nicholas Elliott fue a Beirut y lo acusó de ser un espía.

—Sí, lo sé —respondió Charlotte—. Kim me lo contó.

48

SEVILLA

La habitación a la que Gabriel condujo a Charlotte Bettencourt era sombría y de sus paredes, cubiertas por un friso, colgaban numerosos cuadros de dudosa procedencia, oscurecidos por el paso del tiempo y la desidia. Ediciones de grandes libros, encuadernadas en piel, ocupaban las gruesas estanterías de madera, y un reloj antiguo marcaba la hora equivocada sobre el aparador del siglo XVII. Colocado sobre la mesa baja del centro había un objeto que parecía ligeramente fuera de lugar: una antigua caja fuerte victoriana de madera, con el barniz deslucido y agrietado.

Charlotte Bettencourt todavía no había reparado en ella. Estaba observando el entorno con visible desaprobación. O quizá no fuera desaprobación, sino familiaridad, se dijo Gabriel. Su apellido sugería un origen aristocrático, al igual que su porte. A pesar de su edad, se mantenía erguida como una bailarina. Gabriel retocó mentalmente su rostro arrugado y manchado por el sol, restaurándolo hasta la edad aproximada de veinticuatro años, cuando viajó a Beirut para iniciarse en el periodismo. Allí, por motivos que Gabriel aún no alcanzaba a entender, se había entregado a un individuo como Kim Philby. El amor era una explicación posible. La otra era la política. O quizá fuera una combinación de ambas cosas, lo cual la convertía en una rival formidable.

—¿Es suya? —preguntó ella.

—¿Cómo dice?

—Esta casa.

—Me temo que en ocasiones me veo obligado a confiar en la bondad de los desconocidos —contestó Gabriel.

—Eso es algo que tenemos en común.

Gabriel sonrió a su pesar.

—¿De quién es? —preguntó ella.

—Del amigo de un amigo.

—¿Judío?

Él se encogió de hombros con indiferencia.

—Evidentemente es rico ese amigo suyo.

—No tanto como lo fue en el pasado.

—Qué lástima —repuso ella con la mirada fija en el reloj del aparador. Volviéndose, miró a Gabriel con atención—. Es más bajo de lo que imaginaba.

—Usted también.

—Yo soy mayor.

—Otra cosa que tenemos en común.

Esta vez fue Charlotte Bettencourt quien sonrió, pero su sonrisa se borró al instante cuando por fin reparó en la caja fuerte: —No tenían derecho a invadir mi casa y agarrar mis cosas. Claro que imagino que mis faltas son de mucho mayor calado. Y por lo visto alguna otra persona va a tener que pagar por ello.

Gabriel no se atrevió a responder. Charlotte Bettencourt estaba mirando a Christopher Keller, que comparaba la hora de su reloj de pulsera con la del reloj del aparador.

—Su amigo me ha dicho que era británico —dijo—. ¿Es cierto?

—Así es, me temo.

—¿Y qué interés tiene usted en este asunto? —preguntó—. ¿Con qué autoridad está aquí?

—En este asunto —contestó Gabriel en tono puntilloso—, los servicios de inteligencia británicos e israelíes están trabajando juntos.

—Kim se estará retorciendo en su tumba.

Gabriel optó de nuevo por no contestar. Era mucho más útil guardar silencio que decirle a Charlotte Bettencourt lo que le parecían las opiniones de Kim Philby sobre el estado de Israel. Ella seguía observando a Keller con una expresión levemente irónica.

—Su amigo también se ha negado a decirme cómo me han encontrado. Quizá usted lo haga.

Gabriel decidió que no había nada de malo en ello. A fin de cuentas, había pasado mucho tiempo: —Encontramos su nombre en un viejo expediente del MI6.

—¿De Beirut?

—Sí.

—Kim me aseguró que nadie sabía lo nuestro.

—En eso también se equivocaba —contestó él con frialdad.

—¿Quién fue? ¿Quién lo descubrió?

—Se llamaba Arthur Seymour.

Ella esbozó una sonrisa maliciosa: —Kim no lo tragaba.

—El sentimiento era mutuo. —Gabriel tuvo la sensación de estar conversando con el maniquí de un diorama histórico—. Arthur Seymour sospechó desde el principio que Philby era un espía soviético. Sus superiores en Londres pensaron que quizá usted también lo fuera.

—Pues no, no lo era. No era más que una jovencita impresionable y con fuertes convicciones. —Posó la mirada en la caja de madera—. Pero eso ya lo sabe, ¿verdad? Lo sabe todo.

—Todo, no —reconoció Gabriel.

—¿Corro algún peligro legalmente? —preguntó ella.

—Es usted una ciudadana francesa de edad avanzada que vive en España.

—Hay dinero que ha cambiado de manos.

—Es lo que suele pasar con el dinero, casi siempre.

—No en el caso de Kim. Se llevó algún dinero, claro, lo justo para sobrevivir cuando lo necesitó. Pero fue su fe en el comunismo lo que motivó sus actos. Yo compartía esa fe. Igual que muchos de sus correligionarios, señor Allon.

—A mí me criaron en esa fe.

—¿La conserva aún? —preguntó ella.

—Esa es una cuestión para otro momento.

Charlotte volvió a fijar la mirada en la caja fuerte: —¿Y qué hay de mi...?

—Me temo que no puedo ofrecerle ninguna garantía —contestó Gabriel.

—¿Habrá una detención? ¿Un procesamiento? ¿Otro escándalo?

—Esa decisión le corresponde tomarla al jefe del MI6, no a mí.

—Es el hijo de Arthur Seymour, ¿verdad?

—Sí, en efecto —contestó Gabriel sorprendido.

—Imagínese. Coincidí una vez con él, ¿sabe?

—¿Con Arthur Seymour?

—No, con su hijo. Fue en el bar del Normandie. Kim se puso tontorrón y trató de invitarlo a una ginebra rosa. Seguro que él no se acuerda. Era un crío, y fue hace muchísimo tiempo. —Sonrió melancólicamente—. Pero nos estamos adelantando. Quizá deberíamos empezar por el principio, *monsieur* Allon. Así comprenderá mejor por qué pasó.

—Sí —repuso Gabriel—. Sería lo más conveniente.

49

SEVILLA

Todo comenzó en un pueblecito cerca de Nantes —dijo—, en el valle del Loira, al oeste de Francia. Los Bettencourt eran una familia de rancio abolengo, rica en tierras y en posesiones. Charlotte tenía edad suficiente para recordar a los soldados alemanes en las calles de su pueblo y al educado capitán de la Wehrmacht que se alojaba en el *château* de su familia. Su padre trataba con respeto a los ocupantes alemanes —con respeto excesivo, en opinión de algunos vecinos del pueblo— y después de la guerra las malas lenguas lo acusaron de colaboracionismo. Los comunistas tenían mucho poder en el *département*. Los hijos de la clase trabajadora zaherían sin piedad a la pequeña Charlotte y en cierta ocasión intentaron raparle el pelo. Y quizá lo habrían conseguido de no ser por la intervención de *monsignor* Jean-Marc, que salió en su defensa. Muchos años después, una comisión histórica acusaría al sacerdote, amigo de la familia Bettencourt, de ser también un colaboracionista.

En 1956 Charlotte se trasladó a París para estudiar literatura francesa en la Sorbona. Aquel fue un otoño de cataclismos políticos. A finales de octubre, tropas israelíes, británicas y francesas trataron de tomar el control del canal de Suez arrebatándoselo al Egipto de Nasser. Y a principios de noviembre, los tanques soviéticos entraron en Budapest para aplastar el levantamiento húngaro. Charlotte, que para entonces ya militaba en el comunismo, se puso del lado de Moscú en ambas ocasiones.

Abandonó la Sorbona en 1960 y pasó el año y medio siguiente escribiendo reseñas y artículos políticos para una pequeña revista de literatura. Aburrida, le pidió a su padre dinero para trasladarse a Beirut y convertirse así, quizá, en corresponsal de algún periódico. Su padre, con el que apenas se hablaba en aquel entonces debido a sus convicciones políticas, se alegró de deshacerse de ella. Charlotte llegó al Líbano en enero de 1962, alquiló un apartamento cerca de la Universidad Americana y comenzó a escribir artículos para diversas publicaciones izquierdistas francesas por los que no le pagaban casi nada. A ella no le importaba: a fin de cuentas, contaba con el dinero de su familia. Aun así, ansiaba labrarse una carrera como periodista. A menudo buscaba el consejo de diversos integrantes de la extensa comunidad de corresponsales extranjeros de Beirut; entre otros, el de uno que solía beber en el bar del hotel Normandie.

—Philby —dijo Gabriel.

—Kim —contestó Charlotte—. Para mí siempre ha sido Kim.

Estaba sentada al borde de un sillón de brocado, con las manos cuidadosamente cruzadas sobre las rodillas y los dos pies apoyados en el suelo. Sentado en el sillón de al lado, Eli Lavon miraba distraídamente a lo lejos, como si estuviera en el andén de una estación ferroviaria esperando un tren que llegaba con retraso. Mikhail parecía estar sosteniendo tercamente la mirada de la figura de uno de los cuadros deslustrados, una mala copia de El Greco. Keller había abierto la parte de atrás del reloj del aparador y, fingiendo indiferencia, trasteaba en el mecanismo.

—¿Estaba enamorada de él? —preguntó Gabriel, que se paseaba por la habitación con parsimonia.

—¿De Kim? Muchísimo.

—¿Por qué?

—Porque no se parecía a mi padre, supongo.

—¿Sabía que era un espía soviético?

—No diga tonterías. Kim nunca me habría confiado ese secreto.

—Pero seguramente algo sospechaba usted.

—Se lo pregunté una vez y no volví a preguntárselo. Pero saltaba a la vista que sufría muchísimo. Solía tener unas pesadillas espantosas después de hacer el amor. Y su alcoholismo era... Yo nunca había visto nada igual.

—¿Cuándo se dio cuenta de que estaba embarazada?

—A principios de noviembre. Esperé hasta finales de diciembre para decírselo.

—¿Cómo reaccionó él?

—Estuvo a punto de matarnos a los dos. En ese momento iba conduciendo —explicó ella—. Una nunca debería decirle a su amante que está embarazada cuando va conduciendo. Y menos aún cuando está borracho.

—¿Se enfadó?

—Fingió enfadarse. La verdad es que creo que se puso muy triste. De Kim pueden decir lo que quieran, pero lo cierto es que adoraba a sus hijos. Probablemente pensó que nunca vería al que yo llevaba en mi vientre.

«Probablemente», se dijo Gabriel.

—¿Le planteó usted alguna exigencia?

—¿A Kim Philby? No me molesté en planteárselas. Tenía muchos problemas de dinero. No podía ayudarme económicamente ni casarse conmigo. Yo sabía que, si tenía el bebé, tendría que arreglármelas sola.

El cumpleaños de Philby era el día de Año Nuevo. Ese año cumplió cincuenta y uno. Charlotte confiaba en pasar al menos unos minutos con él, pero Kim la telefoneó para decirle que no podía ir a su casa. La noche anterior se había caído dos veces y tenía una brecha en la cabeza y los ojos morados. Durante las dos semanas siguientes evitó verla, escudándose en su mal aspecto. El verdadero motivo de su ausencia —explicó Charlotte— era que Nicholas Elliott había llegado a Beirut.

—¿Cuándo volvió a verlo?

—El día veintitrés.

—El día que se marchó de Beirut.

Ella asintió: —Vino a verme a última hora de la tarde. Tenía peor aspecto que nunca. Estaba lloviendo a mares y se había empapado. Me dijo que solo podía entretenerse unos minutos. Había quedado en reunirse con Eleanor para cenar en casa del primer secretario de la embajada británica. Intenté que hiciéramos el amor, pero me rechazó y me pidió una copa. Luego me contó que Nicholas lo había acusado de ser un espía soviético.

—¿Él lo negó?

—No —contestó Charlotte con énfasis—. No lo negó.

—¿Qué le contó?

—Mucho más de lo que debería. Y luego me dio un sobre.

—¿Qué contenía?

—Dinero.

—¿Para el bebé?

Charlotte asintió lentamente.

—¿Dijo de dónde lo había sacado?

—No, pero deduzco que fue de Petukhov, su contacto del KGB en Beirut. Kim se marchó esa misma noche a bordo de un carguero soviético, el *Dolmatova*. No volví a verlo.

—¿Nunca?

—No, *monsieur* Allon. Nunca.

Cuando se supo que Philby había desertado —prosiguió—, ella pensó fugazmente en escribir una exclusiva personal: —«El Kim Philby al que conocí y amé», o una bobada de ese tipo. —Pero en lugar de hacerlo publicó un par de artículos que no hacían referencia a su vida íntima y esperó a que naciera su bebé. Dio a luz en un hospital de Beirut, sola, a finales de la primavera de 1963.

—¿No se lo dijo a su familia?

—En aquel momento, no.

—¿Informó a la embajada francesa?

—Cumplimenté la documentación necesaria y expidieron un pasaporte.

—Doy por sentado que había una partida de nacimiento.

—Naturalmente.

—¿Y qué escribió en el espacio reservado al nombre del padre?

—Philby —respondió en un tono levemente desafiante—. Harold Adrian Russell.

—¿Y el nombre del bebé?

—Bettencourt —contestó ella esquivamente.

—¿Y su nombre de pila? —insistió Gabriel—. ¿Su nombre completo?

Charlotte Bettencourt fijó de nuevo la mirada en la caja de madera: —Usted ya sabe el nombre del bebé, *monsieur* Allon. Por favor, no me obligue a cometer otro acto de traición.

Gabriel no lo hizo. Ni entonces ni nunca.

—Regresó usted a Francia en 1965 —dijo él.

—En invierno.

—¿Adónde fue?

—A un pueblecito cerca de Nantes —contestó—, en el valle del Loira, al oeste de Francia.

—Debió de ser una sorpresa para sus padres.

—Una sorpresa es poco. Mi padre me echó a la calle y me dijo que no volviera.

—¿Les dijo quién era el padre?

—Si lo hubiera hecho —respondió ella—, solo habría empeorado las cosas.

—¿Se lo dijo a alguien?

—No. A nadie. Nunca.

—¿Y la partida de nacimiento?

—La perdí.

—Qué oportuno.

—Sí.

—¿Qué pasó en realidad?

Ella miró un instante la caja de madera y desvió los ojos. En el patio, tres guardias de seguridad permanecían inmóviles como estatuas en medio de la penumbra del atardecer. Eli Lavon seguía esperando su tren, pero Keller y Mikhail miraban absortos a Charlotte Bettencourt. El reloj se había parado definitivamente. Igual que el corazón de Gabriel, o eso le parecía.

—¿Dónde fue después? —preguntó.

Volvió a París, contestó ella, esta vez con un bebé a su cargo. Vivían en una buhardilla de una sola habitación del Barrio Latino. Era lo único que podía permitirse sin el apoyo económico de su padre. Su madre le daba unos francos cuando iba a visitarla, pero su padre se desentendió por completo de ella. Igual que Kim, al parecer. El bebé, sin embargo, se parecía cada vez más a él. Los mismos ojos azules, el mismo flequillo rebelde. Tenía un leve tartamudeo que a los ocho años había desaparecido por completo. Charlotte abandonó el periodismo y se consagró al Partido y a la revolución.

Estaban en París, y la espléndida ciudad era suya. Solían jugar a un juego tonto: a contar los pasos entre sus lugares favoritos. ¿Cuántos pasos había entre el Louvre y Notre Dame? ¿Cuántos desde el Arco de Triunfo a la *place* de la Concorde? ¿Y desde la torre Eiffel a Les Invalides?

Había ochenta y siete pasos entre su buhardilla y el patio del edificio, explicó Charlotte, y otros treinta y ocho hasta el portal, que daba a la *rue* Saint-Jacques. Que era donde, un tórrido día de verano de 1974, cuando la mayoría de los parisinos sensatos habían huido de la ciudad, estaba esperando un hombre.

—¿En qué fecha fue eso? —preguntó Gabriel.

—En agosto —respondió Charlotte—. Al día siguiente de dimitir Nixon.

—O sea, el diez.

—Si usted lo dice.

—¿Cómo se llamaba ese hombre?

—En esa ocasión se presentó como el camarada Lavrov.

—¿Y en otras?

Sasha, contestó ella. Se hacía llamar Sasha.

50

SEVILLA

Era delgado —con una delgadez de gulag, comentó Charlotte— y pálido como una vela de cera. Unos pocos mechones de pelo sucio y lacio se le pegaban al cráneo, cuya ancha frente le confería un aspecto de superior inteligencia. Tenía los ojos pequeños y ribeteados de rojo y los dientes grises y desiguales. Vestía una chaqueta de *tweed* demasiado gruesa para aquel calor bochornoso y una camisa antaño blanca que daba la impresión de haber sido lavada infinidad de veces en la pila de una cocina. Lucía una barba descuidada.

—¿Barba?

—Sí, no muy larga —contestó Charlotte indicando con

el pulgar y el índice el espacio entre su labio superior y su mentón.

—¿Como Lenin? —preguntó Gabriel.

—Como Lenin de joven. En el exilio. En Londres.

—¿Y qué lo traía por París?

—Dijo que tenía una carta.

—¿De Philby?

—No pronunció ese nombre en ningún momento. Dijo que la carta era de un hombre al que yo había conocido en Beirut. Un periodista inglés muy conocido. —Bajó la voz para darle un tono grave y masculino y añadió con acento ruso—: «¿Sería posible que habláramos en privado? El tema del que deseo hablarle es de índole muy delicada». Le sugerí la *brasserie* de la acera de enfrente —prosiguió con su voz normal—, pero dijo que prefería que fuera en mi apartamento. Le expliqué que era muy humilde. Me dijo que ya lo sabía.

—Es decir, que llevaba algún tiempo vigilándola.

—Ese hombre procedía de su mundo, no del mío.

—¿Y la carta?

Estaba mecanografiada, lo que era impropio de Kim, y no llevaba firma. Aun así, Charlotte supo que era suya. Philby se disculpaba por haberla engañado en Beirut y le decía que deseaba retomar el contacto. Como parte de esa nueva toma de contacto, pretendía ver al fruto de su relación. Por motivos evidentes, escribía, el encuentro no podía darse en Francia.

—¿Quería que fuera usted a Moscú?

—Yo, no. Solo nuestra hija.

—¿Y usted accedió?

—Sí.

—¿Por qué?

Charlotte no respondió.

—¿Porque seguía enamorada de él? —sugirió Gabriel.

—¿De Kim? No, ya no. Pero seguía enamorada de la *idea* de Kim.

—¿Y qué idea era esa?

—El compromiso con la revolución. —Hizo una pausa y luego añadió—: El sacrificio.

—No ha mencionado la traición.

Ignorando su comentario, ella explicó que Sasha y la niña se marcharon de París esa misma noche en un tren con destino a Alemania. Cruzaron en coche al sector oriental, fueron por carretera hasta Varsovia y a continuación volaron a Moscú, la niña con un pasaporte ruso falso. El piso de Philby estaba cerca de la plaza Pushkin, oculto en una callejuela cerca de una iglesia antigua, entre la calle Tverskaya y los Estanques del Patriarca. Vivía allí con Rufina, su esposa rusa.

—La cuarta —agregó Charlotte Bettencourt en tono ácido.

—¿Cuánto tiempo se...?

—Tres días.

—Imagino que hubo otra visita.

—En Navidad, ese mismo año.

—¿De nuevo en Moscú?

—Diez días —contestó ella asintiendo con la cabeza.

—¿Y la siguiente visita?

—El verano siguiente. Un mes.

—Un mes es mucho tiempo.

—Fue duro para mí, lo reconozco.

—¿Y después de eso?

—Sasha vino otra vez a París, a verme.

Se encontraron en un banco del parque, como Philby y Otto cuatro décadas antes, solo que el banco no estaba en Regent's Park, sino en los jardines de las Tullerías. Sasha le explicó que el Centro le había ordenado embarcarse en una misión histórica en nombre de la paz mundial. Kim sería su compañero en esa empresa. Era deseo de Sasha, y de Kim, que Charlotte se les uniera.

—¿Y cuál sería su papel en esa empresa?

—Un matrimonio breve. Y un sacrificio enorme.

—¿Quién era el afortunado?

—Un inglés de una familia muy bien relacionada que también creía en la paz.

—Es decir, un colaborador del KGB.

—Nunca me quedó claro cuál era su relación exacta con Moscú. Su padre y Kim se conocían de su época en Cambridge. Era bastante radical, y también bastante homosexual. Pero eso carecía de importancia. Iba a ser un matrimonio ficticio.

—¿Dónde se casaron?

—En Inglaterra.

—¿En qué iglesia?

—Fue una boda civil.

—¿Asistió su familia?

—Por supuesto que no.

—¿Y cuánto duró esa unión?

—Dos años. El nuestro no era un matrimonio forjado en los cielos, *monsieur* Allon. Fue el Centro quien lo forjó.

—¿Qué precipitó el divorcio?

—El adulterio.

—Qué apropiado.

—Al parecer, fui sorprendida en flagrante delito con uno de los mejores amigos de mi marido. Fue todo un escándalo, de hecho. Igual que mi afición a la bebida, que me incapacitaba para ser madre. Por el bien de la niña, accedí a renunciar a su custodia.

Siguió un largo y penoso periodo de alejamiento para que la niña se convirtiera en inglesa de los pies a la cabeza. Charlotte pasó un tiempo en París. Después, a instancias del Centro, se instaló en un pueblo blanco de la serranía en el que nadie la encontraría. Al principio recibía cartas; al poco tiempo, sin embargo, dejaron de llegar. Sasha aseguraba que obstaculizaban la transición.

Muy de tarde en tarde recibía noticias vagas e impersonales, como la que le llegó en 1981 respecto al ingreso de su hija en una universidad británica muy elitista. La información no concretaba de qué universidad se trataba, pero Charlotte conocía lo suficiente el pasado de Kim como para conjeturar cuál era. En 1984 regresó a Inglaterra sin informar a Sasha y se fue a Cambridge. Y allí, en Jesus Lane, vio al fruto de la traición, a la hija de Kim Philby. Caminaba por la sombra que proyectaba un alto muro de ladrillo, y un mechón de pelo rebelde le tapaba un ojo muy azul. Le sacó una foto con su cámara, furtivamente.

—Fue la última vez que... —dijo, y se interrumpió.

—¿Y después de Cambridge? —preguntó Gabriel.

Le informaron de que la misión había tenido éxito. Nunca le dijeron de qué departamento de los servicios secretos británicos se trataba, pero dio por sentado que era el MI6. Kim no habría querido que fuera el MI5, dijo, después de la persecución implacable a la que lo habían sometido.

—¿Y no ha vuelto a tener noticias en todos estos años?

—De vez en cuando recibo una carta, unas pocas líneas anodinas, sin duda redactadas por el Centro. No contienen ninguna información acerca de su trabajo o de su vida privada, nada que pudiera utilizar para...

—¿Encontrar a la hija a la que abandonó? —El comentario lastimó visiblemente a Charlotte—. Lo lamento, *madame* Bettencourt, pero no entiendo cómo...

—Es así, *monsieur* Allon. No lo entiende.

—Quizá usted pueda explicármelo.

—Era otra época. El mundo era distinto. *Ellos* eran distintos.

—¿Quiénes?

—Los rusos. En lo que a nosotros respectaba, Moscú era el centro del universo. Iban a cambiar el mundo, y estábamos obligados a ayudarlos en esa tarea.

—¿Ayudar al KGB? Eran monstruos —dijo Gabriel—. Lo son todavía.

En vista de que ella guardaba silencio, Gabriel preguntó cuándo había recibido la última carta.

—Hace unas dos semanas.

Gabriel ocultó su sorpresa.

—¿Cómo se la hicieron llegar?

—A través de un correo llamado Karpov, de la *reziden-*

tura de Madrid. También me informó de que el Centro quería que pasara unas largas vacaciones en Rusia.

—¿Por qué ahora? —preguntó Gabriel.

—Usted sin duda lo sabe mejor que yo, *monsieur* Allon.

—Me sorprende que no hayan mandado a buscarla mucho antes.

—Formaba parte de mi acuerdo original con Kim y Sasha. Yo no tenía deseos de vivir en la Unión Soviética.

—Tal vez esa utopía marxista no fuera para tanto, después de todo.

Charlotte Bettencourt encajó su comentario con un silencio penitencial. A su alrededor, Sevilla empezaba a rebullir. Había música en el ambiente y de los bares y cafés de una plaza cercana les llegaba un tintineo de vasos y cubiertos. La brisa del anochecer se agitaba en el patio. Hizo penetrar en la habitación el olor a azahar y, súbitamente, el sonido de la risa de una joven. Charlotte Bettencourt ladeó la cabeza, expectante, escuchando cómo se difuminaba aquel sonido. Luego posó la mirada en la caja victoriana que descansaba sobre la mesa.

—Fue un regalo de Kim —dijo al cabo de un momento—. La encontró en una tiendecita del barrio cristiano de Beirut. Es muy adecuado, ¿no le parece? Muy propio de Kim, regalarme una caja en la que guardar mis secretos bajo llave.

—Y los de él también —repuso Gabriel. Levantó la tapa de la caja y sacó un fajo de sobres atados con una cinta descolorida de color morado—. Era muy prolífico, ¿no?

—Durante las primeras semanas de nuestra relación, a veces recibía dos cartas al día.

Gabriel volvió a introducir la mano en la caja. Esta vez

sacó una sola hoja de papel: una partida de nacimiento del hospital Saint George de Beirut, el más antiguo del Líbano, fechada el 26 de mayo de 1963. Señaló el nombre de pila de la recién nacida.

—¿Se lo cambiaron? —preguntó.

—No —respondió ella—. Por pura casualidad, era suficientemente inglés.

—Igual que el suyo. —Gabriel volvió a rebuscar en la caja de los secretos de Kim Philby y extrajo un certificado de matrimonio británico expedido en abril de 1977—. Una boda primaveral. Debió de ser preciosa.

—Muy discreta, en realidad.

Gabriel señaló el apellido del novio: —Deduzco que lo adoptaron ambas.

—Durante un tiempo —contestó ella—. Yo volví a ser Charlotte Bettencourt tras el divorcio.

—¿Y ella no?

—Habría sido contraproducente —lo interrumpió ella—. A fin de cuentas, el matrimonio tenía como fin adquirir un apellido y un linaje familiar que le abriera las puertas de una universidad prestigiosa y posteriormente del Servicio de Inteligencia británico.

Gabriel puso el certificado de matrimonio junto a la partida de nacimiento y las cartas de amor de Philby. Después metió por última vez la mano en la caja y sacó una fotografía Kodak fechada en octubre de 1984. Hasta para él era evidente el parecido: con Philby, indudablemente, pero también con Charlotte Bettencourt.

—¿Sacó la fotografía y se marchó? —preguntó—. ¿No hablaron?

—¿Qué habría podido decirle?

—Podría haberle pedido perdón. Podría haber intentado impedirlo.

—¿Y por qué iba a hacer eso, después de todo lo que había sacrificado? Recuerde que la Guerra Fría aún no había terminado. El vaquero de Reagan estaba en la Casa Blanca. Y los estadounidenses estaban inundando Europa occidental con misiles nucleares.

—¿Y por eso estuvo dispuesta a renunciar a su hija? —preguntó Gabriel con frialdad.

—No era solo mía, también era de Kim. Yo era solo una militante de salón. Ella no. Ella era de pura cepa. Llevaba la traición en la sangre.

—Igual que usted, *madame* Bettencourt.

—Todo lo que hice —dijo—, lo hice por una cuestión de conciencia.

—Está claro que no tiene tal cosa. Como no la tenía Philby.

—Kim —repuso ella—. Para mí siempre será Kim.

Miraba fijamente la fotografía. No con angustia, pensó Gabriel, sino con orgullo.

—¿Por qué? —preguntó a continuación—. ¿Por qué lo hizo?

—¿Hay alguna respuesta a esa pregunta que pueda parecerle satisfactoria?

—No.

—Entonces, *monsieur* Allon, quizá deberíamos dejar ese asunto en el pasado.

—Sí —dijo Gabriel—. Quizá.

TERCERA PARTE

ABAJO, JUNTO AL RÍO

51

SEVILLA-LONDRES

Había varios vuelos de Sevilla a Londres a la mañana siguiente, pero Gabriel y Christopher Keller prefirieron ir en coche hasta Lisboa, dando por sentado que el Centro comprobaría el listado de pasajeros de todos los vuelos que salieran del territorio español. Keller pagó los billetes con una tarjeta de crédito a nombre de Peter Marlowe, su alias en el MI6. No informó a Vauxhall Cross de su inminente regreso a suelo británico, y Gabriel, por su parte, no avisó a la delegación del servicio secreto israelí. No llevaba equipaje, aparte de su maletín de la Oficina, en cuyo compartimento secreto portaba tres documentos extraídos de la caja fuerte victoriana que Kim

Philby le regaló a Charlotte Bettencourt en ocasión de su vigésimoquinto cumpleaños. Una partida de nacimiento, un certificado de matrimonio y una fotografía tomada en Jesus Lane, Cambridge, sin que la persona retratada lo supiera. La BlackBerry de Gabriel contenía, grabadas, fotografías del resto de los documentos que había en la caja. Las ridículas cartas de amor, los cuadernos, las primeras páginas de un libro de memorias, las muchas fotos íntimas que Philby había hecho en el apartamento de Charlotte Bettencourt en Beirut. *Madame* Bettencourt se había quedado en la casa de Sevilla, bajo la protección de los servicios secretos israelíes.

El avión aterrizó en Heathrow apenas pasadas las diez. Gabriel y Keller cumplieron con el control de pasaportes cada uno por su lado y volvieron a reunirse entre el trasiego caótico de la sala de llegadas. Pocos segundos después, la BlackBerry de Keller anunció con un pitido la llegada de un mensaje.

—Nos han pillado.

—¿De quién es?

—De Nigel Whitcombe. Debía de estar vigilando mi tarjeta de crédito. Quiere llevarnos a la ciudad.

—Dile que gracias, pero no.

Keller miró la cola de la parada de taxis con el ceño fruncido.

—¿Qué tiene de malo que nos lleve?

—Eso dependerá de si los rusos lo han seguido desde Vauxhall Cross o no.

—Ahí está.

Keller indicó el Ford que esperaba frente a las puertas de la terminal con los faros encendidos. Gabriel lo siguió de mala gana y subió al asiento de atrás. Un momento después circulaban a toda velocidad por la M40 hacia el centro de Londres. Whitcombe miró a Gabriel por el espejo retrovisor.

—El jefe me ha pedido que lo lleve al piso franco de Stockwell.

—No vamos a acercarnos por allí. Lléveme al de la calle Bayswater.

—No es el más seguro de los pisos francos.

—Tampoco lo son los de ustedes —susurró Gabriel. Las nubes eran bajas y espesas, y aún no se había hecho de día por completo—. ¿Cuánto tiempo piensa tenerme esperando el jefe?

—Está reunido con el Comité Conjunto de Inteligencia hasta el mediodía. Y luego tiene que ir a la calle Downing para cenar en privado con el primer ministro.

Gabriel masculló un exabrupto.

—¿Le digo que cancele la comida?

—No. Es importante que mantenga su agenda normal.

—Parece grave.

—Lo es —dijo Gabriel—. Más no puede serlo.

Era cierto que el piso franco de la Oficina ubicado en la calle Bayswater ya no era del todo secreto. De hecho, Gabriel lo había utilizado tan a menudo que en Intendencia lo llamaban su «base» londinense. Habían transcurrido casi seis meses desde la última vez que se había alojado allí, la noche en que Keller y él regresaron a Londres tras matar a Saladino en su escondite de Marruecos. Al llegar, Gabriel había encontrado a Chiara esperándolo. Habían cenado juntos a medianoche, él había dormido unas pocas horas y por la mañana, frente a la barrera de seguridad de la calle Downing, Keller y él habían matado a un terrorista del ISIS armado con un artefacto de dispersión radiológica, una bomba sucia. Entre los dos habían salvado a Gran Bretaña de una calamidad. Ahora, iban a depositar otra a sus puertas.

La Intendencia había dejado algunos alimentos no perecederos en la despensa y una Beretta de 9 mm con las cachas de nogal en el armario del dormitorio. Gabriel calentó una lata de minestrone mientras Keller observaba desde la ventana del cuarto de estar el tráfico de la calle y al hombre de apariencia vagamente rusa sentado en un banco de Hyde Park. El hombre dejó el banco a las doce y media y una mujer ocupó su lugar. Keller introdujo en la Beretta un cargador lleno de munición y cargó la primera bala. Al oír el chasquido del arma, Gabriel se asomó a la habitación y lo miró inquisitivamente.

—Puede que Nigel tenga razón —dijo el inglés—. Quizá deberíamos ir a uno de nuestros pisos francos.

—El MI6 no tiene pisos francos. Ya no.

—Entonces vamos a otra parte. Este sitio me está poniendo nervioso.

—¿Por qué?

—Por ella —respondió Keller señalando hacia el parque.

Gabriel se acercó a la ventana: —Se llama Aviva. Es de los nuestros.

—¿Cuándo has avisado a tu delegación?

—No lo he hecho. King Saul Boulevard les habrá dicho que venía.

—Esperemos que los rusos no estuvieran escuchando.

Veinte minutos después, la mujer dejó el banco y el mismo individuo de antes volvió a ocupar su puesto.

—Ese es Nir —dijo Gabriel— el guardaespaldas principal del embajador.

Keller miró la hora. Era casi la una: —¿Cuánto tiempo tardan en comer un primer ministro y su jefe de espionaje?

—Eso depende del orden del día.

—¿Y si el jefe de inteligencia tiene que confesarle al primer ministro que su servicio está completamente infiltrado por los rusos? —Keller meneó la cabeza—. Vamos a tener que reconstruir el MI6 de arriba abajo. Va a ser un escándalo mayor.

Gabriel guardó silencio.

—¿Crees que sobrevivirá a esto? —preguntó Keller.

—¿Graham? Supongo que dependerá de cómo maneje la situación.

—Una detención y un juicio armarían un lío espantoso.

—¿Y qué alternativa tiene?

Keller no respondió. Estaba mirando su teléfono: —Graham ha salido de la calle Downing. Viene para acá. De hecho —dijo levantando la mirada del teléfono—, ya está aquí.

Gabriel vio acercarse el enorme Jaguar: —Qué rapidez.

—Se habrá saltado el postre.

El coche se detuvo frente al portal del edificio. Graham Seymour se bajó de él con aire adusto.

—Cualquiera diría que va a un funeral —comentó Keller.

—A *otro* funeral —añadió Gabriel.

—¿Has pensado cómo vas a decírselo?

—No tengo que decir ni una palabra.

Gabriel abrió el maletín y sacó del compartimento secreto tres documentos: una partida de nacimiento, un certificado de matrimonio y una fotografía hecha en Jesus Lane, Cambridge, sin que la persona retratada lo supiera. El asunto era grave, pensó Gabriel. Todo lo grave que podía ser.

52

CALLE BAYSWATER, LONDRES

La partida de nacimiento estaba expedida en el hospital de Saint George de Beirut el 26 de mayo de 1963. El nombre de la madre que figuraba en él era BETTENCOURT, CHARLOTTE; el del padre, PHILBY, HAROLD ADRIAN RUSSELL. El bebé pesó algo menos de tres kilos doscientos gramos al nacer. Recibió el nombre de REBECCA. No llevaba el apellido del padre —que estaba casado con otra mujer en ese momento—, sino el de la madre, pero adoptó un nuevo apellido al casarse BETTENCOURT, CHARLOTTE con MANNING, ROBERT el 2 de noviembre de 1976 en una ceremonia civil celebrada en Londres. Una sencilla comprobación en los archivos administrativos de la Universidad de Cambridge confirmaría que MANNING, REBECCA ingresó en Trinity College en otoño de 1981. Y una ojeada a los registros de inmigración del Reino Unido confirmaría igualmente que una tal BETTENCOURT, CHARLOTTE entró en el país en 1984. Durante su breve estancia en el país, hizo una fotografía de MANNING, REBECCA mientras esta caminaba por Jesus Lane, una fotografía que le había dado a ALLON, GABRIEL en una casa de Sevilla. Lo que demostraba sin sombra de duda que la jefa de delegación del MI6 en Washington era hija natural del mayor espía de la historia y una agente infiltrada de los servicios secretos rusos. En la jerga del oficio, un topo.

—A no ser —dijo Gabriel— que tengas otra explicación.

—¿Cuál, por ejemplo?

—Que el MI6 estaba al tanto del asunto desde el principio. Que la convencieron de que trabajara en su favor y que la han estado utilizando contra el Centro todo este tiempo. Que es la mayor agente doble de la historia mundial.

—Ojalá fuera así.

Seymour miraba la fotografía casi con incredulidad.

—¿Es ella? —preguntó Gabriel.

—¿Nunca la has conocido?

—No he tenido ese placer.

—Es ella —dijo Seymour al cabo de un momento—. Más joven, claro, pero no hay duda de que es Rebecca Manning.

Era la primera vez que decía su nombre.

—¿Nunca...?

—¿Si nunca he sospechado que era una espía rusa? ¿La hija ilegítima de Kim Philby?

Gabriel no dijo nada.

—Uno hace listas en un momento así —comentó Seymour—, como cuando sospecha que su mujer le está siendo infiel. ¿Es este? ¿O este otro?

—O *esta* —dijo Gabriel indicando la fotografía con una inclinación de cabeza.

—Fui yo quien nombró a Rebecca jefa de nuestra delegación en Washington. Obviamente no tenía ninguna duda acerca de su lealtad.

Keller estaba otra vez asomado a la calle Bayswater, aparentemente ajeno a la presencia de los dos jefes de espías sentados en torno a la mesa baja de formica, uno frente al otro.

—Imagino que comprobaste minuciosamente su historial antes de darle el puesto —dijo Gabriel.

—Naturalmente.

—¿No había nada sospechoso?

—Tiene un expediente personal impecable.

—¿Y qué hay de las circunstancias en que transcurrió su niñez? Nació en Beirut y su madre era una ciudadana francesa que desapareció de su vida cuando ella era aún muy pequeña.

—Pero Robert Manning procedía de una familia muy recomendable.

—Por eso lo escogió Philby —dijo Gabriel.

—Y sus tutores de Cambridge la tenían en mucha estima.

—También a ellos los escogió Philby. Sabía qué teclas tenía que pulsar para conseguir que Rebecca entrara en el MI6. Ya lo había hecho otra vez, consigo mismo. —Gabriel levantó la partida de nacimiento—. ¿Sus analistas no repararon en que el apellido de su madre aparecía en los telegramas que tu padre mandaba desde Beirut? «La otra mujer se llama Charlotte Bettencourt» —citó, echando mano de su prodigiosa memoria—. «He recibido informes fidedignos de que *mademoiselle* Bettencourt está embarazada de varios meses».

—Evidentemente, no relacionaron ambas cosas —dijo Seymour.

—Les bastará con un simple análisis de sangre.

—Yo no necesito un análisis de sangre. —Seymour miró de nuevo la fotografía de Rebecca Manning en Cambridge—. Tiene la misma cara que vi en el bar del Normandie cuando era un niño.

—Su madre se acuerda de ti, por cierto.

—¿Sí?

—Y también de tu padre.

Seymour dejó la fotografía sobre la mesa: —¿Dónde está? ¿Sigue en Sevilla?

Gabriel asintió: —Recomiendo que se quede allí hasta que hayan detenido a Rebecca. Pero yo que tú me daría prisa. Los rusos no tardarán en enterarse de que ya no está en Zahara.

—¿Detener a Rebecca Manning?—preguntó Seymour—. ¿Alegando qué? ¿Que es hija natural de Kim Philby?

—Es un topo ruso, Graham. Invéntate cualquier excusa para que venga a Londres, algo que no la haga sospechar y detenla en cuanto se baje del avión en Heathrow.

—¿Rebecca ha *espiado* para los rusos alguna vez de manera fehaciente?

—Claro que sí.

—Necesito pruebas —dijo Seymour—. Si no, lo único que tengo es una historia lamentable acerca de una niña a la que el KGB lavó el cerebro para que concluyera el trabajo que el traidor de su padre dejó incompleto.

—Yo leería una historia así.

—Igual que muchísima gente, por desgracia. —Seymour hizo una pausa; luego añadió—: Y la reputación del Servicio Secreto de Inteligencia quedará arruinada.

Se hizo un silencio. Fue Gabriel quien lo rompió: —Hazla vigilar, Graham. Vigílala físicamente, vigila sus ordenadores, su móvil... Pon micrófonos en su casa y en su despacho. Al final, cometerá algún desliz.

—¿Olvidas quién era su padre?

—Fui yo quien lo descubrió.

—Es una niña prodigio —comentó Seymour—. Philby nunca cometió un desliz, y ella tampoco lo cometerá.

—Estoy seguro de que a Christopher y a ti se les ocurrirá algo. —Gabriel dejó la partida de nacimiento encima de la fotografía—. Tengo que tomar un avión. En casa hay varios asuntos urgentes que requieren de mi atención.

Seymour logró esbozar una sonrisa: —¿No te tienta ni un poquito?

—¿El qué?

—Terminar lo que has empezado.

—Prefiero esperar a la película. Además, presiento que esto va a acabar mal. —Gabriel se levantó lentamente—. Si no te importa, tengo que cerrar. Los de Intendencia me dejarán una carta desagradable si te dejo aquí encerrado.

Seymour no se movió de su asiento. Estaba mirando su reloj: —Ya no llegas al vuelo de El Al de las tres y media. ¿Por qué no te quedas unos minutos y me dices cómo lo harías tú?

—¿El qué?

—Pillar a la hija de Kim Philby con las manos en la masa.

—Eso es lo más fácil. Para pillar a un espía, solo tienes que pillar a otro espía.

—¿Cómo?

—Con un Ford Explorer —contestó Gabriel—. En la *rue* Saint-Denis de Montreal.

Seymour sonrió: —Soy todo oídos. Continúa.

53

CALLE NARKISS, JERUSALÉN

Era casi medianoche cuando la comitiva de Gabriel llegó a la calle Narkiss. Había una limusina blindada estacionada frente a su edificio, y arriba, en su piso, brillaba suavemente una luz en la cocina. Ari Shamron estaba sentado a la mesita de café, solo. Vestía, como de costumbre, pantalones chinos bien planchados, camisa Oxford blanca y una cazadora de cuero con un desgarrón sin remendar en el hombro izquierdo. Sobre la mesa, frente a él, había un paquete de cigarrillos turcos sin abrir y su viejo mechero Zippo. Su bastón de madera de olivo estaba apoyado contra la silla de enfrente.

—¿Sabe alguien que estás aquí? —preguntó Gabriel.

—Tu mujer. Tus hijos estaban dormidos cuando he llegado. —Shamron lo observó a través de sus feas gafas de montura metálica—. ¿Te suena esa situación?

Gabriel ignoró la pregunta: —¿Cómo sabías que volvía esta noche?

—Tengo un confidente muy bien situado. —Shamron hizo una pausa; luego añadió—: Un topo.

—¿Solo uno?

Shamron esbozó una sonrisa.

—Me sorprende que no estuvieras esperando en Ben Gurion.

—No quería parecer impertinente.

—¿Desde cuándo?

La sonrisa de Shamron se ensanchó, ahondando las grietas y fisuras de su cara envejecida. Habían pasado muchos años desde que dejara la dirección de la Oficina, pero seguía inmiscuyéndose en sus asuntos como si fuera su feudo privado. Al igual que Kim Philby, vivía con desasosiego —y con infelicidad— su retiro. Pasaba el día reparando radios antiguas en el taller de su casa de Tiberíades, una suerte de fortaleza situada a orillas del mar de Galilea. Las noches las reservaba para Gabriel.

—Mi topo me cuenta que has viajado mucho últimamente —dijo.

—¿Eso te ha dicho ese soplón?

—Nunca creas saber de antemano el género de un topo —le reprendió Shamron—. Las mujeres son tan capaces de traicionar como los hombres.

—Procuraré tenerlo en cuenta. ¿Qué más te ha dicho tu topo?

—Le preocupa que lo que empezó siendo una noble empresa para limpiar tu nombre tras la debacle de Viena se haya convertido en una obsesión. Cree que estás descuidando tu trabajo y a tu familia en un momento en que ambos te necesitan desesperadamente.

—El topo se equivoca —dijo Gabriel.

—El topo tiene acceso ilimitado —replicó Shamron.

—¿Es el primer ministro?

Shamron frunció el entrecejo: —Quizá no me entendiste bien antes, cuando dije que estaba *muy bien* situado.

—O sea que es mi mujer —dijo Gabriel—. Lo que explica por qué no te has atrevido a encender uno de esos cigarrillos. Has tenido una larga conversación con Chiara, y antes de irse a la cama te ha prohibido terminantemente fumar en esta casa.

—Me temo que tu nivel de acceso no te permite conocer la verdadera identidad del topo.

—Entiendo. En ese caso, por favor, dile al topo que la operación casi ha terminado y que todo volverá pronto a la normalidad, sea lo que sea lo que signifique eso en el contexto de la familia Allon.

Sacó dos copas del armario y abrió una botella de un tinto de los montes de Judea de estilo burdeos.

—Preferiría un café —dijo Shamron ceñudo.

—Y yo preferiría estar en la cama, junto a mi esposa, y en cambio voy a tomarme una sola copa de vino contigo y mandarte a casita.

—Lo dudo.

Shamron aceptó el vino con mano trémula. La tenía llena de manchas hepáticas y surcada de venas azules, y parecía haberla tomado prestada de un hombre el doble de corpulento. Por eso, entre otros motivos, lo eligieron para la operación Eichmann: por el tamaño y la fuerza de sus manos. Ni siquiera ahora, después de tanto tiempo, podía salir a la calle sin que se le acercara algún anciano superviviente que solo quería tocar las manos que habían estrujado el pescuezo del monstruo.

—¿Es cierto? —preguntó.

—¿Que preferiría estar con mi mujer a estar contigo?

—Que tu búsqueda del topo está a punto de acabar.

—En lo que a mí respecta, ya ha terminado. A mi amigo Graham Seymour le gustaría que me quedara a ver el acto final.

—Yo te aconsejaría —dijo Shamron enfáticamente— que elijas otro camino.

Gabriel sonrió: —Veo que has echado un vistazo al interrogatorio de Sergei Morosov.

—Con sumo interés. Disfruté especialmente de la parte acerca del desertor inglés que colaboró con el doble de Lenin para introducir un topo en el corazón mismo del servicio de inteligencia británico. —Shamron bajó la voz—. Imagino que nada de eso es cierto.

—Todo lo es, de hecho.

—¿Pudiste encontrarla?

—¿A la otra mujer?

Shamron asintió en silencio, y Gabriel hizo lo mismo.

—¿Dónde?

—En los archivos del padre de Graham Seymour, que trabajó en Beirut a principios de los años sesenta.

—Lo recuerdo —dijo Shamron—. Debió de ser una lectura interesante.

—Sobre todo lo que contaba de ti.

Shamron echó mano de su tabaco, pero se detuvo: —¿Y al hijo?

Gabriel arrancó una hoja del bloc de notas que había sobre la encimera y escribió el nombre de Rebecca Manning y el puesto que ocupaba en el MI6. Shamron lo leyó con aire solemne.

—¿Es el mismo trabajo que...?

—Sí —contestó Gabriel—. Exactamente el mismo.

Shamron le devolvió la nota y empujó el Zippo sobre la mesa.

—Quizá convenga que quemes eso.

Gabriel se acercó al fregadero y acercó la llama del mechero a una esquina del papel.

—¿Y el acto final? —preguntó Shamron—. Supongo que tendrá lugar en Washington.

Gabriel tiró el papel quemado al fregadero, pero no contestó.

—¿Y qué hay de los estadounidenses? ¿Los has incluido en el guion? Ah, no —se apresuró a añadir, contestando a su propia pregunta—. Sería ilógico, ¿verdad? A fin de cuentas, no saben nada de este asunto.

Gabriel abrió el grifo y se cuidó de que las cenizas se fueran por el desagüe. Luego volvió a sentarse y deslizó el encendedor sobre la mesa: —Adelante, Ari. No se lo diré al topo.

Shamron arrancó el envoltorio de celofán del paquete de tabaco.

—Imagino que Graham quiere pruebas de que de verdad *espía* para los rusos.

—Y tiene razón, claro.

—Y necesita que tú dirijas la operación porque no se fía de nadie de su servicio.

—Justificadamente —repuso Gabriel.

—A no ser que me equivoque, lo que no ocurre casi nunca, seguramente refunfuñaste un poco y dijiste que no querías tomar parte en el asunto. Y luego te apresuraste a aceptar.

—Eso también me suena.

—La verdad es que no puedo reprochártelo. Burgess, Maclean, Philby, Aldrich Ames… No son nada comparado con esto.

—No lo hago por eso.

—Claro que no. No quiera Dios que te vanaglories de alguno de tus éxitos. ¿Para qué echar a perder un historial perfecto? —Shamron sacó un cigarrillo del paquete—. Pero me estoy yendo por las ramas. Estabas a punto de explicarme por qué vas a arriesgarte a hacer enfadar al principal aliado de Israel para llevar a cabo una operación no autorizada en Washington.

—Graham ha prometido darme acceso ilimitado al sumario de los interrogatorios tras la detención.

—¿De veras? —Shamron se puso el cigarrillo entre los labios y lo encendió con el Zippo—. ¿Sabes, Gabriel?, solo hay una cosa peor que tener un espía dentro tu servicio de inteligencia.

—¿Y cuál es?

—Cazarla. —Cerró el Zippo con un chasquido—. Pero eso es lo más fácil. Lo único que tienes que hacer es tomar el control de su método de comunicaciones con el Centro e inducirla a entrar en acción. Tu amigo Sergei Morosov te ha dicho todo lo que necesitas saber. Estaré encantado de enseñarte el fragmento concreto del interrogatorio.

—Estaba escuchando en su momento.

—Tendrás que pensar en algo que decirles a los estadounidenses —prosiguió Shamron—. Algo que explique la presencia de tu personal en territorio estadounidense. Bastaría con una reunión en la delegación. No se creerán ni una palabra, claro, así que tendrás que andar con mucho cuidado.

—Eso pienso hacer.

—¿Desde dónde dirigirás la operación?

—Desde la calle Chesapeake.

—Una vergüenza nacional.

—Pero perfecta para mis necesidades.

—Ojalá pudiera ir contigo —dijo Shamron melancólicamente—, pero solo sería un estorbo. Últimamente es lo que soy, un objeto que la gente procura esquivar, normalmente desviando la mirada.

—Ya somos dos.

Entre ellos se hizo un cómodo silencio. Gabriel bebió su vino mientras Shamron fumaba mecánicamente hasta apurar el cigarrillo, como si temiera que Gabriel no le diera permiso para encender otro.

—Tuve ocasión de viajar a Beirut con cierta regularidad a principios de los sesenta —comentó por fin—. Había un bar no muy grande al otro lado de la esquina de la antigua embajada británica. El Jack's o el Joe's, no me acuerdo de su nombre. Para el MI6 era una especie de club privado. Yo solía pasar por allí para escuchar qué estaban tramando. ¿Y a que no sabes a quién vi una tarde bebiendo como un cosaco?

—¿Hablaste con él?

—Ganas no me faltaron —repuso Shamron—, pero me limité a sentarme en una mesa cercana y procuré no mirarlo fijamente.

—¿Y qué se te pasó por la cabeza?

—Como alguien que amaba a su país y a sus compatriotas, no podía entender por qué ese individuo hacía lo que hacía. Pero, como profesional, lo admiraba muchísimo —dijo Shamron mientras apagaba parsimoniosamente su cigarrillo—. ¿Leíste su libro? ¿El que escribió en Moscú después de desertar?

—¿Para qué iba a molestarme en leerlo? No hay ni una pizca de sinceridad en él.

—Pero por momentos resulta fascinante. ¿Sabías, por ejemplo, que enterró su microcámara soviética y sus películas en algún lugar de Maryland tras enterarse de que Burgess y Maclean habían desertado? Nunca se han encontrado. Al parecer, nunca le dijo a nadie dónde las enterró.

—En realidad —contestó Gabriel—, se lo dijo a dos personas.

—¿De veras? ¿A quién?

Gabriel sonrió y se sirvió otra copa de vino.

—Creía que habías dicho una sola copa.

—Sí. Pero ¿qué prisa hay?

Shamron volvió a encender el mechero: —Bueno, ¿dónde están?

—¿Qué?

—La cámara y las películas.

Gabriel volvió a sonreír: —¿Por qué no se lo preguntas a tu topo?

54

RUE SAINT-DENIS, MONTREAL

Tres acontecimientos muy distantes y aparentemente no relacionados entre sí hacían suponer que la búsqueda del topo ruso había entrado en su fase final y culminante. El primero tuvo lugar en la ciudad de Estrasburgo —a veces francesa, otras alemana—, donde las autoridades galas entregaron los restos mortales carbonizados de un individuo a un representante del gobierno ruso. El cadáver era, según dijeron, el de un consultor de Fráncfort. No era así, desde luego. Y el delegado del gobierno ruso que se hizo cargo de ellos era en realidad un agente del SVR. Quienes presenciaron la entrega de los restos describieron la atmósfera como notablemente gélida. Muy pocas cosas de aquel encuentro, celebrado en una pista del aeropuerto de Estrasburgo mojada por la lluvia, permitía suponer que el asunto fuera a concluir allí.

El segundo acontecimiento ocurrió esa misma mañana, horas después, en el pueblo blanco de Zahara, en el sur de España, donde una francesa entrada en años conocida como «la loca» o «la roja» —debido a su afiliación política— regresó a su casa tras una breve visita a Sevilla. Curiosamente, no estaba sola. Dos personas —una mujer de unos treinta y cinco años que hablaba francés y un hombre afilado como una bala que no parecía hablar ningún idioma— se instalaron en la casa con ella. Otras dos personas relacionadas con ellos se alojaron en el hotel situado a ciento catorce pasos yendo por el paseo. A primera hora de la tarde se vio a la mujer discutiendo con una tendera en la calle San Juan. Comió entre los naranjos del bar Mirador y después hizo una visita al padre Diego en la iglesia de Santa María de la Mesa. El padre Diego le dio su bendición —o quizá su absolución— y se despidió de ella.

El último de los tres acontecimientos tuvo lugar no en Europa occidental sino en Montreal, donde a las 10:15 hora local, mientras la francesa entrada en años discutía acaloradamente con la joven dependienta del supermercado El Castillo, Eli Lavon se bajó de un taxi en la *rue* Saint-Dominique. Recorrió luego varias manzanas a pie, deteniéndose de vez en cuando con la intención aparente de orientarse, y llegó por fin a una dirección de la *rue* Saint-Denis. Correspondía a una antigua casona reconvertida en pisos, como casi todos los edificios aledaños. Un tramo de escaleras conducía desde la acera al apartamento de la primera planta que

Intendencia —aquejada de ciertos problemas presupuestarios— había subarrendado por tres meses.

La puerta se abrió con un fuerte crujido, como si se rompiera un precinto, y Lavon entró. Inspeccionó con detenimiento los muebles sucios y salpicados de quemaduras de cigarrillos y a continuación descorrió las cortinas y se asomó fuera. Aproximadamente cuarenta y cinco grados a su derecha, al otro lado de la calle, había un tramo de asfalto vacío en el que, si los dioses del espionaje les sonreían, pronto aparecería un Ford Explorer gris oscuro.

«Si los dioses del espionaje les sonreían...».

Lavon volvió a correr las cortinas. Otro piso franco, otra ciudad, otra vigilia. ¿Cuánto duraría esta vez? La gran empresa se había convertido en la gran espera.

Christopher Keller llegó a mediodía. Mikhail Abramov, unos minutos antes de la una. Llevaba una bolsa de deporte de nailon con el nombre de una conocida marca de equipación de esquí. Dentro había una cámara con trípode y teleobjetivo de visión nocturna, un micrófono de largo alcance, varios transmisores, dos pistolas Jericho de 9 mm y dos ordenadores portátiles de la Oficina provistos de conexión segura con King Saul Boulevard. Keller no llevaba más instrumental que su BlackBerry del MI6, cuyo uso Gabriel le había prohibido expresamente. Rebecca Manning había trabajado para el MI6 durante la transición de la tecnología analógica a la digital, una fase crítica. Sin duda había entregado a los rusos su primer teléfono móvil para que lo examinaran, y todos los posteriores. Al final, el MI6 tendría que reescribir su *software*. Pero, de momento, a fin de mantener un espejismo de normalidad, los agentes del MI6 dispersos por el globo seguían chateando y enviándose mensajes a través de teléfonos intervenidos por los rusos. Keller, no. Era el único que había abandonado momentáneamente su uso.

Su labor consistía ahora en quedarse sentado en un piso de mala muerte en Montreal, acompañado por dos israelíes, y vigilar unos pocos metros de asfalto de la *rue* Saint-Denis. Daban por descontado que los rusos también tenían vigilado aquel tramo de calle, quizá no continuamente, pero sí lo suficiente para cerciorarse de que el lugar era seguro. Así pues, los tres agentes veteranos no se limitaron a esperar a que apareciera el Ford Explorer gris oscuro: también vigilaban a sus nuevos vecinos y a los muchos peatones que pasaban bajo su ventana. Con ayuda del micrófono, escuchaban retazos de conversaciones en busca de cualquier indicio de acento ruso o de jerga de espionaje. Quienes aparecían con excesiva frecuencia o se demoraban demasiado eran fotografiados, y las fotos se despachaban a King Saul Boulevard para su análisis. Ninguna dio resultados positivos, lo que tranquilizó considerablemente a los tres agentes veteranos.

También vigilaban el tráfico rodado, sobre todo de madrugada, cuando se reducía casi al mínimo. La cuarta noche, el mismo Honda sedán —un Civic de 2016 con matrícula canadiense corriente— apareció tres veces entre la medianoche y la una de la madrugada. Pasó dos veces de izquierda a derecha, o de sureste a noroeste. La tercera vez, en cambio, apareció en dirección contraria y a mucha menos velocidad. Mikhail consiguió fotografiar al conductor con el teleobjetivo y le envió la imagen a Gabriel a King Saul Boulevard. Gabriel, a su vez, se la remitió a su jefe de delegación en Ottawa, que identificó al conductor como un agente del SVR agregado al consulado ruso de Montreal. Evidentemente, el lugar de entrega estaba siendo vigilado.

Como suele suceder, la operación de vigilancia puso al descubierto, sin pretenderlo, la vida secreta de quienes vivían próximos al objetivo. Estaba el guapo músico de *jazz* del otro lado de la calle que todas las tardes recibía la visita de una mujer casada a la que, transcurrida una hora, despedía con toda tranquilidad. Y estaba el vecino del músico de *jazz*, que vivía encerrado en casa, alimentándose de lasaña precocinada y pornografía en Internet. Y el hombre de unos treinta años que pasaba las tardes viendo vídeos de decapitaciones en su ordenador portátil. Mikhail entró en su apartamento aprovechando que había salido y descubrió montones de propaganda yihadista, un croquis de cómo construir un artefacto explosivo casero y la bandera negra del ISIS colgada en la pared del dormitorio. También encontró un pasaporte tunecino que envió, fotografiado, a King Saul Boulevard.

Lo que planteaba un dilema operativo: Gabriel estaba obligado a informar a los canadienses —y a los estadounidenses— de que había un terrorista en potencia en la *rue* Saint-Denis de Montreal. Si lo hacía, no obstante, desencadenaría una serie de acontecimientos que casi con toda seguridad impulsarían a los rusos a trasladar su punto de entrega a otra parte. De modo que, de mala gana, decidió guardarse aquel dato hasta que pudiera pasárselo a sus aliados sin que hubiera daños colaterales. Confiaba en que pudieran manejar la situación. A fin de cuentas, tres de los agentes antiterroristas más experimentados del mundo ocupaban un piso franco justo enfrente.

Por suerte, la doble vigilancia no duró mucho: tres noches después regresó el Honda Civic. Pasó frente al piso franco de izquierda a derecha —es decir, de sureste a noroeste— a las 2:34 de la madrugada, mientras Keller montaba guardia a solas tras la raída cortina. Volvió a pasar en la misma dirección a las 2:47, pero para entonces Eli Lavon y Mikhail ya se habían unido a Keller junto a la ventana. La tercera vez pasó a las 3:11, de derecha a izquierda, lo que les permitió fotografiar al conductor usando el teleobjetivo. Era el mismo agente del consulado ruso en Montreal.

Pasaron dos horas y media antes de que volvieran a verlo. Esta vez no conducía el Honda Civic, sino un Ford Explorer gris oscuro con matrícula canadiense. Aparcó junto a la acera, en un hueco libre, apagó las luces y detuvo el motor. A través de la lente de la cámara, Keller lo vio abrir y cerrar la guantera. Luego bajó del coche, lo cerró con un mando a distancia y se alejó de derecha a izquierda —o de noroeste a sudeste— con un teléfono móvil pegado al oído. Mikhail siguió su trayectoria con el micrófono de largo alcance.

—¿Qué dice? —preguntó Keller.

—Si te callas, a lo mejor lo oigo.

Keller contó lentamente hasta cinco: —¿Y bien? —preguntó.

Mikhail respondió en ruso.

—¿Qué ha dicho?

—Ha dicho —contestó Eli Lavon— que pronto nos iremos a Washington.

El ruso dobló la esquina siguiente y se perdió de vista. Mikhail envió a King Saul Boulevard un mensaje que desencadenó un rápido movimiento de personal y recursos desde diversos puntos hacia Washington. Keller miraba fijamente una de las ventanas de enfrente, iluminada por el leve fulgor de una pantalla de ordenador.

—Hay una cosa de la que deberíamos ocuparnos antes de irnos.

—Puede que no sea buena idea —dijo Lavon.

—Puede —contestó el inglés—, o puede que sea la mejor idea que he tenido en mucho tiempo.

55

MONTREAL-WASHINGTON

Esa mañana, a las ocho y cuarto, Eva Fernandes estaba tomando café en su habitación del Sheraton, en el bulevar René-Lévesque, en pleno centro de Montreal. En su visita anterior se había alojado en esa misma calle, en el Queen Elizabeth, un hotel que le gustaba mucho más, pero Sasha le había recomendado que variara de rutina cuando fuera a visitar a su presunta tía enferma. También le había ordenado recortar gastos. Llamar al servicio de habitaciones para pedir café era una infracción de poca importancia. Sasha era un hombre de otra época, de una época de guerra y hambre y austeridad comunista. No toleraba que sus agentes ilegales vivieran como oligarcas; a no ser, claro está, que su tapadera lo exigiera. Eva estaba segura de que el Centro la reprendería por ser tan derrochadora en su próxima comunicación.

Se había duchado, tenía la maleta hecha y había colocado cuidadosamente sobre la cama la ropa que pensaba ponerse ese día. El mando a distancia del Ford Explorer estaba dentro de su bolso. Igual que el lápiz de memoria que contenía el material que había recibido del topo de Sasha durante su última entrega inalámbrica, ocurrida en la calle M de Washington a las 7:36 de la mañana de un día frío pero soleado.

Ella estaba entonces dentro del estudio de yoga, preparándose para su clase de las 7:45, y el topo se hallaba al otro lado de la calle, en el Dean & DeLuca, rodeado por varias alumnas de Eva. Conocía al topo de otras entregas inalámbricas y del Brussels Midi, donde cenaba con frecuencia, normalmente en compañía de diplomáticos británicos. Incluso había cambiado unas palabras con ella en cierta ocasión, respecto a una reserva hecha a nombre de otra persona. Era una mujer fría, segura de sí misma y evidentemente muy lista. Eva sospechaba que formaba parte de la amplia delegación del MI6 en Washington. Quizá incluso fuera su jefa. Si alguna vez la detenían, ella correría la misma suerte, seguramente. Como agente ilegal, no tenía inmunidad diplomática. Podían encausarla, juzgarla y condenarla a pasar una larga temporada en prisión. La idea de pasar varios años encerrada en una cárcel de Kentucky o Kansas no le atraía en lo más mínimo. Hacía mucho tiempo que se había prometido a sí misma que no permitiría que las cosas llegaran a ese punto.

A las nueve se vistió y bajó al vestíbulo a liquidar su

cuenta. Le dejó la maleta al botones y recorrió a pie un corto trecho del bulevar hasta la entrada del Underground City, el enorme laberinto de tiendas, restaurantes y locales de espectáculos enterrado bajo el centro de Montreal. Era un lugar ideal para hacer un poco de «limpieza en seco», sobre todo a primera hora de un martes por la mañana, cuando había poca gente. Eva ejecutó esa tarea con diligencia, como le habían enseñado primero sus instructores en el Instituto Bandera Roja y después el propio Sasha. La complacencia —le había advertido Sasha— era el mayor enemigo de un agente secreto: la convicción de que era invisible para sus rivales. Eva era el eslabón crucial de la cadena que se extendía entre el topo y el Centro. Si cometía un solo error, perderían al topo y el empeño de Sasha quedaría pulverizado.

Teniendo esto en cuenta, Eva pasó las dos horas siguientes deambulando por los pasillos de La Ville Souterraine. Dos horas porque Sasha no permitía ni un minuto menos. La única persona que la seguía era un sujeto de unos cincuenta y cinco años. Pero no era un profesional, sino un acosador. Ese era uno de los inconvenientes de ser una mujer atractiva y dedicarse al espionaje: que llamaba demasiado la atención de hombres hambrientos de sexo. A veces costaba diferenciar entre la lujuria y el interés de otra índole. Eva había desistido de cuatro entregas inalámbricas con el topo porque creía que la estaban siguiendo. Sasha no se lo había reprochado. Al contrario. Había alabado su actitud vigilante.

A las once y cinco, convencida ya de que nadie la vigilaba, regresó al bulevar y paró un taxi que la llevó a la iglesia de Notre Dame de la Défense, donde pasó cinco minutos fingiendo que meditaba en silencio. Después, se fue a pie a la *rue* Saint-Denis. El Ford Explorer estaba en su sitio de costumbre, aparcado en la calle, frente al portal del número 6822. Eva lo abrió con el mando a distancia y se sentó tras el volante.

El motor se puso en marcha sin vacilar. Eva arrancó y a continuación giró varias veces a la derecha en rápida sucesión a fin de detectar si alguien la seguía. Al no ver nada sospechoso, estacionó en un tramo sombrío de la *rue* Saint-André y guardó el lápiz de memoria en la guantera. Luego salió del coche, lo cerró y se alejó andando. Nadie la siguió.

Paró otro taxi en la avenida Christophe Colomb y pidió al conductor que la llevara al Sheraton para recoger su maleta. Después, el mismo taxi la llevó al aeropuerto. Como residente en Estados Unidos, pasó sin detenerse por el control de pasaportes y se dirigió a la puerta de embarque. A la una y cuarto, puntualmente, comenzó el embarque de su vuelo. Como de costumbre, había reservado un asiento en la parte delantera de la cabina para poder ver a los otros pasajeros a medida que pasaban. Solo le llamó la atención uno de ellos: un hombre alto con la piel muy pálida y los ojos grises como los de un lobo. Era bastante guapo. Y además —sospechó— era ruso. O puede que lo hubiera sido en algún momento —se dijo—, igual que ella.

El hombre alto de piel pálida se sentó varias filas detrás de ella, y Eva no volvió a verlo hasta que el avión aterrizó en Washington, cuando cruzó la terminal detrás de ella. Su Kia sedán estaba en el estacionamiento de corta estancia, donde lo había dejado la tarde anterior. Cruzó el Potomac para entrar en Washington a través del Key Bridge y se dirigió al barrio de Palisades. Llegó al Brussels Midi a las cuatro en punto. Yvette estaba fumando un cigarrillo en la barra; Ramón y Claudia estaban montando las mesas en el comedor. El teléfono sonó cuando Eva estaba colgando su abrigo.

—Brussels Midi.

—Quisiera una mesa para dos para esta noche, por favor.

Era una voz de hombre, arrogante, con acento inglés. Eva tuvo un mal presentimiento. Le dieron ganas de colgar, pero no lo hizo.

—Lo siento, ¿ha dicho para dos?

—Sí —contestó el hombre irritado. Eva decidió hacerlo sufrir un poco más.

—¿Y a qué hora querría tener disponible la mesa?

—A las siete —bufó él.

—Me temo que a las siete no puede ser. Pero tengo una mesa libre para las ocho.

—¿Es una buena mesa?

—Todas nuestras mesas son buenas, señor.

—Resérvemela.

—Estupendo. ¿Nombre, por favor?

Los Bartholomew —mesa para dos, ocho en punto— fueron una mancha en una noche de martes por lo demás muy aburrida. Llegaron con veinte minutos de antelación y, al ver varias mesas vacías, montaron en cólera. El señor Bartholomew, calvo y vestido de *tweed*, hacía aspavientos mientras despotricaba. Su esposa, curvilínea como una musa de Rubens y con el cabello del color de la arenisca, era de las que ardían a fuego lento, pensó Eva. Los pasó de la mesa que tenían asignada —la número cuatro— a la número trece, la de la suerte, en la que se podía sentir la corriente del agujero de ventilación del techo. Como era de esperar, pidieron que los cambiaran de mesa. Cuando Eva les propuso la mesa situada junto a la puerta de la cocina, el señor Bartholomew volvió a enfadarse.

—¿No tienen otra cosa?

—Quizá quieran una mesa fuera.

—No hay ninguna.

Eva sonrió. A partir de ese momento, la cena fue de mal en peor, como cabía esperar. El vino estaba demasiado caliente, la sopa demasiado fría, los mejillones eran un sacrilegio y el *cassoulet* un crimen gastronómico. La velada concluyó, no obstante, con una nota positiva cuando la señora Bartholomew se acercó a Eva para pedirle disculpas.

—Me temo que Simon está muy estresado últimamente por su trabajo —dijo en inglés, con un acento que Eva no supo ubicar—. Soy Vanessa —añadió tendiéndole la mano. Y luego agregó, casi como si le hiciera una confesión—: Vanessa Bartholomew.

—Eva Fernandes.

—¿Le importa que le pregunte de dónde es?

—De Brasil.

—Ah —dijo la mujer, ligeramente sorprendida—. No lo habría adivinado.

—Mis padres nacieron en Europa.

—¿Dónde?

—En Alemania.

—Los míos también —repuso la mujer.

El resto del turno transcurrió sin incidentes. Los últimos clientes se marcharon a las diez y media y Eva cerró las puertas pasadas las once. Un coche la siguió mientras volvía a casa en su coche por el bulevar MacArthur, pero para cuando llegó al embalse el coche había desaparecido. Aparcó a unos centenares de metros del pequeño edificio de ladrillo visto en el que vivía y echó un vistazo a las matrículas de los coches mientras caminaba hacia el portal. Al ir a marcar el código en el panel para abrir la puerta, notó que había alguien detrás de ella. Se volvió y vio al hombre con el que había coincidido en el avión. El alto de ojos de lobo. Su piel pálida parecía relucir en la oscuridad. Eva dio un paso hacia atrás, asustada.

—No tengas miedo, Eva —dijo él quedamente en ruso—. No voy a hacerte daño.

Sospechando que era una trampa, ella contestó en inglés.

—Lo siento, pero no hablo...

—Por favor —dijo él interrumpiéndola—. Es peligroso que hablemos en la calle.

—¿Quién te manda? Y habla inglés, imbécil.

—Me manda Sasha. —Su inglés era mejor que el de ella. Tenía un acento muy ligero.

—¿Sasha? ¿Por qué iba a mandarte Sasha?

—Porque estás en grave peligro.

Eva vaciló un momento antes de marcar el código en el panel. El hombre con ojos de lobo abrió la puerta y entró tras ella.

Mientras subían por la escalera, Eva metió la mano en el bolso para sacar las llaves de su apartamento y al instante sintió que el desconocido la agarraba con fuerza por la muñeca.

—¿Vas armada? —preguntó en voz baja, de nuevo en ruso.

Eva se detuvo y le lanzó una mirada airada antes de recordarle que esa misma mañana habían volado juntos entre Canadá y Estados Unidos.

—Puede que tuvieras una pistola en el coche —sugirió él.

—La tengo arriba.

Él la soltó. Eva sacó las llaves de su bolso y un momento después abrió con ellas la puerta de su piso. El hombre la cerró rápidamente y echó el cerrojo y la cadena. Cuando Eva fue a encender la luz, él la detuvo. Se acercó a la ventana y miró hacia el bulevar MacArthur por el borde de la persiana.

—¿Quién eres? —preguntó ella.

—Me llamo Alex.

—¿Alex? ¡Qué sutil! Con ese nombre, es un milagro que nuestros adversarios no hayan descubierto tu tapadera.

Él se apartó de la ventana y se volvió para mirarla.

—Has dicho que tenías un mensaje de Sasha.

—Tengo un mensaje —contestó él—, pero no es de Sasha.

Fue entonces cuando Eva se fijó en la pistola que llevaba en la mano derecha. El cañón llevaba puesto un silenciador. No era el tipo de arma que un agente llevaba por precaución. Era un arma para cometer un asesinato, un *vysshaya mera*, el castigo supremo. Pero ¿por qué había decidido matarla el Centro? Ella no había hecho nada.

Se apartó de él lentamente, notando las piernas gelatinosas: —Por favor —le rogó—, tiene que haber un error. He hecho todo lo que me dijo Sasha.

—Justamente por eso estoy aquí —contestó el hombre llamado Alex.

Quizá fuera una especie de rencilla interna del Centro, se dijo Eva. Tal vez Sasha habría caído por fin en desgracia.

—En la cara no —le suplicó—. No quiero que mi madre...

—No voy a hacerte daño, Eva. He venido a hacerte una oferta muy generosa.

Ella dejó de retroceder.

—¿Una oferta? ¿De qué tipo?

—Una que evitará que pases los próximos años en una prisión estadounidense.

—¿Eres del FBI?

—Por suerte para ti, no —respondió él.

56

FOXHALL, WASHINGTON

Ella intentó atacarlo, y lo hizo bastante bien. Fue una maniobra típica del entrenamiento ruso, con muchas patadas y codazos, puñetazos compactos y un rodillazo directo a la entrepierna que, de haber dado en el blanco, muy bien podría haber puesto fin a la pelea a su favor. Mikhail no tuvo más remedio que responder. Lo hizo hábilmente pero con precaución, procurando dañar lo menos posible el impecable cutis eslavo de Eva Fernandes. Al concluir la contienda, él estaba sentado a horcajadas sobre sus caderas y le sujetaba las manos contra el suelo. Eva no demostró miedo alguno, solo furia, lo que la honraba. No hizo intento de gritar. Los agentes ilegales, se dijo Mikhail, sabían que no debían pedir auxilio a sus vecinos.

—No te preocupes —dijo mientras se lamía la sangre que tenía en la comisura de la boca—. Me aseguraré de decirle a Sasha que te resististe con uñas y dientes.

Mikhail procedió a explicarle con calma que el edificio estaba rodeado y que incluso si lograba escapar del apartamento —lo que era poco probable—, no llegaría muy lejos. A partir de ese momento, se declaró una tregua. Eva sacó una botella de vodka de la nevera. Era vodka ruso, el único producto ruso que había en el apartamento, aparte del equipo de comunicaciones del SVR y la pistola Makarov. Eva sacó ambas cosas de un compartimento secreto situado bajo la tarima del armario de su dormitorio.

Desplegó el equipo sobre la mesa de la cocina y le entregó la pistola a Mikhail. Él le hablaba solo en ruso. Hacía más de una década que no hablaba su lengua materna, le explicó ella. Se la habían robado desde el instante en que entró en el programa de agentes ilegales del Instituto Bandera Roja. Cuando llegó, ya chapurreaba portugués. Su padre era diplomático —primero de la Unión Soviética y luego de la Federación Rusa— y ella había vivido en Lisboa de pequeña.

—Eres consciente de que no gozas de inmunidad diplomática —dijo Mikhail.

—Nos lo repitieron machaconamente desde el primer día de entrenamiento.

—¿Y qué te dijeron que hicieras si te descubrían?

—No decir nada y esperar.

—¿A qué?

—A que el Centro hiciera un trato. Nos prometieron que no se desentenderían de nosotros.

—Yo no contaría con ello. Sobre todo cuando los estadounidenses descubran que has estado sirviendo a la mayor espía desde la Guerra Fría.

—Rebecca Manning.

—¿Sabes su nombre?

—Lo descubrí hace unos meses.

—¿Qué había en el lápiz de memoria que dejaste en la guantera de ese Ford Explorer?

—¿Me estabais vigilando?

—Desde un piso al otro lado de la calle. Hicimos un vídeo muy bonito.

Ella se pellizcó nerviosamente el esmalte de uñas. Era humana después de todo, pensó Mikhail.

—Me dijeron que el lugar de entrega era seguro.

—¿Eso también te lo prometió el Centro?

Eva apuró su copa y volvió a llenarla de inmediato. Mikhail aún no había tocado la suya.

—¿No bebes?

—El vodka es la enfermedad de los rusos —contesto él.

—Sasha solía decir lo mismo.

Estaban sentados a la mesa de la cocina, con la botella de vodka, los vasos y el equipo de comunicaciones de Eva entre ellos. La pieza central era un dispositivo del tamaño y la forma aproximados de una novela de bolsillo, con carcasa de metal pulido y construcción robusta. A un lado tenía tres interruptores, un indicador luminoso y un par de puertos USB. El metal no tenía junturas. Estaba diseñado para no ser abierto.

Eva se bajó otro trago de vodka.

—Tranquila —dijo Mikhail—. Te necesito bien despierta.

—¿Qué quieres saber?

—Todo.

—¿Qué, por ejemplo?

—¿Cómo te avisa Rebecca cuando quiere entregarte material?

—Deja encendida la luz del fondo del camino de entrada a su casa.

—¿Dónde están los puntos de entrega?

—Ahora mismo tenemos cuatro.

—¿Cuáles son los planes alternativos? ¿Las señales?

—Gracias a Sasha, podría decírtelo hasta dormida. Eso y más. —Eva echó de nuevo mano del vodka, pero Mikhail retiró el vaso de su alcance—. Si conocen la identidad del topo —dijo—, ¿para qué me necesitan?

Él no contestó.

—¿Y si acepto cooperar?

—Creía que eso ya lo habíamos aclarado.

—¿No iré a la cárcel?

Mikhail negó con la cabeza. No iría a la cárcel.

—¿Dónde iré?

—De vuelta a Rusia, supongo.

—¿Después de ayudarlos a capturar a un topo? Me interrogarán unos meses en la cárcel de Lefortovo y después... —Simuló una pistola con la mano y se apuntó a la nuca.

—*Vysshaya mera* —dijo Mikhail.

Ella bajó la mano y volvió a agarrar su vaso de vodka.

—Preferiría quedarme aquí, en Estados Unidos.

—Me temo que eso no será posible.

—¿Por qué?

—Porque no somos estadounidenses.

—¿Son británicos?

—Algunos.

—Entonces iré a Inglaterra.

—O a Israel, quizá —sugirió él.

Ella hizo una mueca.

—No está tan mal, ¿sabes?

—Me han dicho que hay un montón de rusos.

—Cada vez más —repuso Mikhail.

Había una ventanita junto a la mesa. En el bulevar MacArthur reinaban el silencio y la humedad. Christopher Keller estaba sentado en un coche aparcado junto al embalse, con dos chicos del servicio de seguridad de la embajada. En otro coche había un correo de la delegación israelí que esperaba la orden de Mikhail para subir y tomar posesión del equipo de comunicaciones del SVR.

Eva se había acabado su vodka y se estaba bebiendo el de Mikhail.

—Tengo una clase mañana por la mañana.

—¿Una clase?

Le explicó a qué se refería.

—¿A qué hora?

—A las diez.

—Resérvame sitio.

Ella sonrió.

—¿Hay prevista alguna entrega más de Rebecca?

—Acabo de recoger una. Seguramente no volveré a tener noticias suyas hasta dentro de una semana o dos.

—En realidad —respondió Mikhail—, sabrás de ella mucho antes de lo que imaginas.

—¿Cuándo?

—Sospecho que mañana por la noche.

—¿Y cuando recoja la entrega?

—Te esfumas —dijo él.

Eva alzó su vaso: —Por una sola noche más en el Brussels Midi. No te imaginas los clientes que he tenido esta noche.

—Los Bartholomew, mesa para dos, ocho en punto.

—¿Cómo lo sabes?

Mikhail levantó el dispositivo de metal bruñido: —Quizá deberías enseñarme cómo funciona esta cosa.

—La verdad es que es muy fácil.

Mikhail pulsó uno de los interruptores: —¿Así?

—No, tonto. Así.

57

FOREST HILLS, WASHINGTON

Forest Hills es un barrio adinerado de casas de estilo colonial, Tudor y federal, situado en el extremo noroeste de Washington, entre la avenida Connecticut y Rock Creek. La casa de la calle Chesapeake, sin embargo, guardaba escaso parecido con sus suntuosas vecinas. Encaramada sobre un frondoso promontorio, aquella mole cuadrada, posmoderna y gris parecía más un nido de ametralladoras que una morada. El alto muro de ladrillo y la formidable verja de hierro que la circundaban realzaban ese aire de beligerancia.

El propietario de aquella ofensa para la vista no era otro que el Estado de Israel, y su infortunado ocupante el embajador israelí en Estados Unidos. El actual embajador, un hombre con muchos hijos, había cambiado la residencia oficial por un chalé en una urbanización de lujo con campo de golf incluido, en Maryland. Desocupada, la casa de la calle Chesapeake había caído en un estado de abandono, lo que la convertía en el puesto de mando ideal para un nutrido equipo de agentes de espionaje. Además, las condiciones adversas —creía Gabriel— reforzaban la cohesión de grupo.

Para bien o para mal, aquella casona vieja y destartalada tenía una sola planta. Había un salón espacioso y diáfano en el centro, con una cocina y un comedor a un lado y varias habitaciones al otro. Gabriel montó su oficina en el cómodo despacho, y Yossi y Rimona —a los que en el Brussels Midi se conocía como Simon y Vanessa Bartholomew— trabajaban en una mesa de borriquetas frente a su puerta, junto con Eli Lavon y Yaakov Rossman. Ilan, el informático, habitaba una isla privada en el otro extremo del salón. Las paredes estaban cubiertas con grandes planos de Washington y sus barrios limítrofes, y había una pizarra blanca con ruedas para uso personal de Gabriel. En ella había escrito en alfabeto hebreo, con su elegante letra, el Undécimo Mandamiento de Shamron: *Que no te agarren…*

Haciendo caso a su mentor, Gabriel había pretextado una reunión rutinaria para explicar la presencia de su equipo en Washington. No había informado directamente a los estadounidenses de dicha «reunión», pero había armado el suficiente alboroto a través de llamadas telefónicas y correos electrónicos inseguros como para que estuvieran al tanto de su llegada inminente. La NSA y Langley captaron la indirecta. De hecho, Adrian Carter, el subdirector de operaciones de la CIA, le envió un correo electrónico a los pocos minutos de su llegada a Dulles preguntándole si tenía tiempo para tomarse una copa con él. Gabriel contestó que intentaría hacerle un hueco en su apretada agenda pero que no le aseguraba nada. La respuesta sarcástica de Carter —*¿Quién es la afortunada?*— casi le dio ganas de volver a subirse al avión.

La casa de la calle Chesapeake se hallaba vigilada por la NSA siempre que la ocupaba el embajador, y Gabriel y su equipo daban por sentado que los estaban escuchando. Cuando estaban dentro de la casa procuraban mantener una inofensiva cháchara de fondo —lo que en la jerga del oficio se conocía como «hablar a las paredes»—, y cuando necesitaban comunicarse información sensible empleaban signos o escribían en la pizarra, o salían al jardín y conversaban en voz baja. Una de esas conversaciones tuvo lugar pasadas las dos de la madrugada, cuando llegó un correo con el *hardware* de comunicaciones del SVR requisado a Eva Fernandes, junto con las instrucciones de uso que enviaba Mikhail. Gabriel entregó el equipo a Ilan, que reaccionó como si acabara de darle un ejemplar atrasado del *Washington Post* en vez de la joya de la corona del SVR.

A las cuatro de la mañana, Ilan aún no había logrado desentrañar el formidable cortafuegos de cifrado del dispositivo. Gabriel, que lo observaba con la ansiedad del padre del pianista en un recital, decidió que invertiría mejor el tiempo durmiendo unas horas. Se tumbó en el sofá del despacho y, acunado por el sonido de las ramas de los árboles al rozar las paredes de la casa, cayó en un profundo sopor. Al despertar, vio la cara pálida de Ilan flotando sobre él.

Ilan era una especie de Mozart de la informática: escribió su primer código a los cinco años, hackeó su primer sistema a los ocho, y a los veintiuno participó en su primera operación encubierta contra el programa nuclear iraní. Había colaborado con los estadounidenses en la creación de un *malware* cuyo nombre en clave era Juegos Olímpicos. El resto del mundo conocía al gusano como Stuxnet. Ilan no salía mucho a tomar aire.

—¿Hay algún problema? —preguntó Gabriel.

—No, ninguno, jefe.

—Entonces ¿por qué pareces tan preocupado?

—No estoy preocupado.

—No has conseguido descifrar ese maldito trasto, ¿verdad?

—Ven a echar un vistazo.

Gabriel puso los pies en el suelo y siguió a Ilan hasta su mesa de trabajo. Sobre ella había un ordenador portátil, un iPhone y el dispositivo del SVR.

—La agente rusa le dijo a Mikhail que tenía un alcance de treinta metros. En realidad es más bien de treinta y tres. Lo he comprobado. —Ilan le pasó el iPhone, que mostraba una lista de redes disponibles. Una de ella se identificaba mediante doce caracteres sin sentido aparente: JDLCVHJDVODN—. Es la red del Centro.

—¿Cualquier dispositivo puede verla?

—No, para nada. Y no se puede acceder a ella sin la contraseña correcta. Tiene veintisiete caracteres y es dura como una roca.

—¿Cómo la has descifrado?

—Sería imposible de explicar.

—¿A un zoquete como yo, quieres decir?

—Lo que importa —dijo Ilan— es que podemos agregar a la red cualquier dispositivo que queramos. —Ilan tomó el teléfono que sostenía Gabriel—. Voy a salir. Tú mira el ordenador.

Gabriel obedeció. Pasados unos minutos, cuando Ilan cruzó la verja de hierro del final del camino de acceso y se situó al otro lado de la calle, aparecieron ocho palabras en la pantalla:

Si manda un mensaje, la agarraremos.

Gabriel borró el mensaje y pulsó unas cuantas teclas. En el monitor apareció una transmisión de vídeo encriptada: una casita del tamaño de una típica cabaña al estilo inglés, con una curiosa fachada Tudor y un porche. Al final del camino de baldosas que daba acceso a la casa había un farol de hierro y, junto al farol, una mujer. Gabriel se acordó del mensaje que había recibido de su amigo Adrian Carter, de la CIA. *¿Quién es la afortunada?* Si él supiera...

58

TENLEYTOWN, WASHINGTON

Al pasar junto a la gran casa colonial de la esquina de la avenida Nebraska y la calle Cuarenta y Dos, Rebecca se acordó del día en que su padre le desveló su plan. Era verano y ella estaba alojada en su pequeña dacha de las afueras de Moscú. Rufina y él habían invitado a comer a unos cuantos amigos íntimos. Yuri Modin, su antiguo supervisor del KGB, estaba presente, al igual que Sasha. Su padre había bebido mucho vino georgiano, además de vodka. Modin había intentado seguir su ritmo; Sasha, en cambio, se había abstenido. «El vodka», le dijo a Rebecca —y no sería la última vez que se lo dijera—, «es la maldición de los rusos».

Al caer la tarde se trasladaron al porche acristalado huyendo de los mosquitos: Rebecca y su padre, Modin y Sasha. Incluso ahora, cuarenta años después, Rebecca recordaba la escena con claridad fotográfica. Modin estaba sentado justo enfrente de ella, al otro lado de la mesa de madera, con Sasha a su izquierda. Rebecca, sentada junto a su padre, apoyaba la cabeza en su hombro. Como todos sus hijos —y como la madre de Rebecca—, ella lo adoraba. Era imposible no hacerlo.

«Rebecca, ca-ca-cariño mío», dijo él con aquel tartamudeo enternecedor, «hay una cosa de la que tenemos que hablar».

Hasta ese momento, ella había creído que su padre era un periodista que vivía en un país extraño y gris, muy lejos de ella. Ese día, sin embargo, en presencia de Yuri Modin y Sasha, él le contó la verdad: que era Kim Philby, el espía magistral que había traicionado a su país, a su clase y a su club. Y que no había actuado por avaricia, sino por fe en un ideal: que los trabajadores no fueran utilizados como herramientas y que controlaran los medios de producción, una expresión que Rebecca no entendía aún. Solo lamentaba una cosa: haberse visto obligado a desertar antes de completar la tarea de destruir el capitalismo occidental y la Alianza Atlántica liderada por Estados Unidos.

«Pero tú, preciosa mía, tú vas a acabar esa tarea por mí. Solo puedo prometerte una cosa: que nunca te aburrirás».

Nunca tuvo oportunidad de rehusar la vida que su padre había elegido para ella. Sencillamente, sucedió. Su madre se casó con un inglés llamado Robert Manning, luego se divorció de él y regresó a Francia dejándola a ella en Inglaterra. Con el paso de los años cada vez le costaba más acordarse de la cara de su madre, pero nunca olvidó el juego absurdo al que jugaban en París, cuando eran tan pobres como ratones de iglesia. «¿Cuántos pasos hay...?».

Cada verano, Rebecca viajaba clandestinamente a la Unión Soviética para recibir adoctrinamiento político y visitar a su padre. Sasha ponía gran cuidado en diseñar su itinerario: iba en ferri hasta Holanda, cambiaba de pasaporte en Alemania y luego otra vez en Praga o en Budapest, y a continuación tomaba un vuelo de Aeroflot con destino a Moscú. Aquella era su época preferida del año. Le encantaba Rusia, incluso la Rusia sombría de los años de Brezhnev, y odiaba tener que volver a Inglaterra, que en aquellos tiempos no era mucho mejor. Su acento francés se fue difuminando poco a poco, y cuando llegó a Trinity College hablaba un inglés impecable. Por indicación de Sasha, sin embargo, no ocultó que hablaba perfectamente francés. Al final, ese fue uno de los motivos por los que la contrató el MI6.

A partir de entonces no hubo más viajes a la Unión Soviética, ni más contacto con su padre, aunque Sasha la vigilaba continuamente, desde lejos. Su primer destino en el extranjero fue Bruselas, y fue allí, en mayo de 1988, donde se enteró de que su padre había muerto. La noticia de su fallecimiento se envió simultáneamente a todas las delegaciones del MI6. Tras leer el telegrama, se encerró en un armario y lloró. La encontró un compañero, un agente que había asistido con ella al programa de formación en Fort Monckton. Se llamaba Alistair Hughes.

—¿Se puede saber qué mosca te ha picado? —preguntó.

—Estoy teniendo un mal día, nada más.

—¿Son esos días del mes?

—Piérdete, Alistair.

—¿Te has enterado? Se ha muerto ese cabrón de Philby. Estamos tomando una copa en la cantina para celebrarlo.

Tres años después, el país al que Kim Philby había consagrado su vida también murió. Despojados de repente de su enemigo tradicional, los servicios de inteligencia occidentales salieron en busca de nuevos objetivos que justificaran su existencia. Rebecca aprovechó esos años de incertidumbre para avanzar en su carrera, infatigablemente. A instancias de Sasha estudió árabe, lo que le permitió servir en el frente de la guerra global contra el terrorismo. Se desenvolvió con gran éxito como jefa de delegación en Ammán, lo que propició su nombramiento para ese mismo puesto en Washington. Y ahora estaba a un solo paso del galardón supremo: el que se le había escapado a su padre. No se consideraba a sí misma una traidora. Su único país era Kim Philby, y solo le era leal a él.

Esa mañana corrió hasta Dupont Circle y, al regresar a la calle Warren, pasó dos veces frente a su casa sin llegar a entrar. Como de costumbre, fue a la embajada conduciendo su propio coche y se embarcó en una jornada que resultó extrañamente anodina. Solo por ese motivo accedió a tomar una copa con Kyle Taylor en el J. Gilbert's, un bar de McLean frecuentado por agentes de la CIA. Taylor era el jefe del Centro Antiterrorista y uno de los agentes más indiscretos de todo Langley. Rebecca rara vez se despedía de él tras uno de sus encuentros sin haberse enterado de algo que no le correspondía saber.

Esa noche, Taylor estuvo aún más locuaz que de costumbre. Tomaron una copa y luego otra, y eran casi las ocho cuando Rebecca cruzó Chain Bridge y regresó a Washington. Dio un rodeo intencionado para llegar a Tenleytown y aparcó delante de su casa. La calle estaba desierta, pero mientras subía por el camino de baldosas tuvo la incómoda sensación de que la estaban vigilando. Al volverse no vio nada que justificase su temor, pero una vez dentro descubrió pruebas inconfundibles de que alguien había entrado en su casa en su ausencia. Sobre el respaldo de un sillón alguien había dejado descuidadamente un abrigo Crombie y, sentado en un extremo del sofá, en la oscuridad, había un hombre.

—Hola, Rebecca —dijo con calma al encender la lámpara—. No te asustes. Soy yo.

59

LA CALLE WARREN, WASHINGTON

Rebecca llenó dos vasos con hielo y varios dedos de Johnnie Walker etiqueta negra. Al suyo le puso un poco de agua de Evian; el otro no lo diluyó. No le apetecía nada tomar otra copa, pero aprovechó esos instantes para recobrarse. Era una suerte que no llevara encima su pistola, o muy bien podría haberle pegado un tiro al director general del Servicio Secreto de Inteligencia. La pistola, una SIG Sauer de 9 mm, estaba arriba, en el cajón superior de su mesita de noche. Los estadounidenses sabían que tenía un arma y estaban de acuerdo en que la tuviera en casa, para defenderse. Tenía prohibido, en cambio, llevarla encima cuando salía.

—Estaba empezando a creer que habías huido del país —comentó Graham Seymour, alzando la voz, desde la otra habitación.

—Kyle Taylor —explicó Rebecca.

—¿Cómo está?

—Tan charlatán como siempre.

—¿Con quién la ha tomado hoy?

Rebecca sonrió a regañadientes. Sabía que Kyle Taylor era un hombre extremadamente ambicioso. Se decía de él que era capaz de espiar a su propia madre con tal de conseguir un puesto en la sexta planta de Langley.

Rebecca llevó los dos vasos al cuarto de estar y le dio uno a Seymour. Él la observó atentamente por encima del borde del vaso mientras encendía un L&B. Le temblaba la mano.

—¿Estás bien?

—Ya se me pasará. ¿Cómo has entrado?

Seymour levantó una llave de reserva de la puerta de la casa. Rebecca guardaba una copia en la delegación para casos de emergencia.

—¿Y tu coche y tu chófer? —preguntó ella.

—A la vuelta de la esquina.

Rebecca se reprendió para sus adentros por no haber dado una vuelta por los alrededores antes de regresar a casa. Dio una profunda calada al cigarrillo y exhaló una bocanada de humo hacia el techo.

—Perdona que no te haya avisado de que venía —dijo Seymour—. Y que me haya pasado por aquí sin avisar. Pero quería hablar contigo en privado, lejos de la oficina.

—Aquí no estamos seguros —repuso ella, y estuvo a punto de atragantarse al pensar en lo absurdo de su comentario. Ninguna habitación en el mundo era segura, se dijo, mientras ella estuviera dentro.

Seymour le pasó su BlackBerry.

—Hazme un favor y mete esto en una funda Faraday. Y el tuyo también.

Las fundas Faraday bloqueaban las señales de entrada y salida de los teléfonos inteligentes, las tabletas y los ordenadores portátiles. Rebecca siempre llevaba una en el bolso. Guardó el BlackBerry de Seymour en la funda, junto al suyo y su iPhone personal, y metió la funda en la nevera. Cuando regresó al cuarto de estar vio que Seymour estaba encendiendo uno de sus cigarrillos.

—Espero que no te importe —dijo él—. Me vendría bien uno.

—Eso suena a algo grave.

—Me temo que lo es. Mañana a las once voy a reunirme con Morris Payne en Langley. Voy a decirle que mi gobierno ha conseguido pruebas definitivas de que el SVR estuvo detrás de la muerte de Alistair en Berna.

—Me dijiste que había sido un accidente.

—No lo fue. Por eso mañana al mediodía nuestro secretario de exteriores telefoneará al secretario de estado a Foggy Bottom y le dará un mensaje muy similar. Es más, el secretario de exteriores informará al secretario de estado de que el Reino Unido piensa suspender toda relación diplomática con Rusia. El primer ministro le dará la noticia al presidente a la una en punto.

—No creo que vaya a tomárselo bien.

—Eso es lo que menos nos preocupa —repuso Seymour—. Las expulsiones comenzarán de inmediato.

—¿Hasta qué punto estamos seguros de que Rusia está implicada en la muerte de Alistair?

—Yo no permitiría que el primer ministro tomara una medida tan drástica si no tuviera pruebas irrefutables.

—¿Cuál es la fuente?

—Uno de nuestros socios nos ha brindado ayuda esencial.

—¿Cuál de ellos?

—Los israelíes.

—¿Allon? —preguntó Rebecca en tono escéptico—. Por favor, dime que no vamos a dar este paso basándonos en la palabra de Gabriel Allon.

—No hay ninguna duda.

—¿De dónde procede la información?

—Lo siento, Rebecca, pero me temo que…

—¿Puedo ver el informe antes de que nos reunamos con Morris?

—Tú no vienes a Langley.

—Soy la jefa de delegación en Washington, Graham. Tengo que asistir a esa reunión.

—Esta va a ser de director a director. Me marcho a Dulles directamente desde Langley. Prefiero que nos veamos allí.

—¿Mi papel va a reducirse a decirte adiós con la mano cuando despegue tu avión?

—A decir verdad —respondió Seymour—, vas a estar *en* el avión.

El corazón de Rebecca comenzó a golpear furiosamente contra su pecho.

—¿Por qué?

—Porque quiero que estés a mi lado en Londres cuando estalle la tormenta. Será una experiencia muy valiosa para ti respecto a cómo manejar una crisis. —Bajando la voz, añadió—: Además, será una ocasión excelente para que los mandarines de Whitehall conozcan a la mujer que quiero que me suceda como jefa del Servicio Secreto de Inteligencia.

Rebecca se quedó muda de asombro. Cuatro décadas de maquinaciones y tejemanejes, y todo había resultado exactamente como habían planeado Sasha y su padre.

«Pero tú, preciosa mía, tú vas a acabar esa tarea por mí...».

—¿Ocurre algo? —preguntó Seymour.

—¿Qué se supone que debe decir una en un momento así?

—Es lo que quieres, ¿verdad, Rebecca?

—Claro que sí. Pero va a ser difícil dar la talla. Has sido un jefe estupendo, Graham.

—¿Has olvidado que el ISIS hizo estragos en el West End de Londres estando yo en el puesto?

—Eso fue culpa del Cinco, no tuya.

Él le lanzó una sonrisa de tibia reconvención: —Espero que no te importe que te dé algún consejo de vez en cuando.

—Sería una necia si no lo aceptara.

—No pierdas el tiempo librando viejas batallas. Los tiempos en que el Cinco y el Seis operaban como adversarios pasaron hace mucho. Enseguida descubrirás que necesitas que Thames House te vigile las espaldas.

—¿Algún otro consejo?

—Sé que no le tienes tanto afecto como yo a Gabriel Allon, pero harías bien en conservarlo en tu arsenal. Dentro de unas horas va a comenzar una nueva guerra fría. Y Allon conoce a los rusos mejor que nadie en este oficio. Tiene cicatrices que lo demuestran.

Rebecca entró en la cocina y sacó la BlackBerry de Seymour de la funda Faraday. Cuando volvió, él ya se había puesto el abrigo y esperaba junto a la puerta.

—¿A qué hora quieres que esté en Dulles? —preguntó ella al darle el teléfono.

—No más tarde del mediodía. Y ten en cuenta que estarás en Londres al menos una semana.

Se guardó el teléfono en el bolsillo del abrigo y echó a andar por el camino de baldosas.

—Graham —lo llamó Rebecca desde el porche.

Seymour se detuvo junto al farol de hierro apagado y se dio la vuelta.

—Gracias —dijo ella.

Él arrugó el ceño, desconcertado: —¿Por qué?

—Por confiar en mí.

—Yo podría decir lo mismo —contestó Seymour, y desapareció en la noche.

El coche estaba aparcado en la calle Cuarenta y Cinco. Seymour se deslizó en el asiento de atrás. A través de un hueco entre los árboles, apenas podía distinguir la casa de Rebecca a lo lejos, y el farol apagado del final del camino.

—¿Volvemos a la residencia del embajador, señor?

Seymour iba a pasar la noche allí.

—La verdad es que tengo que hacer una llamada primero

—dijo—. ¿Le importa dar unos cientos de vueltas a la manzana?

El chófer salió del coche. Seymour empezó a marcar el número de Helen pero se detuvo. Era más de la medianoche en Londres y no quería despertarla. Además, dudaba de que Rebecca lo hiciera esperar tanto, después de lo que acababa de decirle sobre la decisión de cortar las relaciones diplomáticas con Rusia. Tenía poco tiempo para advertir a sus jefes del Centro.

Su BlackBerry vibró. Era un mensaje de Nigel Whitcombe desde Londres, un pequeño cebo para que pareciera que en Vauxhall Cross todo era normal. Seymour escribió una respuesta y pulsó la tecla de enviar. Luego volvió a mirar por el hueco entre los árboles, hacia la casa de Rebecca Manning.

El farol de hierro del final del camino de acceso brillaba con fuerza.

Seymour marcó un número y se acercó el teléfono al oído.

—¿Ves lo mismo que yo?

—Lo veo —contestó la voz del otro lado de la línea.

—Vigílala.

—Descuida, no pienso perderla de vista.

Seymour colgó y miró fijamente la luz. Lo de mañana, se dijo, sería una simple formalidad, la firma de un nombre en una carta de traición. Rebecca era el topo, y el topo era Rebecca. Era la encarnación de Philby, su venganza. Llevaba la verdad escrita en la cara. Era lo único de su persona que Philby no había podido rehacer.

«Soy Kim. ¿Tú quién eres?».

Soy Graham, pensó. Fui yo quien le dio a tu hija tu antiguo empleo. Soy tu última víctima.

60

LOS PALISADES, WASHINGTON

Eran las 23:25 cuando Eva Fernandes echó el cierre del Brussels Midi en el bulevar MacArthur Boulevard. Su coche estaba aparcado a escasos metros más allá, frente a una pequeña oficina de correos. Subió a él, puso en marcha el motor y arrancó. El hombre al que conocía por el nombre de Alex —el alto de piel clara, el que hablaba ruso como un nativo y llevaba todo el día siguiéndola— estaba de pie en la esquina de Dana Place, frente a un restaurante afgano cerrado. Llevaba una mochila a la espalda. Se sentó en el asiento delantero, junto a Eva, y le indicó con una inclinación de cabeza que siguiera conduciendo.

—¿Qué tal el trabajo? —preguntó.

—Mejor que anoche.

—¿Alguna llamada del Centro?

Ella puso cara de fastidio: —Mi teléfono lo tienes tú.

Él lo sacó de la mochila: —¿Sabes qué pasará si mañana sale algo mal?

—Que darán por sentado que es culpa mía.

—¿Y cuál será el resultado?

Eva se apuntó a la nuca con la punta del dedo índice.

—Eso es lo que te haría el SVR, no nosotros. —Él levantó el teléfono—. ¿Este cacharro deja de pitar alguna vez?

—Tengo muchos amigos.

Él echó un vistazo a las notificaciones.

—¿Quién es toda esta gente?

—Amigos, alumnos, amantes... —Se encogió de hombros—. Lo normal.

—¿Alguno de ellos sabe que eres una espía rusa? —Como ella no dijo nada, añadió—: Por lo visto hay una luz encendida frente a cierta casa de la calle Warren. Recuérdame qué pasa ahora.

—Otra vez no.

—Sí, otra vez.

—Alguien de la *rezidentura* pasa por delante de la casa todas las noches a las once. Si ve la luz encendida, avisa al Centro, y el Centro me avisa a mí.

—¿Cómo?

Ella exhaló un profundo suspiro exasperada: —Por correo electrónico. Un mensaje completamente anodino.

—Mañana es jueves.

—No me digas.

—Un jueves impar —señaló Mikhail.

—Muy bien.

—¿Dónde tendrá lugar la entrega?

—Los jueves impares, en el Starbucks de la avenida Wisconsin —respondió ella con el tono de una alumna desafiante.

—¿En cuál de ellos? Hay varios.

—Hemos repasado esto cien veces.

—Y vamos a seguir repasándolo hasta que esté seguro de que no estás mintiendo.

—El Starbucks que hay al norte de Georgetown.

—¿Entre qué hora y qué hora debe tener lugar la transmisión?

—De ocho a ocho y cuarto.

—Creía que habías dicho de ocho y cuarto a ocho y media.

—Yo nunca he dicho eso.

—¿Dónde tienes que esperar?

—En la zona de asientos de arriba.

Eva siguió el bulevar MacArthur bordeando el embalse, iluminado por una luna muy baja. Había un sitio libre frente a su edificio. El hombre al que conocía como Alex le indicó que aparcara allí.

—Normalmente aparco más lejos para comprobar si el edificio está vigilado.

—Está vigilado. —Él extendió el brazo y apagó el motor—. Sal.

La acompañó a la puerta con la mochila colgada del hombro y su teléfono en el bolsillo, y la besó en la nuca mientras ella marcaba el código que abría el portal.

—Como no pares —susurró ella—, te rompo el empeine. Y luego la nariz.

—Créeme, Eva, lo hago solo por tus vecinos.

—Mis vecinos creen que soy una buena chica que jamás se traería a casa a un tipo como tú.

La cerradura se abrió con un chasquido. Eva lo condujo a su apartamento. Se fue derecho a la nevera y sacó la botella de vodka. El hombre al que conocía como Alex sacó de su mochila el equipo de comunicaciones del SVR y lo puso sobre la mesa de la cocina. A su lado colocó el teléfono de Eva.

—¿Tus amigos han conseguido traspasar el cortafuegos? —preguntó.

—Con bastante rapidez, sí. —Le dio el teléfono—. ¿Alguno es del Centro?

Eva revisó la larga lista de notificaciones con una mano mientras con la otra sostenía su trago: —Este —dijo—. De Eduardo Santos. Un mensaje anodino.

—¿Tienes que contestar?

—Seguramente les estará extrañando que no haya contestado ya.

—Entonces quizá deberías hacerlo.

Ella tecleó hábilmente una respuesta con el pulgar.

—Déjame verla.

—Está en portugués.

—¿Tengo que recordarte…?

—No, no.

Ella pulsó la tecla de enviar y se sentó a la mesa.

—¿Y ahora qué?

—Vas a acabarte el trago y a dormir unas horas. Y yo voy a quedarme aquí sentado, mirando la calle.

—¿Otra vez? Es lo que hiciste anoche.

—Acábate el trago, Eva.

Ella obedeció. Y luego se sirvió otro.

—Me ayuda a dormir —explicó.

—Prueba tomarte una manzanilla.

—Es mejor el vodka. —Como si quisiera demostrárselo, se bebió medio vaso—. Hablas muy bien ruso. Imagino que no lo aprendiste en una escuela de idiomas.

—Lo aprendí en Moscú.

—¿Tus padres eran miembros del Partido?

—Más bien al contrario. Y cuando por fin se abrió la puerta, se marcharon a Israel a toda prisa.

—¿Tienes novia allí?

—Una muy guapa.

—Lástima. ¿A qué se dedica?

—Es médico.

—¿Me estás diciendo la verdad?

—Casi casi.

—Yo antes quería ser médico. —Eva vio pasar un coche por la calle—. ¿Sabes qué me pasará si algo sale mal?

—Lo sé perfectamente.

—¡Puf! —dijo ella, y se sirvió otro trago.

61

SEDE CENTRAL DEL SVR, YASENEVO

En ese preciso instante, en la sede del SVR en Yasenevo, el hombre conocido únicamente por el nombre en clave de Sasha también estaba despierto. Debido a la diferencia horaria, allí eran poco más de las ocho de la mañana, pero, siendo todavía invierno en Moscú, el cielo aún no se había iluminado más allá de las ventanas esmeriladas de su dacha privada. Sasha no se daba cuenta de ello, sin embargo, pues tenía la vista fija en el papel que había llegado una hora antes de la sala de cifrado del edificio principal.

Era una copia de un telegrama urgente de la *rezidentura* de Washington —del *redizent* en persona, de hecho—

avisando de que su topo tenía intención de transmitir otra tanda de información esa misma mañana. El *rezident* lo consideraba una noticia prometedora, lo que no era de extrañar, dado que el fulgor que irradiaba el topo se reflejaba en él, y su estrella iba en ascenso con cada nueva entrega culminada con éxito. Sasha, en cambio, no compartía su entusiasmo. Le preocupaba el momento en que llegaba aquella comunicación; era demasiado pronto. Cabía la posibilidad de que el topo hubiera descubierto una información vital que exigía una transmisión inmediata, pero esos casos eran muy raros.

Sasha dejó el papel sobre su escritorio, junto al informe que había recibido la noche anterior. Los forenses del SVR habían hecho un análisis preliminar de los restos calcinados que les habían entregado las autoridades francesas en el aeropuerto de Estrasburgo y aún no habían logrado determinar si se trataba del cadáver de Sergei Morosov. Tal vez fuera él, decían los científicos, o tal vez no. El momento en que se había producido el accidente de tráfico le parecía sospechoso, como mínimo. Como agente del SVR, y anteriormente del KGB, Sasha no creía en los accidentes. Y tampoco estaba convencido de que Sergei Morosov, el hombre al que había confiado algunos de sus secretos más preciados, estuviera de verdad muerto.

Pero ¿había alguna relación entre la presunta muerte de Morosov y el telegrama de Washington? ¿Era quizá hora de traer de vuelta al topo?

Sasha había estado a punto de ordenar su exfiltración después de que el traidor de Gribkov se pusiera en contacto con el MI6 ofreciéndose a desertar. Afortunadamente, los británicos habían vacilado y él había tenido tiempo de organizar las cosas de modo que Gribkov fuera convocado a Moscú, donde fue detenido e interrogado y donde finalmente se le aplicó el *vysshaya mera*. La ejecución del preso había tenido lugar en el sótano de la prisión de Lefortovo, en una sala situada al final de un oscuro corredor. Fue el propio Sasha quien lanzó el disparo final, sin un ápice de compasión o de repugnancia. A fin de cuentas, tiempo atrás se había manchado a menudo las manos.

Con Gribkov muerto y enterrado en una tumba anónima, Sasha se había concentrado en intentar reparar los posibles daños. La operación se había desarrollado tal y como la había planeado, aunque había cometido un error de cálculo. El mismo error de cálculo que otros habían cometido antes que él.

«Gabriel Allon…».

Quizá estuviera dejándose llevar por un temor infundado. Era una afección, se dijo, muy común entre los hombres mayores que llevaban demasiado tiempo en el oficio. El topo llevaba más de treinta años operando dentro del MI6 sin que su presencia fuera detectada; más tiempo incluso que su padre. Guiada por la mano oculta de Sasha, había ido ascendiendo constantemente hasta convertirse en jefa de delegación en Washington, un puesto de poder que le permitía infiltrarse también en la CIA, igual que había hecho su padre.

Ahora, el alto mando estaba por fin a su alcance. Y también al alcance de Sasha. Si se convertía en directora general del Servicio Secreto de Inteligencia, podría socavar ella sola la Alianza Atlántica dejando a Rusia libre para promover sus intereses en el Báltico, Europa del Este y Oriente Medio. Sería el mayor golpe de espionaje de la historia. Mayor incluso que el de Kim Philby.

De ahí que Sasha eligiera un camino intermedio. Escribió el mensaje a mano y llamó a un correo para que lo llevara desde su dacha a la sala de cifrado. A las diez y cuarto, hora de Moscú —las dos y cuarto en Washington—, el correo regresó con una nota confirmando que el mensaje se había recibido.

Ya no quedaba por hacer otra cosa que esperar. Seis horas después tendría su respuesta. Abrió la carpeta de un viejo dosier. Era un informe escrito por Philby en marzo de 1973, cuando, a base de esfuerzo, logró congraciarse de nuevo con el Centro. Versaba sobre una joven francesa a la que había conocido en Beirut, y una niña. Philby no afirmaba en el informe que la niña fuera hija suya, pero lo daba a entender con suficiente claridad. *Me inclino a pensar que podría sernos útil*, escribía, *porque lleva la traición en la sangre.*

62

FOREST HILLS, WASHINGTON

El objeto de las sospechas de Sasha también permanecía a la espera, no dentro de una dacha privada, sino en una casa destartalada del extremo noroeste de Washington. Dado lo tardío de la hora, se había tumbado en el sofá del despacho. Durante las dos horas anteriores había revisado su plan de batalla buscando algún defecto, un punto débil capaz de hacer que todo el edificio se viniera abajo. Como no había encontrado ninguno —salvo una preocupación insidiosa acerca de la fiabilidad de Eva Fernandes—, sus pensamientos habían vagado, como solía ocurrir en momentos como aquel, hacia un bosque de abedules situado a doscientos seis kilómetros de Moscú en dirección este.

Es por la mañana, aún muy temprano, y la nieve cae copiosamente de un cielo ceniciento. Gabriel está de pie al borde de una fosa, una herida abierta en la carne de la Madre Rusia. Chiara está junto a él, tiritando de frío y de miedo. Mikhail Abramov y un hombre llamado Grigori Bulganov están un poco más allá. Y ante ellos, blandiendo un arma y gritando órdenes entre el zumbido de los helicópteros que se aproximan, está Ivan Kharkov.

«Disfruta viendo morir a tu esposa, Allon...».

Gabriel abrió bruscamente los ojos con el recuerdo del primer disparo. Aquel fue el momento preciso en que comenzó verdaderamente su guerra personal con el Kremlin. Sí, hubo escaramuzas previas, asaltos preliminares, pero fue entonces, aquella mañana terrible en Vladimirskaya Oblast, cuando comenzaron oficialmente las hostilidades. Fue entonces cuando comprendió que la Nueva Rusia seguiría el mismo camino que la vieja. Fue entonces cuando su guerra fría contra el Kremlin se tornó caliente.

Desde entonces, habían luchado en un campo de batalla secreto que se extendía desde el corazón de Rusia a la calle Brompton, en Londres, pasando por los acantilados de Cornualles y hasta por las verdes colinas de Irlanda del Norte. Ahora, su guerra había llegado a Washington. Dentro de unas horas, cuando Rebecca Manning transmitiera su informe —un informe cuyo guion había escrito Gabriel—, la guerra se acabaría. Él, en todo caso, ya había salido victorioso en esa lid. Había desenmascarado al topo ruso inserto en lo más profundo del Servicio de Inteligencia británico.

Rebecca era la hija de Kim Philby, nada menos. Lo único que necesitaba Gabriel era la prueba final, una última pincelada, y su obra maestra estaría concluida.

Fue esa idea, la perspectiva fascinante de conseguir la victoria definitiva sobre su enemigo más implacable, lo que lo tuvo en vela toda esa larguísima noche. A las cinco y media se levantó del sofá, se duchó, se afeitó con esmero y se vistió. Vaqueros descoloridos, jersey de lana, chaqueta de cuero: el uniforme de un jefe de operaciones.

Al entrar en el cuarto de estar, encontró a tres miembros de su afamado equipo —Yaakov Rossman, Yossi Gavish y Rimona Stern— reunidos en torno a una mesa de caballetes en actitud expectante. No hablaban a las paredes, sino entre sí, en voz muy baja. Miraba cada uno un ordenador portátil. En uno aparecía un plano fijo de una casita del tamaño aproximado de una típica de campiña inglesa, con una curiosa fachada Tudor y un porche. Una luz brillaba al final del camino de baldosas y otra en una de las ventanas de la planta de arriba.

Eran las 6:05 de la mañana. El topo se había levantado.

63

CALLE WARRET, WASHINGTON

Rebecca Manning ojeó los periódicos londinenses en su iPhone mientras se tomaba el café y se fumaba los dos primeros cigarrillos de la mañana. De alguna manera, el plan del primer ministro Lancaster de suspender las relaciones diplomáticas con el Kremlin no se había filtrado a la prensa. Tampoco había ningún indicio que permitiera suponer que se avecinaba una crisis en el tráfico no clasificado que registraba su BlackBerry del MI6. Al parecer, solo habían tenido acceso a la información el primer ministro y sus principales asesores, el secretario de exteriores y Graham. Y Gabriel Allon, claro. La implicación del israelí alarmaba a Rebecca. De momento, estaba más o menos segura de que no había sido descubierta. Graham no la habría incluido en la lista de distribución si sospechara que era una traidora.

Gracias a ella, la noticia no los agarraría del todo desprevenidos al Centro y al Kremlin. Después de marcharse Graham, había redactado un informe detallado sobre los planes de los británicos y lo había cargado en su iPhone, donde se hallaba escondido dentro de una aplicación de mensajería instantánea muy popular, inaccesible a todo el mundo salvo al SVR y a su sistema digital de comunicaciones de corto alcance. El mensaje contenía una frase cifrada de emergencia ordenando a su enlace —la atractiva agente ilegal que operaba haciéndose pasar por ciudadana brasileña— que entregara el material de inmediato a la *rezidentura* de Washington. Era arriesgado, pero necesario. Si la agente ilegal entregaba el mensaje al Centro por los cauces habituales, tardaría varios días en llegar a Moscú y ya no serviría de nada.

Rebecca echó un vistazo a la prensa estadounidense mientras tomaba un segundo café, y a las seis y media subió a ducharse y vestirse. Esa mañana, estando sus dos mundos en crisis, no saldría a correr. Tras hacer su entrega en el Starbucks de la avenida Wisconsin pensaba pasarse un momento por la oficina. Con un poco de suerte, quizá pudiera hablar unos minutos con Graham antes de su reunión con Morris Payne, el director de la CIA. Así tendría una última oportunidad de convencerlo de que la llevara a Langley. Quería oír de primera mano qué había sabido el MI6 a través de Gabriel Allon.

A las siete en punto estaba vestida. Metió sus teléfonos en

el bolso —su iPhone particular y su BlackBerry del MI6— y se fue en busca de su pasaporte. Lo encontró en el cajón de arriba de su mesita de noche, junto con la SIG Sauer y un cargador de repuesto con balas de 9 mm. Recogió automáticamente las tres cosas y las guardó en el bolso. Al bajar, apagó el farol del final del camino de entrada y salió.

64

CALLE YUMA, WASHINGTON

Había muchas cosas que Rebecca Manning ignoraba esa mañana, entre ellas que su casa estaba siendo vigilada a través de una minicámara escondida en el parque del otro lado de la calle y que durante la noche habían colocado en su coche —un Honda Civic gris azulado con matrícula diplomática— un dispositivo de seguimiento.

La cámara la vio salir de su casa de la calle Warren y el dispositivo informó de su avance en dirección oeste a través del barrio residencial de Tenleytown. Yaakov Rossman remitió esa información mediante mensajes de texto cifrados a Eli Lavon, que estaba arrellanado en el asiento del copiloto de un Nissan de alquiler estacionado en la calle Yuma. Christopher Keller ocupaba el asiento del conductor. Entre los dos habían seguido a algunos de los sujetos más peligrosos del mundo. Un topo ruso con un dispositivo de seguimiento adosado al coche parecía poca cosa para dos hombres de su talento.

—Acaba de tomar la avenida Massachusetts —dijo Lavon.

—¿En qué sentido?

—Sigue hacia el oeste.

Keller arrancó y se dirigió en la misma dirección a lo largo de Yuma. La calle se cruzaba con la avenida Massachusetts en un ángulo aproximado de cuarenta y cinco grados. Keller frenó en la señal de PARE y esperó a que pasara el Honda Civic gris azulado con matrícula diplomática conducido por la jefa de delegación del MI6 en Washington.

Eli Lavon estaba mirando su BlackBerry.

—Sigue hacia el oeste por Massachusetts.

—No me digas.

Keller dejó pasar dos coches más y luego la siguió.

—Ten cuidado —dijo Lavon—. Es buena.

—Sí —contestó Keller con calma—. Pero yo soy mejor.

65

EMBAJADA BRITÁNICA, WASHINGTON

Al regresar a la embajada británica la noche anterior, Graham Seymour había informado al encargado del parque de automóviles de que por la mañana necesitaría un coche con conductor. Su primera parada, dijo, sería el hotel Four Seasons de Georgetown, donde mantendría una reunión privada mientras desayunaba. Desde allí iría a la sede de la CIA en Langley, y de Langley al cercano aeropuerto internacional de Dulles, donde lo esperaba su avión privado. Rompiendo el protocolo, sin embargo, había informado al jefe de seguridad de que ese día haría su ronda de visitas sin escolta.

El jefe de seguridad puso reparos, pero finalmente accedió a los deseos de Seymour. Tal y como había pedido, el coche estaba esperándolo a las siete de la mañana frente a la residencia del embajador en Observatory Circle. Una vez dentro del vehículo, Seymour informó al conductor de un pequeño cambio en su itinerario. Y añadió que no debía informar de ello, bajo ningún concepto, al encargado del parque automovilístico ni al jefe de seguridad de la embajada.

—De hecho —le advirtió—, si dice una sola palabra al respecto, haré que lo encierren en la Torre de Londres o que lo azoten o cualquier otra cosa igual de espantosa.

—¿Adónde vamos, si no vamos al Four Seasons?

Seymour le dio la dirección y el chófer, que era nuevo en Washington, la introdujo en su navegador. Siguieron Observatory Circle hasta la avenida Massachusetts y luego giraron al norte por la calle Reno, atravesando Cleveland Park. En la calle Brandywine giraron a la derecha. Y en la avenida Linnean, a la izquierda.

—¿Está seguro de que ha marcado la dirección correcta? —preguntó Seymour cuando el coche se detuvo.

—¿Quién vive ahí?

—Si se lo dijera, no me creería.

Seymour salió del coche y se acercó a la verja de hierro, que se abrió antes de que llegara. Un tramo de empinados escalones lo condujo a la puerta principal de la casa, donde lo aguardaba una mujer de cabello color arenisca y anchas caderas. Seymour la reconoció. Era Rimona Stern, jefa de la sección de la Oficina conocida como Compilación.

—¡No se quede ahí parado! —le espetó—. Entre.

Seymour la siguió a un espacioso salón en el que Gabriel y dos de sus colaboradores más veteranos —Yaakov Rossman y Yossi Gavish— estaban reunidos alrededor de una mesa de caballetes, mirando varios ordenadores portátiles. Detrás de ellos, en la pared, había una gran mancha de humedad. Recordaba vagamente a un mapa de Groenlandia.

—¿De verdad su embajador vive aquí? —preguntó Seymour.

Gabriel no contestó. Tenía la vista fija en el mensaje que acababa de aparecer en su monitor. Afirmaba que Eva Fernandes y Mikhail Abramov estaban saliendo del edificio del bulevar MacArthur. Seymour se quitó el abrigo Crombie y lo dejó de mala gana sobre el respaldo de una silla. Se sacó del bolsillo su BlackBerry del MI6. Consultó la hora. Eran las 7:12 de la mañana.

66

BURLEITH, WASHINGTON

El tráfico era ya una pesadilla, sobre todo a lo largo de la calle Reservoir, desde Foxhall al extremo norte de Georgetown. Era aquella la arteria principal del tráfico procedente de las zonas residenciales de Maryland —por las mañanas en sentido este; por las noches, en sentido oeste—, y el atasco que se formaba en ella empeoraba por la cercanía del Centro Médico de la Universidad de Georgetown y, a aquella hora, por un amanecer cegador. Eva Fernandes —que pese a carecer de permiso de conducir en regla tenía experiencia conduciendo por las calles de Washington—, conocía varios atajos. Vestía su atuendo habitual de las mañanas: *leggings*, zapatillas Nike verde neón y chaqueta entallada con cremallera, también verde neón. Tras dos noches seguidas sin dormir, Mikhail parecía su problemático novio, un novio que prefería drogarse y beber a trabajar.

—Y yo que creía que el tráfico en Moscú era horrible —comentó en voz baja.

Eva dobló a la izquierda en la calle Treinta y Siete y se dirigió hacia el norte por Burleith, un barrio de casitas adosadas muy popular entre estudiantes y jóvenes profesionales. Y entre los espías rusos, se dijo Mikhail. Aldrich Ames solía dejar una marca de tiza en un buzón de correos de la calle T cuando quería entregar secretos de la CIA a su controlador del KGB. El buzón original se hallaba ahora en un museo, en el centro de la ciudad. El que Mikhail vio por la ventanilla era una copia.

—Recuérdame qué pasará cuando me baje —dijo.

Eva se limitó a exhalar un profundo suspiro a modo de protesta. Habían repasado minuciosamente el plan en la mesa de su cocina. Y ahora, minutos antes de que se produjera la entrega, iban a repasarlo otra vez, quisiera ella o no.

—Conduzco hasta el Starbucks —recitó como si hablara de memoria.

—¿Y qué pasa si intentas huir?

—El FBI —respondió ella—. La cárcel.

—Pides tu café con leche —prosiguió Mikhail tranquilamente— y te lo llevas a la zona de asientos de arriba. No mires a ningún cliente a la cara. Y hagas lo que hagas, no olvides encender el receptor. Así, cuando Rebecca transmita, nos remitirá automáticamente su informe.

Eva tomó Whitehaven Parkway.

—¿Y qué pasa si se arrepiente? ¿Qué pasa si no transmite nada?

—Lo mismo que si transmite. Tú esperas arriba hasta que me ponga en contacto contigo. Luego vuelves al coche y enciendes el motor. Yo me reuniré contigo. Y después…

—¡Puf! —dijo ella.

Se acercó a la acera en la esquina de la calle Treinta y Cinco.

Mikhail abrió la puerta y puso un pie en la calzada y dijo: —No olvides encender el receptor. Y pase lo que pase no salgas de la cafetería a no ser que yo te lo diga.

—Pero ¿y si no transmite? —preguntó Eva de nuevo.

Mikhail salió del coche sin responder y cerró la puerta. Al instante, el Kia se apartó de la acera y giró a la derecha, hacia la avenida Wisconsin. De momento todo iba bien, se dijo Mikhail, y echó a andar.

67

AVENIDA WISCONSIN, WASHINGTON

Para ser una escena de espionaje al estilo de la Guerra Fría, le faltaba la iconografía al uso. No había muros, ni controles militares, ni garitas, ni reflectores, ni puente de espías. Solo una cafetería perteneciente a una cadena extremadamente conocida, con su ubicuo letrero blanco y verde, situada en la acera oeste de la avenida Wisconsin, al final de una hilera de pequeños locales comerciales: una clínica veterinaria, un salón de belleza, una sastrería a medida, un zapatero, una peluquería canina y uno de los mejores restaurantes franceses de Washington.

Solo la cafetería tenía aparcamiento propio. Eva esperó en medio del aparcamiento dos minutos largos, hasta que quedó un hueco libre. Cuando entró, la cola llegaba desde la caja registradora casi hasta la puerta. Daba igual: había llegado con tiempo de sobra.

Haciendo caso omiso de las instrucciones del hombre al que conocía como Alex, observó atentamente el entorno. Había nueve personas delante de ella: empleados nerviosos que se dirigían a edificios de oficinas del centro, un par de vecinos del barrio vestidos con sudaderas y tres niños con la corbata a rayas del British International School, situado al otro lado de la avenida Wisconsin. Cinco o seis clientes más esperaban sus cafés en el otro extremo del mostrador en forma de ele, y cuatro más leían ejemplares del *Washington Post* o el *Politico* en una mesa común. Ninguno de ellos le pareció un agente del FBI, de los servicios de espionaje israelí o británico o, lo que era más importante, de la *rezidentura* del SVR en Washington.

Había más asientos al fondo del local, pasada la vitrina que exhibía tartas y sándwiches de aspecto plástico. Todas las mesas estaban ocupadas, menos dos. Una de ellas la ocupaba un individuo de unos veinticinco años, tan pálido que parecía que no le había dado nunca el sol. Llevaba puesto un suéter de la Universidad de Georgetown y tenía la vista fija en un ordenador portátil. Parecía el típico cliente que iba allí a gorronear la wifi, y eso era exactamente lo que debía parecer. Eva creyó haber identificado al informático israelí que había conseguido traspasar el impenetrable cortafuegos del receptor del SVR.

Eran las 7:40 cuando por fin hizo su pedido. El camarero canturreó bastante bien «Let's Stay Together» de Al Green mientras le preparaba su café con leche grande bien cargado, que ella endulzó copiosamente antes de dirigirse a la zona de asientos de la parte de arriba. El chico con el jersey de Georgetown fue el único que no levantó la mirada de su dispositivo para ver pasar a Eva con sus *leggings* y su chaqueta entallada, lo que le confirmó que era, en efecto, el informático israelí.

La escalera que conducía a la parte de arriba estaba en el lado izquierdo del local. Arriba solo había una persona: un hombre de mediana edad con pantalones chinos y suéter de cuello redondo que escribía con ahínco en un cuaderno de hojas amarillas. Estaba sentado junto a la barandilla que daba a la parte delantera de la cafetería. Eva se sentó al fondo, junto a una puerta que daba a una terraza desierta. El interruptor del receptor emitió un chasquido muy leve cuando lo pulsó. Aun así, el hombre levantó la vista y arrugó el ceño antes de retomar su tarea.

Eva sacó su teléfono del bolso y miró la hora. Eran las 7:46 de la mañana. Faltaban catorce minutos para que se iniciara la hora prevista de entrega. Quince minutos después se acabaría y, si todo salía conforme al plan, el topo de Sasha quedaría al descubierto. Eva no sentía remordimientos, solo temor: miedo a lo que pasaría si el SVR lograba de algún modo atraparla y llevarla de vuelta a Rusia. Una habitación sin ventanas al fondo de un oscuro corredor de la prisión de Lefortovo, un hombre sin rostro.

«Puf…».

Miró de nuevo la hora. Eran las 7:49. «Date prisa», pensó. «Por favor, date prisa».

68

AVENIDA WISCONSIN, WASHINGTON

En la otra acera de la avenida Wisconsin, unos cien metros al norte, había un lujoso supermercado Safeway, diseñado para atraer a la clientela más sofisticada de Georgetown. Había un estacionamiento interior al nivel de la calle y otro exterior en la parte de atrás de la tienda. Era este último el que prefería Rebecca Manning. Subió lentamente por la rampa, mirando por el espejo retrovisor. Dos veces a lo largo del trayecto había pensado en desistir de la entrega por miedo a que la estuviera siguiendo el FBI. Ahora ese temor le parecía infundado.

Aparcó en el rincón más alejado del estacionamiento y, colgándose el bolso del hombro, se dirigió a la entrada trasera de la tienda. Las cestas estaban junto al ascensor que llevaba al estacionamiento interior. Rebecca tomó una y cruzó con ella el supermercado, pasando de la sección de frutas y verduras a la de comidas precocinadas y yendo y viniendo por sus muchos pasillos hasta que estuvo segura de que nadie la seguía.

Dejó la cesta en la zona de autopago y bajó el largo tramo de escaleras hasta la entrada principal de la tienda en la avenida Wisconsin Avenue. El tráfico de hora pico bajaba en tromba por la ladera de la colina, hacia Georgetown. Rebecca esperó a que cambiara el semáforo y luego cruzó la calle. Dobló hacia el sur y, al pasar frente a un restaurante turco cerrado, se dijo firmemente que debía dirigirse al lugar de entrega.

Había cuarenta y siete pasos desde la puerta del restaurante turco a la entrada del Starbucks, que estaba custodiada por un indigente vestido con harapos sucios. En circunstancias normales habría dado unas monedas a aquel hombre, igual que su madre daba siempre unos céntimos a los mendigos de las calles de París, a pesar de tener poco más que ellos. Esa mañana, sin embargo, pasó por su lado sin detenerse, sintiéndose culpable, y entró.

Había ocho personas en la cola del mostrador: abogados de aspecto nervioso, un par de alumnos del British International School —futuros agentes del MI6— y un hombre alto de piel lívida y ojos incoloros que parecía llevar una semana sin dormir. El camarero cantaba «A Change Is Gonna Come». Rebecca echó un vistazo a su reloj. Eran las 7:49.

Christopher Keller y Eli Lavon no se habían molestado en seguir a Rebecca Manning hasta el estacionamiento superior del Safeway. Habían aparcado en la calle Treinta y Cuatro, frente a la Hardy Middle School, desde donde podrían presenciar su llegada al Starbucks. Eli Lavon informó de ello al puesto de mando de la calle Chesapeake, donde, obviamente, Gabriel y el resto del equipo observaban a Rebecca en vivo a través de la cámara del teléfono de Ilan. Faltaba únicamente Graham Seymour, que había salido al jardín al recibir una llamada de Vauxhall Cross.

Eran las 7:54 cuando Seymour volvió a entrar. Rebecca Manning estaba haciendo su pedido. Seymour se encargó de poner sonido a la escena.

—Café torrefacto grande. Nada de comer, gracias.

Cuando el joven del mostrador se apartó para prepararle el café, ella insertó la tarjeta en el lector, confirmando así su presencia en el establecimiento esa mañana.

—¿Quiere copia del recibo? —preguntó Gabriel.

—Sí, por favor —contestó Seymour por Rebecca, y unos segundos después el joven del mostrador entregó a Rebecca un trocito de papel junto con su café.

Gabriel miró el reloj digital que ocupaba el centro de la mesa de caballetes. 7:56:14. El plazo previsto para la entrega estaba a punto de abrirse.

—¿Ya has visto suficiente? —preguntó.

—No —contestó Seymour con la vista fija en la pantalla—. Deja que siga.

69

AVENIDA WISCONSIN, WASHINGTON

Había un sitio libre en la mesa común. Era el más próximo a la puerta, lo que le permitía ver sin obstáculos la calle y la zona de asientos de la parte trasera del local. El individuo que la había precedido en la cola, el alto de piel y ojos pálidos, se había instalado en un extremo de la cafetería, de espaldas a ella. Un par de mesas más allá, un joven con pinta de estudiante tecleaba en un portátil, al igual que otros cuatro clientes. Las tres personas que ocupaban junto a Rebecca la mesa común eran dinosaurios digitales que preferían consumir su información en formato impreso. Ella también lo prefería. De hecho, había pasado algunas de las horas más felices de su extraordinaria infancia en la biblioteca del piso de su padre en Moscú. Entre la amplia colección de libros que tenía Philby se contaban los cuatro mil volúmenes que heredó de su compañero de Cambridge y espía, Guy Burgess. Rebecca aún recordaba su penetrante olor a tabaco. Tenía la sensación de haber fumado sus primeros cigarrillos leyendo los libros de Guy Burgess. Ahora se moría de ganas de fumar uno. Pero no se atrevió, por supuesto. Fumar era un delito peor que la traición.

Quitó la tapa a su café y la dejó sobre la mesa, junto a su iPhone. Su BlackBerry del MI6, que todavía llevaba en el bolso, vibró anunciando la llegada de un mensaje. Muy probablemente fuera de la delegación, o del departamento para el Hemisferio Occidental de Vauxhall Cross. O quizá, se dijo, Graham hubiera cambiado de idea respecto a llevarla a Langley. Seguramente a esa hora estaría saliendo de la residencia del embajador. Rebecca supuso que debía leer el mensaje para asegurarse de que no era una emergencia. Lo leería al cabo de un minuto, pensó.

El primer trago de café le cayó en el estómago vacío como si fuera ácido de batería. El camarero se había puesto a cantar «What's Going On» de Marvin Gaye y el hombre sentado al otro lado de la mesa común, inspirado tal vez por la letra de la canción, se estaba quejando a su vecino del último escándalo del presidente en las redes sociales. Rebecca miró hacia la zona de asientos del fondo y al hacerlo su mirada no se cruzó con la de ningún cliente. Dedujo que la agente ilegal estaba arriba; veía su receptor en el listado de redes de su iPhone. Si el dispositivo funcionaba como debía, sería invisible para cualquier otro teléfono, tableta u ordenador de los alrededores.

Consultó la hora. Eran las 7:56. Otro sorbo de café, otra comezón corrosiva en la boca del estómago. Con aparente calma, fue pasando los iconos de la pantalla del iPhone hasta llegar a la aplicación de mensajería instantánea en la que guardaba el protocolo del SVR. Su informe estaba allí, cifrado e invisible. Hasta el icono que lo enviaba era falso. Con el pulgar suspendido sobre él, recorrió el establecimiento con la mirada una vez más. No había nada sospechoso, solo el temblor incesante de su BlackBerry del MI6. Hasta el hombre del otro lado de la mesa parecía extrañado de que no contestase.

Eran ya las 7:57. Rebecca dejó el iPhone sobre la mesa y metió la mano en su bolso. El BlackBerry descansaba junto a la SIG Sauer de 9 mm. Sacó el teléfono con cuidado e introdujo la larga contraseña. El mensaje era de Andrew Crawford, que quería saber a qué hora iba a llegar a la oficina. Rebecca hizo caso omiso y a las 7:58 devolvió el BlackBerry a su bolso. Dos minutos antes de que se abriera el plazo de transmisión, su iPhone vibró de repente. Era un mensaje de un número de Londres que no reconoció y contenía una sola palabra.

Huye.

70

AVENIDA WISCONSIN, WASHINGTON

Huye...

¿Huir de qué? ¿De quién? ¿Adónde?

Rebecca miró fijamente el número que aparecía en el iPhone. No le decía nada. Probablemente el mensaje procedía del Centro o de la *rezidentura* de Washington. O quizá, se dijo, fuera un truco. Una trampa. Solo un espía huiría.

Miró ceñuda la pantalla para engañar a las cámaras que sin duda la estaban observando y, pulsando un icono falso, convirtió en polvo digital su informe. Desapareció, nunca había existido. Luego, pulsando otro icono falso, también se esfumó la aplicación. Ya no quedaban evidencias de traición en su teléfono ni entre sus efectos personales, excepto la pistola que había guardado en el bolso antes de salir de casa. De pronto se alegró de llevarla consigo.

Huye…

¿Desde cuándo lo sabían? ¿Y qué sabían exactamente? ¿Sabían solo que era una espía del Centro? ¿O sabían también que la había engendrado y criado un espía, que era la hija de Kim Philby y la obra a la que Sasha había consagrado buena parte de su vida? Pensó en la extraña visita de Graham la noche anterior y en la alarmante noticia de que la calle Downing estaba a punto de suspender las relaciones diplomáticas con Moscú. Era mentira, se dijo, una falacia ideada para engañarla y que se pusiera en contacto con sus enlaces. No había planes de romper las relaciones con Moscú, ni ninguna reunión en Langley. Sospechaba, en cambio, que había un avión esperando en el aeropuerto internacional de Dulles, un avión para llevarla de vuelta a Londres, donde quedaría en manos de la justicia británica.

Huye…

Aún no, se dijo. No sin un plan. Tenía que proceder metódicamente, como hizo su padre en 1951, cuando se enteró de que Guy Burgess y Donald Maclean habían desertado a la Unión Soviética dejándolo casi a la intemperie. Se subió a su coche, se fue al campo, a Maryland, y enterró allí su cámara del KGB y sus microfilms. *Junto al río, cerca de Swainson Island, al pie de un sicomoro enorme.* Su coche, en cambio, no le servía de nada. Sin duda tenía adosado un dispositivo de seguimiento. Eso explicaría por qué no había detectado a ningún equipo de vigilancia.

Para escapar —para huir—, necesitaba otro coche y un

teléfono que no estuviera pinchado. Sasha le había asegurado que, en caso de emergencia, podría llevarla clandestinamente a Moscú, igual que Yuri Modin había sacado a su padre de Beirut. Le habían proporcionado un número de la embajada rusa al que podía llamar y una palabra clave para avisar de que se hallaba en apuros a la persona que atendiera la llamada. La palabra era *Vrej*, el nombre de un viejo restaurante en el barrio armenio de Beirut.

Pero primero tenía que abandonar el lugar de entrega. Daba por sentado que varias de las personas sentadas a su alrededor eran agentes británicos, estadounidenses o incluso israelíes. Guardó tranquilamente su iPhone en el bolso y, levantándose, tiró el vaso de café a la basura. La puerta que daba a la avenida Wisconsin quedaba a su derecha. Giró a la izquierda y se dirigió a la zona de asientos del fondo de la cafetería. Nadie la miró. Nadie se atrevió a mirarla.

71

CALLE CHESAPEAKE, WASHINGTON

Aproximadamente cinco kilómetros al norte, en el puesto de mando de la calle Chesapeake, Gabriel vio con creciente alarma cómo cruzaba Rebecca Manning el encuadre de la cámara del teléfono de Ilan.

—¿Qué ha pasado?

—No ha transmitido su informe —dijo Graham Seymour.

—Sí, lo sé. Pero ¿por qué?

—Algo la habrá hecho sospechar.

Gabriel miró a Yaakov Rossman: —¿Dónde está ahora?

Yaakov tecleó la pregunta en su ordenador. Mikhail respondió a los pocos segundos. Rebecca Manning estaba en el baño.

—¿Y qué hace allí? —preguntó Gabriel.

—Usa tu imaginación, jefe.

—Eso hago. —Pasaron treinta segundos más sin que volvieran a verla—. Tengo un mal presentimiento, Graham.

—¿Qué quieres hacer al respecto?

—Tienes todas las pruebas que necesitas.

—Eso es cuestionable, pero te escucho.

—Dile que has cambiado de idea respecto a la reunión en Langley. Dile que quieres que te acompañe. Así la distraerás.

—¿Y luego qué?

—Ordénale que se reúna contigo en la embajada. —Gabriel hizo una pausa y luego añadió—: Y detenla en cuanto ponga pie en suelo británico.

Seymour introdujo el mensaje en su BlackBerry y lo envió. Quince segundos después, el dispositivo anunció con un tintineo la llegada de la respuesta.

—Va para allá.

72

AVENIDA WISCONSIN, WASHINGTON

Tras la puerta cerrada del baño unisex de la cafetería, Rebecca releyó el mensaje de Graham Seymour. *Cambio de planes. Quiero que me acompañes a Langley. Reúnete conmigo en la delegación lo antes posible.* Su tono benévolo no podía ocultar el verdadero significado del mensaje. Confirmaba los peores temores de Rebecca. La habían descubierto y trataban de tenderle una trampa.

Alguien zarandeó con impaciencia el picaporte de la puerta.

—Un minuto, por favor —dijo Rebecca con una serenidad que habría enternecido el corazón traicionero de su padre. Era el rostro de Philby el que se reflejaba en el espejo. «Cada año que pasa», solía decirle su madre, «te pareces más a él. Los mismos ojos, la misma expresión desdeñosa». Rebecca nunca estaba segura de si era un cumplido o no.

Guardó el BlackBerry y el iPhone en la funda Faraday de su bolso y arrancó una hojita de papel de su cuaderno. Escribió en ella unas pocas palabras en alfabeto cirílico. La cisterna sonó estruendosamente. Dejó correr el agua del lavabo unos segundos, luego sacó un par de toallitas de papel del dispensador y las tiró a la basura. A través de la puerta le llegaba el suave murmullo de la cafetería llena de gente. Apoyó la mano izquierda en el picaporte y metió la derecha en su bolso, empuñando la SIG Sauer compacta. Había desbloqueado el seguro externo de la pistola en cuanto entró al baño. El cargador contenía diez balas Parabellum de 9 mm, igual que el que llevaba de repuesto.

Abrió la puerta y salió con las prisas de una directiva de Washington que llega tarde al trabajo. Esperaba encontrar a alguien esperando, pero el pasillo estaba vacío. El chico con la sudadera de Georgetown había cambiado de posición su portátil. Rebecca no podía ver la pantalla desde donde estaba.

Giró bruscamente a la derecha y subió las escaleras. En la parte de arriba encontró a dos personas, un hombre de mediana edad que garabateaba en un cuaderno y Eva Fernandes, la agente ilegal rusa. Con su chaqueta de color verde neón, era difícil no verla.

Rebecca se sentó en la silla de enfrente. Su mano derecha seguía dentro del bolso, agarrando con fuerza la empuñadura de la SIG Sauer. Con la izquierda le pasó la nota a Eva Fernandes. La agente se fingió desconcertada.

—Hazlo —le susurró Rebecca en ruso.

La joven vaciló. Luego le entregó su teléfono. Rebecca lo guardó en su funda Faraday.

—¿Dónde está tu coche?

—No tengo coche.

—Conduces un Kia Optima. Está fuera, en el estacionamiento. —Rebecca abrió el bolso lo justo para que viera la pistola—. Vamos.

73

AVENIDA WISCONSIN, WASHINGTON

Violando todos los protocolos operativos de la Oficina, escritos y no escritos, explícitos y tácitos, Mikhail Abramov había cambiado de asiento y ocupaba ahora una silla que miraba hacia la entrada de la cafetería. Llevaba un minúsculo auricular en el lado izquierdo de la cabeza, el que quedaba frente a la pared. El auricular le permitía escuchar el sonido que llegaba del teléfono de Eva, que estaba intervenido y actuaba como un transmisor. O al menos así había sido hasta las 8:04, cuando Rebecca Manning, tras salir del baño, había subido inesperadamente al piso de arriba.

Segundos antes de que el teléfono quedara en silencio,

Mikhail había oído un susurro. Era posible que fuera una frase en ruso, pero no podía estar seguro. Y tampoco sabía con certeza quién la había pronunciado. Fuera lo que fuese lo que acababa de ocurrir, ambas mujeres se dirigían ahora hacia la puerta. Eva miraba fijamente al frente, como si caminara hacia la tumba. Rebecca Manning iba un paso detrás de ella, con la mano derecha metida en el elegante bolso.

—¿Qué crees que lleva dentro de ese bolso? —preguntó Mikhail en voz baja cuando las dos agentes rusas atravesaron el campo de visión de la cámara de Ilan.

—Varios teléfonos móviles —contestó Gabriel— y un dispositivo de comunicaciones de corto alcance del SVR.

—Lleva algo más —dijo Mikhail mientras veía a Eva y a Rebecca salir por la puerta y torcer a la izquierda, hacia el estacionamiento—. Quizá deberías preguntarle a tu amigo si su jefa de delegación en Washington va armada.

Gabriel así lo hizo. Luego le repitió la respuesta a Mikhail. Por regla general, Rebecca Manning no iba armada cuando estaba en público, pero guardaba una pistola en su casa para defenderse en caso de agresión, con la bendición del Departamento de Estado y la CIA.

—¿Qué tipo de pistola?

—Una SIG Sauer.

—Del nueve, supongo.

—Supones bien.

—Compacta, seguramente.

—Seguramente —contestó Gabriel.

—O sea, que tiene diez balas.

—Más otras diez de repuesto.

—Imagino que Eli no va armado.

—La última vez que Eli llevó un arma fue en 1972. Y estuvo a punto de matarme por accidente.

—¿Y Keller?

—Graham no lo permitiría.

—O sea que solo quedo yo.

—Quédate donde estás.

—Perdona, jefe, hay interferencias en la línea. No te he entendido.

Mikhail se levantó y pasó por delante de la mesa de Ilan, cruzando el encuadre de la cámara. Al salir, giró a la izquierda y comenzó a cruzar el estacionamiento. Eva ya estaba al volante de su Kia. Rebecca estaba abriendo la puerta del copiloto. Antes de sentarse miró a Mikhail y sus ojos se encontraron. Mikhail fue el primero en desviar la mirada y siguió caminando.

La calle Treinta y Cuatro era de un solo sentido, en dirección sur. Mikhail echó a andar en sentido contrario al tráfico y pasó por la parte trasera del restaurante turco en el instante en que Eva salía marcha atrás del sitio donde estaba aparcada y giraba hacia la calle. Rebecca Manning lo miraba fijamente a través de la ventanilla del copiloto, Mikhail estaba seguro de ello. Sentía sus ojos clavándosele en la espalda como balas. Lo estaba desafiando a volverse para echar una última mirada. No lo hizo.

El Nissan estaba aparcado frente al colegio. Mikhail se sentó en el asiento trasero, detrás de Keller. Gabriel le gritaba por la radio desde el puesto de mando. Eli Lavon, el mejor vigilante de la historia de la Oficina, lo miraba con reproche desde el asiento del copiloto.

—Bien hecho, Mikhail —dijo en hebreo sarcásticamente—. Ha sido verdaderamente precioso. Es imposible que haya visto una maniobra tan sutil.

Keller miraba fijamente la calle Treinta y Cuatro, siguiendo con la vista un Kïa Optima que se alejaba velozmente. Al llegar al cruce de la calle Reservoir, el coche giró a la derecha. Keller esperó a que un rebaño de escolares cruzara la calle. Luego pisó a fondo el acelerador.

74

BURLEITH, WASHINGTON

Tengo prohibido hablar contigo —dijo Eva Fernandes—. De hecho, hasta tengo prohibido mirarte.

—Parece que he invalidado esas órdenes, ¿no?

Rebecca le ordenó que girara de nuevo a la derecha en la calle Treinta y Seis y otra vez en la calle S. En ambas ocasiones, el Nissan las siguió. Iba unos seis coches por detrás. El conductor no se esforzaba en disimular su presencia.

—Gira otra vez a la derecha —ordenó Rebecca, y unos segundos después Eva tomó la calle Treinta y Cinco, esta vez sin molestarse en pararse en la señal de PARE ni reducir la velocidad.

El Nissan hizo lo mismo. Su burda táctica de seguimiento hizo comprender a Rebecca que estaban operando sin refuerzos y que por lo tanto no eran del FBI. Pronto se cercioraría de ello.

Había un semáforo en la esquina de la calle Treinta y Cinco con Reservoir, uno de los pocos que existían en la zona residencial de Georgetown. Mientras se acercaban, el semáforo pasó de verde a ámbar. Eva pisó el acelerador y el Kia cruzó a toda velocidad la intersección en el momento en que el semáforo se ponía en rojo. Oyeron pitar a varios coches cuando el Nissan las siguió.

—Gira otra vez a la derecha —dijo Rebecca rápidamente, señalando la entrada de Winfield Lane. Aquella calle particular, flanqueada por casas de ladrillo rojo, le recordaba al barrio londinense de Hampstead. El Nissan iba tras ellas.

—¡Para aquí!

—Pero...

—¡Haz lo que te digo!

Eva pisó bruscamente el freno. Rebecca sacó la SIG Sauer del bolso y saltó del coche. Empuñó el arma con las dos manos, formando un triángulo con los brazos, y ladeó ligeramente el cuerpo para reducir su silueta, como le habían enseñado en las prácticas de tiro de Fort Monckton. El Nissan seguía acercándose. Rebecca apuntó a la cabeza del conductor y apretó el gatillo hasta vaciar el cargador.

El Nissan hizo un brusco viraje a la izquierda y se estrelló contra un Lexus aparcado junto a la acera. No salió nadie del coche ni se oyeron disparos, lo que le permitió comprobar con satisfacción que sus ocupantes no pertenecían al FBI. Eran agentes de inteligencia británicos e israelíes que no tenían potestad para hacer una detención o disparar un arma en suelo estadounidense, ni siquiera al verse acribillados a balazos en una apacible calle de Georgetown. De hecho, Rebecca dudaba de que el FBI supiera que los británicos y los israelíes habían montado una operación contra ella. Se enterarían dentro de pocos minutos, se dijo mientras miraba el coche siniestrado.

Huye...

Se sentó en el asiento del copiloto del Kia y le gritó a Eva que arrancara. Un momento después circulaban a toda velocidad por la calle Treinta y Siete, camino de la embajada rusa. Al cruzar la calle T, Rebecca tiró la funda Faraday por la ventanilla. Después se deshizo también del receptor del SVR.

Miró hacia atrás. Nadie las seguía. Sacó el cargador vacío de la pistola y colocó el de repuesto. Eva Fernandes se sobresaltó al oír el chasquido. Guiada por Rebecca, giró a la izquierda en la calle Tunlaw.

—¿Adónde vamos? —preguntó cuando pasaban ante la entrada trasera del complejo de la embajada rusa.

—Tengo que hacer una llamada.

—¿Y luego?

Rebecca sonrió: —Nos vamos a casa.

En ese momento, tres hombres caminaban por la calle Treinta y Cinco hacia el río Potomac. No se parecían, ni por su atuendo ni por su aspecto general, a los típicos moradores de Georgetown. Uno de ellos parecía sufrir fuertes dolores, y una mirada atenta a su mano derecha habría revelado la presencia de sangre. No era en la mano donde estaba herido, sin embargo, sino en la clavícula derecha, donde había recibido el impacto de una bala de 9 mm.

Cuando cruzaron la calle O, al herido le fallaron las piernas pero sus dos compañeros —un hombre alto de piel pálida y otro más bajo de rostro anodino— lo sostuvieron en pie. Un instante después apareció un coche y los dos hombres ayudaron a subir al herido a la parte de atrás. La dependienta de una floristería muy conocida en el barrio fue el único testigo. Más tarde le contaría a la policía que el hombre de la cara pálida tenía una expresión horrenda, una de las más pavorosas que había visto en toda su vida.

Para entonces, varios coches patrulla de la Policía Metropolitana de Washington acudían a Winfield Lane, avisados de que se había producido un tiroteo en aquella calle normalmente tan tranquila. El vehículo que transportaba a los tres hombres cruzó rápidamente Georgetown hasta la avenida Connecticut. Allí giró al norte y se encaminó a una casa destartalada de la calle Chesapeake. Dentro de la casa esperaban dos de los agentes de espionaje más poderosos del mundo. La habían dejado escapar. Y se había esfumado.

75

TENLEYTOWN, WASHINGTON

Quedaban muy pocos teléfonos públicos en el noroeste de Washington. Rebecca Manning había memorizado la ubicación de casi todos para un caso como este. Uno estaba en la gasolinera Shell de la esquina de la avenida Wisconsin y la calle Ellicott. Por desgracia, no tenía dinero suelto. Eva, sin embargo, llevaba siempre un mazo de monedas de veinticinco centavos en el coche para los parquímetros. Le dio dos a Rebecca y la vio acercarse al teléfono y marcar rápidamente un número, de memoria. Eva reconoció el número. Era el mismo que le habían dado a ella. Era un número de la embajada rusa y debía usarse únicamente en caso de extrema emergencia.

Para Rebecca Manning, aquel número representaba un salvavidas que la trasladaría sana y salva a Moscú. Para ella, en cambio, era una grave amenaza. Rebecca sería sin duda recibida como una heroína. Ella iría directamente a una sala de interrogatorio donde estaría esperándola Sasha. Le dieron ganas de arrancar y dejar allí a Rebecca. Pero dudaba de que pudiera ir muy lejos. Hasta donde ella sabía, había tres hombres muertos en un coche, en una calle particular de Georgetown. Además de trabajar para un servicio de espionaje extranjero, ahora era potencialmente cómplice de un crimen. No tenía más remedio que ir con Rebecca a Moscú y confiar en que no pasara lo peor.

Rebecca regresó al coche y le dijo que se dirigiera al norte por la avenida Wisconsin. Luego encendió la radio y movió el dial hasta que encontró la WTOP. «Nos llega la noticia de que al parecer se ha producido un tiroteo en Georgetown...». Pulsó el botón de encendido y la radio se calló.

—¿Cuánto falta? —preguntó Eva.

—Dos horas.

—¿Van a venir a recogernos?

Rebecca negó con la cabeza: —Quieren que salgamos de la calle y que esperemos hasta que se abra la vía de escape.

Eva sintió un profundo alivio. Cuanto más tiempo pasara lejos de las garras del SVR, tanto mejor.

—¿Dónde está la vía de escape? —preguntó.

—No me lo han dicho.

—¿Por qué no?

—Quieren asegurarse de que es segura antes de mandarnos allí.

—¿Y cómo van a contactarse con nosotras?

—Quieren que llamemos otra vez dentro de una hora.

A Eva no le gustó aquello. Pero ¿quién era ella para cuestionar la sabiduría del Centro?

Se estaban acercando a la frontera invisible que separaba el Distrito de Columbia de Maryland. Dos grandes centros comerciales se enfrentaban desde ambas aceras del transitado bulevar. Rebecca indicó el de la derecha. La entrada al estacionamiento estaba junto al restaurante de una franquicia famosa por el tamaño de sus raciones y la longitud de sus colas para esperar mesa. Eva bajó por la rampa y recogió el boleto de la máquina. Luego, siguiendo instrucciones de Rebecca, se dirigió a un rincón desierto y aparcó marcha atrás.

Y allí esperaron, casi sin dirigirse la palabra, la siguiente media hora, Rebecca con la SIG Sauer en el regazo. No tenían teléfonos que las conectaran con el mundo exterior, solo la radio del coche. Se oía mal, pero se oía. La policía estaba buscando un Kia Optima con matrícula de Washington, ocupado por dos mujeres. También buscaba a tres hombres que habían abandonado un Nissan acribillado a balazos en Winfield Lane. Según los testigos presenciales, uno de ellos parecía haber resultado herido en el tiroteo.

La señal de la radio crepitaba con un chisporroteo de electricidad estática. Eva bajó el volumen: —Buscan a dos mujeres en un Kia.

—Sí, ya lo he oído.

—Tenemos que separarnos.

—Vamos a quedarnos juntas —dijo Rebecca, y luego añadió en tono contrito—: No puedo hacer esto sin tu ayuda.

Subió de nuevo el volumen de la radio y escuchó las declaraciones de un vecino de Georgetown horrorizado por el tiroteo. Eva, en cambio, estaba mirando una furgoneta blanca con matrícula de Maryland y sin distintivos que venía hacia ellas, pasando bajo la luz irregular de los fluorescentes del techo. Al FBI le encantaban las furgonetas sin distintivos, se dijo. Y al SVR también.

—Tenemos problemas —dijo.

—Solo es una furgoneta de reparto —contestó Rebecca.

—¿Tú crees que esos dos que van delante tienen pinta de repartidores?

—Pues sí, la verdad.

La furgoneta aparcó en la plaza de al lado. El portón lateral se abrió. Eva miró el rostro de rasgos eslavos que apareció justo al otro lado de su ventanilla y trató ansiosamente de ocultar su miedo.

—Creía que íbamos a ir nosotras a la vía de escape.

—Cambio de planes —dijo Rebecca—. La vía de escape viene a nosotras.

76

FOREST HILLS, WASHINGTON

La bala del calibre 9 mm había atravesado limpiamente la clavícula de Christopher Keller. A su paso, sin embargo, había dejado el hueso roto y causado graves daños en los tejidos. Por suerte todos los edificios oficiales del estado israelí, hasta los más desangelados, contaban con un buen botiquín. Mikhail, veterano de guerra, limpió la herida con antiséptico y la vendó. No tenía nada para el dolor, salvo un bote de pastillas de ibuprofeno. Keller engulló ocho, acompañándolas con un *whisky* del minibar.

Con ayuda de Mikhail se puso ropa limpia y un cabestrillo para sujetar el brazo derecho. El vuelo de regreso a

Londres prometía ser largo e incómodo, pero afortunadamente Keller no tendría que viajar en un vuelo comercial. El avión privado de Graham Seymour esperaba en Dulles. Ambos fueron vistos por última vez en el puesto de mando a las nueve y media, bajando lentamente por los empinados y traicioneros escalones del jardín. Gabriel fue el encargado de pulsar el botón que abría la verja de hierro desde el interior de la casa. Y así la gran empresa llegó a su innoble final.

Sus últimos minutos fueron amargos y estuvieron marcados por un inusitado rencor. Mikhail discutió con Gabriel, y Gabriel con su viejo amigo y compañero de armas, Graham Seymour. Suplicó a Seymour que llamara a los estadounidenses y les pidiera que sellaran Washington. Y cuando el británico se negó, Gabriel amenazó con hacer él mismo esa llamada. Incluso empezó a marcar el número de Adrian Carter en la sede central de la CIA, pero Seymour le arrancó el teléfono de la mano.

—Es mi escándalo, no el tuyo. Y si hay que decirles a los estadounidenses que puse a la hija de Kim Philby entre sus filas, seré yo quien se lo diga.

Pero Seymour no informó a los estadounidenses esa mañana, y Gabriel tampoco, a pesar de que estuvo tentado de hacerlo. En el curso de unos minutos, una relación de importancia histórica se había venido abajo. Durante más de una década, Gabriel y Graham habían trabajado mano a mano contra los rusos, los iraníes y el movimiento yihadista internacional, deshaciendo así décadas de animosidad entre sus respectivos servicios, incluso entre sus países. Todo eso había quedado reducido a cenizas. Claro que, como comentaría más tarde Eli Lavon, eso era en parte lo que pretendía

Sasha desde el principio: sembrar cizaña entre la Oficina y el MI6, y romper el vínculo que habían forjado Gabriel y Graham Seymour. En eso, al menos, se había salido con la suya.

Yossi Gavish y Rimona Stern fueron los siguientes en marcharse. Uno de los vigilantes retiró la cámara del parque de la calle Warren y se dirigió luego a la estación de tren. Los demás se marcharon poco después, y a las 9:45 de la mañana solo quedaban Gabriel, Mikhail y Eli Lavon en el puesto de mando. Un coche esperaba junto a la acera. Oren, el jefe de escoltas de Gabriel, montaba guardia junto a la verja, no se sabía muy bien contra qué amenaza.

Con las prisas de su partida, el equipo había dejado el interior de la casa hecho un desastre, que era como se lo había encontrado. En la mesa de caballetes quedaba un único ordenador portátil. Gabriel estaba mirando la grabación de Rebecca Manning en el Starbucks cuando vibró su BlackBerry anunciando la llegada de un mensaje. Era de Adrian Carter.

¿Qué demonios está pasando?

Como ya no tenía nada que perder, Gabriel tecleó una respuesta y la envió.

Dímelo tú.

Carter lo llamó diez segundos después y se lo explicó.

Al parecer, un tal Donald McManus, agente especial veterano destinado en la sede del FBI en Washington, había parado a echar gasolina en la estación de servicio Shell de la esquina de la avenida Wisconsin y la calle Ellicott a eso de las ocho y veinte de esa mañana. Debido a su carácter curioso y alerta, McManus se había fijado en una mujer bien vestida que estaba utilizando el teléfono público, viejo y cochambroso, de la gasolinera, lo que le pareció muy extraño. Según su experiencia, las únicas personas que utilizaban los teléfonos públicos en la actualidad eran los inmigrantes ilegales, los traficantes de drogas y los adúlteros. Aquella mujer no parecía pertenecer a ninguna de esas categorías, y a McManus le chocó que mantuviera la mano metida en el bolso mientras hablaba por teléfono. Después de colgar, la mujer subió a un Kia Optima con matrícula de Washington. McManus se fijó en la matrícula cuando el vehículo se incorporó a la avenida y se dirigió al norte. Conducía una mujer más joven —y guapa— que la que había usado el teléfono. A McManus le dio la impresión de que estaba un poco asustada.

Mientras circulaba hacia el sur por la avenida Wisconsin, el agente encendió la radio, cambió la CNN por la WTOP y alcanzó a oír uno de los primeros boletines de noticias de la emisora, relativo a un tiroteo que acababa de producirse en Georgetown. Le pareció en principio una discusión de tráfico y no le dio mayor importancia. Pero cuando llegó al centro de la ciudad, la policía ya había hecho pública una descripción del vehículo sospechoso: un Kia Optima con matrícula de Washington ocupado por dos mujeres. McManus informó a la Policía Metropolitana del número de matrícula del coche que había visto en la gasolinera y, ya que estaba, buscó el número en la base de datos del FBI. El coche estaba registrado a nombre de una tal Eva Fernandes, una brasileña con permiso de residencia en Estados Unidos, lo que le resultó curioso, porque la joven que conducía el coche le había parecido más bien de Europa del Este.

Más o menos a esa misma hora, un equipo de vigilancia de la División de Contraespionaje del FBI vio salir varios coches por la parte de atrás de la embajada rusa, todos ellos ocupados por miembros conocidos de la *rezidentura* del SVR, o sospechosos de serlo. El equipo tuvo la clara impresión de que el *rezident* tenía una crisis entre manos y procedió a informar de ello a su cuartel general. El agente espacial McManus, que trabajaba en antiterrorismo, al enterarse de que se habían detectado movimientos sospechosos en la embajada rusa, le habló al oficial de guardia de Contraespionaje de la mujer a la que había visto usar un teléfono público. El oficial de guardia trasladó la información al subjefe de la división y este, a su vez, se la comunicó al jefe.

Y fue así como, a las 9:35 de la mañana, en el impecable escritorio del jefe de la División de Contraespionaje, esos tres elementos —el tiroteo en Georgetown, el precipitado éxodo de la embajada rusa y las dos mujeres del Kia Optima— confluyeron, augurando un desastre inminente. Cuando nadie miraba, McManus hizo una comprobación rápida y descubrió que la mujer de la gasolinera había llamado a un número de la embajada rusa desde el teléfono público. Y, de ese modo, el desastre inminente se convirtió en una auténtica crisis internacional que amenazaba con desencadenar la Tercera Guerra Mundial. O eso le pareció al agente especial Donald McManus, que por pura casualidad había parado a echar gasolina en la estación de servicio de la esquina de la avenida Wisconsin con la calle Ellicott a eso de las ocho y veinte de la mañana.

Llegados a este punto, el jefe de la División de Contraespionaje del FBI telefoneó a su homólogo de la CIA para preguntarle si la Agencia estaba llevando a cabo una operación de la que no había informado al Buró. El hombre de la CIA le aseguró que no, lo que era cierto, pero juzgó prudente poner el asunto en conocimiento de Adrian Carter, que se estaba preparando para su reunión diaria de las diez con Morris Payne. Carter se hizo el tonto, como solía hacer cuando tenía que responder a preguntas incómodas de colegas, superiores y miembros de comités del Congreso. Después, desde la quietud de su despacho en la sexta planta, mandó un rápido mensaje de texto a su viejo amigo Gabriel Allon, que casualmente se encontraba en la ciudad. El mensaje tenía doble y hasta triple sentido, y Gabriel, comprendiendo que Carter lo había descubierto, respondió del mismo modo. Fue así como acabaron hablando por teléfono a las 9:48 de una mañana de jueves por lo demás normal, en Washington.

—¿Quiénes eran los tres hombres? —preguntó Carter cuando acabó de informar a Gabriel.

—¿Qué tres hombres?

—Los que fueron acribillados a balazos en Winfield Lane, Georgetown —replicó Carter enfáticamente.

—¿Cómo quieres que lo sepa?

—Dicen que uno de ellos estaba herido.

—Espero que no sea nada grave.

—Por lo visto un coche los recogió en la Treinta y Cinco. Nadie los ha visto desde entonces.

—¿Y qué hay de las dos mujeres? —preguntó Gabriel, sondeándolo suavemente.

—Tampoco hay rastro de ellas.

—¿Y dices que la última vez que se las vio iban hacia el norte por la avenida Wisconsin? ¿Estás seguro de que era hacia el norte?

—Olvídate de eso —replicó Carter—. Dime quiénes eran.

—Según el agente del FBI —dijo Gabriel—, una de ellas es una brasileña llamada Eva Fernandes.

—¿Y la otra?

—No sabría decirte.

—¿Alguna idea de por qué llamó a un número de la embajada rusa desde un teléfono público?

—Quizá deberías preguntárselo a uno de esos agentes del SVR a los que se vio salir de la embajada con tanta prisa.

—El FBI también los está buscando. Cualquier ayuda que nos prestes será tratada con el mayor secreto —dijo Carter—. Así que ¿qué te parece si empezamos desde el principio? ¿Quiénes eran los tres hombres?

—¿Qué tres hombres?

—¿Y las mujeres?

—Lo siento, Adrian, pero me temo que no puedo ayudarte.

Carter exhaló un profundo suspiro: —¿Cuándo tienes previsto marcharte?

—Esta noche.

—¿Hay alguna posibilidad de que sea antes?

—Seguramente no.

—Lástima —dijo Carter, y colgó.

77

CALLE CHESAPEAKE, WASHINGTON

Mikhail Abramov y Eli Lavon dejaron el puesto de mando a las diez y cinco, en la parte de atrás de una furgoneta de la embajada israelí. Pensaban volar de Dulles a Toronto y de allí a Ben Gurion. Mikhail le dejó la pistola Barak 45 a Gabriel, que se comprometió a guardarla en la caja fuerte de la casa antes de marcharse al aeropuerto.

Al quedarse solo, Gabriel hizo retroceder la grabación y volvió a ver en la pantalla del ordenador a las dos mujeres saliendo de la cafetería, Eva delante y Rebecca un paso detrás, empuñando la SIG Sauer que escondía en el bolso. Sabía ahora que Rebecca había llamado a la embajada rusa desde la gasolinera Shell de la avenida Wisconsin antes de dirigirse hacia el norte, a las zonas residenciales de Maryland, donde seguramente se lanzaría en brazos de un equipo de exfiltración del SVR.

La rapidez con que habían reaccionado los rusos permitía suponer que la *rezidentura* disponía de un plan de huida bien engrasado. Lo que significaba que las probabilidades de encontrar a Rebecca eran prácticamente nulas. El SVR, sucesor del todopoderoso KGB, era un organismo implacable y eficaz. Sacar clandestinamente a Rebecca de Estados Unidos no supondría ningún problema. Rebecca reaparecería en Moscú como por arte de magia, igual que había hecho su padre en 1963.

A no ser que él pudiera impedírselo de algún modo antes de que abandonara la zona metropolitana de Washington. No podía pedir ayuda a los estadounidenses. Le había hecho una promesa a Graham Seymour y, si la incumplía, las recriminaciones del británico lastrarían el resto de su mandato. No, tendría que encontrar a Rebecca Manning él solo. Aunque no del todo, se dijo. Tenía a Charlotte Bettencourt para ayudarlo.

Rebobinó la grabación y vio de nuevo a Rebecca salir de la cafetería detrás de Eva. Eran catorce pasos, pensó. Catorce pasos desde la escalera a la avenida Wisconsin. Se preguntó si Rebecca los habría contado, o si se acordaba siquiera del juego al que solía jugar con su madre en París. Lo dudaba. Sin duda Philby y Sasha se habrían encargado de extirpar en ella esos impulsos tan contrarios a la revolución.

Gabriel vio salir a Rebecca Manning del encuadre de la

pantalla. Y entonces se acordó de algo que le había dicho Charlotte Bettencourt aquella noche en Sevilla, ya muy tarde, cuando se habían quedado a solas porque ninguno de los dos podía dormir. «Se parece más a su padre de lo que ella cree», le dijo. «Hace las cosas exactamente igual que él y ni siquiera sabe por qué».

Charlotte Bettencourt le había dicho algo más esa noche. Algo que en aquel momento le pareció trivial. Algo que solo sabían otras dos personas. «¿Quién sabe si sigue allí?», dijo mientras se le cerraban los párpados de cansancio. «Pero quizá, si tiene un rato libre, le apetezca ir a echar un vistazo». Sí, pensó Gabriel. Claro que le apetecía.

Eran las diez y cuarto cuando se guardó la Barack en la cinturilla de los vaqueros y bajó los empinados escalones de la casa. Oren le abrió la verja de hierro e hizo amago de subir al coche aparcado, un Ford Fusion de alquiler. Gabriel, sin embargo, le ordenó quedarse allí.

—Otra vez no —dijo Oren.

—Me temo que sí.

—Media hora, jefe.

—Ni un minuto más —prometió Gabriel.

—¿Y si llega tarde?

—Significará que un equipo de exfiltración ruso me ha secuestrado y me ha llevado a Moscú para juzgarme y encarcelarme. —Sonrió a su pesar—. Yo no confiaría mucho en mi supervivencia.

—¿Está seguro de que no quiere que lo acompañe?

Gabriel subió al coche sin decir nada más. Unos minutos después pasó ante la casona colonial de la esquina de la avenida Nebraska y la calle Cuarenta y Dos. Se imaginó a un hombre desesperado subiendo a un automóvil muy viejo, con una bolsa de papel en la mano. El hombre era Kim Philby. Y en la bolsa llevaba una minicámara del KGB, varios carretes de película y una pala de mano.

78

BETHESDA, MARYLAND

Los dos rusos de la furgoneta se llamaban Petrov y Zelenko. Petrov pertenecía a la *rezidentura* de Washington; Zelenko, en cambio, había llegado de Manhattan la noche anterior, después de que Sasha diera orden de abrir la vía de escape. Ambos agentes habían acumulado amplia experiencia en países de habla inglesa antes de ser asignados a Estados Unidos, que seguía siendo el «principal adversario» del SVR y, por tanto, su objetivo prioritario. Petrov había trabajado en Australia y Nueva Zelanda; Zelenko, en el Reino Unido y Canadá. Zelenko, el más corpulento de los dos, era cinturón negro en tres artes marciales. Petrov era un excelente tirador. Ninguno de los dos pensaba permitir que le ocurriera nada a su preciado cargamento. Llevar a un topo y una agente ilegal a Moscú sin contratiempos los convertiría en una leyenda. Fracasar era impensable. De hecho, estaban de acuerdo en que preferían morir en Estados Unidos que volver a Yasenevo con las manos vacías.

La furgoneta era una Chevrolet Express Cargo propiedad de una contrata radicada en Virginia del Norte que, a su vez, era propiedad de un colaborador ucraniano al servicio del Centro. El plan consistía en ir por la I-95 hasta Florence, Carolina del Sur, donde cambiarían de vehículo para hacer el resto del trayecto hasta el sur de Florida. El Centro tenía acceso a numerosos pisos francos en la zona de Miami, entre ellos el cuchitril de Hialeah donde pasarían los seis días siguientes, el tiempo que tardaría el mercante ruso Archangel en llegar al estrecho de Florida. Petrov, que había trabajado en la marina rusa antes de ingresar en el SVR, sería el encargado de llevarlos al barco pilotando un yate de pesca deportiva de quince metros de eslora.

Iban bien aprovisionados para el viaje y contaban con armas de sobra. Petrov llevaba dos —una Tokarev y una Makarov— y Rebecca Manning seguía teniendo su SIG Sauer, que descansaba en el suelo de la furgoneta, junto a un teléfono que le había pedido prestado a Zelenko. Estaba sentada con la espalda apoyada en la pared de la furgoneta y las piernas extendidas, vestida todavía para ir a la oficina, con su traje pantalón oscuro y su gabardina

Burberry. Eva estaba sentada enfrente, pero más al fondo. Habían hablado muy poco entre sí desde que salieran del estacionamiento. Rebecca le había dado las gracias por su habilidad y su valentía y había prometido hablar bien de ella a Sasha cuando llegaran a Moscú. Eva no se creía ni una palabra.

El camino más corto para llegar a la I-95 era la avenida Wisconsin. Rebecca, sin embargo, pidió a Petrov que fuera por otra ruta.

—Sería mejor que...

—Yo soy quien decide qué es lo mejor —lo interrumpió Rebecca.

Petrov no discutió más: a Rebecca se le había concedido hacía mucho tiempo la ciudadanía rusa y era coronel del SVR, de modo que lo superaba en rango. Tomó la calle Cuarenta y Dos y atravesó Tenleytown. Eva advirtió que Rebecca miraba con especial interés una gran casa colonial que había en la esquina de la avenida Nebraska. Dejaron atrás la sede del Departamento de Seguridad Interior y el campus de la Universidad Americana. Luego Petrov giró a la izquierda, hacia la calle Chain Bridge y bordeó el Battery Kemble Park hasta llegar al bulevar MacArthur. A través del parabrisas, Eva alcanzó a ver el toldo del Brussels Midi cuando viraron al oeste, camino de Maryland.

—Ahí es donde trabajaba yo —comentó.

—Sí, lo sé —contestó Rebecca desdeñosamente—. Eras camarera.

—Encargada de sala —puntualizó Eva.

—Es igual. —Rebecca agarró la pistola y se la apoyó en el muslo—. Que vayamos a pasar las próximas dos o tres semanas viajando juntas no significa que tengamos que mantener largas conversaciones ni hacernos confidencias. Has hecho bien tu trabajo y te lo agradezco. Pero, en lo que a mí respecta, no eres más que una camarera.

Una camarera perfectamente prescindible, añadió Eva para sus adentros. Fijó la mirada en el parabrisas mientras Rebecca miraba el teléfono. Seguía el avance de la furgoneta en el navegador. Se estaban acercando al desvío de Clara Barton Parkway en dirección oeste, la ruta hacia el Beltway y la I-95. Rebecca, sin embargo, indicó a Petrov que siguiera en línea recta. Había un pequeño centro comercial en el pequeño pueblo de Glen Echo. Dijo que quería comprar unas cuantas cosas para el viaje.

Petrov hizo de nuevo amago de protestar, pero se contuvo. Siguió recto, pasando delante de un *pub* irlandés y del antiguo parque de atracciones de Glen Echo, hasta llegar al cruce del bulevar MacArthur y la calle Goldsboro. Había allí una gasolinera Exxon, un 7-Eleven, una farmacia, una tintorería, una pizzería, una sandwichería y una ferretería True Value. Para sorpresa de Petrov, Zelenko y Eva Fernandes, fue en la ferretería donde entró Rebecca Manning.

Lo hizo a las 10:27 de la mañana, según la cámara de seguridad de la tienda, justo en el momento en que un Ford Fusion pasaba velozmente junto al centro comercial en dirección oeste. Dentro iba solo el conductor, un hombre maduro, de cabello corto y negro, encanecido en las sienes. Llevaba una pistola —una Barak del calibre 45, de fabricación israelí— y ningún escolta. El FBI y la CIA desconocían su paradero, al igual que el servicio de espionaje que dirigía. De hecho, en ese momento estaba completamente solo.

79

CABIN JOHN, MARYLAND

El histórico Union Arch Bridge se halla situado al oeste del bulevar Wilson. Terminado en 1864 y construido en piedra arenisca y granito de Massachusetts extraídos de la cercana cantera de Seneca Quarry, el puente forma parte del acueducto de Washington, un canal de casi veinte kilómetros que lleva agua desde las Great Falls hasta la capital de Estados Unidos. El puente tiene la anchura justa para permitir el paso de un coche, y hay semáforos en ambos extremos para regular el tráfico, por lo que Gabriel tuvo que soportar una espera de casi cuatro minutos antes de poder cruzarlo.

Al otro lado había un campo deportivo de césped, un

centro municipal y una agradable colonia de casitas con fachada de madera flanqueadas por árboles que lucían los primeros brotes de la primavera. Gabriel siguió hacia el oeste, pasando bajo Capital Beltway, hasta que otro semáforo lo obligó a detenerse. Por fin torció a la izquierda y bajó por la falda de una larga y suave colina, hasta Clara Barton Parkway.

La carretera tenía allí dos carriles en ambos sentidos, separados por una franja de parque. Gabriel se hallaba en el carril que, dirigiéndose hacia el este, volvía a Washington. No era un error por su parte. Ahora estaba más cerca del río Potomac y del histórico canal de Chesapeake y Ohio, que se extendía a lo largo de trescientos kilómetros entre Georgetown y Cumberland, Maryland. El canal tenía setenta y cuatro esclusas, varias de las cuales se hallaban a lo largo de Clara Barton Parkway, entre ellas la número diez, junto a la cual había un pequeño estacionamiento. Los fines de semana, el estacionamiento estaba atestado de coches de excursionistas y domingueros, pero un jueves a las 10:39 de la mañana, cuando Washington se preparaba para otro día de confrontación política, estaba desierto.

Gabriel salió del Ford y cruzó el canal por un viejo puente de madera. Un sendero embarrado por las últimas lluvias atravesaba un soto de arces y abedules y llevaba a la orilla del río. Swainson Island quedaba justo enfrente, cruzando un estrecho canal de aguas turbias y veloces. Una barca de madera puesta del revés y pintada con el color verde del Servicio de Parques descansaba bajo un enorme sicomoro.

Al otro lado del árbol, alejadas de los efectos corrosivos del agua que circulaba por el canal, había tres rocas grandes: un minúsculo Stonehenge. Gabriel empujó una con la puntera del zapato y descubrió que estaba firmemente anclada en el suelo.

Regresó al sendero y esperó. El río corría a sus pies; la carretera se extendía a su espalda. Menos de cinco minutos después oyó que un motor se detenía en el estacionamiento y, pasados unos segundos, el ruido de tres puertas que se abrían y se cerraban en rápida sucesión. Al mirar hacia atrás, vio a cuatro personas —dos mujeres y dos hombres— cruzando el puente del canal. Una de las mujeres vestía traje; la otra, ropa deportiva de color fluorescente. El más corpulento de los hombres empuñaba una pala. Era lo más apropiado para excavar una tumba, pensó Gabriel.

Se dio la vuelta y contempló el agua negra que corría por el canal. Llevaba en el bolsillo derecho de la chaqueta de cuero su BlackBerry de la Oficina. No le servía de nada. Ya solo la pistola que llevaba en la cinturilla, a la altura de los riñones, podía salvarlo. Era una Barak del calibre 45. Una matahombres. Pero, si no quedaba otro remedio —se dijo—, también serviría para matar a una mujer.

80

CAPITAL BELTWAY, VIRGINIA

Camino del aeropuerto de Dulles, Mikhail Abramov llamó a King Saul Boulevard e informó al Servicio de Operaciones de que había dejado al jefe de la Oficina en el puesto de mando de la calle Chesapeake, de un humor sombrío e imprevisible y con un solo escolta para protegerlo. El Servicio de Operaciones telefoneó de inmediato al escolta y este reconoció que había dejado que el jefe se fuera solo, al volante de un Ford alquilado. ¿Adónde había ido? El escolta no lo sabía. ¿Llevaba encima su BlackBerry? Que él supiera, sí. ¿Iba armado? El escolta no estaba seguro, de modo que el Servicio de Operaciones llamó a

Mikhail y se lo preguntó a él. Sí, contestó Mikhail, tenía una pistola. Y bien grande, además.

No tardaron en localizar el teléfono móvil del jefe. Avanzaba en dirección suroeste por la avenida Nebraska. Minutos después, emprendió el camino de salida de la ciudad siguiendo el bulevar MacArthur. Tras cruzar el Beltway, hizo un extraño viraje y tomó de nuevo el camino hacia Washington por una carretera casi paralela cuya denominación no les sonaba de nada. El técnico que seguía su itinerario tuvo la impresión de que el jefe se había perdido. O algo peor. Llamó a su número varias veces. No recibió respuesta.

Fue en este punto cuando intervino Uzi Navot, que hasta entonces había contemplado desde lejos los acontecimientos de esa mañana. Él también llamó al teléfono de Gabriel y, al igual que el técnico, no obtuvo respuesta. Telefoneó entonces a Mikhail y le preguntó que dónde estaba. Mikhail contestó que Eli Lavon y él estaban llegando a Dulles. Iban con retraso para tomar su vuelo a Toronto.

—Me temo que van a tener que cambiar de planes —dijo Navot.

—¿Dónde está? —preguntó Mikhail.

—En la esclusa 10. Abajo, junto al río.

81

CABIN JOHN, MARYLAND

Hablaban en ruso, en voz baja, entrecortadamente. Gabriel, que no tenía buen oído para los idiomas eslavos, se preguntaba qué estarían diciendo. Dedujo que estaban debatiendo cómo proceder ahora que ya no estaban solos. La voz de Rebecca Manning se distinguía claramente de la de Eva. Tenía un acento raro, entre británico y francés. En la voz de Eva, Gabriel solo percibía miedo.

Por fin se volvió lentamente para mirar a los recién llegados. Sonrió con cautela e inclinó la cabeza una sola vez mientras calculaba cuánto tardaría en sacar el arma y disparar. «El tiempo que tarda en dar una palmada un simple mortal...». Era lo que solía decir Ari Shamron. Pero eso era cuando él, Gabriel, era joven, y cuando usaba una Beretta del 22, no aquel mamotreto de la Barak.

Ninguno de los cuatro le devolvió el saludo. Rebecca bajaba por el sendero abriendo la marcha, un poco ridícula con su traje pantalón, sus tacones y su gabardina, que se abultaba a un lado debido a un objeto voluminoso que guardaba en el bolsillo. Un paso tras ella iba Eva, y detrás de Eva dos hombres. Ambos parecían muy capaces de recurrir a la violencia. El que portaba la pala era el aliado natural de Gabriel: tendría que soltar la pala para sacar su arma. El más bajo era sin duda veloz, y Rebecca ya había demostrado en Georgetown que sabía manejar un arma. Gabriel comprendió que sus posibilidades de sobrevivir a los próximos segundos eran muy limitadas. O quizá no lo mataran, después de todo. Quizá lo subieran a la parte de atrás de la furgoneta y lo llevaran a Moscú para juzgarlo por crímenes contra el Zar y sus camaradas cleptómanos del Kremlin.

«El tiempo que tarda en dar una palmada un simple mortal...».

Pero eso había sido hacía mucho tiempo, cuando él era el príncipe de fuego, el ángel vengador. Era mejor agachar la cabeza y alejarse confiando en que no lo reconocieran. Marcharse con su honor y su cuerpo intactos. Tenía esposa e hijos en casa. Tenía un servicio de espionaje que dirigir y un país que proteger. Y tenía a la hija de Kim Philby avanzando hacia él por un sendero entre los árboles. La había descubierto y engañado para que se delatara. Y ahora iba derecha a sus brazos. No, se dijo, acabaría lo que había empezado, seguiría hasta el final. Iba a marcharse de allí con Rebecca Manning y a llevarla a Londres en el avión de Graham Seymour.

«El tiempo que tarda en dar una palmada un simple mortal...».

Con sus zapatos de tacón alto, Rebecca bajaba tambaleándose por el sendero. Resbaló y estuvo a punto de caer, y al recuperar el equilibrio sus ojos se encontraron con los de Gabriel.

—No voy vestida adecuadamente —dijo con sorna, con su falso acento británico de clase alta—. Debería haber traído mis botas de agua.

Con un último tropezón, se detuvo —la hija de Kim Philby, el gran proyecto de Sasha— a tres metros escasos de Gabriel. Él ensanchó su sonrisa y dijo en francés: —Sabía que serías tú.

Ella entornó los ojos, desconcertada.

—¿Cómo dices? —preguntó en inglés, pero Gabriel respondió en francés, la lengua materna de Rebecca. El idioma de su madre.

—Fue lo que le dijo tu padre a Nicholas Elliott en Beirut. Y lo que me dijo tu madre en España la noche que la conocí. Te manda recuerdos, por cierto. Lamenta que las cosas hayan salido así.

Rebecca murmuró algo en ruso. Algo que Gabriel no entendió. Algo que hizo que el más bajo de los dos hombres echara mano de su pistola. Gabriel fue más rápido y le disparó dos veces a la cara, como los rusos habían disparado a Konstantin Kirov en Viena. El más alto soltó la pala e intentó frenéticamente sacar su arma de la funda que llevaba a la altura de la cadera. Gabriel le disparó. Dos veces. Al corazón.

Pasaron menos de tres segundos, pero en ese breve lapso de tiempo Rebecca Manning logró sacar su SIG Sauer y agarrar a Eva por el pelo. Estaban solos los tres, abajo junto al río, cerca de Swainson Island, al pie de un enorme sicomoro. No del todo solos, se dijo Gabriel. En el estacionamiento, un hombre bajaba de un automóvil muy viejo con una bolsa de papel en la mano...

82

CABIN JOHN, MARYLAND

¿Cómo sabías lo de este sitio?

—También me lo dijo tu madre.

—¿Fue ella quien me traicionó?

—Sí, pero hace muchísimo tiempo —respondió Gabriel. Miraba fijamente los ojos azules desquiciados de Rebecca siguiendo la línea del cañón de la Barak, que todavía humeaba. En el silencio de la arboleda, los cuatro disparos habían sonado como cañonazos, y sin embargo ningún coche había parado aún en la carretera para investigar qué ocurría. Rebecca seguía agarrando a Eva del pelo. La había atraído hacia sí y apretaba la boca del cañón de la SIG Sauer contra su cuello, justo debajo de la mandíbula.

—Adelante, mátala —dijo Gabriel con calma—. Me importa muy poco que muera otro agente del SVR. Y así tendré una excusa para matarte.

Por suerte dijo esto en francés, un idioma que Eva no entendía.

—Era agente del SVR —respondió Rebecca—. Ahora es tuya.

—Si tú lo dices.

—Estaba trabajando para ti cuando entró en la cafetería.

—Si eso fuera cierto, ¿por qué te ayudó a escapar?

—No le di elección, Allon.

Gabriel esbozó una sonrisa sincera: —Eres lo más parecido a la realeza que hay en nuestro oficio, Rebecca. Me halaga que sepas mi nombre.

—No tienes motivos para sentirte halagado.

—Tienes los ojos de tu padre —añadió Gabriel—, y la boca de tu madre.

—¿Cómo la encontraste?

—No fue muy difícil, en realidad. Ese fue uno de los errores de Sasha. Debió llevársela a Moscú hace mucho tiempo.

—Kim no lo permitió.

—¿Es así como llamabas a tu padre?

Ella ignoró la pregunta: —Había vuelto a casarse, con Rufina —explicó—. No quería complicarse la vida otra vez teniendo a una examante viviendo en el mismo barrio.

—Así que la dejó en la serranía andaluza —dijo Gabriel desdeñosamente—. Sola en el mundo.

—No se está tan mal allí.

—¿Tú sabías dónde estaba?

—Claro que sí.

—¿Y nunca intentaste verla?

—No podía.

—¿Porque Sasha no te lo permitía? ¿O porque habría sido demasiado doloroso?

—¿Doloroso para quién?

—Para ti, naturalmente. Era tu madre.

—Solo siento desprecio por ella.

—¿De veras?

—Renunció a mí muy fácilmente, ¿no? Y nunca intentó ponerse en contacto conmigo, ni verme.

—Te vio una vez, en realidad.

Los ojos azules brillaron como los de una niña: —¿Cuándo?

—Cuando estabas en Trinity College. Te sacó una foto caminando por Jesus Lane. Estabas junto a un muro de ladrillo.

—¿Y se la guardó?

—Era lo único que tenía.

—¡Estás mintiendo!

—Puedo enseñarte la foto si quieres. También tengo tu partida de nacimiento. La auténtica. La del hospital Saint George de Beirut en la que aparece el nombre de tu padre biológico.

—Nunca me ha gustado el apellido Manning. Philby me gusta mucho más.

—Philby te hizo algo horrible, Rebecca. No tenía derecho a robarte la vida y a lavarte el cerebro para que libraras sus viejas batallas.

—Nadie me lavó el cerebro. Yo adoraba a Kim. Todo lo que he hecho, lo he hecho por él.

—Y ahora se ha acabado. Suelta la pistola y deja que te lleve a casa —dijo Gabriel.

—Mi casa está en Moscú —replicó ella—. Así que te propongo un trato. Yo te devuelvo a tu agente y tú me concedes un salvoconducto para llegar a la Federación Rusa.

—Lo siento, Rebecca, pero no puedo aceptarlo.

—En ese caso, supongo que tu agente y yo vamos a morir aquí, juntas.

—No si te mato antes.

Ella le lanzó una sonrisa amarga, llena de soberbia. La sonrisa de Philby: —Tú no eres capaz de matar a una mujer, Allon. Si no, ya lo habrías hecho.

Era cierto. Rebecca era varios centímetros más alta que Eva y se erguía sobre ella en el sendero empinado. La parte superior de su cabeza quedaba al descubierto. Era un blanco fácil. El río corría detrás de Gabriel, a sus pies. Lentamente, empuñando la pistola con el brazo extendido, subió por el sendero que bordeaba los árboles. Rebecca lo siguió con la mirada, girando a medida que él avanzaba, sin dejar de apuntar a Eva.

Miró fugazmente la base del sicomoro: —Me sorprende que el árbol todavía esté vivo.

—Viven dos siglos y medio, más o menos. Seguramente ya estaba aquí cuando los británicos quemaron la Casa Blanca.

—Hizo todo lo que pudo para terminar el trabajo. —Miró de nuevo el árbol—. ¿Crees que sigue ahí? ¿La cámara que robó mil secretos a los estadounidenses?

—¿Por qué has venido a buscarla?

—Por razones sentimentales. Verás, no tengo nada suyo.

Cuando murió, Rufina y sus hijos y nietos legítimos se quedaron con todas sus pertenencias. Pero la hija de la otra mujer… esa no recibió nada.

—Baja la pistola, Rebecca, y la desenterraremos juntos. Y luego nos iremos a Londres.

—¿Te imaginas el escándalo? Comparado con esto, el asunto del Tercer Hombre parecería… —Retorció con más fuerza el cabello de Eva—. Quizá sea mejor que la historia acabe aquí, junto al río, al pie de un enorme sicomoro.

Estaba vacilando, perdiendo la fe. De pronto parecía muy cansada. Y enloquecida, pensó Gabriel. Había terminado como todas las mujeres de Philby.

—¿Cuántos pasos crees que hay? —preguntó él.

—¿De qué estás hablando?

—Hasta mi coche —dijo Gabriel—. ¿Cuántos pasos hay desde la orilla a mi coche?

—También te contó eso, ¿eh?

—¿Cuántos pasos desde el Louvre a Notre Dame? —dijo Gabriel—. Desde el Arco del Triunfo a la plaza de la Concordia… Desde la Torre Eiffel a Los Inválidos…

Rebecca no dijo nada.

—Baja la pistola —repitió Gabriel—. Se acabó.

—Bájala tú —dijo ella—. Y yo haré lo mismo.

Gabriel bajó la Barak y apuntó al suelo húmedo. Rebecca siguió apuntando al cuello de Eva con la SIG Sauer.

—Del todo —ordenó y, tras dudar un momento, Gabriel dejó caer la pistola—. Idiota —dijo Rebecca con frialdad, y le apuntó al pecho.

83

CABIN JOHN, MARYLAND

Fue una maniobra defensiva típica de los agentes entrenados por el Centro y ejecutada a la perfección. Golpe de tacón al empeine, codazo al plexo solar y un revés a la nariz, todo ello en un abrir y cerrar de ojos. Demasiado tarde, sin embargo, Gabriel se apoderó de la pistola y trató de arrebatársela a Rebecca. El disparo impactó en la nuca de Eva, al estilo ruso, y la joven se desplomó sobre la tierra húmeda.

Rebecca efectuó dos disparos más que se perdieron entre los árboles mientras Gabriel, aún agarrado de la SIG Sauer, la empujó hacia atrás por el sendero. Cayeron juntos a las aguas gélidas del Potomac. La pistola quedó sumergida y

Gabriel sintió su retroceso cuando cuatro torpedos minúsculos salieron despedidos hacia Swainson Island.

Según sus cuentas, quedaban tres proyectiles en el cargador. El agua oscura y tumultuosa cubría la cara de Rebecca. Tenía los ojos abiertos y gritaba enfurecida, sin hacer intento de contener la respiración. Gabriel la empujó hacia el fondo en el instante en que dos disparos más hendían las aguas del canal.

Restaba una sola bala, que escapó de la pistola en el momento en que los pulmones de Rebecca expelían su último aliento. Mientras la sacaba a rastras del agua, Gabriel oyó pasos en el sendero. Pensó, trastornado, que era Philby que venía a salvar a su hija, pero solo eran Mikhail Abramov y Eli Lavon, que acudían en su auxilio.

Rebecca, medio ahogada por el agua del río, cayó de rodillas a los pies del sicomoro. Gabriel arrojó la pistola al canal y subió por el sendero, hacia su coche. Solo después se dio cuenta de que iba contando los pasos. Eran ciento veintidós.

CUARTA PARTE

LA MUJER DE ANDALUCÍA

84

CABIN JOHN, MARYLAND

Una corredora que pasaba por allí hizo el hallazgo a las once y cuarto. Llamó a emergencias y el operador avisó a la policía forestal, a cuya jurisdicción pertenecía aquella zona. Los agentes encontraron tres cuerpos: dos hombres y una mujer joven, muertos por herida de bala. Los hombres vestían ropa corriente; la joven, prendas deportivas de colores brillantes. Ella había recibido un solo disparo en la nuca. Ellos presentaban dos impactos cada uno. No había vehículos en el estacionamiento, y la inspección preliminar del lugar de los hechos no arrojó resultados que permitieran identificar al culpable. Se hallaron, sin embargo, dos pistolas de fabricación rusa —una Tokarev y una Makarov— y, curiosamente, una pala marca True Value.

La hoja de la pala parecía nueva y el mango tenía, intacta, una etiqueta con el precio y el nombre de la tienda de la que procedía la pala. Uno de los agentes llamó al encargado y le preguntó si había vendido recientemente una pala a dos hombres o una mujer vestida con ropa deportiva de colores brillantes. «No», contestó el encargado, pero le había vendido una esa misma mañana a una señora con traje y gabardina.

—¿Pagó en efectivo o con tarjeta?

—En efectivo.

—¿Puede describirla?

—Cincuenta y tantos años, ojos azules. Y tenía acento extranjero —añadió el encargado.

—¿Ruso, por casualidad?

—Inglés.

—¿Tienen cámaras de seguridad?

—¿Usted qué cree?

El agente tardó apenas cuatro minutos en desplazarse del lugar de los hechos a la ferretería. Por el camino, contactó a su supervisor para decirle que, en su opinión, había pasado algo importante esa mañana en la ribera del río —más importante, incluso, que la pérdida de tres vidas humanas— y que convenía avisar de inmediato al FBI. Su supervisor estuvo de acuerdo y llamó a la sede del Buró, que ya estaba en estado de alerta.

El primer agente del FBI en llegar a la escena del crimen fue, cómo no, Donald McManus. A las 11:50 confirmó que la joven fallecida era la misma a la que había visto esa mañana en la gasolinera Shell de la avenida Wisconsin. Y a las 12:10, tras revisar el vídeo de la ferretería, confirmó que la mujer que había comprado la pala era la que había telefoneado a la embajada rusa desde el teléfono público de la gasolinera.

Pero ¿quién era? McManus remitió una copia del vídeo a la sede del FBI para que diera comienzo el proceso de identificación. El jefe de la Rama de Seguridad Nacional, sin embargo, echó un vistazo a la grabación y le dijo a McManus que no se molestara. Aquella mujer era la jefa de delegación del MI6 en Washington.

—¿Rebecca Manning? —preguntó Donald McManus, incrédulo—. ¿Está seguro de que es ella?

—Tomamos café juntos la semana pasada.

—¿Le informó de algún asunto clasificado?

Incluso en aquel momento, en la fase preliminar del escándalo, el jefe de la Rama de Seguridad Nacional supo que era preferible no responder a esa pregunta. Llamó, sin embargo, a su superior. Y, sin perder un instante, su superior se comunicó con el fiscal general, el director de la CIA, el secretario de Estado y, por último, con la Casa Blanca. El protocolo exigía que el secretario de Estado informara al embajador británico, cosa que hizo a la una y media.

—Creo que la señora Manning va de camino al aeropuerto de Dulles —contestó el embajador—. Si se dan prisa, quizá la encuentren allí.

Más tarde se sabría que el avión Falcon había despegado del aeropuerto internacional de Dulles a la una y doce minutos.

Llevaba seis pasajeros. Tres eran británicos y tres israelíes. Solo uno de ellos era una mujer. El personal del aeropuerto recordaría después que parecía ligeramente desorientada y que tenía el cabello húmedo. Vestía traje pantalón y zapatillas de correr nuevas, igual que uno de los hombres, un israelí bajito, con el pelo entrecano y los ojos muy verdes. Además, uno de los pasajeros —Peter Marlowe, según su pasaporte británico— llevaba el brazo en cabestrillo. En resumidas cuentas —afirmaron quienes los vieron—, parecían haber pasado un mal rato. Un rato atroz.

A la hora en que el avión aterrizó en Londres, entre las autoridades de Washington reinaba la indignación. Durante las veinticuatro horas siguientes, sin embargo, la tormenta permaneció oculta, acotada en las esferas de lo secreto. De los tres cadáveres hallados junto al río, el FBI dijo poco o nada: únicamente que parecía tratarse de un atraco que había derivado en asesinato y que las tres víctimas aún estaban por identificar, lo que no era del todo cierto.

Entre bastidores, la investigación avanzaba a paso rápido y con resultados alarmantes. Las pruebas balísticas demostraron que los proyectiles que habían causado la muerte a los dos hombres pertenecían a un arma del calibre 45 manejada por un tirador experto y que la mujer conocida como Eva Fernandes había fallecido como resultado de un solo disparo efectuado a bocajarro, con un proyectil de 9 mm. Los analistas de la Rama de Seguridad Nacional del FBI indagaron en la solicitud de permiso de residencia de la víctima, revisaron su historial de desplazamientos al extranjero y se informaron sobre su nacionalidad, sobre la que había ciertas dudas, y llegaron a la conclusión de que era casi con seguridad una agente ilegal del SVR, el servicio de espionaje ruso. Los dos hombres pertenecían también al SVR —concluyeron los investigadores—, pero ambos estaban en posesión de pasaportes diplomáticos. Uno se llamaba Vitali Petrov y el otro Stanislav Zelenko. Ocupaban puestos de escasa relevancia que les servían de tapadera para sus actividades de espionaje. Petrov, en la embajada de Washington; Zelenko, en Nueva York.

Todo lo cual hacía aún más enigmático el silencio que mantenían las autoridades rusas. La embajada de Washington no se interesó por los dos fallecidos ni puso objeción alguna. La Agencia de Seguridad Nacional tampoco detectó un aumento del tráfico cifrado entre la embajada y el Centro. Era evidente que los rusos ocultaban algo. Algo más preocupante que la muerte de una agente ilegal presuntamente brasileña y un par de matones. Algo relacionado con Rebecca Manning.

Langley, por su parte, no optó por el silencio. De hecho, si los rusos estaban escuchando —como sin duda hacían—, tuvieron que advertir una brusca subida de las llamadas por línea segura entre los despachos de dirección de la sede central de la CIA y Vauxhall Cross. Y si habían logrado descifrar sus códigos indescifrables, sin duda lo que oyeron les alegró. Porque durante los días posteriores a la huida de Rebecca Manning, las relaciones entre la CIA y el MI6 cayeron a niveles nunca vistos desde 1963, cuando un tal Kim Philby huyó de Beirut para refugiarse en Moscú.

Ahora, como entonces, los estadounidenses pusieron el grito en el cielo y exigieron respuestas. ¿Por qué había llamado Rebecca Manning a la embajada rusa? ¿Era acaso una espía rusa? Y, en caso de que la respuesta fuera afirmativa, ¿desde cuándo lo era? ¿Cuántos secretos había pasado a los rusos? ¿Era ella quien había matado a las tres personas halladas sin vida a orillas del Potomac, cerca de Swainson Island? ¿Qué pintaban los israelíes en todo esto? ¿Y por qué demonios había comprado Rebecca Manning una pala en la ferretería de la esquina del bulevar MacArthur con la calle Goldsboro?

No había lugar donde esconderse de lo que andaba sucediendo, y Graham Seymour tuvo el mérito —al menos a ojos de las pocas personas que seguían apoyándolo dentro del mundo del espionaje estadounidense— de no intentarlo. Enturbió las aguas, sí, pero en ningún momento mintió a los estadounidenses, pues, de haberlo hecho, el divorcio habría sido inmediato. Trató, ante todo, de ganar tiempo y suplicó a Langley que el nombre de Rebecca no trascendiera. Un escándalo público, alegó, no le haría ningún bien a ninguno de ellos. Es más, otorgaría otra victoria propagandística al Zar, que últimamente estaba en racha. Era preferible evaluar los daños a puerta cerrada y tomar las medidas necesarias para restaurar la relación.

—Esa relación no existe —le dijo Morris Payne, el director de la CIA, a través de un teléfono seguro cuatro días después de que Rebecca regresara a Londres—. No existirá hasta que estemos seguros de que se ha reparado la gotera y tu servicio no es un coladero para los rusos.

—Ustedes también han tenido problemas en ocasiones y nunca hemos amenazado con retirarles nuestro apoyo.

—Porque ustedes nos necesitan más que a la inversa.

—Cuánto tacto por tu parte, Morris. Qué diplomático.

—¡Al diablo con la diplomacia! ¿Dónde diablos está Rebecca, por cierto?

—Prefiero no decírtelo por esta vía.

—¿Cuánto tiempo llevaba pasando esto?

—Esa es una cuestión que nos interesa muchísimo —contestó Seymour con ambigüedad digna de un abogado.

—Me alegra saberlo. —Payne soltó un rotundo exabrupto—. Cathy y yo la tratamos como si fuera de la familia, Graham. Le permitimos entrar en nuestro hogar. ¿Y cómo me lo paga? Robándome secretos y apuñalándome por la espalda. Me siento como…

—¿Cómo, Morris?

—Como debió de sentirse James Angleton cuando su buen amigo Kim Philby desertó a Moscú.

Y así podría haber concluido el asunto, con el silencio de los rusos y una riña entre primos, de no ser por el reportaje que apareció en el *Washington Post* una semana después de la precipitada partida de Rebecca Manning. Estaba firmado por una reputada periodista que solía escribir sobre cuestiones de seguridad nacional y cuyas fuentes, como de costumbre, quedaron cuidadosamente camufladas. El origen más probable de la filtración, sin embargo, era el FBI, al que nunca le había gustado la idea de echar tierra sobre el asunto de Rebecca Manning y los tres agentes rusos muertos a tiros.

Fue una filtración controlada. Aun así, el reportaje era explosivo. Afirmaba que los tres individuos hallados sin vida a orillas del Potomac, lejos de ser víctimas de un atraco, eran agentes del SVR. Dos de ellos tenían cobertura diplomática. Otra, la mujer, era una agente ilegal que se hacía pasar por brasileña. Las circunstancias concretas y el motivo de su muerte aún estaban por dilucidarse, pero al parecer el FBI estaba investigando la implicación de al menos dos servicios de espionaje extranjeros.

La noticia tuvo una consecuencia importante: Rusia no pudo seguir guardando silencio. El Kremlin reaccionó airadamente y acusó a Estados Unidos de cometer un asesinato a sangre fría, acusación que el gobierno estadounidense negó vigorosa y repetidamente. Durante los tres días siguientes se produjo una rápida sucesión de filtraciones y contrafiltraciones, hasta que, por último, el asunto se desbordó y llegó —al menos en parte— a la primera página del *New York Times*. Los expertos televisivos declararon unánimemente que se trataba del peor caso de espionaje desde el desastre de Kim Philby. En eso, al menos, estaban en lo cierto.

Quedaban aún muchas dudas por despejar respecto al reclutamiento de Rebecca Manning como agente rusa y respecto al papel que había desempeñado Gabriel Allon, que al parecer se hallaba a bordo del avión que trasladó a Manning al Reino Unido. Londres no hizo declaraciones. Tel Aviv, tampoco.

85

TEL AVIV–JERUSALÉN

Ese mismo día se vio a Gabriel llegar al despacho del primer ministro para la reunión semanal del heterogéneo consejo de ministros israelí, vestido con un elegante traje azul y camisa blanca, y con aspecto de estar en plena forma. Cuando una periodista le preguntó si quería hacer alguna declaración sobre el desenmascaramiento de Rebecca Manning como espía rusa, él se limitó a sonreír y no dijo ni una palabra. En la sala donde se reunía el gabinete, se puso a hacer garabatos en su cuaderno mientras los ministros discutían, y se preguntó cómo lograba prosperar el pueblo israelí teniendo unos políticos tan espantosos. Cuando le llegó el turno de hablar, informó al gobierno de una redada conjunta que la Oficina y el Ejército habían llevado a cabo contra militantes islamistas en la península del Sinaí con el consentimiento tácito del nuevo Faraón. No mencionó que la operación se había producido mientras él sobrevolaba el Atlántico tratando de llevar a cabo el primer interrogatorio de Rebecca Manning, un interrogatorio que Graham Seymour había atajado de inmediato. Al llegar a Londres, Seymour y él se habían separado sin apenas dirigirse la palabra.

En King Saul Boulevard, la labor de proteger al país de los múltiples peligros que lo acechaban continuó con total normalidad, como si nada hubiera pasado. En la reunión directiva del lunes por la mañana se discutió acaloradamente, como de costumbre, sobre recursos y prioridades, pero no se mencionó el nombre de Rebecca Manning. La Oficina tenía asuntos más urgentes que atender. Las operaciones secretas en el Sinaí eran solo una faceta de la nueva estrategia israelí consistente en colaborar estrechamente con los regímenes suníes de Oriente Medio para socavar a su enemigo común, la República Islámica de Irán. La retirada estadounidense de la región había creado un vacío que los iraníes y los rusos se estaban apresurando a ocupar. Israel actuaba como bastión contra la creciente amenaza iraní, y Gabriel y la Oficina servían como punta de lanza. Es más, el impredecible presidente de Estados Unidos había declarado su intención de denunciar el acuerdo que había retrasado temporalmente las aspiraciones nucleares de Irán. Gabriel estaba plenamente convencido de que los iraníes reaccionarían relanzando su programa armamentístico y estaba organizando un nuevo plan de recogida de información y sabotaje para ponerles freno.

Creía, además, que los rusos tomarían represalias por haber perdido a Rebecca Manning. De modo que no se sorprendió al saber, esa misma semana, que Werner Schwartz había muerto en Viena al caer por la ventana de su apartamento, la misma ventana por la que hacía señales cuando quería reunirse con su enlace del Centro. La Bundespolizei no encontró nota de suicidio, pero sí varios cientos de miles de euros en una cuenta bancaria. La prensa austriaca se preguntó si la muerte de Schwartz tenía alguna relación con el asesinato de Konstantin Kirov. El ministro de Interior austriaco se hizo la misma pregunta.

Internamente, había que redactar un informe oficial y preparar la defensa legal preventiva, pero Gabriel buscó diversas excusas para esquivar a los encargados del informe y a los abogados de la Oficina. Querían saber, concretamente, qué había ocurrido a orillas del río Potomac, en Maryland. ¿Quién había matado a los dos agentes rusos, Petrov y Zelenko? ¿Y a la agente ilegal que había accedido a tender una trampa a Rebecca Manning a cambio de asilo político en Israel? Uzi Navot trató de sonsacárselo a Mikhail y a Eli Lavon, pero ambos le respondieron la verdad: que habían llegado al lugar de los hechos cuando los tres rusos ya estaban muertos. Por lo tanto, no podían decirle con seguridad qué había ocurrido.

—¿Y no se lo preguntaron a él?

—Lo intentamos —contestó Lavon.

—¿Y Rebecca?

—No dijo ni pío. Fue uno de los peores vuelos de mi vida, y los he tenido muy malos.

Estaban en la pequeña madriguera que servía de despacho a Lavon, llena de fragmentos de cerámica y monedas y utensilios antiguos. En su tiempo libre, Lavon era uno de los arqueólogos más destacados de Israel.

—Supongamos —dijo Navot— que fue Gabriel quien se cargó a los dos matones.

—Muy bien.

—¿Cómo acabó muerta la chica entonces? ¿Y cómo sabía Gabriel que Rebecca estaría allí? ¿Y por qué, en nombre de Dios, paró a comprar una pala?

—¿Por qué me lo preguntas a mí?

—Tú eres arqueólogo.

—Lo único que sé —repuso Lavon— es que el jefe de la Oficina tiene suerte de estar vivo. Si hubieras sido tú…

—Ahora estarían grabando mi nombre en una placa conmemorativa.

Si alguien merecía que grabaran su nombre en una placa, pensó Lavon, era el hombre que había encontrado a Rebecca Manning, pero ese hombre no aceptaría reconocimientos públicos. Su única recompensa era poder pasar alguna que otra noche en casa con su esposa y sus dos hijos pequeños. Incluso ellos notaban que algo le preocupaba. Una noche, su hija Irene lo interrogó mientras estaba sentado al borde de su cama. Gabriel mentía tan mal que ni la niña le creyó.

—Quédate conmigo, Abba —ordenó su hija en su peculiar mezcla de italiano y hebreo cuando Gabriel intentó marcharse. Luego dijo—: Por favor, no te vayas.

Gabriel se quedó en el cuarto de los niños hasta que su

hija se quedó profundamente dormida. En la cocina, se sirvió una copa de *shiraz* de Galilea y se sentó con aire sombrío junto al pequeño velador a ver las noticias de Londres mientras Chiara preparaba la cena. En la pantalla, Graham Seymour aparecía arrellanado en la parte de atrás de una limusina, saliendo de la calle Downing, donde había presentado su dimisión por el escándalo que había afectado al Servicio Secreto de Inteligencia que dirigía. El primer ministro Lancaster no la había aceptado, por lo menos de momento, según una fuente anónima de la sede del gobierno británico. Había voces que pedían una comisión parlamentaria o, peor aún, una investigación independiente como la que examinó los informes falsificados del MI6 sobre las armas de destrucción masiva en Irak. ¿Y qué pasaba con Alistair Hughes?, vociferaban los medios. ¿Tenía algo que ver su muerte en Berna con la traición de Rebecca Manning? ¿Era también un espía ruso? ¿Había un Tercer Hombre al acecho? En resumidas cuentas, se armó el escándalo que Seymour esperaba evitar.

—¿Cuánto tiempo podrá mantenerlo en secreto? —preguntó Chiara.

—¿Qué exactamente?

—La identidad del padre de Rebecca Manning.

—Supongo que depende de cuánta gente dentro del MI6 sepa que ella ahora se hace llamar Rebecca Philby.

Chiara le puso delante un cuenco de *spaghetti al pomodoro*. Él espolvoreó queso rallado sobre la pasta, pero dudó antes de hincarle el diente.

—Hay una cosa que tengo que decirte —dijo por fin—, sobre lo que pasó esa mañana en la orilla del río.

—Creo que me hago una idea bastante aproximada.

—¿Sí?

—Estabas donde no debías estar, solo, sin refuerzos ni escolta. Por suerte tuviste la precaución de meterte una pistola en el bolsillo antes de salir del piso franco.

—Una pistola muy grande —comentó Gabriel.

—Nunca te han gustado las del cuarenta y cinco.

—Demasiado ruidosas —dijo él—. Y engorrosas.

—A la chica la mataron con un arma de nueve milímetros —señaló Chiara.

—Eva —dijo Gabriel—. Al menos ese era su nombre brasileño. El verdadero no nos lo dijo nunca.

—Supongo que la mató Rebecca.

—Supongo que sí.

—¿Por qué?

Gabriel titubeó. Luego dijo: —Porque yo no maté a Rebecca primero.

—¿No pudiste?

No, dijo Gabriel, no pudo.

—Y ahora te sientes culpable porque la mujer a la que coaccionaste para que hiciera lo que querías está muerta.

Gabriel no contestó.

—Pero no es solo eso lo que te preocupa —dijo Chiara y, al ver que su marido no respondía, añadió—: Dime una cosa, Gabriel. Exactamente, ¿hasta qué punto estuviste cerca de morir la semana pasada?

—Más cerca de lo que hubiera querido.

—Por lo menos eres sincero. —Chiara miró la televisión. La BBC había desenterrado una vieja fotografía de Rebecca tomada mientras estudiaba en Trinity College. Se parecía mucho a su padre—. ¿Cuánto tiempo podrán mantenerlo en secreto? —preguntó de nuevo.

—¿Quién va a creerse esa historia?

En la pantalla del televisor, la vieja fotografía de Rebecca Manning se difuminó y en su lugar apareció otra imagen, de Graham Seymour.

—Cometiste un error, amor mío —dijo Chiara pasado un momento—. Si la hubieras matado cuando tuviste oportunidad, nada de esto habría ocurrido.

Esa noche, mientras Chiara dormía apaciblemente a su lado, Gabriel se sentó en la cama con el ordenador portátil apoyado en los muslos y los auriculares en los oídos, y volvió a ver varias veces los mismos quince minutos de grabación. El vídeo, grabado con un Samsung Galaxy, comenzaba a las 7:49 de la mañana, cuando una mujer vestida con traje y gabardina entraba en un concurrido Starbucks del norte de Georgetown y se sumaba a la cola del mostrador. Ocho personas esperaban delante de ella. A través de los auriculares, Gabriel oía al camarero cantar, bastante bien, «A Change Is Gonna Come». Graham Seymour se había perdido el espectáculo, recordó. En ese momento estaba fuera, en el enmarañado jardín del puesto de mando, atendiendo una llamada de Vauxhall Cross.

Eran las 7:54 cuando la mujer hacía su pedido —un café grande torrefacto y nada de comer—, y las 7:56 cuando se sentaba a la mesa común y agarraba su iPhone. Tocaba varias veces la pantalla del teléfono con el pulgar derecho. Luego, a las 7:57, dejaba el iPhone sobre la mesa y sacaba de su bolso otro dispositivo, un BlackBerry KEYone. La contraseña era larga y sólida como una roca: doce caracteres, introducidos con los dos pulgares. Tras teclearla, la mujer miraba la pantalla. El camarero cantaba «What's Going On».

Mother, mother…

A las 7:58 la mujer tomaba de nuevo su iPhone, echaba un vistazo a la pantalla y luego miraba a su alrededor. Con nerviosismo, pensó Gabriel, lo que era impropio de ella. A continuación tocaba varias veces, rápidamente, la pantalla del teléfono y lo guardaba en el bolso. Se levantaba y tiraba el vaso de café a la basura. La puerta de la calle quedaba a su derecha, pero ella giraba hacia la izquierda, hacia el fondo del local.

Al aproximarse al Samsung Galaxy, su cara era una máscara inexpresiva. Gabriel pulsó el icono de pausa y observó los ojos azules de Kim Philby. ¿Se había asustado porque había visto algo sospechoso, como había sugerido Graham Seymour, o le habían avisado del peligro? Y si así era, ¿quién?

Sasha era el sospechoso más evidente. Cabía la posibilidad de que estuviera vigilando la entrega desde lejos, desde la calle o dentro de la propia cafetería. Quizá hubiera visto algo que no le había gustado, algo que lo había llevado a ordenar a Rebecca que abortara la misión sin transmitir el mensaje y huyera hacia una vía de escape predeterminada. Pero, si así era, ¿por qué no había salido Rebecca de la cafetería? ¿Y por qué había corrido hacia los brazos de Eva Fernandes y no del equipo de exfiltración del SVR?

Porque *había* un equipo de exfiltración, se dijo Gabriel

al recordar la precipitada salida de varios agentes del SVR por la puerta trasera de la embajada rusa a las 8:20 de esa misma mañana. Pero para esa hora aún faltaba un rato.

Ajustó la barra temporal del vídeo y pulsó el botón PLAY. Eran las 7:56 en el concurrido Starbucks del norte de Georgetown. Una mujer con traje y gabardina se sienta a una mesa común y toquetea la pantalla de su iPhone. A las 7:57 cambia el iPhone por un BlackBerry, y a las 7:58 vuelve a agarrar el iPhone.

Gabriel pulsó PAUSA.

Ahí estaba, se dijo. El leve sobresalto físico, el ensanchamiento casi imperceptible de los ojos. Fue entonces cuando ocurrió, a las 7:58:46, en el iPhone.

Pulsó PLAY y vio a Rebecca Manning pasar varias veces el pulgar por la pantalla del teléfono, sin duda para borrar su informe junto con el *software* del SVR. Gabriel supuso que también habría borrado el mensaje que le advertía de que huyera. Tal vez el FBI lo hubiera encontrado, o tal vez no. En todo caso poco importaba; a él no iban a enseñárselo. Los británicos eran primos de los estadounidenses. Primos lejanos, pero primos al fin.

Gabriel abrió el buscador del portátil y echó un vistazo a los titulares de la prensa londinense. Uno peor que el otro. «Si la hubieras matado cuando tuviste oportunidad, nada de esto habría ocurrido...». Sí, se dijo mientras yacía junto a su esposa dormida, a oscuras. Eso lo explicaba todo.

86

EATON SQUARE, LONDRES

Gabriel voló a Londres tres días después, con un pasaporte diplomático en el que figuraba un nombre falso. Cuando llegó al aeropuerto de Heathrow, lo esperaba una escolta de seguridad de la embajada, así como un equipo de vigilancia de la sección A-4 del MI5 que no se molestó en ocultar su presencia. Llamó a Graham Seymour durante el trayecto al centro de Londres para pedirle que se vieran. Seymour accedió a reunirse con él esa noche a las nueve, en su casa de Eaton Square. Lo tardío de la hora sugería que no se trataba de una invitación a cenar, lo que se vio confirmado por el gélido recibimiento que le dispensó Helen Seymour.

—Está arriba —dijo altivamente—. Creo que ya conoces el camino.

Cuando entró en el despacho de la primera planta, Seymour estaba revisando el contenido de un dosier clasificado marcado con una franja roja. Hizo una señal en el papel con una pluma Parker verde y se apresuró a guardar la carpeta en un maletín de acero inoxidable. Gabriel tuvo la impresión de que ya había guardado bajo llave la plata y la porcelana china. Seymour no se levantó ni le tendió la mano. Tampoco le sugirió que pasaran a su cámara insonorizada. Gabriel supuso que no era necesario. A fin de cuentas, el MI6 no tenía más secretos que perder. Rebecca Manning se los había entregado todos a los rusos.

—Sírvete —dijo Seymour lanzando una mirada indiferente al carrito de las bebidas.

—No, gracias —contestó Gabriel, y se sentó sin esperar invitación.

Siguió un pesado silencio. De pronto se arrepentía de haber hecho el viaje a Londres. Temía que su relación con Seymour estuviera rota sin remedio. Recordó con afecto la tarde que pasaron en Wormwood Cottage revisando viejos archivos en busca del nombre de la amante de Kim Philby. De haber sabido que las cosas acabarían así, habría susurrado el nombre de Philby al oído de Seymour y se habría desentendido por completo del asunto.

—¿Contento? —preguntó Seymour al fin.

—Mis hijos están bien y mi mujer parece tenerme bastante cariño, de momento —contestó Gabriel, y se encogió de hombros—. Así que sí, supongo que estoy todo lo contento que puedo estar.

—No me refería a eso.

—Un buen amigo mío está en un aprieto por algo que no es culpa suya. Me preocupa su bienestar.

—Eso me suena a algo que leí una vez en una tarjeta de condolencia.

—Vamos, Graham, no hagamos esto. Hemos pasado por muchas cosas juntos, tú y yo.

—Y de nuevo tú eres el héroe y yo el que paga los platos rotos.

—En una situación como esta no hay héroes. Todos salimos perdiendo.

—Excepto los rusos. —Seymour se acercó al carrito y se sirvió un dedo de *whisky* en un vaso—. Keller te manda recuerdos, por cierto.

—¿Cómo está?

—Lamentablemente, los médicos dicen que saldrá de esta. Seguirá andando por ahí con un secreto muy importante en la cabeza.

—Algo me dice que tu secreto está a salvo con Christopher Keller. ¿Quién más lo sabe?

—Nadie más, solo el primer ministro.

—Un total de tres personas dentro de la administración británica —señaló Gabriel.

—Cuatro —puntualizó Seymour—, contando a Nigel Whitcombe, que tiene una idea muy aproximada de lo ocurrido.

—Y luego está Rebecca.

Seymour no contestó.

—¿Ha dicho algo? —preguntó Gabriel.

—Rebecca Manning es la última persona del mundo con la que me apetece hablar —respondió Seymour.

—A mí, en cambio, me gustaría hablar con ella.

—Ya tuviste ocasión de hacerlo. —Seymour contempló a Gabriel por encima de su *whisky*—. ¿Cómo supiste que estaría allí?

—Presentí que querría recoger una cosa antes de marcharse del país. Una cosa que su padre dejó allí en 1951, después de la deserción de Guy Burgess y Donald Maclean.

—¿La cámara y los microfilms?

Gabriel asintió en silencio.

—Eso explicaría lo de la pala. Pero ¿cómo sabías dónde estaban?

—Me lo dijo una fuente fidedigna.

—¿Charlotte Bettencourt?

Gabriel no dijo nada.

—Ojalá te hubieras llevado esa pala cuando te fuiste —dijo Seymour.

Gabriel lo invitó a explicarse.

—Podríamos haber sacado a Rebecca de Washington sin que se enterasen los estadounidenses —dijo el inglés—. Fue el vídeo en el que se la veía comprando la pala en la ferretería lo que selló su suerte.

—¿Cómo habrías explicado la muerte de los tres agentes del SVR?

—Con mucho cuidado.

—¿Y la marcha repentina de Rebecca a Londres?

—Problemas de salud —respondió Seymour—. O un nuevo destino.

—Un montaje.

—Eso lo has dicho tú, no yo —repuso Seymour.

Gabriel fingió reflexionar: —Los estadounidenses se habrían dado cuenta.

—Gracias a ti, nunca lo sabremos.

Gabriel ignoró el comentario: —De hecho, habría sido mucho mejor que Rebecca se hubiera marchado de Washington con los rusos. —Hizo una pausa y luego añadió—: Que es lo que tú querías desde el principio, ¿verdad, Graham?

Seymour no dijo nada.

—Por eso mandaste un mensaje de texto a su iPhone dos minutos antes de que empezara la hora de entrega, avisándole de que no hiciera la transmisión. Por eso le dijiste que huyera.

—¿Yo? —preguntó Seymour—. ¿Por qué iba a hacer yo tal cosa?

—Por la misma razón por la que el MI6 dejó escapar a Kim Philby en 1963. Porque es preferible que el espía esté en Moscú a que comparezca ante un tribunal británico.

Seymour esbozó una sonrisa condescendiente: —Por lo visto lo tienes todo descifrado. Pero ¿no fuiste tú quien me dijo que mi jefe de delegación en Viena era un espía ruso?

—Vaya, Graham, esperaba más de ti.

La sonrisa de Seymour se borró.

—Si tuviera que aventurar una hipótesis —prosiguió Gabriel—, diría que mandaste el mensaje desde el jardín mientras estabas, supuestamente, atendiendo una llamada urgente de Vauxhall Cross. O puede que le pidieras a Nigel que lo enviara en tu lugar, para no dejar ningún rastro.

—Si alguien le dijo a Rebecca que huyera —replicó Seymour—, fue Sasha.

—No fue Sasha, fuiste tú.

Volvió a hacerse el silencio. De modo que es así como va a acabar, pensó Gabriel, y se puso en pie.

—Por si te quedaste con la duda —dijo Seymour de repente—, ya se ha llegado a un acuerdo.

—¿A un acuerdo para qué?

—Para enviar a Rebecca a Moscú.

—Es patético.

—Rebecca es ciudadana rusa y coronel del SVR. Es allí donde debe estar.

—Sigue diciéndote eso, Graham. Puede que hasta tú llegues a creértelo.

Seymour no contestó.

—¿Qué han obtenido a cambio?

—Todo lo que hemos pedido.

—Supongo que los estadounidenses también se habrán llevado su parte del pastel. —Gabriel sacudió la cabeza lentamente—. ¿Cuándo aprenderás, Graham? ¿Cuántas veces más tiene que cometer el Zar un fraude electoral? ¿A cuántos adversarios políticos más tiene que asesinar en tu territorio? ¿Cuándo lo van enfrentar? ¿Tanta falta les hace su dinero? ¿Es que es lo único que mantiene a flote esta ciudad tan sobrevalorada?

—Tú ves la vida muy en blanco y negro, ¿no?

—Solo en lo que respecta a los fascistas —replicó Gabriel mientras se dirigía a la puerta.

—El acuerdo depende de una sola condición —dijo Seymour. Gabriel se detuvo y se volvió hacia él.

—¿De cuál?

—Sergei Morosov. Lo tienes tú, y los rusos lo quieren.

—No hablarás en serio.

Seymour le dejó claro con su expresión que, en efecto, hablaba en serio.

—Ojalá pudiera ayudarte —dijo Gabriel—, pero Sergei Morosov está muerto, ¿recuerdas? Dile a Rebecca que lo lamento, pero que tendrá que pasar el resto de su vida aquí, en Inglaterra.

—¿Por qué no se lo dices tú mismo?

—¿De qué hablas?

—Has dicho que te gustaría hablar con ella.

—Así es.

—Pues resulta que ella también quiere hablar contigo —dijo Seymour.

87

TIERRAS ALTAS DE ESCOCIA

Gabriel pasó esa noche en el piso franco de la calle Bayswater y por la mañana subió a bordo de un avión militar de transporte en la base aérea de Northholt, a las afueras de la zona metropolitana de Londres. Los escoltas del MI6 que iban con él no le ofrecieron ninguna pista de adónde se dirigían, pero la larga duración del vuelo y el paisaje que se divisaba desde el avión no dejaban lugar a dudas: su destino era el extremo norte de Escocia. Al parecer, Rebecca Manning había sido desterrada a los últimos confines del reino.

Por fin, Gabriel alcanzó a ver una franja de arena dorada, un pueblecito junto al mar y dos pistas de aterrizaje grabadas como una equis entre el manto de retazos de colores de las tierras de cultivo. Era la base aérea de Lossiemouth. Una comitiva de Range Rovers esperaba en la pista barrida por el viento. Recorrieron varios kilómetros entre suaves lomas cubiertas de brezo y genista, hasta que por fin llegaron a la verja de una casona apartada. Daba la impresión de que el MI6 había requisado la casa durante la guerra y posteriormente había olvidado devolverla.

Detrás de la doble valla, guardias vestidos de civil patrullaban las anchas praderas verdes. Dentro, un individuo antipático llamado Burns informó a Gabriel de las medidas de seguridad y el estado anímico de la prisionera.

—Firme esto —dijo poniendo un documento bajo sus narices.

—¿Qué es?

—Una declaración comprometiéndose a no revelar nada de lo que vea u oiga hoy aquí.

—Soy ciudadano israelí.

—Es igual, ya se nos ocurrirá algo.

La sala a la que condujeron finalmente a Gabriel no era una mazmorra, pero puede que lo fuera antaño. Se llegaba a ella a través de una larga y sinuosa sucesión de escaleras de piedra que olían a humedad y a desagüe. Las paredes originales de piedra estaban recubiertas por una lisa capa de cemento. La pintura era de un blanco deslumbrante, muy parecido al de cierto pueblo de la serranía andaluza, pensó Gabriel. Las luces del techo brillaban con la intensidad de lámparas de quirófano y emitían un zumbido eléctrico. Había cámaras acechando en las esquinas y un par de guardias vigilaban desde una antesala contigua, a través de un espejo unidireccional.

Habían dejado una silla para Gabriel junto a la reja de la celda de Rebecca. Dentro de la celda había un catre hecho con sumo cuidado y una mesita llena de viejas novelas de bolsillo, además de varios periódicos. Por lo visto Rebecca había seguido su caso en las noticias. Vestía pantalones de pana holgados y un grueso suéter escocés para defenderse del frío. Parecía más menuda que la última vez que Gabriel la había visto, y muy delgada, como si hubiera iniciado una huelga de hambre para conseguir su liberación. No llevaba maquillaje y su cabello colgaba lacio y liso. Gabriel no estaba seguro de que mereciera aquel trato. Philby quizá sí, pero no la hija de su traición.

Tras dudar un instante, Gabriel aceptó de mala gana la mano que ella le tendió entre los barrotes. Tenía la palma seca y áspera.

—Siéntate, por favor —sugirió amablemente, y Gabriel, vacilando de nuevo, se sentó en la silla.

Un guardia le trajo té. Dulce y con leche. La taza pesaba una barbaridad.

—¿Tú no tomas nada? —preguntó.

—Solo lo tengo permitido a la hora de las comidas. —Intencionadamente o no, Rebecca había abandonado su acento inglés. Ahora parecía del todo francesa—. Me parece una norma estúpida, pero qué se le va a hacer.

—Si te incomoda...

—No, por favor —insistió ella—. Tiene que haber sido un largo viaje. O puede que no —añadió—. Si te digo la verdad, no tengo ni idea de dónde estoy.

«Si te digo la verdad...».

Gabriel se preguntó si era capaz de decir la verdad, o si sabía distinguir la verdad de la mentira.

Ella se sentó al borde del catre, con las rodillas juntas y los pies bien plantados sobre el suelo de cemento. Calzaba mocasines forrados de piel por dentro, sin cordones. No había nada en la celda que pudiera utilizar para hacerse daño. A Gabriel le pareció una precaución innecesaria. La Rebecca Manning con la que se había enfrentado a orillas del Potomac no era una suicida.

—Temía que no vinieras —dijo.

—¿Por qué? —preguntó Gabriel con naturalidad.

—Porque ese día te habría matado de no ser por...

—Admiro tu sinceridad —la interrumpió Gabriel.

Lo absurdo de su comentario la hizo sonreír: —¿No te molesta?

—¿Reunirme con una persona que una vez intentó matarme?

—Sí.

—Por lo visto es una costumbre que tengo.

—Tienes muchos enemigos en Moscú —señaló ella.

—Sospecho que ahora más que nunca.

—Tal vez yo pueda mejorar la opinión que se tiene de ti en el SVR cuando asuma mi nuevo puesto en el Centro.

—No me hago muchas ilusiones al respecto.

—No, claro. —Rebecca sonrió sin entreabrir los labios. Quizá Gabriel se hubiera equivocado respecto a ella. Quizá mereciera estar en una jaula—. La verdad es —continuó— que dudo que vaya a trabajar en temas relacionados con Oriente Medio. Lo más lógico es que me destinen al departamento de asuntos británicos.

—Razón de más para que tu gobierno no entregue a una traidora como tú.

—No es *mi* gobierno y no soy una traidora. Soy una agente infiltrada. No es culpa mía que los británicos cometieran la estupidez de contratarme y de ascenderme a jefa de su delegación en Washington.

Fingiéndose aburrido, Gabriel consultó su reloj: —Graham me dijo que había algo de lo que querías hablarme.

Ella arrugó el ceño: —Me decepcionas, *monsieur* Allon. ¿De verdad no quieres preguntarme nada?

—¿Para qué? Solo me mentirías.

—Tal vez merezca la pena intentarlo, ¿no? A la de una —dijo en tono provocativo—, a la de dos…

—Heathcliff —dijo Gabriel.

Ella hizo un mohín: —Pobre Heathcliff.

—Supongo que fuiste tú quien lo traicionó.

—Por su nombre no, claro. Nunca lo supe. Pero el Centro se sirvió de mis informes para identificarlo.

—¿Y la dirección del piso franco?

—Esa información procedía directamente de mí.

—¿Quién te la dio?

—¿Quién crees tú?

—Si tuviera que adivinar —dijo Gabriel—, diría que Alistair Hughes.

El semblante de Rebecca se ensombreció.

—¿Cómo sabías que estaba viendo a una doctora en Suiza?

—También me lo dijo él. Yo era la única persona del Seis en la que confiaba.

—Grave error.

—Suyo, no mío.

—¿Fueron amantes?

—Durante nueve meses espantosos —contestó ella poniendo cara de fastidio—. En Bagdad.

—Imagino que Alistair no era de la misma opinión.

—Estaba bastante enamorado de mí. El muy tonto hasta quería dejar a Melinda.

—Sobre gustos no hay nada escrito.

Ella no dijo nada.

—¿Tu interés romántico por él era de índole profesional?

—Naturalmente.

—¿Fue sugerencia del Centro?

—La verdad es que fue iniciativa mía.

—¿Por qué?

Miró fijamente a una de las cámaras, como si quisiera recordarle a Gabriel que su conversación estaba siendo vigilada: —El día que murió mi padre —dijo—, Alistair y yo estábamos trabajando en la delegación de Bruselas. Como puedes imaginar, yo estaba muy afectada. Alistair, en cambio, parecía...

—¿Encantado con la noticia?

—Eufórico.

—¿Y nunca se lo perdonaste?

—¿Cómo iba a perdonárselo?

—Supongo que te fijaste en las pastillas cuando te acostabas con él.

—Era difícil no verlas. Alistair estaba hecho una piltrafa en Bagdad. Y empeoró cuando rompí con él.

—Pero ¿siguieron siendo amigos?

—Confidentes —puntualizó ella.

—¿Qué ocurrió cuando supiste que iba a Suiza en secreto, sin notificárselo a Vauxhall Cross?

—Me guardé la información por si algún día llovía y me hacía falta un buen paraguas.

—Y empezó a llover cuando Gribkov intentó desertar en Nueva York —dijo Gabriel.

—A mares.

—De modo que le contaste a Sasha lo de Alistair y Sasha organizó un montaje para que pareciera que tu examante era el topo.

—Problema resuelto.

—No, nada de eso —dijo Gabriel—. ¿Sabías que planeaban matarlo?

—Este oficio no perdona, *monsieur* Allon. Tú lo sabes mejor que nadie.

La sección de asuntos británicos del Centro estaría pronto en buenas manos, se dijo Gabriel. Rebecca era aún más implacable que sus amigos del SVR. Gabriel tenía mil preguntas que hacerle, pero de pronto sintió la necesidad urgente de marcharse. Rebecca Manning pareció notar su inquietud. Cruzó y descruzó las piernas y pasó vigorosamente las manos por la pana de sus pantalones.

—Me preguntaba —dijo recuperando su acento británico— si podrías hacerme un favor.

—Ya te hice uno.

Ella frunció el ceño contrariada: —Sin duda tienes derecho a ponerte sarcástico, pero, por favor, escúchame.

Con un leve cabeceo, Gabriel la invitó a continuar.

—Mi madre...

—¿Sí?

—¿Está bien?

—Lleva casi cuarenta años viviendo en una zona montañosa de Andalucía. ¿Cómo crees que está?

—¿Qué tal está de salud?

—Tiene problemas de corazón.

—Una aflicción común entre las mujeres que conocieron a mi padre.

—Y entre los hombres también.

—Pareces llevarte bien con ella.

—Nuestro encuentro no fue muy grato.

—Pero te dijo lo de...

—Sí —contestó Gabriel echando una mirada a una de las cámaras—. Me lo dijo.

Rebecca volvió a frotarse las piernas de los pantalones.

—Me pre-pre-preguntaba —tartamudeó— si podrías darle un recado de mi pa-pa-parte.

—Hace unos minutos firmé un papel comprometiéndome, entre otras cosas, a no entregar ningún mensaje tuyo fuera de estas paredes.

—El gobierno británico no tiene poder sobre ti. Puedes hacer lo que prefieras.

—*Prefiero* no hacerlo. Además —añadió Gabriel—, puedes pedirle al SVR que te lleve los recados.

—Mi madre detesta al SVR.

—Tiene motivos para ello.

Se hizo un silencio. Solo se oía el zumbido de los fluorescentes, que irritaba a Gabriel.

—¿Crees —dijo Rebecca al fin— que po-po-podría... una vez yo esté en Moscú...?

—Tendrás que preguntárselo tú misma.

—Te lo estoy preguntando a ti.

—¿No ha sufrido suficiente?

—Las dos hemos sufrido.

Por *él*, pensó Gabriel.

Se levantó bruscamente. Rebecca también se puso en pie. De nuevo sacó la mano entre los barrotes. Ignorándola, Gabriel tocó con los nudillos el espejo unidireccional y esperó a que los guardias abrieran la puerta exterior.

—Cometiste un error en Washington —dijo Rebecca al retirar la mano.

—¿Solo uno?

—Debiste matarme cuando tuviste ocasión.

—Lo mismo me dijo mi mujer.

—Se llama Chiara. —Rebecca sonrió con frialdad tras los barrotes de su jaula—. Salúdala de mi parte.

Pasaban pocos minutos de las dos cuando el avión de transporte tomó tierra en la base de Northolt, en el Londres suburbano. Heathrow quedaba cinco kilómetros al sur, y Gabriel llegó con tiempo de sobra para tomar el vuelo de British Airways de las cinco menos cuarto a Tel Aviv. Aceptó, cosa rara en él, la copa de champán de cortesía antes del despegue. Se la había ganado, se dijo. Luego pensó en Rebecca Manning en su jaula, y en Alistair Hughes en su ataúd, y en Konstantin Kirov en una calle vienesa cubierta de nieve, y devolvió la copa a la azafata sin haberla probado. Mientras el avión avanzaba tronando por la pista, la lluvia latía en la ventanilla de Gabriel como sangre en una vena. Todos perdemos, pensó al ver cómo se empequeñecía Inglaterra allá abajo. Todos, menos los rusos.

88

ZAHARA, ESPAÑA

El intercambio tuvo lugar seis semanas después, en la pista de un aeródromo abandonado del extremo este de Polonia. Había dos aviones. Uno era un Sukhoi de Aeroflot; el otro, un Airbus alquilado de British Airways. Al dar las doce del mediodía, doce hombres, todos ellos apreciados agentes y colaboradores de los servicios de inteligencia británico y estadounidense, enflaquecidos por el tiempo que habían pasado en prisión, bajaron en fila por la escalera del Sukhoi. Mientras cruzaban alegremente la pista hacia el Airbus, se cruzaron con una mujer que caminaba con aire altivo en dirección contraria. No había cámaras ni periodistas para registrar el acontecimiento, solo un par de agentes veteranos de la policía secreta polaca cuya labor consistía en asegurarse de que todo se hiciera conforme a las reglas. La mujer pasó junto a los hombres sin decir palabra, con los ojos bajos, y ocupó su lugar a bordo del Sukhoi. El avión se puso en marcha antes incluso de que se cerrase la puerta de la cabina. A las doce y cuarto entró en el espacio aéreo de Bielorrusia, rumbo a Moscú.

Pasaría una semana más antes de que se informara a la opinión pública del canje de prisioneros, y aun entonces fue muy poco lo que se dijo. Se informó de que los doce hombres habían proporcionado información muy valiosa acerca de la Nueva Rusia y eran, por tanto, un precio justo a cambio de la entrega del topo. En Estados Unidos se dieron las típicas reacciones airadas; Londres, en cambio, reaccionó con una resignación no exenta de acritud. Sí, era una píldora amarga que tragar, en eso los mandarines de Whitehall estaban de acuerdo, pero seguramente era lo mejor. La única nota positiva fue un artículo del *Telegraph* en el que se afirmaba que el intercambio había seguido adelante pese a que los rusos exigían la entrega no de uno, sino de dos prisioneros. «Por lo menos *alguien* ha tenido agallas para ponerse firme con ellos», comentó esa noche en el Travellers Club un exdirectivo de los servicios de espionaje británicos. «Ojalá hubiéramos sido nosotros».

Los rusos esperaron un mes para empezar a exhibir públicamente su trofeo. Fue a través de un documental de una hora de duración emitido por una cadena de televisión rusa controlada por el Kremlin. Siguió una conferencia de prensa presidida por el Zar en persona. Rebecca ensalzó las virtudes del presidente, alabó el regreso de Rusia a la hegemonía global bajo su liderazgo y atacó a británicos y estadounidenses, cuyos secretos había saqueado tan alegremente. Lo único que lamentaba —dijo— fue no haber llegado a ocupar el puesto de directora general del MI6, completando así su misión.

—¿Ha disfrutado hasta ahora de su estancia en Rusia? —le preguntó un periodista afín al Kremlin.

—Oh, sí, está siendo perfecta —contestó ella.

—¿Puede decirnos dónde vive?

—No —respondió el Zar en tono cortante—. No puede.

En el pueblo blanco de Zahara, en la serranía andaluza, lo sucedido en Moscú fue motivo de celebración, al menos por parte de los simpatizantes de la extrema derecha opuesta a la OTAN y a la inmigración. El Kremlin era de nuevo la meca ante la que se postraban cierto tipo de europeos. Durante el siglo XX había sido el máximo referente para la izquierda. Ahora, perversamente, era la extrema derecha la que seguía los pasos de Moscú, los mismos energúmenos que miraban con desprecio a Charlotte Bettencourt cada tarde cuando paseaba por las calles del pueblo. Si ellos supieran, se decía Charlotte. Si supieran…

Como era lógico, Charlotte siguió el caso de la espía británica con más atención que el resto de los vecinos del pueblo. La conferencia de prensa del Kremlin fue todo un espectáculo, no había otra forma de definirla: Rebecca exhibida en la tarima como un espécimen raro bajo una campana de cristal y el Zar a su lado, sonriendo y alardeando de su nuevo triunfo frente a Occidente. ¿A quién creía que podía engañar con esa cara planchada y almidonada? Los verdaderos fascistas, pensó Charlotte, no usaban Botox.

Rebecca parecía avejentada, comparada con él. A Charlotte le impresionó el aspecto demacrado de su hija. Y también cuánto se parecía a Kim. Hasta el tartamudeo había vuelto. Era un milagro que nadie lo hubiera notado.

Rebecca, sin embargo, desapareció de la escena pública tan rápidamente como había aparecido en ella. Poco después, los invitados israelíes de Charlotte abandonaron Andalucía. Antes de marcharse, registraron sus pertenencias por última vez en busca de cualquier vestigio de Rebecca y Kim. Se llevaron las pocas fotografías que conservaba de Beirut y, pese a sus protestas, la única copia de sus memorias. Al parecer, su breve carrera literaria había acabado antes de empezar.

Para entonces era ya mediados de junio y el pueblo estaba asediado por turistas sudorosos y quemados por el sol. Sola de nuevo, Charlotte retomó su antigua rutina. Era lo único que le quedaba. Dado que tenía prohibido terminar sus memorias, decidió escribir su historia en forma de *roman à clef*. Cambió el escenario de Beirut a Tánger. Ella se convirtió en Amelia, la impresionable hija de un funcionario colonial francés colaboracionista, y Kim en Rowe, un apuesto diplomático británico algo hastiado del mundo, del que Amelia descubría que era un espía ruso. Pero ¿cómo acababa el relato? ¿Con una anciana sentada a solas en una casa aislada, esperando un mensaje de la hija a la que había abandonado? ¿Quién creería semejante historia?

Quemó el manuscrito a finales de octubre, usándolo para encender el primer fuego del otoño, y se puso a leer la autobiografía mendaz de Kim. Philby había reducido su estancia en Beirut a cinco párrafos difusos y falaces. *Mis experien-*

cias en Oriente Medio entre 1956 y 1963 no se prestan al género narrativo... Quizá las suyas tampoco, se dijo Charlotte, y procedió a quemar también el libro de Kim.

Esa misma tarde, mientras soplaba viento de levante, recorrió la avenida contando sus pasos. De pronto se dio cuenta de que iba contándolos en voz alta y pensó que era señal segura de que por fin estaba perdiendo la cabeza. Comió bajo los naranjos del bar Mirador.

—¿Ha visto las noticias de Palestina? —preguntó el camarero al llevarle una copa de vino, pero Charlotte no estaba de humor para meterse en polémicas antisionistas.

A decir verdad, había cambiado de opinión respecto a los israelíes. Kim se había equivocado con ellos, decidió. Claro que Kim se había equivocado en todo.

Camino del bar había comprado un ejemplar de *Le Monde* del día anterior, pero hacía tanto viento que era imposible leer. Al bajar el periódico, se fijó en un hombrecito con gafas que ocupaba la mesa de al lado. Estaba muy cambiado y sin embargo Charlotte lo reconoció de inmediato: era el amigo silencioso de Rosencrantz y Guildenstern, el lacayo que la había acompañado a Sevilla para que confesara sus pecados. Pero ¿por qué había vuelto a Zahara? ¿Y por qué ahora?

Nerviosa, Charlotte barajó distintos escenarios mientras consumían ambos una comida moderada y evitaban cuidadosamente mirarse. El israelí acabó primero y, al marcharse, deslizó una postal en la mesa de Charlotte. Lo hizo tan discretamente que ella tardó un momento en ver la postal, sujeta bajo un plato para que el levante no se la llevara. En el anverso se veía el inevitable paisaje de casas encaladas.

En el reverso había una breve nota escrita en francés con bella caligrafía.

Charlotte acabó de beberse su vino tranquilamente y, cuando le llevaron la cuenta, dejó el doble de la cantidad requerida. La luz de la plaza la deslumbró. Había veintidós pasos hasta la entrada de la iglesia.

—Imaginaba que sería usted.

Él sonrió. Estaba de pie delante de los cirios, con la vista levantada hacia la estatua de la Virgen con el Niño. Charlotte paseó la mirada por la nave. Estaba desierta, con la única excepción de dos hombres que eran, a todas luces, guardaespaldas.

—Veo que ha traído escolta.

—Por más que lo intento —contestó él—, parece que no consigo librarme de ellos.

—Seguramente es mejor así. Los rusos estarán furiosos con usted.

—Suelen estarlo.

Ella sonrió a pesar de su nerviosismo.

—¿Tuvo algo que ver con la decisión de enviarla a Moscú?

—A decir verdad, hice cuanto pude por impedirlo.

—¿Es vengativo por naturaleza?

—Prefiero pensar que soy pragmático.

—¿Qué pinta el pragmatismo en todo esto?

—Es una mujer peligrosa. Occidente se arrepentirá algún día de su decisión.

—Me cuesta pensar en ella en esos términos. Para mí, será siempre la niñita de París.

—Ha cambiado mucho.

—¿De veras? Yo no estoy tan segura. —Lo miró. Incluso al resplandor rojizo de las velas, sus ojos eran de un verde sorprendente—. ¿Ha hablado con ella?

—Dos veces, de hecho.

—¿Me mencionó?

—Claro.

Charlotte sintió que se le aceleraba el corazón. Sus pastillas… Tenía que tomarse una: —¿Por qué no ha intentado ponerse en contacto conmigo?

—Tenía miedo.

—¿De qué?

—De cuál sería su respuesta.

Ella miró la estatua.

—Si alguien tiene algo que temer, *monsieur* Allon, soy yo. Entregué a mi hija y permití que Kim y Sasha la convirtieran en ese ser que vi sentado junto al Zar.

—Eso fue hace mucho tiempo.

—Para mí sí, pero no para Rebecca. —Charlotte cruzó la nave hasta el altar—. ¿Ha frecuentado muchas iglesias católicas? —preguntó.

—Más de las que se imagina.

—¿Cree en Dios, *monsieur* Allon?

—A veces —contestó él.

—Yo no —dijo Charlotte dándole la espalda—. Pero siempre me han encantado las iglesias. Me gusta especialmente su olor. El olor a incienso, a velas y a cera virgen… Huele a…

—¿A qué, *madame* Bettencourt?

No se atrevió a responder, después de lo que había hecho.

—¿Cuánto tiempo tardaré en tener noticias de ella? —preguntó al cabo de un momento, pero al darse la vuelta vio que la iglesia estaba vacía.

A perdón, pensó al salir a la plaza. Huele a perdón.

NOTA DEL AUTOR

La otra mujer es una obra de entretenimiento y como tal ha de leerse. Los nombres, personajes, lugares e incidentes incluidos en el relato son fruto de la imaginación del autor o se han empleado con fines meramente literarios. Cualquier parecido con personas vivas o muertas, empresas, organismos, hechos o lugares del mundo real es pura coincidencia.

A pesar de que la sede central del servicio de inteligencia israelí ya no se encuentra en King Saul Boulevard (Tel Aviv), he decidido mantener allí el cuartel general de mi servicio de espionaje ficticio en gran medida porque me gusta el nombre de la calle mucho más que su dirección actual. Como descubrimos en *La otra mujer*, Gabriel Allon comparte mi opinión. Sobra decir que la familia Allon no vive en un pequeño edificio de la calle Narkiss, en el barrio histórico de Nachlaot, en Jerusalén.

Quienes viajen con frecuencia entre Viena y Berna notarán sin duda que he alterado los horarios de los trenes y vuelos para ajustarlos a las necesidades de la trama. Pido disculpas a la dirección del afamado hotel Schweizerhof por utilizar su vestíbulo como escenario de una operación de espionaje, pero me temo que era inevitable. Hay, en efecto, una clínica privada en el pintoresco pueblo suizo de Münchenbuchsee, lugar de nacimiento de Paul Klee, pero no se llama Privatklinik Schloss.

La escuela del MI6 para espías principiantes está, efectivamente, en Fort Monckton, lindando con la primera calle del Gosport & Stokes Bay Golf Club, pero dicho organismo tiene además otros centros de entrenamiento menos conocidos. Que yo sepa, no hay ningún piso franco en los márgenes del Dartmoor conocido como Wormwood Cottage. Ignoro dónde guarda el MI6 sus viejos archivos, pero dudo de que sea en una nave industrial de Slough, en los alrededores del aeropuerto de Heathrow.

Quienes visiten el barrio de Palisades, en Washington, buscarán en vano un restaurante belga en el bulevar MacArthur llamado Brussels Midi. Hay, en cambio, un Starbucks en la avenida Wisconsin, en Burleith, no muy lejos de la embajada rusa, pero en la gasolinera Shell de la esquina de la calle Ellicott no hay ya ningún teléfono público. La esclusa 10 del canal de Chesapeake y Ohio aparece descrita con exactitud. Y también, por desgracia, la residencia oficial del embajador de Israel en Estados Unidos.

Harold Adrian Russell Philby, más conocido como Kim Philby, vivió, en efecto, en la casona colonial de color pardo que todavía se alza en la avenida Nebraska, en Tenleytown. La breve biografía de Kim Philby que aparece en el capítulo 41 de *La otra mujer* se ajusta a la realidad, a excepción de las dos últimas frases. Philby no podría haber conocido a un oficial del MI6 llamado Arthur Seymour al día siguiente de su llegada a Beirut, por la sencilla razón de que Arthur Seymour —al igual que su hijo Graham— no existe. Como tampoco existen Charlotte Bettencourt y su hija, Rebecca Manning. Ambas son creaciones mías y no están inspiradas en ningún personaje real con el que me haya tropezado en el curso de mis investigaciones acerca de la vida de Kim Philby y de su labor como espía soviético.

Es cierto que Philby dedicó solo cinco párrafos a su periodo en Beirut en su poco fiable autobiografía *Mi guerra silenciosa*. Philby huyó de la ciudad en enero de 1963 tras confesarle a su viejo amigo Nicholas Elliott que era un espía soviético, y es poco probable que se lo confesara también a una amante antes de embarcar en el Dolmatova. Según Yuri Modin, su supervisor en el KGB, Philby nunca les dijo a sus esposas o amantes la verdad acerca de su labor clandestina para el espionaje ruso. «Nunca tuvimos un solo problema en ese aspecto», recordaba Modin en sus memorias, *Mis camaradas de Cambridge*.

En Moscú, Philby se casó por cuarta vez y, tras pasar unos años en el dique seco, aceptó de buen grado varios encargos del KGB. Eran en su mayoría trabajos de análisis y documentación, pero según Modin también tenían cierto componente operativo, como, por ejemplo, «identificar agentes a partir de las fotografías que se le mostraban». No hay ninguna prueba que sugiera que Philby participó en el adiestramiento de un agente de penetración, es decir, un topo. Claro que tampoco hay pruebas que sugieran lo contrario. Según mi experiencia, conviene leer las memorias de espías con suma precaución.

En el verano de 2007, mientras me documentaba para escribir la novela que más tarde se titularía *Las reglas del juego*, visité el museo privado del KGB, en su imponente sede de la plaza de Lubyanka. Y allí, en una vitrina de cristal, vi un pequeño santuario dedicado a los Cinco de Cambridge, o los Cinco Magníficos, como los llamaba el KGB. Fueron reclutados, empezando por Philby, apenas dieciséis años después de la fundación de la Unión Soviética, en una época de enorme paranoia en Moscú, cuando Stalin y sus secuaces trataban de defender su revolución sirviéndose de armas políticas contra sus adversarios occidentales. El NKVD, precursor del KGB, las denominaba «medidas activas», e iban desde campañas de desinformación en los medios occidentales a asesinatos y atentados de carácter político, y su meta era debilitar y, finalmente, destruir el capitalismo occidental.

Existen paralelismos sorprendentes entre aquella época y la actual. La Rusia de Vladimir Putin es al mismo tiempo revanchista y paranoica, una combinación peligrosa. Económica y demográficamente débil, Putin se sirve de sus poderosos servicios de espionaje y sus «ciberguerreros» como factor multiplicador de fuerzas. Cuando Putin siembra el caos político en Europa occidental e intenta alterar y desacreditar las elecciones estadounidenses, está recurriendo a los viejos métodos del KGB, tomando «medidas activas».

Al igual que los zares y los secretarios del Partido que lo precedieron, Vladimir Putin utiliza el asesinato como herramienta política. Piénsese en el caso de Serge S. Skripal, exespía ruso y colaborador del MI6, que fue envenenado en su casa de Salisbury, Inglaterra, el 4 de marzo de 2018 con un agente nervioso llamado Novichok, de origen soviético. En el momento en que escribo estas líneas, Skripal permanece hospitalizado en estado grave. Su hija Yulia, de treinta y tres años, también afectada por la toxina, estuvo tres semanas inconsciente. Otras cuarenta y ocho personas presentaron síntomas de intoxicación, entre ellas un agente de policía que estuvo ingresado en cuidados intensivos.

El atentado contra Sergei Skripal se produjo doce años después de que Alexander Litvinenko, opositor a Putin residente en Londres, fuera asesinado con una taza de té aderezada con polonio. En 2006, la reacción oficial del gobierno británico a la utilización de un agente radioactivo en su territorio se limitó a una sola petición de extradición que el Kremlin ignoró descaradamente. Tras el intento de asesinato de Sergei Skripal, sin embargo, la primera ministra Theresa May expulsó a veintitrés diplomáticos rusos. Estados Unidos, Canadá y catorce miembros de la Unión Europea siguieron su ejemplo. Además, Estados Unidos impuso sanciones económicas a siete de los hombres más ricos de Rusia y a diecisiete altos funcionarios del estado, en parte debido a la injerencia de Rusia en las elecciones presidenciales estadounidenses de 2016. Vladimir Putin, considerado por numerosos observadores el hombre más rico del mundo, no figuraba en la lista.

Los analistas de seguridad calculan que dos tercios de los «diplomáticos» destinados en cualquier embajada rusa de Europa occidental son en realidad agentes de espionaje. Así pues, es improbable que una modesta tanda de sanciones impida que Putin se desvíe del curso que ha seguido hasta ahora. ¿Y por qué iba a hacerlo? Putin y el putinismo están en racha. El hombre fuerte y el «estado corporativo» —también llamado fascismo— hacen furor hoy en día. La democracia al estilo occidental y las instituciones mundiales que dieron lugar a un periodo de paz sin precedentes en Europa están de pronto pasadas de moda.

«Sondead con bayonetas», aconsejaba Lenin. «Si pincháis en blando, seguid; si pincháis en hierro, retiraos». Hasta el momento, Putin solo ha pinchado en blando. En la década de 1930, cuando el mundo presenció un surgimiento similar de regímenes autoritarios y dictatoriales, se desencadenó una guerra mundial catastrófica que produjo más de sesenta millones de muertos. Es una ingenuidad creer que el coqueteo del siglo XXI con el neofascismo no generará conflicto alguno.

Pensemos, sin ir más lejos, en Siria, donde el eje formado por Rusia, Hezbolá, la Guardia Revolucionaria iraní y las milicias chiíes de Irak y Afganistán ha apuntalado el régimen de Bashar al Asad, el principal aliado del Kremlin en Oriente Medio. Al Asad ha utilizado repetidamente y con total impunidad armas químicas contra su propia ciudadanía, presumiblemente con el respaldo de Moscú, quizá incluso con su ayuda. Hasta ahora, se calcula que cuatrocientas mil personas han perecido en la guerra civil siria, y de momento no se avizora un final para el conflicto. Putin está sondeando con bayonetas. Solo el hierro lo detendrá.

AGRADECIMIENTOS

Le estoy muy agradecido a mi esposa, Jamie Gangel, que me escuchaba con paciencia mientras yo esbozaba los temas y giros argumentales de *La otra mujer* y que luego recortó hábilmente cien páginas del montón de papel que yo, eufemísticamente, llamaba «mi primer borrador». Mi deuda para con ella es inconmensurable, igual que mi cariño.

Mi querido amigo Louis Toscano, autor de *Triple Cross* y *Mary Bloom*, hizo incontables mejoras en la novela, grandes y pequeñas, y mi correctora personal, Kathy Crosby, se aseguró con su ojo de águila de que no hubiera errores tipográficos ni gramaticales. Cualquier error que haya logrado traspasar las formidables barreras de ambos es mío, no suyo.

Estaré eternamente en deuda con David Bull, uno de los mejores restauradores de cuadros del mundo, y con el gran Patrick Matthiesen, de la Matthiesen Gallery de Londres, cuya simpatía e ingenio amenizaron las novelas de Allon desde el principio.

Escribir una novela acerca de un espía que ejercía su oficio a mediados del siglo XX requirió un enorme esfuerzo de investigación. De hecho, mis estanterías se parecen a las de Charlotte Bettencourt en Zahara. Estoy en deuda con las memorias y estudios de Yuri Modin, Rufina Philby, Richard Beeston, Phillip Knightley, Anthony Boyle, Tom Bower, Ben Macintyre, Anthony Cave Brown, Patrick Seale y Maureen McConville.

Gracias en especial a mi superabogado de Los Ángeles, Michael Gendler. Y a los muchos amigos y familiares que me brindan esas risas tan necesarias en momentos críticos del año, en particular a Nancy Dubuc y Michael Kizilbash, Andy y Betsy Lack, Jeff Zucker, Elsa Walsh y Bob Woodward, Ron Meyer y Elena Nachmanoff.

Por último, quiero dar las gracias a mis hijos, Lily y Nicholas, que son una fuente constante de amor e inspiración. Terminaron sus estudios hace poco y han emprendido carreras propias. Teniendo en cuenta lo que han visto de pequeños, quizá no sea de extrañar que ninguno de los dos haya optado por ser escritor.